| 中 国 文 学 理 论 与 批 评 丛 书 |

学术顾问　钱中文 | 主编　吴子林

文学文本解读学

孙绍振 著

全国百佳图书出版单位
时代出版传媒股份有限公司
黄山书社

图书在版编目(CIP)数据

文学文本解读学/孙绍振著.—合肥:黄山书社,2017.8
(中国文学理论与批评丛书/吴子林主编)
ISBN 978-7-5461-6684-1

Ⅰ.①文… Ⅱ.①孙… Ⅲ.①中国文学-文学研究
Ⅳ.①I206

中国版本图书馆 CIP 数据核字(2017)第 192345 号

文学文本解读学
WENXUE WENBEN JIEDUXUE
孙绍振 著

策　　划　汤吟菲　朱莉莉
责任编辑　向　焱
责任印制　李　磊
装帧设计　观止堂_未氓
出版发行　时代出版传媒股份有限公司(http://www.press-mart.com)
　　　　　黄山书社(http://www.hspress.cn)
地址邮编　安徽省合肥市蜀山区翡翠路 1118 号出版传媒广场 7 层 230071
印　　刷　安徽新华印刷股份有限公司
版　　次　2019 年 10 月第 1 版
印　　次　2019 年 10 月第 1 次印刷
开　　本　700mm × 1000mm　1/16
字　　数　400 千
印　　张　23.5
书　　号　ISBN 978-7-5461-6684-1
定　　价　69.80 元

服务热线　0551-63533706
销售热线　0551-63533761
官方直营书店(https://hsss.tmall.com)

总 序

通读眼前的八部书稿，各种情绪：兴奋、激动、享受、叹息、伤感、寂寥……轮番袭来，纠结于心。这时，我想起了一部电影——

音乐家科伦布的爱妻亡故，他从此带着两个女儿隐居深林，整日独自研习古大提琴。在绵延无休的乐声中，他看见深爱的亡妻，此刻就坐在他对面聆听。之后，他们一起祷告，一起乘坐马车，一起并肩走过春色茂密的森林，一起来到河岸渡口，直到她独自坐上小船离去。怕她再次消失，他不忍停下手中的乐曲。为了让她一遍一遍重现，他用余生不断拉奏心爱的大提琴，记下心里的悲伤乐曲，想看看爱将延续到哪里。

这是一个清静的世界。老房子旧得幽静、坦然，乐声绵延无休、难以捉摸，家中的器皿也都散发出乐器的光泽。科伦布在森林里拉琴、作曲，他拒绝宫廷表演的邀请，拒绝各种矫饰，只为灵感而作曲，只是记下瞬间的颤抖，删除多余的抒情。他的演奏闻名遐迩，在传说中更是出神入化。

有一天，17 岁的红衣少年，一个鞋匠的儿子，敲响了音乐家的门。他立志成为伟大的音乐家，慕名前来学艺，几经周折，红衣少年成了科伦布的学生。后来，红衣少年背着老师受聘为皇家乐队的演奏家，而被逐出师门。再后来，红衣少年成了宫廷乐长，生活富足；音乐给他带来了华丽的马车、镶嵌珠宝的假发衣饰、显贵的地位与指挥权杖，但他不再有 17 岁时那湛蓝的眼神。他深感自己始终未得音乐的要领。他记得，年少的那个午后，在森林里听到的琴曲，那种庄重、静穆、悠远而哀伤的，才是真正的音乐。

老人弥留之际，宫廷乐长深夜赶赴森林小屋，去上最后一堂音乐课。当他一身显阔地走进那简朴肃穆的家中，发现自己不过是个臃肿的丑角。他问老人："音乐是什么？为了供奉上帝？为了取悦国王？为了金钱？为了荣誉？是爱情的忧伤？或是自暴自弃的放纵？"

都不是。

他终于领悟，自己的疑问便是答案："是不是给死者的礼物？是给那些不能说话的人低声的安慰，给那些消逝了的童年？是为了让鞋匠的锤声变得柔和？是为了那我们出生之前就已存在过的时间，在我们呼吸之前，或者看见光亮之前……"

——这是电影《尘世里的每一个清晨》所讲述的三百多年前的故事，它把我们带回到音乐的黄金时代，唤醒了许多温馨美好的记忆。

是的，倘若音乐有魂魄的话，那就是它的毫无用处，它的无用之用。音乐是爱，是恩慈，是虔诚，是内心孤独的吟唱，是出神的一瞬，是人类关于光明、自由和宁静的力量的梦想。

“一个民族的政治生活只是它存在的浅层部分;为了了解其内在的生命——其行动的源泉,我们必须通过他的文学、哲学,以及艺术这些反映该民族理念、情感和梦想的东西,来深入探索它的灵魂。”罗曼·罗兰写道,“音乐展示给我们的是在表面的死亡之下生命的延续,是在世界的废墟之中一种永恒精神的绽放。”①

文学艺术的研究与创作一样,都是一种生气灌注、深邃博大的“创世”,也就是发现、创造可能世界,帮助人们建立生命的、家族的、民族的“根”的意识,确立经验的、文化的统一感与连续性,在滋养自身的同时,影响人类的精神世界。

安贝托·艾柯在《诺伯托·博比奥:重新审视博学之士的命运》一文中强调,知识分子的责任不在“解决”危机,而在“制造”危机,即时刻营造出一种危机感,唤起人类的共同意识的危机感,并寻找、创造普遍的社会共识。

20 世纪 70 年代末 80 年代初,即进入“新时期”以来,整个国家处在一种社会转型之中。如何建立中国自己的崭新形态的文艺理论,成了文艺学界的重要课题。面对当代西方文化传入所引发的诸多挑战,以及当代文学创作所提出的诸多命题,经一大批文艺理论家、批评家的共同努力,中国当代的文艺理论终于实现了现代性的转型,即“从一家‘专政’式的独语,转变为‘百家争鸣’式的对话;从政治话语转变为学科的学术话语;从非常态的中心话语,转变为自主发展的常态话语”②。文艺学研究的视野得到前所未有的拓展,如文艺社会学、文艺心理学、文艺美学、文艺解释学、中西比较诗学、文艺生态学、文艺符号学、文艺人类学、文化诗学等领域,都有人在尝试,并获得了不少结实的成果。

---

① [法]罗曼·罗兰著:《音乐散文集》,冷杉、代红译,中国文联出版社 1999 年版,第 1 页、第 7 页。

② 童庆炳撰:《新时期文学理论现代性转型概说》,《童庆炳文集》第 3 卷,北京师范大学出版社 2016 年版,第 468 页。

值得强调的是，其中的一些杰出的代表，如钱中文、童庆炳、孙绍振等文艺理论家，他们大多经历过各种政治运动，从没脱离当代中国的政治、文化现实。置身于风云际会的时代，他们怀抱笃定的理想主义的激情，广泛关注历史与现实的政治、经济、科技、文化各领域，对现有的种种结构模式始终保持质疑的态度，并通过精深的研究推翻僵化不合理的部分，表现出了对时代命脉的精确诊断和敏锐切入。由于洞察了语言符号背后的价值世界，他们成功揭示了其中丰沛而深厚的精神质地，呈现了关于生活世界的总体想象，开启了一个个一般人所未曾领悟的心灵世界。他们的学术成果是对社会文化问题的思考，是显示人文知识分子存在身份的根据，体现了对社会应履行的责任。

至于当下学界的中坚力量，如高建平、王岳川、李春青、陈晓明等一批学者，则是这些前贤的薪火相传者。与师长辈学者一样，对于他们而言，个人与历史、个人与国家互为镜像；他们有着丰富的内心生活及准则，善于提取、想象、弘扬历史与现实中稀薄而弥足珍贵的东西，并以其充沛的语言敞开、释放灵魂的悸动、精神的能量，以内在心灵的秩序对抗外部庸众的世界。

在我看来，文艺理论、美学的研究者以及批评家与作家、艺术家一样，都是这个世界的观察者、倾听者、质疑者和审判员，都是在为一个“缺席的民族”而写作，而不是做历史的书写者、抄写者和打字员。

名利诱惑与学术追求，对于所有问学者来说，是人生中不断出现的十字路口。文学艺术和生命宛若一条河流，收集了星光、烈日、蓝天、雾霾、彩虹和暴雨。面对欲望与生命力蠢动的世界，真正的学者以学术为宗教、为信仰为志业，他们洞察哪些是浮云，哪些是本质；他们所能看到的不只是现在，还有未来；他们播撒怀疑的种子，而不是收成已然明确的事实；他们不只是理念的唤醒者，同时还是社会革新进程的引导者；他们知道，生命只能燃烧，不可虚耗——因为他们手头所持有之物，不外乎时间、记忆和文学艺术所创造的美；而理论的勃勃生机，只能源于抵御纷扰人生的各种诱惑或压力，源于创造性的质疑、心无旁骛的虔诚劳作和漫长执着的自我探寻。只有在思考和写作中，每个人才能找到自己真正的皈依之所——这是上述优秀学者给我们的深刻启示。

由钱中文先生担任学术顾问，本人主编了“中国文学理论与批评丛书”。本着“学术乃天下公器”的宗旨，我们拟分期分批分人结集出版，以检阅当代中国学人的学术实绩。本丛书具有开放结构，第一辑推出的为我国当代著名的文艺理论家、美学家、批评家，其中既有年逾八旬的资深学者，也有中、青年学术新锐；每人一集，收录“有分量”的代表作，凸显“一家之言”的戛戛独造。

主编这套丛书的愿望有二：

其一，展现新时期以来中国文艺理论研究与批评所取得的实绩，凸显那些富于中国特色的、有个性、有识见、敢论断、敢担当的学术创见。如，钱中文的“新理性精神”文论，童庆炳的“文化诗学”，孙绍振的“文学文本解读学”，高建平、王岳川之于中西美学的剖析，李春青之于中国古典诗学的建构性清理，以及陈晓明、吴子林之于中国“文学问题”的探究等等。

有识之士指出，一个城市乃至一个国家的文化质量，跟它是否拥有富于价值的文学记忆或文化记忆，有着很大的关系。所谓文学记忆或文化记忆，就是有一个或一批伟大的作家、思想家，他或他们代表这个城市、国家，这个城市、国家也进入了这一个或一批伟大作家、思想家的创作生命。简言之，文学记忆或文化记忆直接关系到一个国家的文化形象的塑造，其义大焉。

毫无疑问，包括文艺理论、文学批评在内的学术本身，是中国当代文学记忆或文化记忆的重要组成部分。随着我国上升成为世界第二大经济体，中国正成为一个世界性的大国，系统地向世界展现中国的现代化成就、中国文化和价值观，塑形中国的“大国形象”，至关重要。为此，在推出本丛书的同时，我们还将努力组织专家将它们译成外文，使它们走出国门，走向世界，逐步实现中国文论走出去的宏愿，让西方人了解中国、认识中国——这是颇有文化远见的举措，在一切追求市场效应的今天显得尤为难能可贵。

其二，志在薪梓承传，泽被后学，希冀后来者能赓续前人纯正的学术品格，全副身心投入到文学这一健康的终生事业中去，以扭转目前文艺理论、美学研究以及文学批评的窘境或困境，切实推进现实社会的改善与进步，使人们重获生命的完满，走出一条焕发生命韵致与光泽的道路。

马克思有句格言："最先朝气蓬勃地投入新生活的人，他们的命运是令人羡慕的。"[①]通读完八部书稿，只觉时光如电，一股氤氲之气回荡其间。偶尔抬眼远望，只见雾霾重重，晨昏不明，仿佛自己悬浮于另一个世界；一阵北风骤起，雾霾一点一点散去，古老的都城一点一点透明起来，一点一点安详、生动起来。

户外，市声隐隐沸动，如深山松涛；窗外，落叶敲打着落叶，雨点追逐着雨点；远方，迷迷蒙蒙，嚣嘈不舍昼夜——我听到了生活行进的坚实步履……

一切都只是开端。"中国文学理论与批评丛书"还将推出第二辑、第三辑……并将进一步扩大规模。我们真诚地希望读者诸君提出宝贵的批评建议。

是为序。

吴子林

2016 年 12 月 23 日

---

① ［德］马克思撰：《致 R》（1843 年 5 月），见《马克思恩格斯全集》第 1 卷，第 408 页。

自　序

孙绍振

在此书交稿前不久，笔者在《文学评论》上，看到美国解构主义著名学者、耶鲁四君子之首希利斯·米勒的文章，他坦言，

> 您问我是否相信有一套"系统完整的批评方法，可以为一般的文学批评提供具有普遍意义的指导"，我的回答是，在西方有很多套此类的批评方法存在，其中也包括解构主义，但是，没有一套方法能够提供"普遍意义的指导"。不存在任何理论范式可以保证你在竭尽所能地阅读特定文本时，帮助你有心理准备地去接受你所找到的内容。因此，我的结论是：理论与阅读之间是不相容的。①

此等学说并不新鲜，韦勒克、沃伦是在《文学理论》中就坦承西方文论诸大师面对文学文本解读"一筹莫展"②。笔者对此等学说不以为然，一向坚定地认为正确的理论既来自于解读，又能指导解读，而且能提供某种可操作的方法。故在十余年中，苦心孤诣，反其道而行之，对古今中外经典文本作大量的解读，据赖瑞云教授统计近六百篇。仅已经出版的单

---

① J.希利斯·米勒《致张江的第二封信》，《文学评论》2015年第4期。

② 韦勒克、沃伦《文学理论》，刘象愚等译，江苏教育出版社2005年版，第155~156页。

行本就有《名作细读》《孙绍振如此解读作品》《月迷津渡：古典诗歌个案微观分析》《孙绍振解读经典散文》《经典小说解读》等。在海量具体分析的基础上进行直接归纳，形成原创性的范畴系列，适当结合西方前卫文论演绎法，志在建构中国式的解读学。呈现在读者面前的，就是笔者建构的初步系统。

看到米勒先生这样勇敢地断定"理论与阅读之间是不相容的"，深深地为他的谨慎而感动。米勒先生只说西方诸多理论，包括解构主义对于文学文本解读无能为力，并没有排除非西方文论可能有的例外。同时，笔者又为米勒先生的思辨中断而深感惋惜。既然发现文学理论与文学阅读不相容，作为西方文论学派的杰出代表，对一代理论家陷入这样的困局，为什么不发挥西方学术思辨的特长，追问其原因呢？

其实，这个问题，并不复杂，马丁·海德格尔早就指出产生这种悲剧的原因：

> 作品的被创作存在只有在创作过程中才能为我们所把握。在这一事实的强迫下，我们不得不深入领会艺术家的活动，以便达到艺术作品的本源。完全根据作品自身来描述作品的作品存在，这种做法业已证明是行不通的。③

在我看来，西方学界，几乎没有什么人听懂了海德格尔对他们"行不通"的警示。一味把文本当作某种现成物，把自己仅仅当作文本被动接受者，完全没有意识到只有进入"作品的被创作"的"过程中"，也就是设想自己也是作者与之对话，才能化被动为主动，洞察艺术和思想的奥秘。这一点，说起来很玄，但是，并不神秘。鲁迅先生有一段话，可以作为海德格尔这一思想的注解：

③ 马丁·海德格尔：《艺术作品的本源》，《海德格尔选集》（上），孙周兴选编，上海三联出版社1996年版，第297页。

凡是已有定评的大作家，他的作品，全部就说明着"应该怎样写"。只是读者很不容易看出，也就不能领悟。因为在学习者一方面，是必须知道了"不应该那么写"，这才会明白原来"应该这么写"的。这"不应该那么写"，如何知道呢？惠列赛耶夫的《果戈理研究》第六章里，答复着这问题——"应该这么写，必须从大作家们的完成了的作品去领会。那么，不应该那么写这一面，恐怕最好是从那同一作品的未定稿本去学习了。在这里，简直好像艺术家在对我们用实物教授。恰如他指着每一行，直接对我们这样说——'你看——哪，这是应该删去的。这要缩短，这要改作，因为不自然了。在这里，还得加些渲染，使形象更加显豁些。④

西方前卫学者几乎毫无例外地只看到作品这样写了，没有意识到只有明确了作者为什么没有那样写，在想象中进入海德格尔所说的创作过程，才能从文本一望而知的表层进入一望无知的深层。

也许这样的思路，在西方文论及其追随者看来，有空谈之嫌。并不是所有经典之作，都有原稿、修改稿可资对照，但是，笔者在本书中，提出还原和比较，多层次的具体分析方法等等系统的可操作方法。

克罗齐说："要了解但丁，我们必须把自己提升到但丁的水准"⑤。这对一般读者来说，要求是太高了，但是，换一个说法，阅读的最高效果，应该是从低于经典的水准向经典的高度攀登，这是认真的读者追求的目标。对理论家来说，则应该是天职。当然，就现实而言，绝大多数理论家的文学秉赋低于经典作家是不言而喻的，但是，这并不是"一筹莫展"的合理性的充分理由。阅读之初，也许距离但丁甚远，但是，在阅读中通过具体分析创作过程，在某种程度上，升腾到接近作家的水准，是可能的。

阅读的胜利，是需要一定理论向导的，毫无理论向导，必然导致阅读

---

④ 文载《且界亭杂文二集》，见《鲁迅全集》，第6卷，人民文学出版社，2003年，第321页。

⑤ 朱光潜《克罗齐哲学述评》，《欣慨室逻辑学哲学散论》第七册，中华书局，2012年版。第34页。

的自我蒙蔽。一千个读者就有一千个哈姆雷特，恐怕有九百个以上是非哈姆雷特，甚至是假哈姆雷特。正如鲁迅所讽刺的，一部《红楼梦》，“经学家看见《易》，道学家看到淫，才子看见缠绵，革命家看见排满，流言家看见宫帏秘事”。[⑥] 他们看到的是自己，而不是《红楼梦》。此等自我蒙蔽的原因和西方文论一样，一味被动，未能进入作品生成的过程。一代西方文论家面临前赴后继的失败，付出惨重的代价，不做反思，反而大言不惭地宣言一切理论都宿命地与阅读不相容，并不是其有出息的证明。说不尽的哈姆雷特，说不尽的阿 Q，说不尽的林黛玉，这不是米勒先生所设想的纯粹文字游戏，而是一代又一代的读者把生命奉献上经典文本解读的祭坛，不管是智慧的、愚昧的，还是闪光的、阴霾的，包括米勒先生许多荒谬的学说，都需要我们根据文本作系统的批判和分析，作原创性的建构。这对一代国人的智慧是一项重大的、历史的挑战。

肩负起这样的历史任务，并不需要多大的学术勇气，因为，西方大师已经宣布“一筹莫展”“理论与阅读之间是不相容的”了，他们已经放弃本来属于他们的强势话语阵地，徒叹奈何了，面对这样的历史机遇，中国人，此时还不当仁不让，更待何时？

2017 年 3 月 13 日

⑥ 《鲁迅全集》第 8 卷，人民文学出版社，2005 年，第 179 页。

目　录

绪论
——西方文学理论的危机和文学文本解读学的建构

文学理论对文学文本解读的低效或无效，威胁着文学理论的合法性，这不但是中国，而且是世界性的现象。早在20世纪中叶韦勒克和沃伦就在他们著名的《文学理论》中宣告："多数学者在遇到要对文学作品作实际分析和评价时，便会陷入一种令人吃惊的、一筹莫展的境地。"①此后50年，西方文论走马灯似的更新，形势并未改观，以至李欧梵先生在"全球文艺理论二十一世纪论坛"的演讲中勇敢地提出：西方文论流派纷纭，本为攻打文本而来，其旗号纷飞，各擅其胜：结构主义、解构主义、现象学、读者反应，更有新马、新批评、新历史主义、女性主义等等不一而足，各路人马"在城堡前混战起来，各露其招，互相残杀，人仰马翻"，"待尘埃落定后，众英雄(雌)不禁大失惊，文本城堡竟然

① 韦勒克、沃伦：《文学理论》刘象愚等译，江苏教育出版社2005年版，第155~156页。

屹立无恙,理论破而城堡在”。①

李先生的意思很清楚,检验理论的根本准则就是解读文本,理论旗号翻新,流派纷纭,文学文本的解读却毫无进展,“理论破而城堡在”,理论已经为解读实践所证伪。但是,文学理论家们似乎无动于衷,拒绝反思,依旧热衷于理论轮番更新。其结果是,文学理论越是发达,越是与文学的审美阅读赏心悦目、惊心动魄的经验为敌,文学文本往往被理论弄得语言无味,面目可憎。

文学理论的危机与文学文本解读学的分化

李先生只提出了严峻的问题,并未分析造成此等后果的原因。探究其深层的原因,对于自觉建构文学文本解读学是十分必要的。

---

① 《世纪末的反思》,浙江人民出版社2002年版,第274~275页。其实,李先生此言似有偏激之处,西方大师也有致力于经典文本分析者。德里达论乔伊斯的《尤利西斯》,卡夫卡的《在法的门前》,罗兰·巴特论《追忆似水年华》《萨拉辛》,保尔·德曼论卢梭的《忏悔录》,米勒评《德伯家的苔丝》,布鲁姆评《博尔赫斯》等等,但他们微观的细读往往指向宏观的角度,演绎出理论,比如德里达用2万多字的篇幅论卡夫卡仅有800来字的《在法的门前》,解读象征寓言的同时,从文类、文学与法律等宏观方面做了超验的演绎,进行后结构主义的延异书写。其主旨不在文学文本个案审美的唯一性。

应该清醒地看到，像任何辉煌成就的文论中必然隐含着它走向衰败的内因一样，西方文论的高度成就中也深深地潜藏着走向反面的隐患。首先，是观念方面的超验倾向与文学的经验性的矛盾。其次，这种超验观念的消极性，为他们所擅长的逻辑上偏重演绎、忽视经验的归纳，未能像自然科学理论中那样保持二者在方法上的“必要的张力”而加剧了。最后，对此等局限缺乏自觉，导致20世纪后期，西方文学理论否定文学存在有历史的和逻辑的必然性。

这一切的历史根源乃是西方文学理论长期美学化、哲学化的倾向。关于这一点，早在1920年，年轻的宗白华先生就在《美学与艺术略谈》中指出：

> 以前的美学大都是附属于一个哲学家的哲学系统内，他里面“美”的概念是个形而上学的概念，是从那个哲学家的宇宙观念里面分析演绎出来。[①]

西方美学作为哲学的一个分支，在其源头上就有柏拉图的超验的最高“理念”（或译“理式”），虽然其后亚里士多德倾向于经验之美，但是，西方文化源远流长的宗教超验（超越世俗、经验、自然）传统使得美学超验性跨越启蒙主义美学贯穿到20世纪。从早期奥古斯丁到中世纪的托马斯·阿奎那将柏拉图超验的理念打上了神学的烙印。“一切经验之美的最大价值就是作为超验之美——上帝的象征。”最高的美就是上帝。当然，中世纪的神学美学，也不完全是消极的，而是有着一定的积极意义，至少是脱离了自然哲学的束缚，以神学方式完善和展现自我。神学不过是被扭曲和夸大的人学，或以异化形式出现的人学，体现在美学上，就是把超越了自然的上帝，或叫人类总体，当作思维总体，由这个主体出发去探

① 宗白华：《美学与艺术略谈》，原载于《时事新报·学灯》，1920年3月10日。收入宗白华《美学与意境》，凤凰出版集团，江苏文艺出版社2008年版，第14页。

求美的起源和归宿。这种美学的许多范畴,如本体意识、创造意识、静观意识、回归意识大都为近现代美学所继承。[①] 也许正是因为这样,虽然神学美学在文艺复兴强调经验之美的启蒙主义思潮中被冷落,但是在西方近代美学的奠基者康德的学说中,经验性质的情感审美与宗教式的超验之善,仍然在更高层次中结合。德国古典哲学浓郁的超验的神学话语,和以审美或艺术代替宗教的倾向,也曾遭到费尔巴哈和霍尔马赫感性实践理念的批判,还有克尔凯郭尔的论证说,以及车尔尼雪夫斯基"美是生活"的反拨,但是,康德式的超验的哲学美学思辨,仍然是西方文学理论的主流形态。虽然超验美学在灵魂的救赎上至今仍有其不可忽视的价值,但是,超验的思辨,形而上学的普遍追求,对于文学理论却带来致命的后果。卡西尔曾经对之发出这样的反讽:"思辨的观点是一种非常迷惑人的解决问题的方法,因为好像通过这种方法,我们不仅有了艺术的形而上的合法根据,而且似乎还有神化的艺术,艺术成了'绝对'或者神的最高显现之一。"[②]

西方文学理论这种美学、形而上学、超验的追求,实际上使得文学文本解读与哲学的矛盾激化了。

第一,哲学以高度概括为务,追求涵盖面的最大化,在殊相中求共相,而文学文本却以个案的特殊性、唯一性为生命,解读文本旨在普遍的共同中求不同,普遍中求特殊。文学理论的概括和抽象,却以牺牲特殊性为必要代价,其普遍性原理中并不包含文本的特殊性。由于演绎法的局限(特殊的结论已包含在周延的大前提中),不可能推演出文本的特殊性、唯一性。

第二,这种矛盾在当代变得更加尖锐,乃是由于当代西方前卫文论执着于意识形态,追求文学、文化和历史等的共同性,而不是把文学的审美

---

① 阎国忠:《超验之美与人的救赎》,《学术月刊》,2005 年第 5 期。又见阎国忠《美是上帝的名字:中世纪神学美学》第二章,上海社会科学院出版社 2003 年版,第 79~83 页。

② 卡西尔:《语言艺术》,张法译,载刘晓枫选编《德语美学文选》(上),华东师范大学出版社 2006 年版,第 400 页。

（包括审丑、审智）特性作为探索的目标。解读当然要关注意识形态，但是，意识形态是理性的，而文学文本的核心却在情感的审美。离开了文学个案的审美特征，把文本当作理论的例证，看到的只能是抽象的意识形态。即使是较为强调文学“内部”特殊性的勒内·韦勒克、奥斯汀·沃伦的《文学理论》和苏珊·朗格的《情感与形式》，也囿于西方学术传统而热衷于往哲学方面发展。苏珊·朗格在《情感与形式》中开宗明义坦然宣告，她的著作“不建立趣味的标准”，也“无助于任何人建立艺术观念”，“不去教会他如何运用艺术中介去实现它”。所有文学的“准则和规律”，在她看来，“均非哲学家分内之事”。

> 哲学家的职责在于澄清和形成概念……给出明确的、完整的含义。①

而文学文本的有效解读恰恰与此相反，要向形而下方面还原。

第三，长期以来，西方文学理论家似未意识到文学理论的哲学化与文学形象的矛盾，因为哲学在思维结构和范畴上与文学有所差异。不管什么流派，传统哲学都不外是二元对立统一的两极线性思维模式（主观与客观、反映与表现、自由与必然、形式与内容、道与器等），前卫哲学如解构主义，则是一种反向的二元线性思维；文学文本则是主观、客观和规范形式的三维结构。哲学思维中的主观与客观只能统一于理性的真或实用的善，而非审美。而文学文本的主观、客观统一于模范形式的三维结构，其功能大于三者之和，则能保证其统一于审美。② 二维的两极思维与三维的艺术思维凿枘难通，文学理论与审美阅读经验为敌，遂为顽症。哲学思维是没有形式范畴的。而文学形象的三维结构中的规范形式，不但不能被内容决定，而且可以征服、预期、衍生内容，在千百年反复运用中进化积

---

① 苏珊·朗格：《情感与形式》，刘大基等译，中国社会科学出版社 1986 年版，第 1~2 页。

② 文学形象的三维结构，最初由笔者在《形象的三维结构和作家的内在自由》中提出，载《文学评论》1985 年第 4 期。

累,因而成为主观和客观统一于审美经验的载体。(下文详述)

文本解读的无效或低效不完全是理论家的弱智,而是人们对文学理论寄予它所不能承载的期待。文学文本解读和文学理论虽然有联系,但是也有重大的区别。从某种意义上说,乃是一门学科的两个分支。

文学作品的生命,在于其唯一性、独一无二性。但是,前卫文学理论对此视而不见。它们所关注的,其极端者实际上变成了哲学的附庸。在他们看来,与其把文学叫作文学不如叫作哲学。乔纳森·卡勒说:“对某一哲学作品的最真实的哲学解读,应是把该作品当作文学,当作一种虚构的修辞学构造物,其成分和秩序是由种种文本的强制要求所决定的。反之,对文学作品的最有力的和适宜的解读,或许是把作品看成各种哲学姿态,从作品对待支持着它们的各种哲学对立的方式中抽取出含义来。”①以哲学家自豪的倾向,不但在前卫文学理论中如此,就是以追求文学艺术特殊性为务的符号学理论家,也未能免俗。

从方法来说,他们几乎不约而同地从概念(定义)出发,沉迷于从概念到概念的演绎,越是向抽象的高度、广度升华,越是形而上,与文学文本距离越远,越被认为有学术价值。对这样的文学理论,根本就不该指望其具有文学文本解读的功能。文学文本解读追求对审美的感染力,文本的特殊性、唯一性、不可重复性的阐释。它所需要的是与文学理论恰恰相反的,越是具体、特殊,越是往形而下的特性方面还原,越是具有阐释的有效性。

这只能说明,文学理论和文学解读学,是两路功夫,具有不尽相同的规律,不同的学问,文学理论与文学文本解读学,应该在这里分化。文学理论与审美阅读经验为敌,成为千年的痼疾,归根到底原因有两个:第一,文学理论不但脱离了文本解读学,而且脱离了文学创作论。苏联的季莫菲耶夫,美国的韦勒克、沃伦都把文学理论分为三个部分:一是文学理论;

① 乔纳森·卡勒:《论解构:结构主义以后的文学理论和批评》,见理查·罗蒂:《自然与哲学之镜》,商务印书馆1987年版,第376页。

二是文学批评；三是文学史。这当然不是没有一定道理的。

但是，所有这三个部分的基础应该是文学创作论。文学理论基础只能是文学创作实践。创作实践不但是文学理论的来源，而且应该是检验文学理论的标准。创作实践，尤其是经典文本的创作实践是一个过程，艺术的深邃奥秘并不存在于经典显性的表层，而是在反复提炼的过程中。过程决定结果，决定性质和功能，并高于结果，一切事物的性质在结果中显现的都是很表面、很片面的；而在其生成的过程中则是很深刻、很全面的。最终成果对其生成过程是一种遮蔽，正如水果对其从种子、枝芽、花朵生长过程具有遮蔽性一样，这在自然、社会、思想、文学中是普遍规律。对于文学来说，文本生成以后，其生成机制，其艺术奥秘蜕化为隐性的、潜在的密码。从隐秘的生成过程中去探寻艺术的奥秘，是进入有效的解读之门。正如海德格尔所言："作品的被创作存在只有在创作过程中才能为我们所把握。在这一事实的强迫下，我们不得不深入领会艺术家的活动，以便达到艺术作品的本源。完全根据作品自身来描述作品的存在，这种做法业已证明是行不通的。"①正如水果对于其从种子、枝芽、花朵生长过程有遮蔽性一样，对于文学来说，文本生成以后，其生成机制，其艺术奥秘，蜕化为隐性的、潜在的密码。文本解读只有从隐秘的生成过程中才能进入有效性之门。如《三国演义》中的"草船借箭"，其原生素材在《三国志》里是孙权之船中箭，到《三国志平话》里是周瑜之船中箭，二者都是孤立地表现孙权和周瑜化险为夷的机智，从范畴上二者还属于实用理性。到了《三国演义》中变成"孔明借箭"，并增加了三个要素：盟友周瑜对盟友诸葛亮多智的多妒；孔明算准三天以后有大雾；孔明拿准曹操多疑，不敢出战，必以射箭稳住阵脚。这就构成了诸葛亮的多智是被周瑜的多妒逼出来的，而诸葛亮本来有点冒险主义的多智，因为曹操的多疑，取得了伟大的胜利。三者心理的循环错位，把本来是理性的斗智，变成了情感争

① 马丁·海德格尔：《艺术作品的本源》，《海德格尔选集》（上），上海三联出版社 1996 年版，第 297 页。

胜的斗气，于是多妒的更多妒，多智的更多智，多疑的更多疑，最后多妒的认识到自己智不如人就不想活了，发出“既生瑜，何生亮”的悲鸣。情感三角的较量，被置于军事三角上。实用价值由此升华为审美经典。这样的伟大经典，历经一代又一代作者的不断汰洗、提炼，耗费了不下千年的时间。这一切奥秘，全在于文本潜在的特殊性，无论用何种文艺理论的普遍性直接演绎，只能是缘木求鱼。

文学理论的第二个实践基础，就是读者的文本解读。文学作品的价值和功能最终只有在读者阅读过程中实现。文学解读是以个案为前提的，它关注生成的过程，不是普遍的，而是个案的。由于文学作品的感性特征，在阅读中，往往给读者一望而知的感觉，但是，这常常是表层结构，其深层密码，并不是一望而知的，而是一望无知，甚至再望仍然无知的。因而是需要解读的。解读就是深层解析、解密，要把潜在的密码由隐性变为显性，化为有序的话语，是需要微观的原创性的，这恰恰是文学文本解读学的核心。这是一种相当艰深的专业，有时个人毕生的精力是不够的，往往要一代又一代的读者把自己的智慧奉献上经典文本解读的历史祭坛。正是因为这样，才有说不尽的莎士比亚，说不尽的《红楼梦》，说不尽的普希金，说不尽的鲁迅。

理论的基础和检验的准则来自于实践。理想的文学理论，应该是在创作实践和阅读实践的基础上，作逻辑的和历史的提升。然而，当前的文学理论，不从创作和解读中寻求建构的基础，而是偏执于把文学理论当作一种知识的谱系，从知识谱系中建立理论，由于知识谱系相对于文学创作和文学阅读经验的不完全性，以及其抽象的普遍性与文本的无限丰富和特殊性存在永恒的矛盾，因而，造成理论的架空。理论家们大都为学院派，缺乏创作才能和起码的创作体验已经是先天不足，对文学创作论的漠视，使其基础更加薄弱。本来，这种缺失，可以文学文本个案的海量解读来弥补，但是，学院派培养理论家的途径，却不是对经典文学文本大量的、系统的解读，而是把最大限度的精力奉献给五花八门的文学理论（知识谱系）的梳理。这些理论家的本钱，恰如苏珊·朗格所说只有“明晰”和“完整”的概念。他们擅长的方法也就是逻辑的演绎和形而上学的提升，这就造成了一种偏颇：文学理论以脱离文学创作经验、脱离解读文本为荣。这种以超验为特点的文学理论在全世界批量生产出所谓文学理论家（学者、教授、博士），这些人对文学审美规律一窍不通，是必然的，在不少权威那里，还有不可救药的性质。

在创作和阅读两个方面脱离了实践经验，就不能不在创作论和解读学的社会及教学的迫切需求面前闭目塞听，就不能不以形而上学的概念到概念的空中盘旋为能事，文学理论因而成为某种神圣的封闭体系。在不得不解读文本之时，以文学理论代替文学解读学，以哲学化的普遍性直接代入文学文本特殊性。这就导致了两种倾向：第一，只看到客观现实、意识形态和文学作品之间的直线联系，抹杀文学的审美价值和作家的特殊个性；第二，以作家论代替文本个案分析，只看到作家个性与作品的线性因果，无视每一个作品只能是作家精神和艺术追求的一个侧面，一个层次，甚至是一次电光火石般的心灵的升华，一度对形式、对艺术语言的探险。

其实，就作家在作品中的形象而言，和生活中的自我相比，是艺术化了的，并不等同于日常相对稳定的自我。从这个意义上说，“文如其人，风格就是人”这样的说法是片面的；即使黑格尔所说的“这一个”也是不完全的。因为个案文本只是作家的这一次，这一刻，这一刹那。庞德给意象下的定义是：“在一刹那的时间里表现出一个理智和情绪复合物的东西。”①不管是我国的绝句，还是日本的俳句，都表现情感的刹那，但是，我国绝句更以刹那的情绪转换见长。

朱自清在浙江春晖中学有过一次演讲，讲他的人生观，其实也是讲他的文学创作观：

---

① 庞德《意象主义的几个“不”》，见彼得·琼斯《意象派诗选》，裘小龙译，漓江出版社1986年版，第152页。

古尔孟曾以葡萄喻人生，说早晨还酸，傍晚又太熟了，最可口的是正午时摘下的。这正午的一刹那，是最可爱的一刹那，便是现在。事情已过，追想是无用的；事情未来，预想也是无用的；只有在事情正来的时候，我们可以把握它，发展它，改正它，补充它，使它健全、谐和，成为完满的一段落，一历程。①

所谓刹那主义就是从生命每一刹那间获得意趣，这种刹那的价值，就是心灵的审美价值。这一点不但对理解朱自清有重要意义，而且对文学的审美解读有重大价值。在这一点上掉以轻心，往往就造成大而化之不着边际的所谓“艺术分析”。明确这一点，在文学解读中，对于文学解读学与作家论的区别极其关键。一位权威教授分析卢纶《塞下曲》“月黑雁飞高，单于夜遁逃。欲将轻骑逐，大雪满弓刀”，说明其好处在于“只写了准备出击的，究竟出击了没有，追上了敌人没有，统统略去了”。“艰苦的战斗环境、肃穆的战斗氛围和将士们的英雄气概，都被烘托出来了。神龙见首不见尾，尾在云中，若隐若现，更有不尽的意味和无穷的魅力”。② 总之，诗的好处，就是只写了前因，没有写后果。但是，该文前面明确说，因果关系的连续性是情感性质的。而这里的有因无果，却不是情感的，而是事件的，只有“准备出击”，省去了的也只是事件的结果（“究竟出击了没有，追上了敌人没有”）。其实，诗的精彩在于由事件引起了双重的情感刹那因果。首先是，发现敌人在遁逃，这是个结果，原因是什么呢？深夜，雁是不会飞的；月黑，就是飞也不可能看到的。月黑之夜，有高飞的雁，只能是惊雁发出了声音，刹那发觉敌人在遁逃。其次，出发时胜利很有把握，以为只以“轻骑”相逐，胜券尽在把握中。但是，情绪突然转换。大雪居然积满了面积不大的兵器。外部环境，特别是征途上的积雪，轻骑可能就轻松不起来了。从轻松感到不轻松，心情刹那间的转换，尽在潜在的意

---

① 《春晖》第13期，1924年5月15日。

② 袁行霈：《中国诗歌艺术研究》，中国社会科学出版社2009年版，第20页。

脉之中。就算是“英雄气概”，也是英雄心灵一刹那的震颤。表现这种刹那的震颤就是绝句的优长，而且是许多古典诗歌或古典色彩诗歌的精致之笔。如韩愈的“草色遥看近却无”，李清照的“此情无计可消除，才下眉头，却上心头”。又如郑愁予的“我哒哒的马蹄是个美丽的错误，我不是归人，是个过客……”对于普通人来说，这些微妙的转瞬即逝的感知是既没有实用价值，又没有认识价值的，然而诗人却把它们紧紧抓住，当作心灵的珍宝，使之成为诗，而解读就是要把这种刹那性从诗人的全部整体性感知中分析出来，揭示其构成诗歌杰作的唯一性。

这一点，即使是相当重视文本独异性的学者，也往往满足于以作家论代替文本分析。如鲁迅自述的“哀其不幸，怒其不争”“表现病态社会不幸的人们”只是总体意义上的共性，每一篇作品的特殊性才是解读的目标。用之解读《社戏》中对乡民善良、诗意的赞美，就文不对题；用“哀其不幸，怒其不争”解读《阿长与〈山海经〉》也不完全贴切，因为文中另有“欣其善良”的抒情，最后还对她有所赞美。因而从文学文本解读学来说，就还要加上“欣其善良”才比较适当。

在文学作品中，作家的自我并不是封闭的、静态的，而是随着时间、地点、条件、文体、流派、风格以变奏的形式处于动态之中。朱自清在《荷塘月色》中的“我”，并不是“平常的我”，他明白无误地宣言，那是“超出了平常的自己”，这个自我，是超越了伦理的、责任的压力，享受到校园中散心的“独处的妙处”，那是只有半个小时左右的“自由”的自我。等到回到家中，看到熟睡的妻儿，则又恢复了平常的自我。有时文学作品中的自我，还是复合的，既是回忆中当年的自我，又是正在写作时的自我。鲁迅在《阿长与〈山海经〉》中的“我”，并不完全是童年的鲁迅，同时又是中年的鲁迅，以宽容的心态看待长妈妈讲述太平军荒诞的故事。鲁迅以自我调侃，故作蠢言，说她有“伟大的神力”，对她有“空前的敬意”，这种幽默的谐趣是中年的，但又以童年的感知表现。有时，作家完全有自由作自我的虚拟，如刘亮程本是农村的农机员，在“一个人的村庄”中却虚拟自我成为一个农民,不管春种秋收,只管对虫子、家畜等作自由的遐想。更不可忽略的是,同样的作家在不同文体中有不同的表现。在追求形而上的诗歌中,李白是藐视权贵的,而在形而下的散文中,李白恰恰是以“遍干诸侯,历抵卿相”为荣的。[①] 正是因为这样,文学文本解读学,不但应该超越普遍的文学理论,而且应该超越文学批评中的作家论。在作家论者看来,对欧阳修《醉翁亭记》中用了 20 个“也”结束陈述句,可以忽略不计,但是,文学文本解读学,对这个可能造成单调的奇险的语气词,如果不加解读,就是没有抓住其独一无二的、不可重复的艺术价值。

以文学理论和作家论的普遍观念和演绎方法去解读文学文本,导致了世界性的无效和低效,其根源乃是文学理论本身美学哲学霸权遮蔽了文学解读学的建构。

追求普遍性迫使文学理论不能不以牺牲特殊性为前提,这是理论抽象化的必要的代价,从根本上说,理论的抽象越是普遍,涵盖面越是广泛,越有价值。然而,从逻辑学来说,理论越是普遍,其外延越是扩大,而内涵则相应缩减。而文学文本越是特殊,其外延递减,内涵则相应递增。不可回避的悖论是,对文本个案而言,以独一无二、不可重复为生命,但是,作为理论,乃是无数唯一性的概括。无数的唯一性,就其概括性而言,乃是共性。而共性,就是对文本唯一性的否定,从某种意义上说,二者是不相容的。理论的独特性,只能是抽象的独特性,并不是具体的唯一性。个案的唯一性,与理论概括的“独特性”乃是永恒的矛盾。当然,这并不是文学解读学特有的悖论,而是一切理论都可能存在的矛盾。但是,一切理论,并不要求还原到唯一的对象上去,对于万有引力,并不要求回到传说中牛顿所看到的苹果上去,对氧气的助燃性质,也不用还原到拉瓦锡的实验中去。即使是马克思在经济学中对商品这样的基本范畴的还原,也不用追溯到某一件具体的货物中去,社会调查,解剖麻雀,MBA 课程中的个

① 《李太白全集》第 3 册,中华书局 1957 年版,第 1251 页。原文为“十五好剑术,遍干诸侯;三十成文章,历抵卿相”。

案，也着眼于一切麻雀和个案的共同性。故马克思在《资本论》中，主要取英国的数据，所得出的结论也同样符合德国，因为理论价值不在特殊性，而在于普遍的共性。而文学文本解读则相反。个案文本的价值在于其特殊性、唯一性。由此可知，文学解读学与文学理论虽有相通之处，但又是遥遥相对的。

正是因为文学理论在文本个案的解读上的无能为力，文学文本解读学的建构才是当前迫切的任务。

对于个案特殊性的追求，正是文学文本解读学的难点，因为它不能从演绎得出，而需要原创的归纳，因此成为它生命的起点；但是，对于文学理论来说，局限于文本的个案特殊性，却可能是它生命的终点。理论的价值在于作文本分析的向导，但是，它对所导引的对象的内在丰富性却一无所知。水果的概念包罗万象，其内涵并不包含香蕉的特殊性，而香蕉的特殊性中却隐含着水果的普遍性。文本个案的特殊内涵，永远大于理论的普遍性。因而，以普遍理论（水果）为大前提，不可能演绎出任何文本个案（香蕉）的唯一性。正是因为这样，文学理论不可能直接解决文本的唯一性问题，理论上的“唯一性”“独特性”只能是一种预期（预设）。说白了，它只是一种没有特殊内涵的框架。

英伽登（1893—1970）和沃尔夫冈·伊瑟尔（1926—2007）都认为作品的意义不确定性和意义空白促使读者去建构。这种由意义的不确定与空白构成的就是“召唤结构”，这种说法，一直被奉若神明，其实，说了等于没有说。因为一切符号（词语）都不是指称对象（reference）的，而是用声音符号召唤读者经验（experience）的，不确定性和空白是语言符号的共性。但是，其空白、不确定性，不是绝对的，而是约定俗成的。空白的意指，是心照不宣的，因而是有某种确定性的（如字典意义），只是在不同语境中，其确定性要发生变异。鲁迅在《论“他妈的！”》一文中指出，在特殊情境下，他妈的，相当于“亲爱的”。[1]

---

① 《鲁迅全集》第1卷，人民文学出版社2005年版，第245页。

对于文学形象来说,所谓的“空白”说,是只知其一,不知其二。文学形象的“空白”,是文本的意蕴,像物理学中磁场一样,具有物质性,也就是具有相对的确定性,并不是任何主体都能填充得进去的。就诗歌而言,意境结构固然有其空白,但是,也有可以意会的确定性,“寒波澹澹起,白鸟悠悠下”,“暧暧远人村,依依墟里烟”,“江流天地外,山色有无中”,其意蕴极其丰富,只是难以用简明、有序的语言加以全面概括。在小说中,也不乏言外之意,王熙凤得知贾琏在外包养了尤二姐,讲了一句“这才好呢”。林黛玉临终,听到贾宝玉与薛宝钗结婚的音乐,说:“宝玉你好……”其好处,就在于不确定的空白中不能以一般语词穷尽的确定性。西方小说中被嚷嚷得天花乱坠的情节“空白”,更是如此。《项链》中女主人公发现为之付出10年青春代价的项链是假的,小说至此戛然而止。并未接下去写如何把真项链索回。很明显,审美价值达到高潮,再写索回,以实用价值补偿情感的损失,无疑会使整个小说的审美格调降低。从情节的完整连贯来说,是空白,而对审美价值来说,则不是空白,而是类似于我国绘画中的留白。留白不是空白,其内涵是不确定中的确定。海明威说,他的叙述如海面上的冰山,水面上的只是八分之一,八分之七在水面以下。[①] 依海明威的说法,没有直接表现出来的并不完全是空白,而是“隐白”。我国古典诗论说“不着一字,尽得风流”。“不着一字”是表面上的空白,“尽得风流”则是内涵上的丰富。从这个意义上来说,空白不空,不确定性的深层蕴含着确定性。正是因为特殊文本的内涵大于普遍观念,深层意蕴的相对确定性,故在解读(具体分析)的过程中,不但可以对理论的抽象性进行具体化,而且可能对理论的普遍性进行丰富和突围。

从这个意义上说,理论比之文学作品更是名副其实的“召唤结构”。理论的“不确定性”和“空白”,期待着特殊作品去填充,赋予其生命。不能得到特殊的作品的填充,则肯定是“空洞”。

就文学文本解读的要求而言,西方那些纯粹从理论到理论的文学理

① 《海明威研究》,中国社会科学出版社1985年版,第73页。

论就算是没有偏颇，也是空洞的、无血肉的骨架。理论只有在文本解读的过程中才能获得血肉和灵魂。理论应该是开放的，应该从文本解读的深化中获得生命，一味封闭，则不可避免地面临李欧梵先生所说的“理论破而城堡在”的结局。

从根本上说，解读就是把被理论抽象掉的生命的血肉还原、焕发出来。还原就是还魂。还魂之术，就是具体问题具体分析，这是马克思主义，也是解构主义活的灵魂。而具体分析，就是把在普遍概括过程中牺牲掉的特殊性、个别性还原出来。从方法上说，这就是马克思所说的从抽象上升到具体。马克思所说的抽象，不是通常的相对于感性的抽象，而是内涵贫乏的概念，而具体也不是通常所说的感性具体，而是内涵丰富的具体。具体分析就是把艺术形象的内涵有序地归纳出来。其规定性越是丰富，就越是具体；越是统一，就越是有序；多种规定性越是达到统一，就越是深刻。说朱自清的《背影》动人之处，是亲子之爱，是抽象的；说其亲子之爱的特殊性是：儿子爱得很隔膜，很惭愧，很痛苦，很内疚，很隐秘，则比较具体。说陶渊明的《饮酒》，表现了他的清高自赏，是抽象、肤浅的；分析出他的清高自赏是由于：第一，“无心”于外在世俗的虚荣；第二，超脱了内心的一切欲望，包括有心寻求美的动机（悠然见南山，而不是望南山）；第三，甚至对这种自由的境界也没有语言渲染的压力（此间有真意，欲辩已忘言），就比较具体，比较深刻。

具体分析，是普遍方法。对于文学解读学来说，其特殊性在于，在宏观与微观之间，更注重于微观，可以说以微观为基础。这种微观分析的关键在于，对于情感和语言的唯一性有高度精致的敏感和洞察力。这对于习惯于用文学理论演绎法和例证法的人士来说，具有相当的挑战性。在微观的具体分析中，每一个层次都是一次直接归纳，这种归纳不像演绎法是从现成的大前提中间接推理而来，而是从感性经验中直接概括出来，这就意味着把体悟转化为有序的话语，给可以意会不可言传的感悟以第一手的命名，这需要微观的原创性，至少是亚原创性。但是，不管是原创性的，还是亚原创性的，这种微观的直接概括功夫，是文学理论所不能提供的。

正是因为这样，文学文本解读学不像文学理论那样满足于理论的概括，而是在具体个案分析，特别是在微观分析的基础上建构解读理论，再回到个案中，对文本进行深层的分析，从而拓展衍生解读理论。

我国古典文学权威理论和西方文论最大的不同：一是以《文心雕龙》为代表的创作论为核心；二是诗话词话，小说、戏曲评点，以文本解读学为基础。朱熹将《诗经》三百余篇每一篇都作了解读，才写出《诗集传》，金圣叹对整部《水浒》作了评点、删节改写才提出了“性格范畴”；清沈雄（顺治年间人）和贺裳、吴乔解读了大量的诗词才提出了抒情的“无理而妙”说，相当完整地提出了无理向有理转化的条件，乃是“深于情”。在情与理的矛盾这一点上，我国 17 世纪的古典诗论领先于英国浪漫主义诗论一百年以上。

可惜的是，我们不是从这样的宝库中进行发掘，建构中国的文学解读学，反而用西方美学去硬套，好像不上升到美学就不是学问。可是，越是上升到美学，越带形而上的性质，越是超验，就越是脱离文学文本的有效解读。不论中国还是西方，似乎都陷入一种不言而喻的预设：文学理论只能是宏观的、概括的理论。文学理论越是发达，文本解读越是无效，甚至是“误效”，“滔滔者天下皆是”。这就造成一种印象：文学理论在解读文本方面的无效甚至为敌是理所当然，是命中注定的。文学理论就这样陷入了空对空封闭式的自我循环、自我消费的怪圈。然而，世人对文学理论的自我窒息的严峻形势，视而不见，感而不觉，最严重的后果是，单因单果的线性思维猖獗，不仅是在文学文本解读时，满足于从论点到例证模式，而且更为严峻的是，造成从定义出发否定文学的存在。

定义:出发点还是过程

空头理论如此猖獗,实在是因为世人(包括西人)对西方文论的局限缺乏清醒的反思。西方学术固然有其不可低估的优越性,正是因为这样,五四时期,我国学术才放弃了诗话词话和小说评点那样的模式,采用西方以定义的严密、概念的演绎、逻辑的统一和论证自洽为特征的范式。应该说,这是一种进步。与中国古典学术相比,其优越性不言而喻。定义的功能是:第一,维持基本观念的统一性,防止其内涵演绎过程中转移,确保学术在统一内涵中衍生的有效性;第二,稳定的定义是研究积淀的载体,学术成果因之得以继承和发展。中国古典哲学文学理论就是因为其基本观念(如道、气)缺乏严密的定义,难免长期在错位的歧义中徘徊。故五四新文化运动以后,废弃了"诗品"印象式的品评,连王国维《人间词话》的模式都在所不惜,而采取了西方定义为前提的演绎方法。但是,西方的这种方法,并非十全十美。过度执着定义,难以避免西方经院哲学的烦琐造成的许多荒谬(如中世纪神学辩论"一个针尖上能站几个天使")。执迷于以定义为纲领,一味对概念作抽象的辨析,满足于在概念中兜圈子,一来容易把本来简明的事物和观念说得玄而又玄,二来最为关键的是脱离实践陷入玄学式的空谈。其极端者乃是乔纳森·卡勒和伊格尔顿,因为文学无法定义,就否认文学作为客体的存在。其理由是,文学的观念在历史发展中不断变化,今后不知要变成什么样子,也许在未来的某一天,连莎士比亚戏剧都不被认为是文学。这就造成了蜻蜓吃尾巴的喜剧:号称"文学理论"的权威著作却堂而皇之地质疑文学的存在。① 为理论而理论

---

① 乔纳森·卡勒:《文学理论入门》,李平译,译林出版社2008年版,第16页。伊格尔顿:《二十世纪西方文学理论》,伍晓明译,北京大学出版社2007年版,第11页。

的文学理论,就这样把文学理论引向死胡同。从这个意义上来说,伊格尔顿和卡勒在学术方法上,一开始就错了。把定义概念的演变,作为一切,不是把定义(内涵)和事实(外延)的矛盾作为问题,而是取消了问题,根本不承认文学的存在。一些被奉为大师的西方人物,其权威性中隐含多少皇帝的新衣,是值得审视的。以米克·巴尔的《叙述学:叙事理论悖论》为例,她一上来就为其核心范畴"文本"下了一个这样的定义:

> 文本(text)指的是由语言符号组成的、有限的、有结构的整体……叙述文本(narrative text)是叙述代言人用一种特定的媒介,诸如语言、形象、声音、建筑艺术,或其混合的媒介叙述(讲故事)的文本。①

在这里,定义的对象是文学艺术,可谓是空话连篇,其内涵中一点文学艺术的影子都没有。在西方前卫文论家中,米克·巴尔并没有太大的权威,但是,他的这种空对空的定义模式却使西方文论的权威大师也未能免俗。不屑于对文学定义的雅克·德里达有时也不得不面对"文学的本质",他说:

> 如果我们坚持本质这个词——是于记录和阅读"行为"的最初历史之中所产生的一套客观规则。②

在德里达对文学本质的界定中,根本没有文本本身的内涵,只有其被阅读的"规则"。没有文学文本,何来阅读的对象,又何来阅读的"客观规则"呢?乔纳森·卡勒也为文学下了这样的定义:

> 文学是一种可以引起某种关注的言语行为,或者叫文本的活

① 米克·巴尔:《叙述学:叙事理论导论》,谭君强译,中国社会科学出版社2005年版,第3页。
② 雅克·德里达:《文学行动》,中国社会科学出版社1998年版,第12页。

动。①

“引起某种关注的言语行为，或者叫文本的活动”，这哪里有什么文学的特殊内涵？中国历史的“寓褒贬”，国际社会上的外交辞令，不同样也要关注语言的行为吗？

以这样的贫乏定义作为大前提，根本是不可能演绎出任何文学艺术的特殊内涵来的。然而，西方许多大家对定义的局限和功能缺乏审思，在概念的迷宫空转中消耗着生命者代不乏人。

李欧梵先生指望它解读文学文本，实在是找错了对象。

其实，这样的思维方法是相当幼稚的。从严格的意义上说，一切事物和观念，都有不可定义的丰富性：一、由于语言作为听觉象征符号的局限，事物和思维的多种感官属性既不可穷尽，又不能直接对应，它只唤醒主体经验的“召唤结构”；二、一般的定义都是抽象的内涵定义，要将无限感性属性转化为有限的、抽象的、有序的规定，往往要耗费上千年的才智，也难以达到广泛的可接受的程度。不要说，人类到目前为止对审美、幽默、文化尚无严密的定义，就是对一个具体的人（如周作人），一个“盘”（它在春秋时代本是礼器）字，也无法作出普遍的能够被接受的定义。三、一切事物和观念，都在发展之中，不管多么严密的定义都在历史发展之中不断被充实，被严密，被衍生，被突破，被颠覆。一切定义都是历史过程的阶梯，而不是终结。学术史上，并不存在超越时间的、绝对一劳永逸的定义。即使是西方前卫文论用以否定文学的文化，其定义也一样众说纷纭。文化的定义多至上百种，并未成为否定文化存在的理由。四、由此观之，定义不应该是研究的起点，而是研究的过程和结果。如果一定要从精确的定义出发的话，世界上能够研究的东西，就相当有限了，甚至非常走红的萨义德的“东方学”这个论题本身就无法定义。从外延来说，东方不是一个统一的实体；从内涵来说，也不共享统一的理念。实际上，连中国、美国这

① 乔纳森·卡勒：《文学理论》，辽宁教育出版社 1998 年版，第 28 页。

样的论题，都是很难下一个在内涵和外延上一劳永逸的、超越历史的定义。

虽然如此，离开了定义的一贯性，学术研究难以顺利有效地展开。在这个学术关键问题上，马克思主义的经典作家具有相当深刻的成就，普列汉诺夫在《没有地址的信 · 第一封信》中，开宗明义这样说：

> 在任何稍微精确的研究中，不管它的对象是什么，一定要依据严格地下了定义的术语。……一个对象的稍微令人满意的定义，只有在它们研究的结果中才能出现。所以，我们必须给我们还不能够定义的东西下定义。怎样才能摆脱这个矛盾呢？我以为，只有通过下列方式才能摆脱，那就是：我们暂且使用一种临时的定义，随着问题的研究而得以阐明，再把它加以补充和改正。①

将问题作逻辑展开时，不能没有相对严密的内涵定义。临时定义（准定义）不阐述清楚，论题就无法展开。所以，对临时定义（准定义）作为学术体系的出发点，准确一些说应该是初始范畴，对其内涵的阐述不可回避。问题在于，初始的范畴从何处着手。对于这个问题，马克思有过系统的思考。他说，科学的抽象要求对象性态“纯粹”“稳定”，不受“扰乱”，对于不断变幻的、不纯粹的事物，如何入手呢？他在《资本论》初版的序中提出：“已经发育的身体，是比身体的细胞更容易研究的。”②在事物从低级到高级不稳定的过程中，马克思提出从高级形态回顾低级形态的方法，这就是说，从高级形态抽象出初始范畴，然后再阐释其低级形态：“人体解剖对于猴体解剖是一把钥匙。反过来说，低等动物身上表露的高等动物的征兆，只有在高等动物本身已被认识之后才能理解。”③他宣告自己研

① 普列汉诺夫：《没有地址的信 · 艺术与社会生活》，人民文学出版社 1962 年版，第 1 页。又见普列汉诺夫：《论艺术》，曹葆华译，三联书店 1964 年版，第 1 页。

② 马克思《资本论》第一卷，人民出版社 1965 年版，第 10 页。

③ 《政治经济学批判导言》，《马克思恩格斯选集》第 2 卷，人民出版社 1995 年版，第 23 页。

究资本主义，并不因为它在欧洲资本主义的发展不平衡而却步，他把最成熟的英国资本主义作为出发点，对比高级形态作逻辑的概括（定义、范畴），站在逻辑的制高点上，再进行历史的前瞻和回顾，将变动中的内涵（定义、范畴）作历时性的展开。在高级阶段的英国的内涵弄清楚了以后，作为低级阶段的德国的特点，就不难得到充分的说明。虽然没有正面指出英国与德国的不同，但是，马克思对麻木的德国读者说："这正是阁下的事情！"[①]这样从高级到低级，又从低级到高级的回环往复，资本主义范畴（定义）的内涵其运动变幻就不难以谱系的形态构成了。

伊格尔顿是西方马克思主义的代表，他罗列了俄国形式主义的文学定义和英国文学在近百年前后变幻的内涵，在否定统一的文学存在的时候，似乎忘记了马克思的这个重要方法。低级形态的种种不成熟征兆，只有到了高级形态（现代文学）中才能得到充分的说明。反过来说，在高级形态形成定义之时，要防止陷入低级形态的纠缠之中。比如说，在为人下定义的时候，避免用"猴子不是这样"来搅局。等到人的定义清晰了，猴子的属性自然不难说明。这个原则无疑可以成为一种学术原则。研究文学可以放心大胆地从现当代文学的成熟状态出发。为什么要从比较成熟的状况获得初始定义？因为，在这种状态下，其性质"最为精密准确并且最少受到扰乱影响"，因而，比较纯粹。[②] 这一点马克思有过考虑：人文科学、社会科学和自然科学不同，它不可能把社会生活加以纯粹化处理。马克思说："在经济形态的分析上，既不能用显微镜，也不能用化学反应剂，那必须用抽象力来代替二者。"[③]为了避免干扰，作为出发点的抽象的对象，不能不是最为成熟的。一些号称西方马克思主义的大师，在基本学术方法论上和马克思背道而驰，他们把马克思所说的对于"纯粹状态"的"抽象力"笼而统之贬为"形而上学"。其实，当他们贬斥形而上学之时，已经陷入了悖论。当他们把流派不同的、高度概括的理论抽象出共性，贬

---

① 马克思《资本论》第一卷，人民出版社1965年版，第10页。

② 同上。

③ 同上。

之为形而上学之时，他们所用的取其普遍而弃其特殊的方法，也就是高度抽象方法，恰恰是他们反对的形而上学的方法。因而不能从历史发展过程的复杂纠缠中把纯粹状态提取出来，而是把当代文学成熟状态推回到历史发展的低级状态中去，把复杂的历史过程和共时的逻辑概括之间的矛盾绝对化，充分暴露了西方文论缺乏在逻辑与历史的运动中进行概括的智力和魄力。

由于人类语言符号和形式逻辑、辩证法乃至系统论的局限，任何定义都免不了逻辑的和历史的局限，不管被认为是多么完善的定义，都只能是个体（乃至群体）狭隘经验和历史过程的小结，而不是终结，定义是永远不可终结的历史过程。因为定义不完善就否认对象的存在，不识庐山真面目就否定庐山的存在，是非常幼稚的。这里有一个逻辑学上内涵和外延的关系问题，一时不可能有比较严密的内涵定义，但是，对象的外延还明白无误地存在。这时不完全的内涵定义，就和外延的广泛存在发生矛盾，内涵定义的狭隘和外延普遍存在的矛盾正是理论发展的契机。

西方文论轻率地否认对象的存在，就放弃了理论的生命线，造成了文学理论空前的危机。不可思议的是，国人囿于对强势文化的迷信，至今尾随他们错误的思路作疲惫的追踪。

他们的研究，也强调问题史的梳理，但是，他们的问题史，只是观念的、定义的、关键词的变幻史，也就是定义和概念（知识）的谱系史。[①] 以理查德·罗蒂为代表的理论家认为，“真理是制造出来的，而不是被发现的”[②]，“‘真理不在那里’，只是说，如果没有语句就没有真理；语句是人类语言的元素，而人类语言是人类所创造的东西”。[③] 其实，只要懂得西方论辩术中反驳的“自我关涉”原则，就可能轻而易举地发现罗蒂在这里隐

① 知识谱系的学术方法在20世纪中叶可能以福柯为首，近来当以罗蒂为代表，参见罗蒂：《哲学、文学和政治》，黄宗英等译，上海译文出版社2009年版，第29页。这种知识谱系方法常常表现为对“关键词”在不同历史语境中的内涵的梳理，在西方有雷蒙·威廉斯的《关键词》，在中国有《当代文学关键词》（洪子诚、孟繁华主编，广西师范大学出版社2002年版）。

② 理查德·罗蒂：《偶然反讽与团结》，商务印书馆2005年版，第3页。

③ 理查德·罗蒂：《偶然反讽与团结》，商务印书馆2005年版，第13页

含着自相矛盾的悖论：既然真理是人“制造”的，因为用了人制造的“语句”，罗蒂所说的一切也用了语句，从而也就不可能是真理。在这样简陋的大前提下，西方学人就这样陷入了把“语句”概念当成一切，在概念中兜圈子的学术。罗蒂的“关系主义”，不管有多么高的形而上学深刻性，但如果仅仅满足于观念关系的谱系，研究就很难避免落入概念游戏陷阱。定义用英语说叫“definition”，实际上是一种严密的区别和界限，但是，从内涵到外延界限不管多么严密，与精致的文学创作和惊心动魄的阅读实践相比总是免不了粗疏而且狭隘的。几乎所有的研究都只能是确立一个初始的定义，然后在其与外延的矛盾中继续拓展，不断地丰富，最后得出的，也只能是一个历史性的、开放的定义，或者“召唤结构”而已。概念和定义的变幻是一种显性的结果，其深刻的原因，乃是它的狭隘性与对象的丰富性的矛盾。这种矛盾，正是观念的谱系变幻的动力。如果要说谱系，不仅仅是观念和定义的变幻系统，更主要的是观念总是与对象发生矛盾，因而谱系是不断被颠覆、被更新的历史。

谱系主义的偏颇还在于忽视了理论总是落伍于创作和阅读实践。相比于无限丰富的创作和阅读实践，理论谱系已经揭示出来的是极其有限的。同样是小说，固然中国的评点和西方论文都总结出“性格”范畴，但是，西方现实主义总结出来的“典型环境”，我们却没有。同样是诗歌，我们总结出了“意境”，而西方却片面地强调“愤怒出诗人”“强烈感情的自然流泻”。这不等于中国的小说创作中没有“环境”因素，《水浒传》中的“逼上梁山”就是，只是没有上升到观念范畴。同理，西方也有歌德式的景观小诗，也有某种意境。而屈原的“发愤以抒情”，本来与西方“愤怒出诗人”相近，但是，在理论上却长期被以含蓄蕴藏的“意境”所遮蔽，并未概括为理论范畴。因而，光是梳理理念只能达到概念完整性和系统性，实际上与对象相比不成系统，甚至不成谱系。

以中国的现代散文为例。如果仅仅关注现代散文的观念，那是很贫乏的。最初周作人在《美文》中为散文定性的时候就只有“叙事与抒情”，

“真实简明”。[1] 这样简陋的定义就把鲁迅的随笔式的智性排除了，莫名其妙地把它打入散文的另册，给了一个全世界文学史都没有的文体名称——杂文。实际上是把世界散文以智性为主流遮蔽了。这就造成了现代散文长期在抒情叙事之间徘徊。在红色的30年代，叙事被孤立地强调，使散文成为政治性的“文学的轻骑队”。到了40年代，解放区主流意识提倡“人人要学会写新闻”。[2] 50年代，最好的散文就成了魏巍的朝鲜通讯《谁是最可爱的人》和巴金的《我们会见了彭德怀司令》。文学散文成为实用性通讯报道，以至50年代中期，中国作家协会出版了《短篇小说选》《诗选》《独幕剧选》，就是出不了《散文选》，只能出版一本《散文特写选》。观念的狭隘和实践的脱离造成了散文作为文体的第一次危机。后来杨朔以他的《东风第一枝》强调把每一篇散文都当作诗来写，[3]把散文从实用价值中解脱出来，可是又造成误导：散文唯一出路在于诗化。此论风靡一时，又把散文纳入诗的囚笼，乃至造成散文文体的第二次危机。以后散文的主流观念为“形散而神不散”之类[4]，改革开放以后，从理论上来说，散文理念可足称者当为巴金的“讲真话”[5]，林非的“真情实感”论。[6] 如果一味作谱系式的研究，则此谱系将十分贫乏。首先，所谓讲真话，所谓真情实感，都不是散文的特点，而是道德的和一般文体的共性，以这样的观念去进行谱系梳理，可能是文不对题。但是，如果把这种贫乏的谱系，连同周作人五四时期在《美文》中规定的“叙事与抒情”作为定义（知识）的谱系，不是作为结论，而是将其与创作和阅读实践的矛盾作为出发

① 周作人：《美文》，1921年6月8日《晨报副刊》。

② 胡乔木：《人人要学会写新闻》，1946年9月1日《解放日报》。

③ 原文是“我在写每篇散文时，总是拿着当诗一样写”，《东风第一枝小跋》，《杨朔散文选》，人民出版社1978年版，第220页。

④ 语出肖云儒文章，载1961年5月12日《人民日报》，但是，这是秦牧在《海阔天空的散文领域》和《思想和感情的火花》中提出“一个中心”说和“一线串珠”的翻版。见《秦牧散文创作》，暨南大学出版社，1990年7月。

⑤ 《随想录》第二集《探索集》，人民文学出版社1981年版，第87~89页。另外类似的说法还有“写真话”，见该书第98~100页。

⑥ 林非：《关于散文研究的理论建设问题》，《散文论》，华中师范大学出版社1992年版，第5页。

点，将二者的矛盾进行直接概括，就不难发现，创作和阅读实践不断地在突破狭隘的抒情叙事（审美）的理论。余秋雨的功绩，就在于其在抒情审美中带来了智性，把诗的激情和历史文化人格的批判融为一体。但是，余秋雨只是通向未来的断桥，而王小波、贾平凹则在智趣的基础上，又带来了幽默的谐趣。王小波的散文，与审美诗化散文在美学范畴上迥异，不是诗化、美化，而是在某种意义上的“丑化”，审美的狭隘定义被突破，乃有审丑的范畴。而幽默散文则属于亚审丑范畴。南帆的代表性散文，则既不审美抒情，也不审丑幽默，而是以冷峻的智慧横空出世，开拓了审智散文的广阔天地。在这样的整体过程中，谱系从审美抒情的反面衍生出幽默亚审丑，继而又从二者的反面衍生出既不抒情又不幽默的审智。从美学理论上说，长期以来，论者过度执着于康德的审美价值论，忽略了黑格尔“美是理念的感性显现”的合理性，造成滥情。而审智潮流的反拨，正是逻辑的，也是历史的必然。中国现代散文由于周作人反桐城派“载道文学”而走向极端，把晚明小品作为典范，导致长期以审美小品为正宗，造成现代散文的小品化的狭隘境界。从余秋雨、王小波、贾平凹、南帆、刘亮程、李辉以后，才以大气磅礴的哲思的灵魂，不但突破了周作人的“真实与简明”，而且颠覆了周作人的“叙事与抒情”，开辟了一个审美、审智、审丑为主流的“大品”时代。

这样的发展既是逻辑的线索又是历史的必然，逻辑的起点也是历史的起点，逻辑的终点也是历史的终点，正是马克思在《资本论》中所追求的逻辑和历史的统一。

所有这一切，都足以说明，推动知识谱系发展的动力乃是创作和阅读实践，而不是知识谱系本身。理论的第一生命在于创作和阅读实践的运动，理论谱系不过是把这种运动升华为理性话语的阶梯，这个阶梯是永远不完善，永远没有终点的。脱离了创作和阅读实践，谱系不但可能是残缺的，而且可能是封闭的。问题的关键在于，理论是事实（实践过程）的普遍概括，由于主体的局限性，其内涵永远不可能穷尽实践的全部属性，理论相对于实践过程，是贫乏的、不完全的，因而，理论本身并不能证明理论，实践才是检验真理的准则。这一点，马克思早就在《关于费尔巴哈的提纲》中说过：

> 人的思想是否具有客观的真理性，这并不是一个理论问题，而是一个实践问题。人应该在实践中证明自己思维的真理性，即自己思维的现实性和力量，亦即思维的此岸性。关于离开实践的思维是否现实的争论，是一个纯粹的经院哲学的问题。[①]

从这个意义上说，谱系学的方法，不管多么严密，也带有根本的缺陷，那就是从概念到概念，从思想到思想，脱离了实践动力和纠正机制，带着西方经院哲学传统的胎记。当然，即使如此，关系主义的方法，也许并非一无是处，它所着眼的，并不是文学，而是观念变异背后的社会历史潜在的陈规。作为一种学术，也许有其不可忽略的价值。但是，这样的文学理论和文学解读学在性质上、功能上，充其量也只能是双水分流。

形象的三维结构：文学文本解读学的立体建构

不从文学理论定义与文学文本的矛盾提出问题，而是从文学理论、观念的变化进行关系的梳理，对于文学文本解读学来说，无疑是舍本逐末，随其流而背其源。出于对理念演变的关系的执迷，西方文论虚构出一种文学理论的前赴后继的三种潮流。第一种是浪漫主义时期的作家中心论，以作家的传记经历、思想代替作品，导致了对作品的遮蔽；第二种是20世纪以来的俄国形式主义和美国新批评，拒绝时代和作家的思想，单

① 《马克思恩格斯全集》第三卷，人民出版社1956年版，第3~4页。

纯着眼于文本的感知变异和修辞(陌生化和反讽),这就是文本中心;第三种,则断言作品完成以后,作家就退出了作品,作品只提供一种框架,而价值的实现,则要由读者主体来同化。“一千个读者有一千个哈姆雷特”之说由此而风行。其极端者罗兰·巴特甚至提出“作者死亡”。[①] 读者中心说应运而生,表面上看来,此等理论谱系的逻辑性和历史的发展契合,因而,为文学理论界广泛接受。但是,很可惜,就是在西欧,也并不存在这样一种逻辑顺序严密的历史发展。在浪漫主义潮流前后,不管是对希腊史诗《伊利亚特》,英国的史诗《贝奥武夫》,还是俄国的史诗《伊戈尔远征记》,都不可能以作者研究为中心。因为作者的生平不详,就是莎士比亚的生平,也有扑朔迷离之处。对《哈姆雷特》的文本(个性的延宕)的研究,则是几个世纪以来的焦点。至于对拜伦、雪莱、华兹华斯、柯罗列奇的研究,也并非集中于传记。在浪漫主义潮流消退后,19 世纪中后期,光是在俄国,别林斯基对果戈理小说的评论,杜勃罗留波夫对奥斯特洛夫斯基《大雷雨》的评论,都既是文学评论史的经典又是思想史的经典。以中国而言,对于文学经典,从《诗经》到楚辞,从杜甫到李白,从来就是注疏阐释作品为主流,作者生平只是知人论世,用来阐明文本的。至于诗话、词话和小说评点,是直截了当的文本中心。可以说,不管是西方还是东方,不论是古代还是当代的文学评论,都不曾有过从作家中心到文本中心再到读者中心的鱼贯而前的历史,实际情况是三者交织而前。就是到了 20 世纪后半叶,读者中心论以西方前卫文化的霸权占据理论制高点之时,也只是在文学理论界某些人士从概念到概念的空嚷而已。我国大陆、港台乃至欧美学院的古典文学,现代、当代文学研究仍然是以作家和作品为主流。

文学解读实践对西方读者中心论的话语霸权的冲击一刻也没有停止

① 罗兰·巴特:《作者之死》,见赵毅敏编选《符号学文学论文集》,百花文艺出版社 2004 年版,第 505~512 页。其实罗兰·巴特此说,隐含着悖论。作者死亡,不言而喻是全称判断,也应该包括罗兰·巴特这个作者,然而,实际上他的判断却是把自己排除在外。实践的严峻性是,全世界的作家并不因为他的武断而死亡,他自己不久前却死亡了。

过，不过自觉建构文学文本解读学尚未提上日程。读者中心论之所以不能成为一种严肃的学术，光从感性上说，就十分疏漏。作家在作品完成以后会死亡，读者也免不了代代逝去。然而文本、作品，却是永恒的。

自然，仅有对这种表现感性的质疑是肤浅的。不把这种感性提升到理性上，就很难进入文学文本解读学本体的原创性建构。

从理论上说，读者中心论的要害在于把读者心理预设为绝对开放的机制。

其实，读者心理并不是完全开放的，而是具有一定封闭性的。并不如美国行为主义者所设想的那样：外部有了信息刺激，内心就会有反应。相反，按皮亚杰的发生认识论，外来信息刺激，只有与内在准备状态，也就是他所说的“图式”（scheme）相一致，被同化，才会有反应。① 故《周易·系辞上》有“仁者见之谓之仁，智者见之谓之智”。王阳明、黄宗羲又有所发挥：“仁者见仁，知者见知，释者所以为释，老者所以为老。”②张献翼在《读易记》中说：“唯其所禀之各异，是以所见之各偏。仁者见仁而不见知，知者见知而不见仁。”③李光地的《榕村四书说》中有：“智者见智，仁者见仁，所秉之偏也。”④仁者的预期是仁，就不能看到智；智者的预期是智，就不能看到仁。智者仁者，则不能见到勇。预期，是心理的预结构，也是感官的选择性，感知只对预期开放，其余则是封闭。预期中没有的，明明存在，硬是看不见。马克思则说：“对于没有音乐感的耳朵来说，最美的音乐也没有意义。”⑤由于读者主体的心理图式本身有其强点和弱点，有其敏感点和盲点，因而其反应也就是不完全的。英伽登在他的《对文学的艺术作品的认识》中也不得不承认：“读者的想象类型的片面性，会造成外观层

① 皮亚杰：《发生认识论原理》，商务印书馆 1985 年版，第 60 页。
② 《四库全书》传记类，总录之属，《明儒学案》卷十。上海人民出版社。
③ 《四库全书》易类，《读易纪闻》卷五，第五章。上海人民出版社。
④ 《四库全书》四书类，《榕村四书说》中庸章段。上海人民出版社。
⑤ 马克思：《1844 年经济学——哲学手稿》，人民出版社 1985 年版，第 82 页。

次的某些歪曲;对审美相关性质迟钝的感受力,会剥夺这些性质的具体化。”①文学作品的各个层次和形式的奥秘复杂丰富,读者要同时进行多种理解和体验,并给予同样的注意,几乎是不可能的。因而阅读理解具有相对性。但是,这种相对性,不是绝对的,非专业读者的低水平,或者任意性,则可能是对作品解读的无理取闹。正因为此,英国谚语“一千个读者就有一千个哈姆雷特”,在理论上,不断遭到有识者如童庆炳的强烈质疑,赖瑞云在《混沌阅读》中提出“多元有界”“一千个哈姆雷特,还是哈姆雷特,而不是李耳王或者贾宝玉”,与之抗衡。②

读者以具有封闭性的主体图式去解读经典文本,常常产生一种与文本内涵相悖的情况:明明存在却视而不见,明明不存在却活见鬼。鲁迅说过,阅读《红楼梦》:“经学家看见《易》,道学家看见淫,才子看见缠绵,革命家看见排满,流言家看见宫闱秘事……”③显然是针对主观歪曲的混乱和荒诞,语带讥讽。这其实乃是阅读心理上的主体同化(歪曲)规律。读者一望而知的往往不是文本中深层的奥秘,而是主体已知的先见。如,囿于英雄的“雄”为男性的潜意识的封闭性,许多解读《木兰词》的学者仍然把她看成和男英雄一样的英勇善战,鲜有人明确指出其女性主动承担起男性的职责,立功不受赏,以恢复女儿身为务的特点。

文学文本解读学建构之难还在于,文学文本本身也具有某种封闭性。

建构文学文本解读学的关键在于,必须认识到文学文本是一种立体结构,至少由三个层次组成。

第一个层次,亦即表层的意象群落(五官可感的行为过程、心理活动和语言的逻辑连续性等),它是显性的。在表层的意象中,情感价值渗透并将之同化,这就构成了审美意象。正如克罗齐所说“艺术把一种情趣寄

---

① 英伽登:《对文学的艺术作品的认识》,陈燕谷等译,中国文联出版公司1988年版,第92~93页。

② 赖瑞云:《混沌阅读》,福建教育出版社2010年版,第286页。

③ 《鲁迅全集》第8卷,人民文学出版社2005年版,第179页。

托在一个意象里,情趣离开意象,或是意象离开情趣都不能独立”。[①] 需要提醒的是,意象中的情趣并不限于情感,更完整地说应是情志,趣味中包含智趣。意象派代表人物庞德定义下的意象是“在一刹那的时间里表现出一个理智和情绪复合物的东西”。[②] 表层的意象是一望而知的,但是,却是肤浅的,甚至是假象。其潜在的情志才是精神所在。如柳宗元《江雪》:

千山鸟飞绝,万径人踪灭。孤舟蓑笠翁,独钓寒江雪。

有教授把它解读为不管天气多么寒冷,这位老翁还是在钓他的“鱼”。[③] 把“钓雪”,解读为“钓鱼”,就是为显性的感知所遮蔽,消解了隐性的审智价值。其实,诗人营造的是一种不但对寒冷没有感觉,没有压力,而且对钓鱼,也没欲望,并不在乎是否能够钓到鱼。这是一种内心凝定到超脱自然与社会功利的形而上的境界。是主体的情志为之定性,甚至使之发生变异的,如清代诗评家吴乔所说,如米之酿为酒,“形质俱变”。[④] 此诗表层的形而下的钓鱼,为深层的形而上的精神境界所改变。前两句是对生命灭绝和寒冷外界严寒的超越,后两句是对内心欲望的消解。

意象不是孤立的而是群落的有机组合,其间有隐约相连的情志脉络。这是文本的第二个层次,可以叫作意脉(或者叫作情志脉)。其特点为:

---

① 朱光潜:《朱光潜美学文集》第 2 卷,上海文艺出版社 1982 年版,第 54~55 页。又见朱光潜《谈美》,金城出版社 2006 年版,第 117 页。

② 彼德·琼斯:《意象派诗选》,裘小龙译,漓江出版社 1986 年版,第 5 页、第 10 页。庞德并不绝对地反对情感,只是坚持:情感不能直接抒情,情感和智性浑然一体。故他在《严肃的艺术家》中对于诗与散文的区别这样说:“在诗里,是理智受到了某种东西的感动。在散文里,是理智找到了它要观察的东西。”(见杨匡汉、刘福春编《现代西方诗论》,广州:花城出版社 1988 年版,第 54~55 页)。

③ 袁行霈:《中国诗歌艺术研究》,北京大学出版社 2009 年版,第 17 页。又见《燕园论诗》,北京大学出版社 2010 年版,第 14 页。又见《清思录》,首都师范大学出版社 2008 年版,第 474 页。

④ 丁福保:《清诗话》,上册,上海古籍出版社 1978 年版,第 27 页。

第一,以潜在的情志同化表层的意象。第二,使表层的意象群落在形态和性质上和谐地贯通。第三,意脉贯通所遵循的逻辑,不是实用理性逻辑,而是超越实用理性的情感逻辑。这在中国古典诗话叫作“无理而妙”①,具体表现为情感的朦胧性、矛盾性,不遵循形式逻辑的同一律、矛盾律、排中律,情感的主观独特性,往往是无缘无故的,使它超越充足理由律。情感逻辑还以其片面性与辩证法的全面性相对立:不管是爱还是恨,都是片面的,绝对化的,故有“爱情乃是心理病态”之说。遵循逻辑规范的,是理性的,是普遍的共同性,因而是一元的。而超越规范的,则为审美情感提供了无限多元的可能。第四,具体作品中,不管是小型的绝句,还是大型的长篇,情感的脉络都以“变”和“动”为特点。故汉语有“动情”“动心”“感动”“触动”之说,在长篇小说中,大起大落的事变前后的精神曲折变异,乃是意脉的精彩所在。在散文作品中,意脉也不是直线的,其转折往往是艺术的精彩所在。在绝句中,最动人之处往往就是意脉的瞬间转换和默默的延续。② 意脉是潜隐的,可意会而难以言传。要把这种意味传达出来,需要微观的具体分析,还要以原创性的话语对之加以精确的命名。缺乏话语原创性的自觉,往往不由自主地被文本以外的占优势的实用价值和现成话语权所遮蔽。看到“独钓”,就自动地把现成的“钓鱼”覆盖上去,把从钓鱼升华为钓雪的精神境界抹杀了。

在这个层次里,最重要的是真善美价值的分化,和世俗生活中真善美的统一不同,乃是真善美的“错位”,既不是完全统一,也不是完全分裂,而是部分重合拉开距离。这一点,似乎被真善美笼统的统一遮蔽,被当代学者普遍地忽略了,其实,孔夫子早就意识到了真善美并不是绝对统一的,而是错位的,在《论语·八佾》中孔子有言:

---

① 贺贻孙(1637 年前后在世)《诗筏》提出“妙在荒唐无理”,贺裳(1681 年前后在世)和吴乔(1611—1695)提出“无理而妙”“入痴而妙”。沈雄(约 1653 年前后在世)在《柳塘词话》卷四说:“词家所谓无理而入妙,非深于情者不辨。”

② 参见孙绍振:《绝句:瞬间情绪的转换结构》,《文艺理论研究》2010 年第 5 期。

子谓《韶》,尽美矣,又尽善也。谓《武》,尽美矣,未尽善也。

《韶》(舜时的乐曲名)是尽善尽美的,而《武》(周武王时的乐曲名),则与美、善是"错位"的。当然,这种错位也并不是绝对的,在错位未达到完全脱离的前提下,错位幅度越大,审美价值越高。三者完全重合和完全脱离,审美价值都趋近于零。① 而能够保证审美价值最大限度升值的就是文学的规范形式。

原生形式和规范形式

文本结构的第三层次乃是文学形式。形式对于文学解读学来说,极其关键。但是,学人大都囿于黑格尔的内容决定形式说,把形式的特殊功能排除在学术视野之外。历代的美学家,出于形而上学思维惯性,总是在哲学的主、客观中兜圈子。睿智如朱光潜、李泽厚、高尔泰都未能超越二元对立的思维模式,没有意识到主观情感和客观对象猝然遇合者,并非其全部,而是主体之一侧,客体之一隅,其现实形态,本来是分立的,甚至扞格不通,全凭文学形式不相同之想象,使其在假定中投胎成形。② 生活的某一特征和情感的某一特征的猝然遇合,只能算是形象的胚胎,并不一定能够达到审美的艺术层次。未经形式规范的情感,哪怕是真情实感,也可能是死胎。作家的观察、想象、感受以及语言表达,都要受到特殊形式感的制约,形象不是主观和客观的线性结构,而是主、客观再加上形式的三维立体结构,主观和客观并不能直接相互发生关系,而是同时与模范形式发生关系,模范形式、情感和对象统一为有机结构才有形象的功能。脱离

① 参阅孙绍振《美的结构》,人民文学出版社 1987 年版,第 48 页。又见孙绍振《文学性讲演录》,广西师范大学出版社,第 55~65 页。

② 参阅蔡福军《马克思主义美学家孙绍振》,《东吴学术》2011 年第 3 期。

了多种形式规范的分化，文学理论只能是哲学的，或者是美学的附庸。只有充分揭示主观、客观受到形式的规范、制约、变异的规律，文学理论才能从哲学美学中独立出来，通向独立的文学文本解读学。

形式范畴向来受到漠视，只有在艺术感觉超强的前卫理论家那里才能得到充分的重视，阎国忠在《中国美学缺少什么》中这样说：

> 马尔库塞认为，形式指“把一种给定的内容（即现实的或历史的，个体的或社会的事实）变性为一个自足整体所得到的结果”。在这个意义上，内容实际上是亚里士多德讲的“质料”，形式则是“质料”的组织者、统摄者、规范者。形式是一种伟大的范塑和造型的力量。形式所提供的总是与既定世界不同的异在世界，因而总是具有一种将人们从有限存在中解放出来的功能。[①]

“形式则是‘质料’的组织者、统摄者、规范者”，“是一种伟大的范塑和造型的力量”。这话说得很深邃，实际上道出了规范形式的伟大功能。这和早于马尔库塞的克罗齐提出的“一切直觉都是抒情的”，“只有经过形式的打扮和征服才能产生具体形象”中的“形式的打扮和征服”有异曲同工之妙。遗憾的是克罗齐又说，“形式是常驻不变的，也就是心灵的活动”，[②]这里存在着一个根本性的悖论：心灵的活动是瞬息万变的，不可能是常驻不变的，可见，形式同样也是在历史发展过程中从草创到成熟、进化乃至崩溃的。他所说的形式，其实是自发的原生形式，而非文学的规范形式。

规范形式与原生形式明显的不同有六点：第一，原生形式是天然的，而规范形式是人为创造的。第二，原生形式是随生随灭、与内容不可分离的，而规范形式常常是千年积累才从草创走向成熟，因而是长期稳定、不

① 《学术月刊》2010年第01期。

② 克罗齐：《美学原理·美学纲要》，朱光潜译，人民文学出版社1981年版，第11~12页。

断重复的。第三,因而它与内容是可以分离的,具有独立性,在某些形式中(如西方古典主义戏剧中的三一律,我国律诗绝句和十四行诗)还是严密规范化的。第四,原生形式是无限多样的,而规范形式是极其有限的,连同亚形式一起,也只有诗歌、小说、散文、戏剧等等不超过 10 种。原生形式,并不能保证审美价值超越实用理性的自发优势,规范形式则把漫长的历史过程中审美经验(例如,从中国古体诗到近体诗就耗费了长达四百年)积淀,成为某种历史水准的载体,从而迫使其内涵就范。这种规范,是人类文学艺术活动的历史水准,是文学进步的阶梯。没有它,人类的审美活动,只能一代一代从零开始,重复着如同从猿到人的原始积累。有了规范形式,历代的审美活动才能从历史的水平线上起飞。第五,规范形式,不但不是如黑格尔所说是被内容决定的,而可以征服内容、消灭内容、预期内容,强迫内容变异,衍生出新内容,甚至极端如俄国形式主义者什克洛夫斯基那样"形式为自己创造内容"。[①] 第六,不可忽略的是,"内容决定形式"并非绝对没有道理。形式的稳定性、有限性和内容的不断变幻、无限丰富是一对矛盾。内容是最活跃的因素,不断冲击着规范形式,虽然形式有规范作用,但是,规范与冲击共生,相对稳定的规范形式在积淀着审美的历史经验时,也不能不开放,不能不随着历史的发展而不断被突破,被更新。

在解读过程中,最大的误解就是,以为只要读懂了内容,就读懂了艺术,以为形式是一望而知的。其实,第一,那是外部形式(如诗歌、小说、戏剧)。第二,混淆了原生形式和艺术的规范形式之间的根本区别,或者说,混淆了原始素材的形式和艺术规范形式之间的矛盾。歌德说:"材料是每个人可以见到的,意蕴只有在实践中和它打交道的人才能找到,而形式对

① 什克洛夫斯基:《散文理论》,刘宗次译,百花文艺出版社 1994 年版,第 35 页。当然还有更为极端的,克来夫·贝尔论断艺术本身就是"有意味的形式",也许,这与他所论述的多为抽象美术有关。

于多数人却是一个秘密。”①相对于外部形式表层直觉，规范形式的功能在最深层次，在潜意识层次。这是由于它的形成经历了漫长的时间，是历史的进化和天才创造的积淀，因而特别精致，造成一种自然而然、本该如此，只能如此、别无他途的感觉。举一个最简单的例子，2008 年上海世博会，为了中国馆中活动的《清明上河图》，人们排队长达八九个小时，只为了十几分钟一睹为快。成千上万的观众为目睹宋代汴京市井繁华而兴高采烈，其实只看到这幅杰作的表层结构。其第二个层次的意脉，则为北宋盛世的颂歌。在当时社会、政治、经济、军事危机之中，这样的艺术只是一种抒情。第三个层次，艺术形式和风格的特点是最为隐秘的，能够欣赏这种特殊规范形式的可能是凤毛麟角。首先，它在国画中，属于界画，属于工笔，而且是长卷。也就是说，它和西洋画的一眼全收的焦点透视不同，它把中国特有的散点透视发挥到极致，视点可以顺序移动，但是，又不是杂乱无章、平铺直叙。据吴冠中先生分析，其中人物、房舍、车马、桥梁、楼台、田野、山水，疏落有致，又以桥为高潮。这三个层次都以共时样式呈现于观众直觉之中。但是，对于第三个层次，绝大多数观众是感而不觉，只有于中国国画有一定修养的，才有某种内心图式的预期，才有可能解读出其中形式风格奥秘来。

文本解读之所以难以到位，就是因为我们对于文学的规范形式的漠视。例如 2013 年有香港教师上公开课，解读丁西林的独幕剧《瞎了一只眼》。经过朗读讨论，老师把结论用视频显示：其生动性乃在于每一个人物都有情感，而且脉络有起伏。这虽然意识到情感的审美价值，但是，实际上完全忽略了形式规范，实际上是把戏剧当成散文来解读了。

---

① 歌德此段话出自其《关于艺术的格言和感想》。朱光潜译为：歌德说：“材料是每个人面前可以见到的，意蕴只有在实践中和它打交道的人才能找到，而形式对于多数人却是一个秘密。”（朱光潜《西方美学史》，人民文学出版社 1979 年版，第 420 页。）宗白华先生译为“文艺作品的题材是人人可以看见的，内容意义经过一番努力才能把握，至于形式对大多数人是一个秘密”（宗白华《美学漫话》，长江文艺出版社 2008 年版）。朱光潜在《西方美学史》第十三章对此段话解释说：材料，即取自自然的素材；意蕴，亦译为“内容”，指在素材中见到的意义；形式，指作品完成后的完整模样；似乎与歌德的原意，略有出入。

故事是这样的：一位先生跌了一跤，太太误以为很严重——瞎了一只眼。乃致信给其好友，友人为之彻夜不眠，次日一早从天津赶来探望。开幕时，太太已知先生不过是出了一点血，惹得朋友惊心，过意不去，为朋友着想，乃让先生装病。先生为太太着想，无奈装病。教师当然抓住了情感的意脉。但第一，与散文不同，这是戏剧，故不同人物的意脉得有一连串的矛盾和错位，才有戏剧性。第二，不是一般的戏剧性，而是喜剧性。故人物之矛盾并非对立，而是错位，每一个人物的动机都不是为自己，而是为他人着想，恰恰是为他人着想，却引起他人的尴尬。太太为朋友着想，让先生装病，时时刻刻处于露馅危机之中；先生为太太和朋友着想，装病过度，引发朋友分外焦虑。为了缓解朋友焦虑，乃坦然相告装病，但虚构理由为惩罚太太。不想引发朋友站在太太的立场上对先生严词谴责。而太太却以为朋友可以免除忧心，解脱了装病的尴尬，乃感激之至与先生相拥亲吻，好心的朋友莫名惊诧。第三，这不是一般的喜剧，而是富含哲理的喜剧，人与人之间，不管多么好心也难免阴差阳错造成误解。故开头人物表上，先生、太太、朋友皆无名字。[①]

揭示独特、唯一的艺术奥秘，光凭理论的普遍性是不够的，因为理论不包含特殊性、唯一性，把理论在概括过程中牺牲了的特殊性、唯一性还原出来的唯一办法，乃是具体分析。

比较——不同形式的不同规范

毫无疑问，具体分析形象的深层结构的难点是，揭示其内在矛盾，但是，内在矛盾是隐秘的。西方文论对于形象结构的研究，收效甚微，原因还在于方法论上的缺失，那就是孤立地研究某种手法和文体。如韦勒克、

① 据2013年5月香港和广州市交流课视频资料。

沃伦在《文学理论》中特辟四分之一的章节为“内部研究”。在小说部分只讲了“真实情节”“母题”“人物”等等，完全是就小说论小说，根本没有意识到事物的性质只有在比较中才能得到充分展示。从方法上，忽略了事物只有在系统的比较中，深层的矛盾才能凸显，因而，把小说和戏剧、诗歌作系统比较完全在他们想象之外。诗歌部分，在小标题中只列出了“意象、隐喻、象征、神话”。论述也只局限于四者之间的关系，而置这些手法与抒情审美、冷峻审智的矛盾与转化于不顾，并未涉及这些手法在诗歌中与小说、戏剧中的不同。[①] 这就注定了这些研究贫乏而且肤浅。在西方文艺理论中最重视形式，甚至以《情感与形式》为自己的著作命名的苏珊·朗格也未能免俗。当她讲到音乐舞蹈之时，其形而上学的话语虽然并不完全贴近音乐舞蹈深层形式的特征，但是，多少还有些艺术的洞察。可是当她专辟一章讲“伟大的文学形式”时，就只能罗列文学体裁的历史流变。要目中的小标题倒是有“诗的规范”，可是在正文中却只是简单提了一下“结构、措词、形象化描述、名称的使用、幻象”，认定这些具有“想象”性质的手段，是一些人用以表达其“概念”的“全部创作方法”。完全无视于这样几个方法，根本就是所有文学共用的，根本就不可能是诗独有的。至于“规范”，他们的阐释是在诗歌兴盛时期造成某种“趣味上的统一性”，使得不同诗人追求归属这种“同一种情感”，形成“固定风格”。[②] 这哪里是什么“形式规范”？而是主流诗歌的内容霸权。接下去讲民谣、传奇小说、散文体小说、故事与讲述等等，一味沉溺于按时间顺序的追踪，连起码的逻辑分类和理论概括都没有。可见，在他们的理论视野中，是不存在诗歌的形式有别于小说、戏剧开放性的艺术底线的。大言不惭地以“伟大的文学形式”来命名，实在是既没有文学，也和形式规范沾不上边。俄国形式主义和美国新批评都把最大精力奉献给文学的本体形象，但是，一来由于他们脱离了审美内涵；二来，他们同样孤立地研究文学形式，从

---

① 韦勒克、沃伦：《文学理论》，刘象愚等译，江苏教育出版社，第248页、第212页。

② 苏珊·朗格：《情感与形式》，刘大基等译，中国社会科学出版社1986年版，第326页。

来不涉及各种文学形式之间的比较。因而,拘泥于所谓陌生化和所谓反讽等加起来不到十个范畴,对这些范畴在不同文本形式中的不同的、系统的规律则茫然无知。

文学解读学,进入操作的第一步就是在不同规范形式之间进行比较。比较的目的不仅仅在异中求同,而且更重要的是同中求异。不同的艺术形式、不同的预期和不同的生成作用,其中有细微的区别。人的心灵是很丰富的,哲学(逻辑学等等)主要表现其理性,其情感审美方面则极其丰富复杂,没有一种文学形式能够将之全面地表现,因而,在数千年的审美积累中,文学分化、进化为多种结构形态,以不同的功能表现心灵的各个层次和方面。诗歌的意象乃在普遍性的概括,不管是林和靖笔下的梅花,还是辛弃疾笔下的荠菜花;不论是华兹华斯笔下的水仙,还是普希金笔下的大海;不论是艾青笔下的乞丐,还是舒婷笔下的橡树,都是没有时间、地点、条件的具体限定的普遍存在。在诗里,得到充分表现的往往是心灵的概括性,甚至是形而上方面,在爱情、友情、亲情中,人物都是心心相印,具有某种永恒性的,故从亚里士多德《诗学》到华兹华斯都以为诗与哲学是最接近的。而在叙事文学和戏剧文学中,则是个体心灵常常处于形而下的境地,在不同的时间、地点、条件下表现差异性是绝对的,而且处于动态之中。情节的功能在于:第一,把人物打出常规,显示其纵向潜在的深层心态,列夫·托尔斯泰在《复活》中说“他常常变得不像他自己了,同时却又始终是他自己”。其次,打出常规以后的人物,哪怕是亲人、恋人,也会发生“心理错位”,造成人间无限丰富的悲喜剧。只有通过比较,才能看出文学文本只是作家对一种形式规范的选择,同时也是对其他规范的拒绝。例如,李隆基、杨玉环的素材,在《长恨歌》中,二者的爱情是绝对的,自始至终是心心相印,“在天愿为比翼鸟,在地愿为连理枝”,就是说爱情是不因空间的距离而发生变化。“天长地久有时尽,此恨绵绵无绝期”,说的是时间是有尽的,而感情却是无尽的,绝对的。只有与相同题材的戏剧相比,才能看出这是诗歌的强化、极化逻辑向形而上的境界生成的结果。永恒的心心相印，仅仅是诗歌的选择。在戏剧中，它预期生成应该是另外一种性质，相爱的人绝对心心相印，就没有任何戏剧性，要让相爱者情感发生“错位”，或者叫作“心心相错”才有戏剧性。在洪昇的戏剧《长生殿》中，李隆基的爱情就不像在《长恨歌》中那么专一。杨贵妃和唐明皇虽然爱得昏天黑地，但也闹矛盾，情感发生不止一次的“错位”。第一回是杨贵妃妒忌梅妃，而且要泼，弄得唐明皇狼狈不堪，做检讨。另一回是李隆基勾引虢国夫人，苟且成事，杨贵妃醋性大发，唐明皇忍无可忍，两次把她赶回家去，赶回去后唐明皇又活不下去，把她请回来。有了这样的“错位”，才有戏，这些内容，是因为符合了戏剧规范形式的预期而生成的。如果一味用写诗的办法来写戏，一见钟情，心心相印，生死不渝，就没有戏好演了。

诗意与戏剧性是冲突的。不懂得这一点，就不可能进入文本解密的层次。

诗的规范形式不但与戏剧不同，与散文、小说也大不相同。

杨贵妃和唐明皇两个人浪漫恋爱，歌舞升平，安禄山起兵造反，打到潼关，唐明皇派哥舒翰守关，但是又派一个太监鱼朝恩去监军。哥舒翰的策略是，安禄山来势汹汹，锐不可当，坚守潼关，以逸待劳，等到他锐气消退，粮草消耗殆尽，则必然溃退。但是，太监不相信，硬催哥舒翰打，一打哥舒翰被俘，潼关一破，长安门户大开，唐明皇匆忙率领部分皇亲国戚开溜了，好多皇孙公子都来不及通知。这是非常狼狈的、复杂的过程，作为历史散文，过程和细节要很清晰，可要全写到诗里去，诗情就可能被窒息了。白居易的艺术家气魄就表现在干脆“扼杀”它一部分内容，写到《长恨歌》里就两句话：“渔阳鼙鼓动地来，惊破霓裳羽衣曲。”那边一敲鼓，几百里外长安就地震，杨贵妃的舞就停了，唐明皇就赶紧溜。只精选了鼓声、动地、惊破、霓裳羽衣曲（奢靡）四个意象，这个过程就诗化了，这就叫形式扼杀内容，形式强迫内容就范，形式征服内容。至于杨贵妃之死，陈鸿在《长恨歌传》中有写实的描述“安禄山引兵向阙，以讨杨氏为辞。潼关不守，翠华南幸。出咸阳道，次马嵬亭，六军徘徊，持戟不进。从官郎吏伏上马前，请诛错以谢天下。国忠奉牦缨盘水，死于道周。左右之意未惬，上问之，当时敢言者，请以贵妃塞天下之怒。上知不免，而不忍见其死，反袂掩面，使牵而去之。仓皇辗转，竟就绝于尺组之下。”而在白居易的笔下只剩下两句：“六军不发无奈何，宛转蛾眉马前死。”以意象的跳跃进行对过程和情节的跨越是诗的基本的法门，从这个意义上说，规范形式和内容一起构成作品的生命。

文学解读的有效性，不但取决于内容，而且取决于形式，甚至是亚形式方面的精致的洞察。规范形式虽然不多，但其间微妙的区别，就是伟大作家也难以全盘掌握。甚至在同一作家、在同一形式之中的亚形式的驾驭也往往差异甚大。李白、杜甫为唐诗双璧，史所公认。但这仅仅是就总体而言。具体到亚形式，如绝句和律诗，则评价甚为悬殊。高棅在《唐诗品汇》中说：“盛唐绝句，太白高于诸人，王少伯次之。”[①]胡应麟在《诗薮》中也说：“七言绝以太白、江宁为主，参以王维之俊雅，岑参之浓丽，高适之雄浑，韩翃之高华，李益之神秀，益以弘、正之骨力，嘉、隆之气运，集长舍短，足为大家。”[②]连韩翃、李益都数到了，却没有提到杜甫。相反杜甫的七绝四句皆对（如“两个黄鹂鸣翠柳，一行白鹭上青天。窗含西岭千秋雪，门泊东吴万里船”）被诗话家讥为“半律”[③]“断缯裂锦”[④]，甚至说四句“不相连属”[⑤]。因而，在历代唐诗评论中，杜甫七律公认居于首位，而七绝的压卷之作则榜上无名。在《红楼梦》中，曹雪芹展示了当时各种文

---

① 高棅：《唐诗品汇·七言绝句叙目》第二卷，上海古籍出版社1981年，据明汪宗尼校订本影印版，第427页下。

② 胡应麟：《诗薮》内编卷六（近体·绝句），上海古籍出版社1979年版，第115页。

③ 胡应麟：《诗薮》：“自少陵以绝句对结，诗家率以半律讥之。”胡应麟《诗薮》内编卷六（近体·绝句），上海古籍出版社1979年版，第115页。

④ 胡应麟：《诗薮》内编卷六《近体·绝句》：“杜以律为绝，如‘窗含西岭千秋雪，门泊东吴万里船’等句，本七言壮语，而以为绝句，则断缯裂锦类也。”上海古籍出版社1979年版，第121页。

⑤ 《升庵诗话》卷十一《绝句四句皆对》：“绝句四句皆对，杜工部‘两个黄鹂’是也，然不相连属。”见丁福保辑《历代诗话续编》，中华书局1983年版，第853页。

体，但是，成就并不均衡，很明显的是，其诗不如词，词不如曲，曲不如小说。

文学解读的有效性离不开对于这种形式和亚形式的高度洞察力。在这一点上，就是对伟大作家，也要“铁面无私”地揭示其创造中的失误。鲁迅是小说家，也是杂文家，但是，他往往把杂文的笔法过分用之于小说，这就影响了小说艺术。《狂人日记》说中国五千年历史写满仁义道德，字里行间都是“吃人吃人”，虽为名言，但是并非小说形象，而是杂文的格言。就是到了《阿Q正传》中，也还有某些杂文笔法，如判处死刑，绑赴刑场，已经意识到是要杀头了，有这样的描写：“两眼发黑，耳朵里嗡的一声，似乎发昏了。然而他又没有全发昏，有时虽然着急，有时却也泰然。”阿Q的感觉居然是“他意思之间，似乎觉得人生天地间，大约本来有时也未免要杀头的”，“他不过便以为人生天地间，大约本来有时也未免要游街要示众罢了”。这样的描述居然重复了两次。1956年，何其芳先生在《论阿Q》中表示怀疑，认为为了强调阿Q的麻木，却把“文人的玩世不恭、游戏人间”写到了阿Q的头上。他说，自己读来感到“不安”。[①] 其实，这是杂文家的反讽和小说家心理探索的矛盾。这种矛盾在《祝福》里得到平衡，在艺术上达到成熟，但是在《故事新编》里矛盾却益发激化，以至鲁迅自己也不能承认其有失“油滑”了。

规范形式的共用性和风格的唯一性的矛盾：以流派为中介

解读学是个系统工程，要得到成功，须要多个层次的协同作用；要失败，只要一个层次就足够了。深入到规范形式这个层次，仍然潜藏着危

① 何其芳：《论阿Q》，载《人民日报》1956年10月16日。又见《何其芳文集》第5卷，人民文学出版社1982年版，第181~182页。

机。因为规范形式是共用的,可重复的,而文学文本的生命则是不可重复的,唯一性的。因而只有对规范形式具有某种冲击性的文本,才可能是唯一的。然而规范形式的草创、形成、发展时限是远远超过人的寿限的,因而,即使最伟大的作家,也不可能独自颠覆一种规范形式,独创另一种形式。他们所能达到的最高限度,就是在规范形式之内作出某种冲击,某种突破,某种拓展。这就表现为独特风格,这里可贵的不是作家的风格,而是篇章的风格,有了独特性才是唯一的。因而,篇章风格理所当然地成为解读学关注的重点。苏东坡的《赤壁怀古》把宋词浅斟低唱的婉约风格拓展为豪放的风格,就是历史的贡献。施耐庵把打虎的武松写得既近乎神又近乎人,对于《三国演义》中,从来不怕死亡、也没有疼痛感的英雄来说,这种新的风格的价值在于对英雄理解有了突破。徐志摩的《再别康桥》之所以不朽,就是因为当年新诗的浪漫主义的创作原则"强烈感情的自然流泻"已经被普遍遵循,而《再别康桥》却以不强烈的、潇洒的感情展现了一种新的风格。这种风格是唯一的,解读不到这个焦点上,就不可能成功。从这个意义上,笼统地说,风格就是人,是一种遮蔽,因为同一个诗人,作品风格可能是多种多样的。从解读学的角度讲,篇章风格乃是突破形式规范的共用性,使之带上唯一的标记。

有了风格还可能是不自觉的,当成为风气,大量出现,变成自觉的追求,有时还带上了宣言或者主张,这就成了流派。如浪漫主义诗歌在感情的强化和极化中追求美化,而以波德莱尔为首的象征主义则反其道而行之,追求以丑为美。徐志摩在《语丝》第三期上发表波德莱尔《恶之花》中《死尸》的翻译:这是一具美女的溃烂的死尸,发出恶腥粘味,苍蝇在飞舞,蛆虫在蠕动,野狗在等待撕咬烂肉。波德莱尔对他的所爱说,不管你现在多么纯洁温柔,将来都免不了要变成腐烂的肉体为蛆虫所吞噬,发出腐臭。在这首译诗前面,徐志摩还写了一则前言:认为这是《恶之花》中"最奇艳的花",它不是云雀,而是寄居在古希腊淫荡的皇后的墓窟里的长着刺的东西。欣赏是创作的前奏,他在创作中,不由自主地披露着,在美好的情感中，包含着可怕、丑恶、令人恶心的方面。其中《又一次试验》最为典型：上帝最后的结论是“哪个安琪儿身上不带蛆！”[①]在这样的自觉观念的基础上，才产生了闻一多的经典之作《死水》。这标志着风格的共同追求形成了象征主义流派。当然，共同的追求并不意味着闻一多的《死水》失去其唯一性。流派不过是唯一性的、新风格的中介。他的极丑转化为极美，通过相近联想和相反联想使极丑向极美自然转化之时，以中性的词语过渡，其功能是很严密的：“也许铜的要绿成翡翠，铁罐上绣出几瓣桃花。再让油腻织一层罗绮，霉菌给他蒸出些云霞。”第一句中的“绿”，既是铜绿的绿，又是翡翠的绿。第二句的“绣”，则是谐音，既是铁锈的锈，又是绣花的绣。第三句的“织”，从油腻浮在水上的花纹，自然地过渡到罗绮。第四句的“蒸”，自然是要蒸（发）的，把霉菌放大为云霞就可以不言而喻了。

对于解读学来说，流派的自觉宣言，给解读以观念导向的方便，但是，流派的共同性也可能带来遮蔽。单纯的流派分析往往造成解读的空洞。故流派的分析与篇章风格的揭示结合才能达到唯一性的目标。在解读戴望舒的《雨巷》时，仅仅将之归属于象征派，其遮蔽性是很大的。因为戴望舒并未取象征派的以丑为美，而是相反，取后期象征派另一美学原则，不是直接把情感抒发出来，而是于“客观对应物”中寄托美好的情感。而这种客观对应物（雨巷、女郎、丁香、太息）又是带着中国古典诗歌的传统意象的色彩。三者结合的唯一性，是当时追求象征派的诗人所没有达到的境界。

对于叙事文学来说，流派性质更为隐秘，更需要精致的分析。钱钟书的《围城》是一部充满了情爱的小说，但是，与五四新文学中的恋爱小说大不相同。五四新文学中的恋爱往往是冲决封建婚姻的罗网，具有精神和个性解放的意义，与社会变革甚至与革命事业有着密切的关系。而《围城》虽然有抗战的背景，却与抗日大业无关。虽然属于恋爱小说，有一系

① 《徐志摩诗全编》，浙江文艺出版社 1990 年版，第 441 页、第 562 页。

列曲折的恋爱婚姻,却没有真正的爱情。爱情不过是游戏,浪漫的爱情是遭到讽刺的。这是因为,五四新文学中的爱情小说,属于现实主义流派,有时带有浪漫主义色彩。而钱钟书的《围城》却具有现代派的性质,他聚焦的不是人与社会的关系,而是人本身作为一种"无毛的两足动物的基本根性"。因而婚姻和爱情都是空的,不过是一种徒劳的自我折腾,有如围城,在城外的人想进去,而在城内的人却想出来。从主题来说,这具有现代派,甚至后现代生存的困惑特点。但是,从风格来说,钱钟书尖刻的反讽语言却是唯一的。

以作者的身份和作品对话

读者心理结构的开放性和封闭性与文学形象的三维结构的开放性和封闭性,呈现为永恒的犬牙交错的矛盾,并不是反映论和表现论两点一线的思维所能尽情直抒的。对文学文本解密,是读者主体心理的开放性和封闭性与文学文本的开放性和封闭性双向由浅入深的搏斗和调节过程。解读文学经典,如果仅仅作为读者与作品对话,哪怕是自认居于中心,皓首穷经而不得其门而入者,代不乏人。尽管西方前卫文学的读者中心论,似乎给予了读者极端的自由,但是,却没有给读者以作为作者的自由。这是因为他们未能把阅读放在文学创作论的基础上。真正要获得解读的自由,必须超越仅仅作为读者的被动性,而以作者的身份与作品进行对话才能打开自身心理的封闭性和文学文本的封闭性。

朱光潜先生说:"读诗就是再做诗。"①克罗齐说:"要了解但丁,我们必须把自己提升到但丁的水准"。② 有了作为作者的想象,才有可能突破

---

① 朱光潜:《谈美》,见《朱光潜美学文集》第1卷,上海文艺出版社1982年版,第497页。

② 《克罗齐哲学述评》第7册,《欣慨室逻辑学哲学散论》,中华书局2012年版。

封闭在文本深层的历史积淀和唯一性的生成奥秘。正是因为站在文学创作论的立场上,鲁迅在《不应该那么写》中才这样说:

> 凡是已有定评的大作家,他的作品,全部就说明着“应该怎样写”。只是读者很不容易看出,也就不能领悟。因为在学习者一方面,是必须知道了“不应该那么写”,这才会明白原来“应该这么写”的。这“不应该那么写”,如何知道呢?惠列赛耶夫的《果戈理研究》第六章里,答复着这问题——“应该这么写,必须从大作家们的完成了的作品去领会。那么,“不应该那么写”这一面,恐怕最好是从那同一作品的未定稿本去学习了。在这里,简直好像艺术家在对我们用实物教授。恰如他指着每一行,直接对我们这样说——“你看——那,这是应该删去的。这要缩短,这要改作,因为不自然了”。在这里,还得加些渲染,使形象更加显豁些。①

惠列赛耶夫(亦译华西里耶夫)的《果戈理研究》第六章分析果戈理写《外套》的过程。原始素材是彼得堡的小公务员,千方百计节约,终于买了一支猎枪,划着船到芬兰湾去打猎。没想到湾边的芦苇把横在船头的枪带到水底去了。从此他一提此事就面如土色。光有这样一个小小的逸事,是写不成艺术品的。果戈理为突出其悲剧性,把猎枪改成了“外套”(其实应该译成“大衣”才是),在寒冷的彼得堡,上班穿大衣,进门脱大衣,是必要的行头。而猎枪则是奢侈品。小说规范形式的衍生还在于,小公务员失去了大衣以后,引出喜剧性与悲剧性的交融。果戈理虚构了一连串的情节。先是向大人物申请补助,遭到呵斥,郁郁而死。果戈理让这个小公务员的阴魂,一直徘徊在彼得堡卡林金桥附近,打劫行人的大衣。警察有一次都把这个幽灵抓住了,可是打了一个喷嚏,被他趁机溜走了(悲剧中的喜剧性强化)。直到那个呵斥小公务员的大人物被这个幽

---

① 文载《且界亭杂文二集》,见《鲁迅全集》第6卷,人民文学出版社2003年版,第321页。

灵抢走了大衣,幽灵才销声匿迹。以这样的结尾,使这个悲剧的喜剧性又回归了正剧,完成了意脉丰富而统一的贯通。

原始素材中被淘汰了的东西,作品中按悲喜剧逻辑的交融而衍生出来的艺术形象,都是隐性的,超越读者身份。从创作论的原则,以作者的身份与作品对话才有可能显示。这就要求解读者,把作品还原到创作过程中去。

当然,创作过程很少在作品中呈现,这时文献资源就显得十分必要。在五四新诗草创时期,郭沫若《凤凰涅槃》的成功,并不是如他自己所回忆的那样轻松,灵感一来,连纸都来不及摆正,就完成了一首经典性的创作。相反,是经过了多次的、反复的自我探索和想象的突围。1916 年,他由于"民族的郁积,个人的郁积"(国家没有出路,自己又陷入了双重婚姻的困境),不时有一种自杀的动机。这种情绪在他当年写的五首古体诗中直接地流露了出来:"出门寻死去,孤月流中天……偷生实所苦,决死复何难。"1917 年,他在另一首五言古诗中又写道:"有生不足乐,常望早死好……悠悠我心忧,万死终难了。"[①]1918 年,他重新处理了这个主题,把这个自杀—死亡的主题在《死的诱惑》中推向假定的想象境界:"我有一把小刀,倚在窗边向我笑。她向我笑道:沫若,你别用心焦,快来亲我的嘴儿,我好替你除却许多烦恼。"五四运动发生后,郭沫若觉得旧的祖国和旧的自我,一起被赵家楼上那场大火烧毁了,新的祖国和新的自我同时诞生了。1921 年 1 月 18 日,他在给宗白华的信中,这种情绪涌现了出来:

> 我现在很想如 phoenix 一样,采些香木,把我现有的形骸毁了去,唱着哀哀切切的挽歌把它烧毁了去,从那冷了的灰里再生一个"我"来! 可是我怕终竟是个幻想罢了。[②]

① 以上两诗均见《三叶集》,上海亚东图书馆 1920 年版,第 9 页、第 10 页。

② 《三叶集》,上海亚东图书馆 1920 年版,第 11 页。

过了两天，郭沫若就写成了作为五四时期狂飙突进的时代精神象征的《凤凰涅槃》。诗人的想象经历漫长的岁月才从现实中解放出来，进入了一个完全假定的艺术境界，古埃及的神话和中国传统的形象结合起来，构成一个在烈火中翱翔的、永生的凤凰形象。现实的、粗糙的“寻死”，原生的悲观情绪，进入了一种想象的神话的虚幻境界，如吴乔所说的“形质俱变”。在这个想象的境界中，不但形质，而且逻辑也发生了超越现实的变异。自觉的毁灭旧我，导致了新我的永恒的复活。五言古诗中寻死的痛苦（在“自由与责任之间”的痛苦）到了《死的诱惑》中，变成了欢乐。而在凤凰的形象中，变成了从痛苦到欢乐的转化。自觉地毁灭了旧我，与毁灭旧世界统一了起来，痛苦地否定了旧的自我、旧的现实，转化为新的自我、新的现实和谐结合，从而产生了永恒的欢乐，达到了现实与自我矛盾的永恒的统一。这不但是想象的解放，而且是思想解放，情感的浪漫飞越，是浪漫艺术的胜利。

从这里可以看出，西方文论所谓“读者中心，作者死亡”之说，全系把作者和读者绝对对立起来的形而上学。事实上，作者主体和读者主体的对立在文本阅读过程中，是在封闭和开放反复搏斗中不断转化的。理想的作者，是以理想的读者的眼光来决定自己应该这么写，不应该那么写的，而理想的读者则是把自己当作作者，设想其为什么这样写，而不那样写的。从这个意义上来说，绝对的作者中心论和绝对的读者中心论，都是西方文论的庸人自扰。

具体分析和可操作性

以作者的身份与文本对话，凭借文献资源还原出创作过程，揭示出应该那样和不应该那样的矛盾，以便具体分析，这当然很理想。但是，实际上,这样的资源十分有限。可这不是解读无所事事的理由。因为,一切事物观念都是对立的统一体,都包含内在矛盾,形象自然也不例外。具体分析的对象,乃是矛盾和差异,然而文学形象是有机统一的,水乳交融的,天衣无缝的。矛盾是潜在的,因而,任何称得上是经典文本的作品,都是隐含着内在矛盾,问题在于把它还原出来,才进入具体分析的操作层次。具体分析操作方法是多种多样的。

微观分析之一:隐性矛盾直接分析

有些矛盾直接存在于作品的词句之中。只要不以主观的先入之见去同化它,矛盾总是可以揭示的。如《再别康桥》,一些解读者一看到是告别,就连篇累牍地大谈“千种离愁,万重别绪”,诗篇“徐徐打开思绪沉重的闸门”等。但是,在徐志摩时代,交通状况与古代不可同日而语,离别的母题,已经基本上并不与愁苦必然相联系。这种“离愁别绪”论,完全是主观意念对作品的生搬硬套。

说是来告别,实际上是来“寻梦”的。梦是不可寻的,实际上就是重温旧梦,享受往日美好的记忆。“满载一船星辉,在星辉斑斓里放歌”,放歌就是大声歌唱。接下来,又一个层次的矛盾出现了。“但我不能放歌,悄悄是别离的笙箫;夏虫也为我沉默,沉默是今晚的康桥!”这是理解这首诗的最为关键的矛盾。也是全诗意脉的高潮:既是美好的,值得大声歌唱的,但是,又不能唱“沉默是今晚的康桥”,“悄悄是离别的笙箫”。这是关键的关键。悄悄,是无声的,而笙箫则是有声的,在英语中,这属于矛盾修辞(paradox),和中国古典诗歌中此时无声胜有声是一类的效果,这是全诗最为纲领,也是最精彩的一句。无声,是回忆的特点,因为独享的、秘密的,才是最美妙的、最幸福的音乐。构成的意境是:诗人默默地回味,自我陶醉，自我欣赏。这种自我体悟的特点，是不能公开的，不能和任何人共享的。把这层矛盾分析透了，就可以回答开头的问题，为什么题目是“再别康桥”，却不是和康桥告别，而是和云彩告别。因为，云彩是无声的，你知，我知，天知，地知，还有云知，而云恰恰是无声的。懂得了这一点，才能更好地理解、体验最后一段：“悄悄地我走了，正如我悄悄地来，我挥一挥手，不带走一片云彩。”轻轻地来，悄悄地回味和云彩告别，就是和自己记忆无声的告别。为什么是“轻轻地”呢？就是因为和自己的内心、自己的回忆在体味。不是一般的回忆，而是一种隐藏在心头的秘密。大声喧哗是不适宜的，只有把脚步放轻、声音放低才能进入回忆的氛围，融入自我陶醉的境界。

有了这样的直接分析，如果还要再深入还原一下的话，可以从徐志摩和林徽因的关系中获得信息。此诗，作于 1928 年 11 月，当为获悉林徽因和梁思成结婚之后。为什么轻轻、悄悄？因为过去的浪漫的回味已经不便公开了。值得注意的是，徐志摩的这首诗，写得很优雅，很潇洒，在他的精神世界里，没有一点世俗的失落之感，更不要说“痛苦”“忧愁”了。退一万步说，就是有一点“忧愁”，也是他在《沙扬娜拉》中所说的“甜蜜的忧愁”，可能是从雪莱的《西风颂》（*sweet though in sadness*）中演化而来，这种潇洒正是此诗的唯一性，他只把过去的美好情感珍藏在记忆里，非常甜蜜地独享。

用同样的直接分析，从曹操的形象出发，就不难分析出曹操的多疑，疑人意图杀己，乃诛杀人家八口，逃亡路上，为了自保，又杀吕伯奢。发出“宁叫我负天下人，不叫天下人负我”的狂言。应该说，《三国演义》写曹操的多疑是很有其唯一性的。他的多疑可以说是多方面的，但又是统一的，最后又死在多疑（不相信神医华佗），是相当单纯的，但是，没有陷入单调、单薄。因为，他的性格当中隐含着矛盾，还有不疑的一面。后来的事实证明，刘备是他身边最大的定时炸弹。刘备在曹操身边装作没有政治野心，麻痹曹操。曹操身边的一些谋士，几度让曹操杀掉刘备，但是，曹操很自信,对刘备不疑。在青梅煮酒论英雄一节,刘备听到曹操说他是英雄吓得把筷子都丢了。慌忙辩解说闻雷而惊,曹操被麻痹了:英雄居然怕打雷啊!更放松了警惕。后来机会终于来了。有一路人马需要去攻打,刘备说,派我去吧。曹操这个多疑的人居然不疑了,给他五千兵马。命令一发出去,曹操身边的谋士程昱、郭嘉就说,不行啊,去了肯定不回来了。于是赶快派五百人马去追。当然,刘备不会回来。谋士就说,刘备心里有鬼。曹操觉得自己既然决意放他走,就只能是正确的,他不怀疑自己的才能,就说:“我既遣之,何可复悔?”曹操多疑的特点之所以深刻,就是因为多疑与不疑是对立统一的。也就是说,虽然多疑,但是曹操对自己的计谋、自己的才能、自己的水平、自己的雄才大略却是毫不怀疑的。

曹操的多疑和不疑,是矛盾的,又是有机统一的,其中包含着相当精致的内在逻辑。他的多疑是疑别人,他的不疑是迷信自己,而且很顽固,不怀疑,就不怀疑到底,就是错了也错到底。很明显,曹操的不疑,本质就是绝对相信自己,就是兵败华容道,狼狈逃窜,发现两侧高山,为伏兵之险要,乃以孔明疏失未有伏兵,仅此一点不如自己之高明,乃大笑。其自信表现为危机中之自得,极端矛盾又高度统一。此乃曹操形象不朽之根本原因,后世小说写政治领袖,即如《水浒》之写宋江,逊色多矣。至如《红楼梦》中之贾政,虽然算不上政治人物,但就人物而言,亦未达到曹操之丰富深邃。

分析之难,难在没有切入口,不得其门而入。不管是意象、意脉、意境,都以客观的事物和人物的形象出现,莫不是主观情感特征与客观对象特征猝然遇合于规范形式之中。其实,与原生的生活到了形象中,已经是如吴乔所说“形质俱变”。差异和矛盾就隐藏在形象的统一之中。直接从形象分析矛盾,难度相当大,但是,除了直接分析以外,还有一些揭示潜在矛盾的办法,首先就是还原。

微观分析之二:艺术感知的还原

作品的现成状态是统一的,但是这种统一是客观生活被作者的情感同化的结果。只有把形象的原生状态还原出来,二者之间的差异,或者矛盾才能显现出来,分析才有对象。需要说明的是,我们这里的“还原”和现象学的“还原”有某种共同之处:现象学不承认任何观念、现象是绝对客观的,而认为是经过某种主体同化的。因而要研究一个问题,首先就要把潜在的既定的观念“悬搁”起来,进行“还原”,目的是“去蔽”,也就是“去”潜在观念之“蔽”。[①] 而这里的“还原”,则是为了揭示原生状态与艺术形象之间的差异和矛盾,以便进入分析程序。

从日常生活来说,情人眼里出西施。敝帚自珍。看自己,一朵花;看别人,豆腐渣。抒情的诗歌形象正是从这日常感知和语言变异的规律出发,进入了想象的假定境界:“一日不见,如三秋兮”“谁谓荼苦,其甘如荠”。感知不但有形变和质变,而且有功能的变异:“结庐在人境,而无车马喧”,“海内存知己,天涯若比邻”,“狂风吹我心,西挂咸阳树”,“只恐双溪舴艋舟,载不动许多愁”。这就不但是提示了语言形象化的规律,而且揭示了其与日常生活、感知之间的矛盾。这种矛盾本来是两个方面,但是,显性的呈现只是一个方面,这个方面是某种结果(如“回眸一笑百媚生,六宫粉黛无颜色”,如“露从今夜白,月是故乡明”)提示着情感的强烈冲击的原因。进入分析程序,就要把矛盾潜在方面揭示出来,就需要摆脱

---

① 胡塞尔首先提出,还原就是对未经考察而相信事实存在的“自然的态度”的怀疑,因而要把一切现成观念“悬搁”起来,以达到一个绝对的、纯粹的事物的本质。“悬搁”(epoche)来自古希腊怀疑主义者皮罗的口号“悬搁一切判断”,这并不是否认事物的存在,只是在研究意识的起源时,把它们放进“括号”里,不让它们起作用。不难看出,胡塞尔所说的“悬搁”类似笛卡儿的“怀疑”。

被动地接受,改为主动地在想象中还原,也就是把未经情感冲击同化的原生状态想象出来。因为,文学作品本来就是一种召唤结构,因而,日常原生经验的唤醒是并不太困难的。但是,把潜意识层次的自动化触动,化为意识的语言,则是需要主体的审美自觉的优势的。

这种情况,在叙事作品中,就比较复杂,比较隐蔽。晚清夏曾佑对武松打虎真实性质疑,就需要有精致的辨析能力,对武松见老虎以前和见到老虎以后的心理差异、矛盾,有高度的敏感。当然,这是比较困难的,这时,历史资源、文献,就是必不可少的了。如参看金圣叹的批注。又如鲁迅对诸葛亮的"多智而近妖"的批评,如果能对草船借箭等原生史料有所梳理,就不难看出艺术感觉与生活实感的矛盾。有了矛盾,差异就不难分析了。有了自觉的还原意识,发现潜在的矛盾和差异,就有了可操作的途径。许多以胡塞尔所说的"自然的态度"觉得是天衣无缝的,就有矛盾可以分析了。杜甫诗曰:"昆明池水汉时功,武帝旌旗在眼中。"稍稍还原一下,就不难看出在诗的变异想象中,不但空间是可以压缩的,而且时间也是可以压缩的。杜甫一下子就把唐朝、汉朝间几百年的时间距离,压缩到目力所及的范围里。千载以来没有读者对李白"西岳峥嵘何壮哉,黄河如丝天际来"诗句提出质疑。至于李白"黄河落天走东海,万里写入胸怀间",更不是人之目力的问题,而是诗人与读者的默契。但是,文学文本解读学,却要还原出这种默契中潜在的矛盾。无怪乎德国的布莱丁格在《批判的诗学》中把想象称为"灵魂的眼睛"。

微观分析之三:情感逻辑的还原:"无理而妙"

应该说的是,以上所说,还只限于艺术感知层面,而一些直接抒情的作品,光用感觉还原是不够的。更为深层的还原是在情感逻辑层面。情感逻辑是“无理而妙”的，不同于科学的理性逻辑，只有通过“还原”，矛盾才能显现，从而进入具体分析程序。个人主观情感“歪曲”了，或者用我的术语来说“变异”了的理性逻辑，这种表面上看来是非逻辑的话语才成为深层情结的可靠索引。

在情感逻辑和理性的矛盾方面，我国古典诗话，可能是在全世界诗学理论上最早发现的情感逻辑与理性逻辑之间的矛盾。明邓云霄，清贺裳、徐增（1612—？），把“痴”作为诗的最高层次：涉及了正常逻辑、不当如此的意味，这就起了还原的作用，把审美逻辑和理性逻辑安排在现成的对比之中。其实，说得最为彻底、最为系统的是出生更早于他们的黄生（1601—？）《一木堂诗麈》卷一“每出人常理之外”，这一切可以充分说明，中国诗歌理论家已经有了抒情逻辑和理性逻辑矛盾的自觉。

“痴”的本质是“情痴”。这个情痴的观念，影响超出了诗歌，甚至到达小说创作领域，或者可能启发了曹雪芹，使他在《红楼梦》中把贾宝玉的情感逻辑定性为“情痴”（“情种”）。17世纪是我国古典诗论发展的高潮，吴乔（1611—1695）在《围炉诗话》卷一中引用他的朋友贺裳的话又发展出“无理而妙”的命题。“无理”，是还原出通常的“理”的结果，是“无理之理”，“是于理多一曲折”。有了这样的矛盾的还原，就不难对之加以彻底的分析了。同时代的徐增，尝试以李益诗（嫁得瞿塘贾，朝朝误妾期。早知潮有信，嫁与弄潮儿）为例作出回答：“此诗只作得一个‘信’字。……要知此不是悔嫁瞿塘贾，也不是悔不嫁弄潮儿，是恨‘朝朝误妾期’耳。”这就不但分析了矛盾，又分析了二者（恨与爱）主导方面是爱，还分析出了正是深层的爱是转化为表层的恨的条件——“信”。恨什么呢？恨商人无“信”，没有准确的归期，误了她的青春。这里解读的就不完全是“理”，而是一种“情”。从“情”来说，这个“恨”，是长久期待“信”的反面，这个期待其实是爱造成的，从这个意义上说，也有道理，不过不是通常的理，其中包含着矛盾，因为太期待，太爱，反而变成了“恨”，这是爱的理，和平常之理相比，是逻辑的悖逆，可以叫作“情理”。

通常的理，简而言之，只是一种逻辑上的因果关系。因为嫁给商人，行踪不定，所以常常误了她的期待。因为船夫归期有信，所以还不如嫁给他。这仅仅是表面的原因，即通常之理。在这原因背后，还有原因。为什么发出这样极端的幽怨呢？因为期盼之切。而这种期盼之切、之深，则是一种激愤。从字面上讲，不如嫁给船夫，是直接的、实用因果关系，而期盼之深的原因，其性质则是情感，是隐含在这个直接原因深处的。这就造成了因果层次的转折，也就是所谓“于理多一曲折耳”。

其实，所谓“理之所有”，正是情之所在。无理而有情的理论，产生在17世纪的中国，在当时世界上是相当先进的，比之生活在十八、十九世纪之间的英国浪漫主义理论家赫斯立特（1778—1830）诗的想象变异理论，雪莱（1792—1822）在《为诗一辩》中的“诗使他触及的一切变形”，要早出一个多世纪。令人不解的是，这个宝贵的理论遗产，就是今天也没有得到应有的重视。

这种情感逻辑的还原，事实上，是属于价值的还原，把情感看成绝对化的。在诗歌中，是超越时间空间；在叙事文学中，则表现为把情感看得比生命更重要。如林黛玉，明知劳心伤神危害生命，仍然不顾一切；安娜·卡列尼娜，因为感到渥伦斯基情感不够专一，就以自杀惩罚他，让他后悔。《雷雨》中的蘩漪，为了情感，不惜乱伦。她们都是审美价值的极端，但又不能简单以坏女人视之。善恶乃实用理性，非审美价值。

人若动了真情就常常不知是爱还是恨了，明明相爱的人偏偏叫冤家，明明爱得不要命，可见了面又像贾宝玉和林黛玉那样互相折磨。陆游《示儿》曰：“死去原知万事空，但悲不与九州同。王师北定中原日，家祭无忘告乃翁。”在抒情逻辑上自相矛盾，像陆游这样明显，从艺术水准上来说，也不算是高的。更高的应该是李商隐的《锦瑟》“此情可待成追忆，只是当时已惘然”，本以为这种感情可以等待，也就是在未来有望实现，只是在当时就知道是惘然。这类旷世杰作往往把抒情逻辑的矛盾，用高度艺术技巧，包括典故，藏得隐隐约约，使得一代又一代的读者在五里云雾中意会其微妙。但是,要把这种微妙的精彩说清楚,一代又一代的读者,需把时代最高的智慧奉献在解读的祭坛上。

微观分析之四:古典的情景交融和现代的情理交融

当然,无理而妙,主要是抒情的,但并不是永恒的。这是因为艺术形式规范又是开放的,是随着历史的发展而发展的,等到中国新诗古典美学原则走向式微,受到现代派诗歌的美学原则冲击的时候,“无理”的形态,就不完全限于抒情,而且是表现理性的。无理的表层,隐含着的就不是感情的“痴”,而是更高层次的理性洞察。北岛的《回答》,其经典性就在于,在中国新诗从古典浪漫阶段向现代阶段过渡。“卑鄙是卑鄙者的通行证,高尚是高尚者的墓志铭”,这样的写法,逻辑的跨越到了颠倒的程度,用古典的“痴”来解读是困难的。这首诗写于 1976 年春天“天安门事件”之后,时代本身就是是非颠倒的。“卑鄙是卑鄙者的通行证”,只有卑鄙的人才能通行无阻;“高尚是高尚者的墓志铭”,道德高尚的人,为了信念不怕牺牲的人,反而被摧残,甚至因此而牺牲。“看吧,在那镀金的天空中,飘满了死者弯曲的倒影”,好多人倒在了广场上。直接说倒在广场上,是散文的写实;说广场上死者的身影倒映在夕阳照耀的天空上,在地面上看不见,在天上有目共睹,是诗的想象。“我不相信天是蓝的,我不相信雷的回声”,这不是疯了吗?你讲的那一套我都不相信,连天是蓝的都不相信。也就是说,普遍共识的东西,流行的东西,都是假的。“我不相信梦是假的”,“梦”就是未来的期待和向往,是理想,不是假的。天空是没有遮拦的,也是遮拦不住的。那星星,“是五千年的象形文字”,你不懂的,象形文字很难懂,五千年后会有人读懂。星星就是未来人的眼睛。这样的想象,虽然比古典的“痴”更为怪异,但一点也不做作,不矫情;虽然很隐晦,但很深刻。这完全是以一种崭新的情理交融的美学原则,站在历史的高度发言。

宏观分析还原:历史语境和母题

对文本唯一性来说,微观分析固然相当关键,但是,也有相当的局限,过分拘泥也可能只见树木不见森林。一切事物固有的性质固然在其内在矛盾之中,但是,内在矛盾又与外在语境密不可分。从理论上来说,对一切对象的研究最起码的要求就是把它放到历史环境里去。不管什么样的作品,要作出深刻的分析,必须放到产生这些作品的时代(历史)中去,还原到产生它的那种政治的、经济的、文化的、艺术的气候中去。但是,历史背景是分层次的。政治和经济状况的背景,毕竟是外部的,因为对于不同作家都是一样的。历史的还原,必须还原到作品的唯一性中去,因而微观分析的最后不能不与宏观分析结合起来,也就是要放到宏观的历史语境中才能达到最高最深的层次。艺术感知还原、逻辑还原和价值还原,都不过是分析艺术形式的静态的逻辑的方法,属于一种初级的、入门的方法。入门以后对于作品的内容还要有动态的分析,因而需要更高级的方法,就是"历史还原"。不管什么样的感知、逻辑和价值,都是离不开历史的,都不能不包含在历史的还原之中。最为常见的是作家特殊的精神史。在中国有几千年的"知人论事"的传统,用作家的生命遭遇来说明作品的特征,虽然也有过穿凿过甚的偏颇,但是,也有相当合理的成分。在李白的《下江陵》中,"千里江陵一日还""轻舟已过万重山"表现的是李白的归心似箭,体现了他的生命中一次重大的危机和突然的转折。那就是参与永王李璘幕府,永王失败,李白系狱浔阳,被判流放夜郎,李白在政治上、道德上几近破产,据杜甫诗曰,弄到"世人皆欲杀"的程度。幸而中道遇赦。

因而才兴奋到有实际上绝对不可能的速度感知。当然，这样的传记式分析，可能并不是最深刻的，而且弄不好会陷入中国古典诗话所谓“穿凿”和美国新批评所谓“意图谬误”的歧途上去。

但是，还原到历史语境中去，焦点还在于还原到当年的文学语境中去。困难在于，语境是浩瀚的、纷纭的，对于具体分析来说是缺乏操作性的。最简便的方法就是把作品放在同一母题的历史发展过程中考察。因为同一母题提供了现成的可比性。通过历史母题的还原和比较，就不难超越作家精神史的局限，梳理其在母题系列中的定位，从而发现其在母题史中的突破或倒退。关键是内在的、人物内心情智探索和表现的进展，比如，将武松打虎还原到英雄母题中去：从力量和勇气来说，他是超人的；但是从心理上说，他又是平凡的，和一般小人物差不多，英雄化和平凡化统一了。分析到这个层次，可以说，已经相当有深度了。但是，如果把它放到中国古典小说对于英雄母题中去，就可能发现，这对于早于《水浒》的《三国演义》是一个伟大的进步。在《三国演义》中，英雄人物是超人的，罕见其平凡的一面。甚至在面临死亡和磨难时都是没有痛苦的，夏侯惇眼睛中了箭，大叫一声，连眼珠都拔了出来，作家并没有写到他的疼痛感。关公之刮骨疗毒，虽然刀刮出声音来，他仍然面不改色，没有武松那种还没见到老虎之前，大肆吹嘘怕老虎的不是“好汉”，见了老虎就吓出冷汗，活老虎打死了，死老虎却拖不动的局限；也没有下山以后，见了两只假老虎，信以为真，就有点悲观失望(此番罢了)的心理。

诚如艾略特所说“天才都是传统的产儿”。审美传统具体表现为母题，这是一个逐步积累的载体，这对于作家来说，既可能是一种起飞的平台，又可能是一个因循的陷阱。哈罗德·布鲁姆在《西方正典》的“序言与开篇”中这样说：

> 对前人作品的解释需要一定的防范意识，因为对前人作品的一味赞扬会抑制新的创新……莎士比亚以马洛为起点，早期莎士比亚

> 式的反派主角模式，如《泰特斯·安德罗尼克斯》和《理查三世》中的摩尔人亚伦十分接近马洛笔下的马耳他犹太人巴拉巴斯。当莎士比亚创作了威尼斯的犹太人夏洛克时，笑剧反角道白的隐喻基础就彻底改变了，夏洛克是对巴拉巴斯的重大误读或创造性误释，而摩尔人亚伦则更接近于重复巴拉巴斯，特别是在形象化语言的层次上。可是当莎士比亚创作《奥赛罗》时，马洛的所有痕迹都消失了：可以看出，伊阿古的自得其乐的恶行远比过分自得的和神气活现的巴拉巴斯在形象上更细腻，更精巧，伊阿古与巴拉巴斯的关系显示出莎士比亚以前人马洛的创造性误读完全获得成功。[①]

一切经典的解读，只有还原到母题的谱系中去才能对其艺术奥秘有所洞悉。

《西厢记》中“赖简”一折之精彩，还原到爱情母题史中，就比较易于分析出其突破。在《西厢记》之前，例如，在唐宋传奇中，女性的爱是一见钟情、生死不渝的。但是，莺莺明明爱上了张生，主动写诗约人家跳墙来幽会；但等人家来了，却把人家大骂一顿轰走；人家垂头丧气走了，她又吃不下饭，睡不着觉；虽躲躲闪闪，终于还是梳妆打扮送上门去了。这不但在中国戏剧文学史上对一见钟情、生死不渝的模式是一个伟大的独创，而且在世界文学史上也是一大突破，其对女性心理表层和深层矛盾的揭示，比之晚他三百年的莎士比亚（1564—1616）笔下的朱丽叶的精神层次要深刻多了。在王实甫以前甚至以后的中国的戏剧和小说中，爱情常是美化、诗化、浪漫化的，也就是绝对化地不变的。美好的爱情总是善的，但是王实甫这里所表现出来的却是另一种奇观：虽然是不守信用的，美和善错位了，却是深刻的。如果崔莺莺很善，很守信用，把人家约来了就和人家好上了，那还有什么好看，有什么性格之美的发现和创造呢？当然，《西厢记》从爱情母题的发展中看，也不是没有败笔，那就是追随董解元，把元稹

---

① 哈罗德·布鲁姆：《西方正典》，江宁康译，译林出版社2011年版，第7页。

小说原作《莺莺传》中的张生遗弃崔莺莺，改成了大团圆的结局——那是在当时就滥俗的公式。《简・爱》把英国小说传统中美人与高贵男性的爱情变成了相貌平平和一个瞎了眼睛的男人终成眷属。所有这一切对母题的突破，都是文本唯一性的索引。

文本的特殊性、唯一性，不是一步到位的，而是在层层具体分析中，步步紧逼的，第一层次的具体分析，得出的结论，有如普列汉诺夫所说的暂时势定义，后续的每个层次的分析，都使其特殊内涵递增，也就是定义的严密度递增，层次越多，内涵愈多，则外延愈少，直至最大限度地逼近唯一文本。

文本的唯一性只有凭借这样系统的层次推进，才有可能逼近，解读的有效性才有可能提高。不论是反映论还是表现论，不论是话语论还是文化论，不论是俄国形式主义的陌生化还是美国新批评的悖论、反讽，无不囿于单因单果的二元对立的线性哲学式的思维模式，文学解读的无效、低效似有难以挽回之势。西方对之徒叹奈何，时间已长达百年之久，居然发出“文学并不存在”的咄咄怪论，文论危机到如此严峻的生死存亡地步，为两千年来所未有，而举国论者不察于此，却执着于对之作疲惫追踪。殊不知，此乃天赐良机，正是我们结束百年来对西方文论洗耳恭听的历史，从西方人失足的地方出发，凝聚起民族最高的智慧，建构自己的文学文本解读学，在思想的奥林匹克竞赛中，在西方人世袭的领地争一席之地。

我们的任务，不但是要建构文学文本解读学，而且要在文学创作论和文学解读学的基础上建立起挑战西方叙事学的中国学派的叙事学。

2012 年 9 月 8 日

第一章　文学文本解读学和文学理论

面对文学理论和审美阅读经验为敌的困境

文学阅读，直接面对经典文本，本来赏心悦目，是一种审美享受。文学欣赏是一种精神的游历和提升，其特点是并不需要什么专业的修养，就能够自发地为其艺术所感染，甚至达到如痴如醉的境界。因而，文学比之其他一切读物拥有更广泛的读者。但是，人们对于自发的感性状态似乎并不满足，因为感觉到了的，并不一定正确可靠，就是正确可靠，也不一定能够理解。理解了才能纠正错误的感觉，使正确感觉上升到理性的高度。这就有了理论的追求，就有了文学理论，其目的本来是为了把自发的感受性阅读上升为自觉的理性的解读，甚至还指望它能有效地指导文学创作。但是，理论本身带着超越感性的性质，既有上升为理性的可能，又有脱离文本，腾空而为空话，成为遮蔽的框框的可能。但是，人们对理论的这一局限缺乏起码的警惕，就导致了当前架空的文学理论，天花乱坠，流派纷纭，层出不穷。就其大多数来说，往往不能增加文学欣赏的情趣和智趣，相反，还可能破坏解读者的胃口。此等现象，滔滔者天下皆是，就是专门从事文学理论研究，而且取得了世界性影响的大家对之也是不能不承认的。例如，韦勒克和沃伦在他们的名著《文学理论》中就坦承：

> 由于对文学批评的一些根本问题缺乏明确的认识，多数学者在遇到要对文学作品作实际分析和评价时，便会陷入一种令人吃惊的、一筹莫展的境地。①

文学阅读惊心动魄的审美感受与文学理论为敌的窘境普遍存在，人们已经见怪不怪。但是，这并不妨碍文学理论（或者文艺理论）在学术界成为显学。流派更迭频繁，新著日新月异，虽观念各异，而视野趋同重复之屡见不鲜，水准之徘徊不前，已成常态。

文学理论作为理论，本当来自实践，一个是创作实践，一个是阅读实践。本来，文学理论的基础，第一是文学创作论，第二是文学文本解读论。在此两大实践基础上才能产生文学理论的系统建构。真正的文学理论，其前提应该是文学创作论，分析形象的细胞构成、审美价值与实用理性之

---

① 韦勒克、沃伦：《文学理论》，刘象愚等译，南京：江苏教育出版社2005年版，第155~156页。

分野、作家特殊心理、驾驭并突破形式规范、由风格形成流派等等。但是，创作论这个领域却相当荒芜，从80年代以来不但专著寥寥无几[①]，而且，实际并非严格意义上的文学创作论，而是变相的文学理论仍然进入不了文学形象的深层结构的主客二元对立的思维模式。自从罗兰·巴特宣称“作者死亡”以来，此项课题几成禁忌。文学作品产生以后，乃为读者所解读，文学理论的基础之一，应该是文学文本解读学。在20世纪末“读者中心说”甚嚣尘上之时，本该成为研究之热门，然而，此论在中国的反响，只有读者，却无解读，文学文本解读学著作更为罕见。[②] 然而，广大读者，尤其是对于上千万，乃至成亿的中学和大学文科教学，文学文本解读学之无效，低效，甚至误效比比皆是，引起普遍的失望甚至厌恶。

创作论与解读论，在我国，本来既有一定分工，同时又互相渗透。如刘勰的《文心雕龙》、叶燮的《原诗》大致可谓以创作论为核心，而诗话、词话、戏曲和小说评点，其基本精神乃是解读论。二者的传统可谓源远流长。直到王国维的《人间词话》可谓兼具创作论与解读论之优长，只是以词话形式呈现。当然，这种模式在逻辑的系统性和概念、论证的严密性方面有明显的缺陷，故五四以后，我们连同其精华一起废弃，接受了西方文论以严密的概念，系统演绎和论证的模式。这种文学理论模式以其现代学科的规范，使我们的理论水准发生了历史性的突破。但是，西方文论并非十全十美，也有其不可回避的局限。那就是：第一，遵循西方经院哲学的传统，追求超越实践的形而上学，具体表现为以抽象度甚高的概念的严密为务，不厌其烦地在从概念到概念的抽象领域里兜圈子，把本来简单的问题说得扑朔迷离。第二，把理论的自洽性放在创作和阅读的效益之上，

① 据我有限的涉猎只有两部。一是杜书瀛的《文学原理——创作论》（80年代出版，2005年中国大百科出版社重版），另一是孙绍振的《文学创作论》，1986年，春风文艺出版社。海峡文艺出版社20世纪多次再版，另外韩国学术情报出版社，2009年出版八卷本《孙绍振文集》将此书列入第六卷、第七卷。此外诗歌和散文均有少量创作论专著，如骆寒超的《新诗创作论》，和张国俊的《艺术散文创作论》，中国社会科学出版社，2011年。

② 据我有限的涉猎，龙协涛先生所作《文学阅读学》北京大学出版社，2004年。可惜，最接近文学文本解读学并不着眼于文学文本解读的有效性，而是追随西方文论所谓作者中心、文本中心、读者中心之说，并未提出文本解读学的理论建构和操作方法。

这就导致了文学理论脱离甚至破坏文学创作和阅读实践。其极端者，出现否定文学本身存在的“文学理论”。从而造成了文学理论封闭式的自我循环，自我消费。此等现状，有目共睹。但是，一来慑于西方文论的强势话语的霸权，二来慑于国内学院派所谓“学术规范”，文学理论自我窒息的严峻形势遂为国人所忽略。

其实，为了给文学理论以新生命，最切实的办法就是学科分化。从文学理论中把文学创作论和文学解读学分化出来，进行原创的独立建构，为文学理论提供丰富坚实的基础，衍生其固化的范畴，在许多根本问题上对之进行挑战，促使其突破。

以自然科学观之，学科分化乃学科发展提升的标志，如化学之分为有机与无机，生物化学与物理化学；如物理学之分为理论物理学与实验物理学、地球物理等等，都推动了学术的飞跃发展。然而，文学理论，却在近百年间，岿然不动，一味拘守，可谓稳坐钓鱼船，毫无分化的自觉。固然，美国的韦勒克、沃伦和苏联的文学理论权威季莫菲耶夫的《文学原理》把文学理论分为《文学理论》《文学史》和《文学批评》，但是，所有这三个部分都缺乏文学创作论和文学文本解读学的基础。

文学理论学科一直处于混沌未分化状态，此种权威的说法，从未遭遇挑战，容易造成误解，以为文学理论具有创作论、解读学的功能，遂以文学理论的一般性代替解读的特殊性。殊不知文学理论和文学文本解读学，在内涵和功能上具有莫大的差异。

文学理论的普遍性与文学文本解读的唯一性

文学理论以文学为总体对象，其理论是普遍的，尤其是被奉为圭臬的西方文论，往往向高度形而上学方面发展，理论的哲学化程度日甚一日。

而文学文本解读学，却以实践性甚至操作性为生命，它面对的是感性的文本个案，其指向性应该是文本个案的特殊性。这里的个案，甚至不是作家个体，而是作品个案。就是对同一作者，其不同个案，也应致力于其不可重复性，直接归纳和分析出其唯一性，本来，这应该是题中之意。普通读者并不在乎文学总体的普遍属性，并不奢望把一切作品读完，他们关注的就是眼前这一篇的奥秘。最理想的文学理论，应该是一篇又一篇的文本解读的积累和概括。从这个意义上说，文学文本解读应该是文学理论的基础（之一）。反过来说，没有大量的文学文本的解读，文学理论根本就无从产生。研读鲁迅，文学理论家可以论述鲁迅小说的总体特点，但是，绝大多数理论家并未对鲁迅的每一篇小说进行过仔细的解读，作准确的概括。从某种意义上说，这种文学理论是以不完全的分析加直觉的结果。其中的疏漏和主观、强加和歪曲，是不可避免的。在进行整体概括之前，不对文本作大量的尽可能细致的分析，理论就不能不隐含“只见森林、不见树木”的危机。反过来说，仅仅对文本作个案的分析，固然有可能“只见树木、不见森林”。但是，从根本上说，细致的个案分析，具有解剖麻雀的功能，也有从一粒沙子里看世界、从一滴水看大海的优势。比之大而化之的空洞理念，更具相对的切实性。对于一般读者而言，读鲁迅并不一定是其全部，而是面对单一文本，其关注焦点，乃在此单一文本的独一无二的特点。比如，鲁迅在小说中写了阿 Q 的死亡，读者解读的期盼是，这种死亡的独一无二的特点是什么，也就是它与鲁迅其他作品中所写的死亡有什么区别。

鲁迅小说中，有八种死亡，文学理论可以以概括其统一性为务，而文学文本解读学追求的应该是每一种死亡的唯一性，不可重复性。

第一种死亡，是最有名的，阿 Q，小人物，冤假错案，非常悲惨的死亡。鲁迅居然不写他的悲惨，不渲染场面的沉痛，而写他的可笑。他的伟大的艺术魅力就在于：悲剧性的死亡，用喜剧性的写法。当阿 Q 走向刑场的时候，他最在意的居然不是自己死到临头，而是关注人群里有没有吴妈。

就是他曾经跪下来说“我要跟你睡觉”的那个女人。这女人大叫大喊,弄得阿Q挨了棒子,连最后的家当,一件破棉袄都被没收走了。这样一个给他带来灾难的女人,临死前他还要关注。这是荒谬的、可笑的,是中国古典小说上没有的。在西方小说史上,据我所知,荒谬到这种程度也是少见的。

第二种,他不但善于写喜剧性的死亡,而且善于写悲剧性的死亡。《祝福》里面祥林嫂的死亡,死得很悲惨。然而导致她死亡,压死她的最后一根稻草竟是鲁四奶奶不让她碰福礼的一句话“你放着吧,祥林嫂”。这句话说得很有礼貌,为祥林嫂留了台阶下,但是,她却因此而精神崩溃,丧失了劳动能力,最后沦为乞丐,冷饿而死。这是个没有凶手的悲剧,凶手就是存在于每个人,包括祥林嫂头脑中的对寡妇的成见。超过任何中国古典小说史的思想深度和艺术高度,甚至跟林黛玉的死亡堪称双璧。

第三种是孔乙己的死亡。他将全部的生命投注于考试。考了几十年,却连秀才也没有考上。成了一个废物。这个科举制度的牺牲品,只能给别人抄抄写写,又喜欢偷书,偷笔墨纸张,典型的废物加小偷。就是这样一个人,这样一个悲惨的人,当他出现的时候,却给周围带来了欢乐。而这种欢乐,却是以无情地摧毁孔乙己读书人最后精神底线(不承认自己是小偷)为特点。这样一个人死了,没有任何人觉得悲哀,也没有人觉得快乐。这就是既无悲剧性、也无喜剧性的死亡。

第四种是英雄的死亡。英雄就是《药》里面的夏瑜,死亡虽然是壮烈的,却是通过小人物的麻木心态反映出来的。几乎是众口一词地,认定英雄的死亡是愚蠢的、疯狂的、活该的、大快人心的。到监狱里还要宣传革命,挨到拳脚,是罪有应得、理所当然的。“大清的天下”岂是他能够动摇得了的?特别是,他的鲜血染红的馒头,被当成治疗肺病的良药,内在的意蕴是冷峻的:牺牲是白费的。他的死亡是壮烈感和荒谬感交织在一起的。

第五种死亡,“孤独者”魏连殳的死亡,是冷嘲性质的死亡。临死时嘴巴上还挂着冷笑。这个人非常孤傲,藐视周围的一切人,对政治上的飞黄腾达、经济上的财富,对趋炎附势、世态炎凉,他是公然蔑视的。最后环境逼得他背叛了自己的信念,为了复仇,去做一个军阀的副官。他有了金钱权势。周围的那些俗人、势利者就来奉承他了,他冷眼相对。这样一个以反抗恶势力开始,以同流合污为代价,来取得复仇本钱的人,鲁迅最后把他送上了死路。他死的时候,那些势利的小人表示悲哀,表示对他的赞美,可是他脸上挂着冷笑。这个冷笑,鲁迅说,既是冷笑这个世界,也是冷笑他自己。鲁迅在讲到《药》的结尾时,曾经提到过安德烈耶夫的阴冷。他说,夏瑜的坟上,有一个花圈,以免像安德烈耶夫的阴冷。可是,魏连殳死亡,却有安德烈耶夫式的阴冷,冷到有哭,但没有人悲,连他自己也不悲,只有冷笑。

第六种死亡,《伤逝》里子君的死亡。她是一个新时代的觉醒者,反抗封建包办婚姻,声言"我就是我的",毫不忌讳周围的舆论压力,毅然决然地跟自己相爱的人同居。她很坚强,周围的冷眼、中伤、威胁、压迫,都无所谓,昂首云天之外。但是有一点,她含糊不了,她的丈夫失业了,局子里把涓生开除了,没有钱吃饭了。涓生寄希望于去翻译赚一点稿费,好不容易登出来,只得到了几张书券。这个原来宣称"我就是我的"、对现实不妥协的女性,不得不回到她所反抗的封建的家庭里去,最后死了。这个人的死亡,是很悲惨的。可是他(鲁迅)不是像写祥林嫂死亡那样,正面营造浓郁的悲剧的氛围,而是把之放在她的爱人涓生的忏悔之中——忏悔自己不够坚强,忏悔自己跟子君讲"我们两人如此活下去,互相搀扶着,只能两个人一起沉没,我们还不如分开,也许还有一线生机"。这种忏悔中,交织着多重错位,首先是自我批判和对现实的无奈。其次是透露出对子君的赞美、同情和惋惜,同时也渗透着对其脆弱和沉溺于小家庭的庸俗的批判。悲剧性死亡蕴含着多元的错位,又用第一人独白的抒情话语来表现,其间的悲郁和沉痛,智性的深思,构成多声部交响。鲁迅对主人公是很少抒情的,对阿 Q 是绝对不抒情的,对孔乙己也是不抒情的,唯一抒情的就两个人:一个是祥林嫂,一个就是子君。

第七种死亡是《故事新编》里的《铸剑》。在这本小说中,鲁迅最喜欢的就是《铸剑》。这是根据神话传说写的。主人公叫眉间尺,他的父亲是一个铸剑(炼钢)的专家。楚王命他铸剑,他铸了两把,一把叫干将,一把叫莫邪。剑呈给楚王,他知道,这是尖端武器,楚王不会让他再给别人铸,因此他必死无疑。他把一把剑给了楚王,一把剑留在自己家里。对老婆说:"我死了之后,儿子长大了,让他为他父亲复仇,就用这把剑。"他的儿子眉间尺长大以后,就拿着这把剑去复仇了,应一个黑衣人要求,眉间尺自杀,黑衣人提着他的头,取得楚王的信任,结果是,眉间尺、黑衣人和楚王,三个头一起掉在锅里煮烂了,大臣们无法分辨哪个是暴君的,哪个是义士的,只好把三者合葬在一起。慷慨赴义的英雄偏偏和暴君合葬,变成了荒诞(解构)。这个死亡的艺术价值,是英雄主义和荒谬主义的融合。

第八种死亡,在《白光》里,写一个人,类似于孔乙己去考试,考不中,突然做梦想到自己父亲的遗言,在家里什么地方,有大堆银子埋着。他就做梦想着那个地方了。全篇就是写这个人梦幻,在幻觉中挖来挖去,最后掉到河里死掉了。这个死亡比较单调,不能代表鲁迅的艺术成就,我认为是写得比较差的。

总的来说,八种死亡,各不相同,至少有七种是写得很精彩的,在中国文学史上都可以说是前无古人的。

文学作品的生命,就在于其唯一性、独一无二性。但是,主流文学理论,空谈独创性,却对之视而不见,"它们关心的不是文学特征的问题,而是作品形成的必然条件,尤其是意识形态"①。解读当然要关注意识形态,但是,意识形态是普遍的,而文本解读的却是个案。解读就是个案解密,离开了个案的审美特征,解读就不是个案的特殊性,而是文本间的共同性。共同性往形而上方面升华,就变成了空洞的文学理论,其最新表现形态就是以文化批评代替文学文本解读。然而文化批评的宗旨乃是从不

---

① 赵毅衡:《符号学文学论文集》,百花文艺出版社 2004 年版,第 482 页。

同文学作品中归纳出民族的、地域的文化心理的共同性，其抽象过程中舍弃掉的恰恰是文学的特殊性、唯一性。文化批评自然有其本身的特殊意义，但是，以文化批评代替文学文本解读，而且成为喧嚣一时的新潮，声言除此以外别无选择，则是对文学文本解读的犬儒主义的退却。文学文本解读的基本规律与之相反，往形而下方面还原，别无选择。文学理论与文学文本解读学，就在这里分化。

文学文本解读学"唯一性"的悖论

文学理论之所以长期与审美阅读经验为敌，就是因为一味以理论的普遍性遮蔽文学文本解读的唯一性。这种舍本逐末之所以成为千年的痼疾，原因还在于，文学解读唯一性本身蕴含着悖论。文本个案的唯一性，就是不可重复的，独一无二的。但是，作为理论却不能不是普遍的，乃是对于无数唯一性的概括。理论上所说的唯一性，所指的是每个文本的唯一性。这种唯一性，恰恰是每个文本的共同性、普遍性。这种普遍的唯一性，本身就是对特殊文本唯一性的否定。正如有一年高考题为"答案是多种多样的"，表面上强调的答案不是唯一的，但是，就"答案是多种多样的"作为答案又是唯一的。从根本上来说，理论的唯一性是与个案的唯一性不相容的。它只能是抽象的唯一性，并不是具体的唯一性。这样，个案的唯一性与理论的唯一性就成了永恒的悖论。当然，这并不是文学文本解读学特有的悖论，而是一切理论都可能存在的矛盾。

理论面临着具体的、特殊的问题，理论的普遍性却不能不以牺牲特殊性为前提。正是因为这样，一切理论不可能直接解决问题，它只能是一种预期、一种导向。正是因为如此，理论只是一种没有独特内涵的框架。德国接受美学家沃尔夫冈·伊瑟尔提出："作品的意义不确定性和意义空白促使读者去寻找作品的意义,从而赋予他参与作品意义构成的权利”。这种由意义不确定与空白构成的就是“召唤结构”。其实,理论比之文学作品更是名副其实的召唤结构。理论的不确定性和空白,期待着以每一个作品去填充而且赋予其血肉生命,在对作品个案作不同程度的突围中获得发展。在我看来,西方那些纯粹从理论到理论的文学理论就算是没有错误,也是空洞的骨架。理论只能作为对具体作品作出具体分析的向导。具体分析,就是把理论形成过程中牺牲了具体的特殊性还原出来。对于文学文本解读学,具体分析的还原乃是其生命。文学文本解读学,不能采取文学理论的那种普遍概括为主,而是在普遍性的导向下,把理论所牺牲掉的特殊性通过具体分析还原出来。从根本上,特殊性文本的内涵,永远大于理论的普遍性。普遍理论中不包含特殊性,正如水果的内涵中不包含香蕉的特殊性,而香蕉的特殊性中却隐含着水果的普遍性一样。因而以普遍理论为大前提,不可能演绎出任何特殊性个案的唯一性,文本的唯一性只有在特殊的个案的具体分析中才能充分揭示。正是因为这样,文学文本解读学,应该以理论的普遍建构与具体个案分析相辅相成,个案的具体分析和理论的概括,二者保持必要的张力。

进入具体分析的第一步,乃是将文本的审美价值从实用理性认识和理性中分离出来。

在丰富的文学理论遗产中,固然有不少权威理论帮助我们超越实用理性,进入想象的、自由的审美境界。但是,无可讳言,也有种种权威理论,不但不能帮助我们进入文本审美唯一性的境界,相反,干脆就是否定,甚至糟蹋文学。许多来自西方的文学理论本来就充满偏颇,再加上我们教条式的照搬,文学理论对于文学解读的低效乃至无效,已经不是中国的现象,而是世界性的怪圈:文学理论越是发展,就越是带有形而上学的性质,越是脱离文学解读的个案;文学理论的发展越是自由,其流派也越是竞相更新,其对创作与解读的实践指导性也越贫弱。

文学理论与文学解读的审美享受为敌就这样成为世界性的顽症。

文学理论近年来不但没有把揭示文学本身的审美奥秘作为自己最高的任务，相反，把文学作为逃避、否定的对象，不过一些是间接的逃避，另外一些则是直截了当的否定。间接的逃避，雄踞50~70年代的“美是生活”，实质上就是美即真，把美等同于真，否认美，尤其是艺术美与认识的真之间的错位。机械唯物论和狭隘社会功利论长期猖獗，等而下之者，只把文学当作政治宣传和道德说教的工具，导致公式化概念化创作和批评的顽症至今阴魂不散。而80年代以来规模空前的当代西方前卫文论，则堂而皇之地否认文学的存在。最后竟弄到号称“文学理论”的理论，公然宣称，它并不准备解释文学本身。这一点，乔纳森·卡勒在他的《文学理论入门》中说得很明白。他宣称，文学理论的功能就是“向文学……的范畴提出质疑”。[①] 伊格尔顿在《二十世纪西方文学理论》中，直截了当地宣告，文学这个范畴，只是特定历史时代和特定人群的建构，并不存在文学经典本身(itself)[②]。来自外国的新老强势文化霸权话语，被文不对题地当成文学解读的理论根据。造成文学解读和教学空前的大混乱，无效和低效成为不治之症。

文学理论与审美阅读经验为敌的困境，不但令我国头脑清醒的读者和评论家痛心疾首，而且也使西方许多理论家为之困惑和愤激。新批评的先驱艾·阿·瑞恰兹就这样说过：

> 既然诸门艺术提供的经验唾手可得，那些杰出的智者在思索上述问题时又有什么收获呢？我们现在回顾一下，便会发现空话连篇。其中有三言两语的揣测，应有尽有的忠告，许多尖锐而不连贯的意见，一些堂而皇之的臆说，大量辞藻华丽教人作诗的诗歌，没完没了莫名其妙的言论，不计其数的教条框框，无所不有的偏见和奇想怪论，滔滔不绝的玄虚之谈，些许名不符实的思辨，一鳞半爪的灵感，启

① 乔纳森·卡勒：《文学理论入门》，李平译，译林出版社2008年版，第16页。
② 伊格尔顿：《二十世纪西方文学理论》，伍晓明译，北京大学出版社2007年版，第11页。

发人意的点拨和浮光掠影的管见，可以毫不夸张地说，诸如此类的东西构成了现有的批评理论。[1]

从表面看，瑞恰兹的话说得有点情绪化，但实际上，文学理论与文学解读的矛盾远比他说的要严重得多。文学理论中假冒伪劣者，滔滔者天下皆是，其中最为伪劣者，其概念玄虚，其语言晦涩，其逻辑武断，完全以摧残文学的审美享受为务。

面对此等窘境，清醒的国人认识到，这并不是文学理论本身的绝对荒谬，而是直接运用文学理论解读文本造成的悲剧。文学文本解读学虽然与文学理论有普遍的共同性，但是，应该有它特殊的差异性，它应该从文学理论中分化出来，发展为独立的学科。

建构文学文本解读学的任务摆在我们面前。但是，对于文学文本解读学的独立建构来说，却不能离开已经被文学理论弄得混乱不堪的地基，不对已经在历史积累中，被广泛认同的文学理论进行批判性的清场，不正本清源，拨乱反正，就不能确立文学文本解读学的前提，这当然是个历史性的难题，但是，却是义不容辞的使命。

文学的自律和他律：自转和公转

严格说来，从古希腊亚里士多德的模仿自然论到近代的反映论（本质论、典型论），从我们本土的“诗言志”“在心为志，发言为诗”到欧美浪漫主义的“强烈感情的自然流泻”[2]论，都不能直接成为文学解读、鉴赏的利

① 艾·阿·瑞恰兹：《文学批评原理》，杨自伍译，百花洲文艺出版社1992年版，第2页。

② William Wordsworth: *Preface to Lyrical Ballads*, “I have said that poetry is the spontaneous overflow of powerful feelings: it takes its origin from emotion recollected in tranquillity.” The Harvard Classics.1909, p.14.

器。厨川白村《苦闷的象征》中专门列出一章“鉴赏论”,[①]从根本上说,仍然是从“梦”的观念到生命的“真”观念,并未触及艺术形象基因的奥秘。对于艺术欣赏并无多少切实有效的帮助。反映论和表现论,虽然旨趣相反,一重客观反映,一重主观,但是均为单因单果的直线思路,对主观与客观转化为语言、意象、意脉、形式、流派、风格的复杂曲折层次完全抹杀,实际上也就是把艺术本身遮蔽了。

学习文学理论,本来很简单,就是为了懂得解读艺术,成为艺术的内行,预期“文艺理论”这门课一定充满令人神往的艺术奥秘,熏陶吾人的艺术感觉,学会欣赏艺术,甚至提高文学创作水平。我曾经这样对我的学生说:

> 50年代中期,这门课一上来就讲艺术的起源——起源于劳动,不是起源于游戏——讲来讲去,始终没有讲到形象是怎么回事。接着讲文学是生活的反映,就更令人思想麻木。大家都在生活之中,为什么只有少数人成为艺术家,而大多数人却不行呢?当时流行一个权威命题,叫“美是生活”。我做大学生的时候,就觉得这是废话。我想,反过来说,美不是生活,美是想象,美是假定,难道就没有道理吗?这种理论实在太让人烦了。我在心里抬杠,如果有人问花是什么,你回答说,花是土壤,肯定会遭到人们的嘲笑。如果有人问酒是什么,你回答说,酒是水果或是粮食,人家会觉得你神经有问题。但当你问艺术或美是什么,得到的回答是:美是生活。说这话的人反而成了大理论家,岂不是咄咄怪事!其实,说这话的人,不过是一个大学毕业生,名叫车尔尼雪夫斯基。这句话出自他的大学毕业论文,写作的时间是1860年。一百多年过去了,这样一句包含着明显弱智的话,居然被当作神圣的经典来崇拜。对之质疑,还要受到批判,叫不叫人郁闷?叫不叫人委屈?

---

① 鲁迅:《鲁迅译文全集》第2卷,福建教育出版社2008年版,第246~262页。

植物学家、酿酒专家，他们研究学问，目标很明确，就是如何把原料（泥土中的养分，淀粉）变成花朵，变成酒。而我们研究文学理论，却反反复复地说艺术就是生活，这事实上就是说，艺术和原料没有什么区别。时间真是太不值钱了，这样的废话居然说了一百多年。其实，人们学习文学理论的目的，就是要知道生活——平常的普通的生活和心灵活动——是怎样变成动人的艺术形象的。

从方法论来说，关键不在于二者的同一性，而在于它们之间的差异、矛盾和转化。

但自亚里士多德以来，所谓的“反映生活说”（模仿自然）一直雄踞主流宝座，在我国，至少在20世纪80年代以前，一直被认为是天经地义。美是生活真实的反映，美是生活的典型的反映，美是生活的本质的反映。反反复复强调文学是一种认识，认识就是主观和客观的统一，文学的任务就是帮助认识生活。

用美学术语来说，美就是真。

因为真了，就有用。能帮助人认识社会，改造社会，能认识人、教育人、改造人。文学艺术就是一种工具，用权威人士的话来说，就是革命机器上的“齿轮和螺丝钉”。

这种理论可以叫认识论加工具论。

真的，就是有用的；有用的，就是好的，用美学术语来说，就是善的。在这个意义上，美的也就是善的，美就是善。

归结起来，就是真善美的统一。

这种理论不能说完全没有道理。美是生活的反映，文学要写得美，有感染力，就一定要反映生活；作家一定要体验生活，深入生活，才能真实地、本质地、典型地反映生活。不能说是胡说八道——我们总不能提倡歪曲生活，总该记得五四时期反对“瞒和骗”的文艺吧。但传统的理论有一个明显的缺点，它忽略了文学与一般意识形态之间的不同或矛盾，也就是文学之所以成为文学的特殊规律。它本是一种多层次的系统，而机械真实论却把它线性化了。马克思在论述自由时曾经这样说：

> 在宇宙系统中，每一个单独的行星一面自转，同时又围绕太阳运转，同样，在自由的系统中，它的每个领域也是一面自转，同时又围绕自由这一太阳中心运转。[①]

文学与社会生活的关系，应该是地球与太阳的关系，行星与恒星的关系。地球围绕太阳旋转，这叫作公转，一转 365 天，但是，不要忘记，地球之所以能够公转，就是因为它能够自转，一转就是一天。如果不能自转，也就谈不上公转了。地球围绕着太阳转，可以比作文学与社会生活的外部关系，性质上是他律，而自转就是文学的自律，自身的规律。如果文学没有自己的规律，也就不可能有围绕社会生活旋转的他律。近一个世纪以来，文学理论之所以不景气，就是因为长于讲有目共睹的公转、他律，而对于其自转、自律，因为身在地球中而不能感知，即使有感知，也比较浮浅、零碎。因而，仅仅从他律与现实关系来评价文学经典，在 20 世纪后半叶，在全世界形成了强大的优势，轻视、藐视乃至无视文学的自律，使文学理论陷于自我蒙蔽。

要进入文学解读欣赏之门，第一道门槛，就是要清醒地明白文学艺术与生活的关系并不仅仅是一个认识与被认识、反映与被反映的关系，用美学的语言来说，也就是不仅仅是真和假的绝对对立。其实，只要有起码的解读经验，大概不难体悟，文学之所以成为文学，文学之所以值得欣赏，就是因为它不仅仅是真的生活，而且是假定的。文学欣赏的第一要义就是要在真实与假定之间，在这个问题上看到其间的矛盾对立和在一定条件下的转化。这是因为，文学既要反映生活，又要表现情感，二者分别存在，而艺术以统一的形象为前提，因而二者要在假定中统一为意象，成为群落才成形象。可是就在这个问题上，我们许多专家却不是很清醒的。总是

---

① 《第一届莱茵省议会辩论(第一篇论文)》，《马克思、恩格斯全集》第 1 卷，人民出版社。

以一种机械的、绝对的真实性，甚至是直接的“实感”来衡量评价作品。说到郦道元《三峡》之精彩往往就以写出了对三峡河山的“实感”赞之。[①]说到《岳阳楼记》，总是说范仲淹亲临岳阳楼，才写出此等不朽经典。在这一点上，连余秋雨也未能免俗。其实，当滕子京（宗谅）差人请他为文时，范氏正在陕西前线，千里往返，不可能不贻误戎机。真正执笔为文是在一年之后被贬至河南邓州，亦不可能擅离职守。范氏为文，实凭想象，而日日生活在岳阳的滕子京笔下的洞庭岳阳，却用笔甚俗。如，东南之国富山水，唯洞庭于江湖名最大。环占五湖，均视八百里；据湖面势，唯巴陵最胜。频岸风物，日有万态，虽渔樵云鸟，栖隐出没同一光影中，唯岳阳楼最绝。[②] 这里蕴含着“真”与“假”，现实与想象之间的矛盾与转化，是进入文学解读真谛的契机。

“以无为有，以虚为实，以假为真”

道理本来很简单，从常识来说，真谈恋爱不是艺术，假假的谈，谈上半小时，可能得百花奖。真虾不是艺术，挂在墙上，不过一星期会发出不好闻的气味。齐白石画的假虾，挂的年代越久，越是增值。这是老百姓都知道的，艺术的真实性是和假定性联系在一起的，用歌德的话来说，就是通过假定达到更高程度的真实。我国古典诗话中，对这一点，到了 17 世纪有突飞猛进的发展。（清）黄生（1601—？）说：

> 极世间痴绝之事，不妨形之于言，此之谓诗思。以无为有，以虚

① 《中国散文鉴赏文库，古代卷》，百花文艺出版社 2001 年版，第 521 页。

② 方华伟：《岳阳楼诗文》，吉林摄影出版社 2004 年版，第 8 页。

为实,以假为真。①

这个“以假为真”本来是题中之意,但是,一到死心眼的理论家手里,死抠起概念来,就复杂了,就说不清楚了。

真假互补、虚实相生的艺术起码的道理,是几百年来,作者和读者的默契,可是到了大人物那里,就莫名其妙地混乱了起来。真假互补,虚实相生,并不只是小说的特点,而是所有文学形式的共同规律。莱辛在《拉奥孔》的“前言”中说“艺术是逼真的幻觉”②,司空图(837—908)在《与极浦书》:“戴容州(按:唐戴叔伦,曾任容州刺史)云:‘诗家之景,如蓝田日暖,良玉生烟,可望而不可置于眉睫之前也。’”③这和司空图在《诗品》中说的“离形得似”是一脉相通的。师承了这样的观念,朱光潜先生在《谈美》第二篇发挥说:“艺术与极端的写实主义不相容”,“艺术本来是弥补人生和自然缺陷的,如果艺术的最高目的仅在妙肖人生和自然,我们既已有人生和自然了,又何取乎艺术呢?”④高尔泰先生则在80年代把他在人民文学出版社的代表作命名为“美是自由的象征”。⑤ 其实,这些说明还可以发挥,艺术既不是生活现实的照搬(如一些论者所说,按照生活本来面貌表现生活),也不是生活本质的反映,而是生活某一特征与作家情志的某一特征在想象中与形式规范的猝然遇合,是三个要素形成的三维结构,这一点下面将详述,此处不赘。

① 黄生:《诗麈》,诸伟奇主编《黄生全集》,第四册,李媛校点,安徽大学出版社2009年8月第1版。

② 莱辛:《拉奥孔》,朱光潜译,人民文学出版社1779年版,第1页。

③ 《四库全书·集部·别集类》,汉到五代,司空表圣文集,卷三。上海人民出版社1999年版。

④ 朱光潜:《朱光潜美学文集》第1卷,上海文艺出版社1981年版,第458~459页。

⑤ 高尔泰:《美是自由的象征》,人民文学出版社1986年版。

第二章 建构文学文本解读学的根本原则:唯一性

——解答李欧梵的世纪困惑:西方前卫文论对文本解读为什么无效

对于建构文学文本解读学来说,最大的拦路虎,还是西方前卫的文学虚无论。

近二三十年,正当我们引进西方当代文论进入热潮之际,恰逢欧美学界热衷于理论的更新,理论的价值往往聚集于颠覆,有一种极端的说法是西方文论差不多两个月就可能更新一次。这当然有些夸张,但是,这二三十年,我们像神农氏尝百草一样,争先恐后,把西方不下百年的文艺理论狼吞虎咽了一番。俄国形式主义,美国新批评、现象学、结构主义、解构主义、文化批评、女权主义、读者中心、新历史主义等等,走马灯似的转换,理论界、学院里,热闹非凡,莫不以抢占话语最新制高点为务。可是,如此纷纭的理论,对于文学解读来说,不但没有诱导深入之功,相反,倒是令解读目迷五色,莫衷一是,甚至对文学根本就不存在这样的权威话语都只有洗耳恭听之份,而无反诘的自觉。这种现象可以说是患上了真正的“失语症”(aphasia)。这不仅仅是中国现象,而且可以说,滔滔者天下皆是。李欧梵先生在“全球文艺理论二十一世纪论坛”的演讲中勇敢地提出了一个问题:西方文论流派纷纭,却很难达到对文学文本进行有效解读的目的。李先生以挑战、怀疑西方权威为荣,而我们文论界以服膺、崇拜西方大师骄人,这种对照不仅有趣,而且发人深省。李先生的文章写得很幽默,很值得细读:

> 话说后现代某地有一城堡,无以为名,世称“文本”,数年来各路英雄好汉闻风而来,欲将此城堡据为己有,遂调兵遣将把此城堡团团围住,但屡攻不下。
>
> 从城墙开眼望去,但见各派人马旗帜鲜明,符旨符征样样具备,各自列出阵来,计有武当结构派、少林解构派、黄山现象派、渤海读者反应派,把持四方,更有“新马”师门四宗、拉康弟子八人、新批评六将及其接班人耶鲁四人帮等,真可谓洋洋大观。
>
> 文本形势险恶,关节重重,数年前曾有独行侠罗兰·巴特探其幽径,画出四十八节机关图,巴特在图中饮酒高歌,自得其乐,但不幸酒后不适,突然暴毙。武当结构掌门人观其图后叹曰:“此人原属本门弟子,惜其放浪形骸,武功未练成就私自出山,未免可惜。依本门师宗真传秘诀,应先探其深层结构,机关再险,其建构原理仍基于二极重组之原则。以此招式深入虎穴,当可一举而攻下。”但少林(按:解

构)帮主听后大笑不止,看法恰相反,认为城堡结构实属幻象,深不如浅,前巴特所测浮面之图,自有其道理,但巴特不知前景不如后迹,应以倒置招式寻迹而“解”之,城堡当可不攻而自破。但黄山现象大师摇头叹曰:“孺子所见差矣! 实则攻家与堡主,实一体两面,堡后阴阳二气必先相融,否则谈何攻城阵式?”渤海(按:读者反应)派各师击掌称善,继曰:“攻者即读者,未读而攻乃愚勇也,应以奇招读之,查其机关密码后即可攻破。”新马四宗门人大怒,曰:“此等奇招怪式,实不足训,吾门祖师有言,山外有山,城外有城,文本非独立城堡,其后自有境界……”言尚未止,突见身后一批人马簇拥而来,前锋手执大旗,上写“昆仑柏克莱新历史派”,后有数将,声势壮大。此军刚到,另有三支娘子军杀将过来,各以其身祭其女性符征,大呼:“汝等鲁男子所见差也,待我英雌愿以崭新攻城之法……””“话未说完,各路人马早已在城堡前混战起来,各露其招,互相残杀,人仰马翻,如此三天三夜而后止,待尘埃落定后,众英雄(雌)不禁大失惊,文本城堡竟然屹立无恙,理论破而城堡在,谢天谢地。”①

李先生的意思很清楚,检验理论的重要路径就是解读文本,现在理论出了一大堆,旗号那么多,文本的解读却毫无进展,理论的价值就值得怀疑了。

理论的普遍性,并不直接包含文本的特殊性

李先生的说法肯定有道理,但是,也许并不十分完善。不可否认,这

① 李欧梵:《世纪末的反思》,浙江人民出版社 2002 年版,第 274~275 页。李先生此论并不十分全面,参阅本书绪论之注释②。

些理论和学术史上以概念到概念的精致辨析和演绎为务的学术一样,有它高度的成就。但是,其宗旨在追求意识形态,而不在文学,不但不结合文学文本实际,相反以超脱文学,无视文学阅读经验,追求形而上的概念体系为务。其价值本身并不在文学解读,把解读文学文本的希望寄托在它们身上,可能是缘木求鱼。

问题的关键在于,文学理论为文学的普遍原理,在种种关系中抽象其共同性,如文学与政治的关系,文学与生活的关系,文学与传统的关系,文学与读者的关系,文学与作家的关系,文学与形式的关系,文学与叙述的关系等等,其普遍的原理类似于数学中之最大公约数。这一切对于解读文本来说,虽然不排除一部分有导向作用,但是,要达到李欧梵先生所期待的那种文学文本的彻底攻克,则无疑南辕北辙。因为就其中最佳者而言,也往往以概括性的描述为务,并不涉及文学的审美/审智①机制的构成,特别是不涉及其优劣的准则。而流行的文学文本解读,往往又习惯于用演绎法将之当作放之四海而皆准的大前提。从逻辑方法上说,不能不清醒地认识演绎法的局限。演绎法的大前提是周延的,无所不包的,小前提是特殊的,演绎出来,小前提具有大前提的性质。其实,大前提已经把小前提的性质包含在内了。如果对大前提加以限制,注明不包含在内,大前提就不周延了,三段论的演绎就要犯中项不周延的错误。大前提不是无所不包,也就不能演绎,大前提囊括一切,其前提是把小前提的性质包含在内。因而早在恩格斯时代,演绎法不能演绎出新知识来就是科学常识,故科学要发现新知识,就要用归纳法来弥补。而归纳法,自然也有局

① 这里的“审美”,出自康德《判断力批判》,通常理解为相对于理性认识和实用价值的情感价值,虽然可作英语之“aesthetics”(感觉学)之通俗翻译,但并不准确,然而为文学理论界通用。其失在于第一,感性价值并不限于美,也包括丑(不是醜),其次,对康德之“美善在最高层次上之统一”有所忽略,故内涵并不全面。文学作品中纯粹情感价值固然不在少数,与理性价值交融的伟大作品,亦普遍存在。尤其是现代派作品,其理性价值则更为突出。一般承袭康德审美说者往往忽略黑格尔“美是理念的感性显现”的相对合理性,故杜撰“审智”以补充之。审智作为一个学术范畴,目前在英语中很难找到对应的词语。要把审智转化为英语,要让它和在汉语中一样具有与审美平等的意味,很难从 aesthetics 派生出一个相应词语来。不得已而求其次,我们暂时把它译为 intellct-aesthetics。

限，那就是它应该周延，无所不包，但是，人的经验有个人的和历史的局限，因而不可能完全周延，这也是它的先天的不完善性。故在科学史上，二者要保持“必要的张力”。① 而要使二者保持张力的平衡，就不能满足于演绎，不能把文学文本当作权威理论正确无误的例子。美其名曰“观点与材料的统一”。然而，特殊性的内涵大于普遍性，观念的普遍性与材料的特殊性只能有限地统一，不可能绝对统一。哪怕是毫无偏颇的文学原理，也产生于普遍性的抽象，而抽象则以牺牲具体、特殊性（不仅仅是感性）为代价。观点是普遍属性的有限抽象，而材料则是全部属性的无限总和。具体文本的特殊性（包括感性）并不包含在抽象的普遍理论之中。特殊性大于普遍性，正如苹果的属性多于水果的属性一样。故形象总是大于理论，普遍原理即使再深刻，也并不包含特殊。从这个意义上来说，普遍的观念与特殊的文本是不等值的，永远也不会统一。也就是说，具体文学文本的特殊性，不可能存在于普遍性原理之中。即使是强调文学特殊性的理论，也不直接包含具体文本的特殊感性，因而仅仅以普遍原理为演绎之大前提，不可能真正揭示出具体文本的特殊性。

文学文本解读，如果仅仅着眼于其与理论的统一性，失去特殊性，变成毫无血肉的、抽象的骨架，则无异于文学解读任务的取消。

文学理论即使完全正确，也只能是文学的一个片面、一个角度的概括，正如女权主义和现象学、结构主义和解构主义，均为问题的一个侧面的深化。由于语言符号和概念不能穷尽事物属性，判断推理、形式逻辑乃至辩证法均有局限，故世界上不存在绝对全面的理论，理论的不完全性，是宿命的，与语言一样，澄明性与遮蔽性共生，既是导向解读的桥梁，又是诱使误读的墙。

切实的文学解读，和文学创作一样，都是灵魂的冒险，因为，它不可能

① 参阅（美）托马斯·库恩《必要的张力——科学的传统和变革论文选》第222页。关于这一点，杨振宁指出：“中国学物理的方法是演绎法，先有许多定理，然后进行推演；美国对物理的了解是从现象出发，倒过来的，物理定律是从现象归纳出来的，是归纳法。演绎法是对付考试的办法，归纳法是做学问的办法。”似可参考。

排除普遍原理的导向，同时也不可能排除其误导。因而，不管运用什么原理，都要十分警惕其两个方面的遮蔽性。第一，理论本身的遮蔽性，不管多么深刻，也是片面的。第二，理论所抽象掉了的感性基础上的属性，往往是文学性的生命。因而，文学文本的解读，必须警惕成为理论的奴隶，相反，要作理论的主人，正如禅宗六祖（慧能）语曰："人转《法华》，勿为《法华》所转。"[①]这就是说，即使是经典理论，被动死读也可能陷入迷途。正确的态度是，批判性阅读，也就是为我所用，为我驱使，文学解读的有效性不在于被动的图解，而在于运用具体文本的特殊性，制约普遍理论的狭隘、僵化，冲击其盲点，纠正其片面性，甚至颠覆其荒谬性。解读的焦点应该是为理论遗漏了的，可能为理论扭曲了的特殊性内涵。

这个矛盾所以显得特别突出，原因之一是文学解读的对象与文学理论不同，文学理论研究的是所有的文学作品，而文学文本解读学则以个案，或者退一步说，以个案分析为基础。这在某种程度上有点像理论物理学与实验物理学的区别。牺牲个案的特征，恰恰是文学理论之所以能够成为理论的必要代价。文本个案的特殊性在文本中，而不在理论中。原因之二是个案的特殊性，在文学阅读过程中，是以直觉形态呈现的。克罗齐在《美学原理》中把思维分为两种，一种是直觉思维，一种是逻辑思维。艺术创作和艺术欣赏，属于直觉思维，是没有逻辑的。"艺术即是直觉"，克氏在《美学纲要》中对直觉的阐释是："见那个事物，心中领会那事物的形象或意象，不假思索，不生分别，不审意义。"[②]这个说法，其偏颇之处是显然的。审美的感情和审智的理论在文学艺术中有矛盾的一面，也有统一的水乳交融的一面。但是，他的说法却也揭示了形象的直觉和逻辑的

---

① 《坛经》上说，有一个叫作法达的和尚，《妙法莲华经》念了七年，却"心迷不知正法之处"。六祖慧能对他说：你把《法华经》给我念念。六祖听了给法达讲解："心行转法华，不行法华转；心正转法华，心邪法华转；开佛知见转法华，开众生知见被法华转。努力依法修行，即是转经。"法达听罢，立即大大开窍。把这个故事用到文学理论与解读的关系上来，即是阅读经典，不能被动，而要主动驾驭经典，所凭借的是有自己坚定的心，也就是信念，也就是文学的（审美审智）的信念。对之作批判的解读。

② 克罗齐：《美学原理》，朱光潜译，1987 年，第 164 页。

语言间的矛盾，虽然他把矛盾绝对化了，但是，也提示了文学解读用逻辑语言概括形象直觉的巨大难度。正是因为如此，才有古已有之的“可以意会不可言传”的著名说法。正是因为面对这样的难度，文学解读的任务，才要把全部直觉，尽可能语词化，特别是对被文学理论在概括化抽象化过程中舍弃掉了的，转化为逻辑化的语言。在这个过程中，最好的文学理论，一方面是固化框架，等待充实，一方面又是预期开放的视野。原因之三是把直觉转化为语言，遭遇到的矛盾至少有以下几个方面。首先，直觉是丰富的，全面的，感性的，而语言概念是抽象的、不完全的。其次，直觉是无序的，而语言表述则是逻辑化的，有序的。再次，直觉可能是错误的，是需要理论加以梳理净化的。此外，直觉可能是肤浅的、片面的，而语言表述则是要深化的，又是不能不参照理论的。这是一个直觉和语言、有序和无序、特殊和普遍、歪曲和深化的反复搏斗的过程，其中既有心领神会的审美享受，也有难以言传的困惑。对于读者来说，要从直觉中概括出语言来，其难度正如在水果的普遍性导向下把香蕉、荔枝特殊性意会转化为有序的语言。所有这一切，都是文学理论中没有的，要把文本个案的特殊性总结出来，和理论的演绎不同，是直接面对经验进行的归纳和概括，从根本上说，这是需要原创性的。而这种原创性，要达到对于文本直觉的唯一性的深邃和全面，具有极高的难度，如果可以打一个比方的话，有点像一个偷窃过程的目击者用语言向警方描述小偷面貌的唯一性。不管语言多么精确，适合那种描述的人往往是大量的，如果警察仅仅以其语言为据，肯定会造成扩大化，造成成千上万的冤假错案。再精确的逻辑语言也是抽象的，总是不及直觉（如一张破旧的照片）那样丰富，那样指向唯一性，能使警方据之逮捕到那唯一的罪犯。正是因为这样，运用文学理论解读文本，既有澄明、深化的机遇，也有被理论窒息、误导的可能。盲目迷信，风险是很大的，主要的风险就是扩大化，容易造成一人坐盗，众人入狱。

正是因为这样，经典个案的解读往往要经历漫长的历史过程，成为历代解读的祭坛，每个时代都不由自主地把最高的智慧奉献给对它的解读，这就是为什么有说不尽的莎士比亚，说不尽的《红楼梦》，说不尽的鲁迅，甚至还有说不尽的《背影》和《再别康桥》的原因。

以《背影》这样单纯的作品为例。该作品自1925年写成，至今80余年，解读仍然纷纭。其中最为著名的是叶圣陶的分析，主题是亲子之爱。如果仅仅如此，则可谓没有任何个案的特殊性。叶圣陶毕竟是叶圣陶，他加上了一个限定：父亲把大学生当作小孩子来关爱。这是50年代以前的最高水平。[①] 但是，仍然没有达到唯一性，把大学生当小孩子一样关爱的不计其数。到了20世纪，却出现了一种新的观念，说是父亲爬月台，是违反了“交通规则”，不足为训。提出这个问题的居然还是一位副教授。这就是文学解读的风险。它和自然科学不一样，自然科学发生错误，是立即可证明或者证伪的，而“违反交通规则”明明违背了阅读的审美感知，仍然还可以振振有词（其错在何处，容后细述）。其实，现在看来，就是叶圣陶也并未达到这一个案的唯一性。把大学生当小孩子一样关爱，还没有穷尽这里亲子之爱的唯一性。原因很明显，所有这样的关爱一直是遭到拒绝的，儿子是不领情的。直到爬月台买橘子时，才被感动了，流下了眼泪。这里的关键是，对父亲关爱的拒绝是公然的，被感动流泪，却是偷偷地，赶紧擦干了，不让他看到，这才是文章的唯一性：父亲爱儿子，不管儿子如何反应，都是一如既往，而儿子爱父亲，爱得很惭愧，爱得很内疚。如此深厚的亲子之爱，是有隔膜的。这正是朱自清的亲子之爱和冰心不同的地方，也是其艺术生命力不朽的原因。短短一篇散文，不足两千字，居然花了80年的时间，还只能算是接近了个案文本唯一性的解读。

如果这样说没有太大的错误，那么我们可以正面回答李欧梵先生的世纪困惑。

光凭理论，是不可能攻克文本的堡垒的。文本的唯一性，并不存在于理论之中，理论只是文本的共同性，理论的共同性只能诱导读者从特殊文

① 叶圣陶：《文章例话》，开明书店1937年原版，辽宁教育出版社2005年5月重印，第4~5页。

本的直觉中概括、分析、逻辑化，唯一性是读者从文本的审美直觉中概括、创造出来的。这里的逻辑起点不是理论，以理论来演绎是徒劳的，从文本出发解读，并不是一帆风顺的，而是充满惊涛骇浪的。文本的感性直觉与理论的普遍抽象互不相容的地方所在皆是，故互相搏斗、互相衍生的情况无所不在。这是一个新认知的产生过程，而从文学原理出发的演绎法不可能产生新知识。要把丰富的形象感性和内在的智性，把心理的直觉和理论的提示结合起来，光有演绎不行，光有归纳也不行，而是需要把归纳法与演绎法，分析的和综合的、逻辑的和历史的方法结合起来，才能具有原创性，才能达到唯一性。

因而，从观念和方法来说，文学文本解读学与文学理论相比，乃是另外一种学问。

也许可以说，文学文本解读学与文学理论虽然同样属于文学，但却有不同的性别，不同的血型。要建构这种学问，是要有原创性的乃至开宗立派的自觉的。

李欧梵先生困惑的原因还在于，他所面对的西方以文化批评为代表的文学理论，一味以意识形态为务，连文学都不承认了，哪里还有解读文学的可能。李欧梵那样的学贯中西的大家，积多年之专攻，宣告无望，并不是李先生弱智，而是需要开创另外一种学问，另外多种方法。

这就给我们一个严峻的启示，几十年来，国人一直指望从西方文论拿到解读文学的金钥匙，可以说枉费心力，这条心非死了不可。为今之计，只有自力更生，自行建构中国学派的文学文本解读学，目标就是西方前卫理论遗漏了的文学文本的分析，在西方人无能为力的地方开始。结束为西方前卫文论做奴隶式的例证的历史，以突破其遮蔽为宗旨。这就需要独辟蹊径，集中解密文学的审美、审丑、审智价值，从文本的个案开始，追求最大限度地解读文本的唯一性。

首先要明确，不能跟着西方提出的问题转，而要提出自己的问题。在这方面，中国古典诗话、词话有着相当丰富的传统，小说和戏曲评点更有许多富矿。为了艺术的奥秘,哪怕是一个字、一首诗,不惜争论上千年。“推”字佳还是“敲”字佳?“望南山”好还是“见南山”好?唐诗七律哪一首最优?为什么对于唐诗绝句压卷之作,历代诗评家历数李白、王昌龄、王维、王之焕,甚至连韩翃、李益都提到了,就是没有杜甫?为什么像白居易、陆游那样的大诗人,大量的诗作流传千古,可也有不在少数的败笔?回答这些问题不但需要深厚的理论内涵,而且要坚持以海量的文学文本解读。至于在理论上,到了 17 世纪,抒情逻辑“无理而妙”“痴而入妙”都比莎士比亚的“诗人、情人与疯子”同类之说更精细。至于贺裳和吴乔(1611—1695)的诗的形象使对象“形质俱变”之说,比英国浪漫主义诗人雪莱(1792—1822)在《为诗一辩》中的“诗使所触及的一切变形”说,不但更深刻,而且早出一百多年。我们的传统诗论,提出了整体性的“意境”美,比之西方文论,从局部的词语句法出发,不但独特,而且都是直接切入文本的解读,更具有创作论的实践性。至于现代文学,鲁迅回答他学生孙伏园提出的问题:在《呐喊》中他最喜欢的小说是哪篇时,他的答案不是《阿 Q 正传》,不是《狂人日记》,而是《孔乙己》,这些都是文学文本解读的深邃课题。现代一系列作家,如巴金爱情三部曲、激流三部曲,为什么只有《家》不断被改编为电影话剧等形式?老舍作品,至今仍然有自发的阅读生命的也只有《骆驼祥子》和《茶馆》。其他的除了研究者以外,普遍读者几乎不屑一顾。所有这一切问题,西方人从来没有提出过,因为他们没有文学创作论的传统,更没有文学文本个案,特别是个案审美解读的历史积累。而对于文学文本的解读,特别是个案的解读,我们中国不但有诗话、词话,而且有小说和戏曲评点的传统。直到 20 世纪,王国维的《人间词话》仍然是在文本解读的基础上建构起自己系统的文学理论。中国的文学理论要突破西方文论的遮蔽,发挥出民族独创性,不但要回答西方人提出的问题,而且要提出自己的问题,让自己,也让西方人回答。不是有一种很有名的说法吗?“不管白猫黑猫,抓住老鼠就是好猫。”在我们这里,就是“只要能有效解读经典文本的就是好理论”。

不管西方人有没有这个追求,我们应该回答现实的需要,回答历史的传承,建构中国学派的文学文本解读学。文学文本解读学所面对的固然是古今中外全部文学的整体,但是仅仅执着于宏观整体,已经证明是隔靴搔痒。因为,那不是起点,而是最终目标。实践证明,越是号称普遍的、无所不包的宏大理论,越是漏洞百出。正如理论物理学有不足之处,就要实验物理学来解救一样,我们首先选择单独(有时是单组)的文学文本个案,虽然它并不拒绝某些普遍的文学原理,但宏大的文学理论,在个案里同样是要受到检验的,在接受与批判之间保持必要的张力。目标不仅是作家的"这一个",而且是文本的"这一篇",首要的任务就是要对其特殊性、唯一性作原创概括。

以陶渊明的《饮酒》为例。

中国古典诗歌理论《文赋》论断"诗缘情而绮靡",也就是说诗是抒情的,西方浪漫主义诗论也强调"诗是强烈感情(经过沉思)的自然流泻"(华兹华斯)。诗歌的基本单位叫"意象",它是事物特征和情感特征的猝然遇合。王国维总结中国古典诗话说"一切景语皆情语"。我们还知道,在意象之间有个意脉贯穿首尾,这就构成意境。这对我们解读诗歌肯定有价值,比没有这些理论,全凭直觉,要好一点。但是,解读《饮酒》,这么多理念,能够帮助我们洞察多少切实的特殊性、唯一性呢?首先,这首诗,虽然缘情,但不绮靡,感情也不强烈。有教授认为其主旨是。"诗人在美好的大自然环境中自得其乐的情怀,表达了诗人对自然由衷的热爱"。[1]但这样论断的最大问题是"扩大化",这并不仅仅是这一首诗的特点,它也适合其他许多诗,至少是无数山水田园诗都表现了诗人对大自然的热爱和自得其乐的情怀。

要真正品出陶诗纯真的韵味来,就不能光凭演绎法,从抒情的大前提入手是演绎不出这首诗的特殊性的。解读的重点,既然是它的特殊唯一

---

① 《名作欣赏》,2010年第8期第20页。这只是随机取样,类似这样大而化之的空话,在各式各样的所谓"鉴赏词典"比比皆是。

性，就不能光用演绎法，同时要用归纳法，直接从诗中去归纳，去还原那些被现成理论遮蔽了的全相感知。因而解读的关注点，就应该是这首诗与已知理论预期不同的东西，特别是与其他经典不同的东西。如我们预期的抒情，往往是孔夫子称赞《关雎》的“乐而不淫，哀而不伤”，虽然君子先是“辗转反侧”，后是“钟鼓乐之”，但并不过分强烈，从根本上还属于激情的范畴。陶氏以前，屈原“长太息以掩涕兮，哀民生之多艰”，曹操“对酒当歌，人生几何”。陶氏以后，唐诗中的杰作，王之涣《凉州词》中的“羌笛何须怨杨柳，春风不度玉门关”，王翰的《凉州词》“醉卧沙场君莫笑，古来征战几人回”。连生死都无所谓，只要喝个痛快。王维的《渭城曲》“劝君更尽一杯酒，西出阳关无故人”则宣称：喝罢，这是朋友的最后一杯酒了。不管是有节制的，还是放任的情感都是鲜明的，外露的，如果陶渊明和他们都一样，就没有什么唯一性了，解读的焦点就在于陶渊明与之不同，他在诗中好像没有什么激情似的：“结庐在人境，而无车马喧。”生活中的一切，他没有什么感觉。没有动心，就是没有触动。自己没有感动，诗怎么能动人呢？这就有陶渊明的特点了。这种特点，还表现在另一个方面，那就是他的语言、他的文字，不像谢灵运、谢朓那样，既不渲染，也少感叹，相当平静、朴素。中国诗经的传统，是讲究比兴的，这里既没有比喻，也没有什么起兴的手法，几乎就是平静的陈述：“问君何能尔，心远地自偏。”这是从心理效果上来表现心灵的宁静，为什么把住所建筑在人间，而感受不到车马之喧呢？因为身躯虽然在，心灵和现实拉开了距离。这种心理效果，本来有相当不同凡俗的一面，但诗人表现得非常宁静。同样是写心理距离的有王勃的“海内存知己，天涯若比邻”。因为心灵沟通，所以地理距离再远，也不在话下。但是，王勃所抒写的感情是强烈的：“无为在歧路，儿女共沾巾。”原因在于“与君离别意，同是宦游人”。同病相怜，感动得很，强忍住了眼泪。诗意来自激情，但并不是只有激情才有诗。另外一种类型的感情，不太激动，感情不强烈，非常淡定，也是诗，而且是好诗。在这以前的诗人，可能觉得，这样的精神状态没有诗，而陶渊明却发现了，这里的诗意更精致。这就开辟了不止一代的诗风，以后就形成了流派。这就是陶渊明对中国诗歌史的贡献。这一点，朱光潜先生特别欣赏，他甚至认为“艺术的最高境界都不在热烈”，古希腊人“把和平静穆看作诗的极境”。当然，鲁迅不太同意，但是，过分执着于热烈的情感，是可能导致自我蒙蔽的。这就不但有历史价值，而且有理论价值。

陶渊明不当官，觉得农村的环境令人心情舒畅。读这首诗歌，比较容易忽略的是几个关键词语之间相互照应，形成一种有机的，但是潜在的、隐性的联系。如“庐”，一般的注解就是住所。这个字的本义特指田间看守庄稼的小屋，可以意会为简陋的居所。往往和茅草屋顶联系在一起。刘备拜访诸葛亮的住所，就是茅庐。这个庐字和后面的车马，是对立的。车马，在当时是很有钱的、地位很高的人家才有的。这里潜在的意味，不是一般地把住所建筑在闹市，还有一层意思，住所很简陋，但是不管闹市有多么华贵的车马，就是没有感觉。因为，我心离得很远。“心远”不是人远，事实上，诗里显示的是，人是很近的（就在同样的“人境”）。正是由于人近，才显出心远的反衬效果，构成一种非常悠然、飘然、超然的境界。

这是陶渊明的《饮酒》诗境的第一个层次，那就是精神自由飘逸，没有外部的物质的压力。

“采菊东篱下，悠然见南山”，这是千古名句，品位极高，后世没有争议。但是，好在哪里，历代一些争论却并不很到位。

“悠然见南山”的“见”，在《文选》《艺文类聚》本中曾作“望”，《东坡题跋》卷五对这个“望”字严加批判曰：“神气索然也。”“望南山”和“见南山”，一字之差，为什么有这样大的反差？在我看来，“见南山”是无心的，也就是他在《归去来兮辞》中所说的“云无心以出岫”的“无心”，它暗示诗人怡然的自由心态。“望南山”就差一点，因为“望”字隐含着主体寻觅的动机。有心，就是有目的，就不潇洒、不自由了。

要注意的，还有两个意象，一个是“篱”（东篱），一个是“菊”（采菊）。篱和庐相呼应，简陋的居所和朴素的环境是统一的、和谐的；但是，朴素中有美,这就是菊花。这个意象,由于陶渊明的运用,从“无心”引申出清高,就成了典故。没有自我炫耀的意味,而是悠然、淡然、怡然、自然的心态的表现。在陶渊明当年,诗坛上盛行的是华贵之美,华彩的词章配上强烈的感情是一时风气。但是,陶诗开拓的是简朴之美,不但是心情,而且也指语言。越是简朴,就越高雅;相反越是华彩,越是热烈,则越显低俗。在这里,越是无意,越是自由,也就越淡泊;而越是有意,感情就越可能强烈,文字上再加渲染,就可能陷入俗套。

联系到陶氏的《桃花源记》,那么美好的一个地方,无意中发现了,留下了惊人的美感,但是有意去寻找,却没有结果。就是说,超凡脱俗之美,朴素之美,不能着意寻找,而是无意的发现,顺带的,瞬时即逝的,飘然的感觉,是美好的。然而,正是这种瞬时即逝的感觉,一般人没有感觉的感觉,恰恰又被诗人发现了,提醒了,无意中的体悟,体悟深刻化、情感就高雅化了,这就是陶渊明营造的特殊的、唯一的意境的第二个层次。

“山气日夕佳,飞鸟相与还”,“佳”字,如果在一般诗歌中,可能显得缺乏力度,但是,好就好在这种字不吃力,与前面无意的、恬淡的情感,在程度和性质上比较统一、和谐,这就构成了意境。如果不是这样,换用情感强烈的词语,例如,艳、丽、灿(山气日夕艳,山气日夕灿,山气日夕丽)就不和谐,悠然的意境就有破坏性了。“佳”字,虽然是个不太强烈的字眼,但是,其构成的词语,意味却比较隽永。例如,佳句、佳作、佳音、佳节、佳境、佳期、佳人、佳丽,都比较含蓄,有着比字面更丰富的意味。

这一切都集中在“无心”上,可以说是陶渊明《饮酒》诗意脉的第三层次,那就是没有自我内心的欲望的压力。

这首诗一共十句,都有叙述的性质,谈不上描写,连个比喻都没有。而中国诗歌向来是讲究比兴的,偏偏陶渊明有这样的气魄,进行一种朴素美感、朴素诗风的冒险探索。朴素,本身并不一定就是美的。从字面上孤立起来看,是很平淡的。但是平淡之所以能够转化为深沉,主要靠整体结构,各关键词语之间,有一种有机的关联和照应。字里行间,默默地互相补充，互相渗透，构成一种互补的情感和景物的“境”。太强烈的字眼，和前面悠然的、飘然的心态就不和谐，形不成关联的场，甚至还可能破坏相互关联的“场”，或者意境。这里所说的意境是内在的、微妙的、若有若无的，它不在语言表层之上，而在话语以下，又在话语之中。

“飞鸟相与还”，也是很平静的、惯常性的景象。在《归去来兮辞》中，“云无心而出岫”后面还有一句“鸟倦飞而知还”。它之所以美好，就是因为与诗人一样，是没有特别的动机的。不夸张，不夸耀，不在乎是否有欣赏的目光，甚至不关注是否值得自我欣赏。“此中有真意”，关键词是一个“真”字。世界只有在这样的自然境界里才是真的，人心也只有在这样自由、潇洒的意态中才是真的。不是这样，就是假的。这种境界，妙在一种全身心的体验，可以意会，不是不可言传，而是不在乎言传，一旦想费劲用语言来表达，就是有心了，就破坏了自然、自由、自如的心态，其结果，这种有意本身和自己的本性是矛盾的，故刚刚想说明，却马上把话语全部忘记了。这说明，诗人无心的自由是多么的自如、宁静，这就是真意，就连动脑筋言说一下，也可能破坏了这个真意。

陶渊明《饮酒》诗的第四个层次，那就是连语言表述的压力都没有。

这种真就是人的本真，就是没有外在的压力，没有自我的心理负担，没有语言表达的欲望。进入这种没有自我心理负担的境界，人就真正轻松了，自由了，这就叫作真意。

正是这四个层次，构成了这首诗的唯一性。

所以，王国维说“悠然见南山”属于“无我之境也”。而朱光潜对此持不同的意见：

> 他的“无我之境”的实例为“采菊东篱下，悠然见南山”“寒波澹澹起，白鸟悠悠下”，都是诗人在冷静中所回味出来的妙境（所谓“于静中得之”），没有经过移情作用，所以实是“有我之境”。①

---

① 朱光潜：《朱光潜美学文集》第2卷，上海文艺出版社，第59页。

实际上,关键不在“有我”与“无我”(“无我”,西方文论所说的“作者退出作品”“零度写作”,是不可能的),关键是这个我处在什么样的状态下,心理有没有欲望。欲望就是心理最大的负担,这是要害,没有自己加给自己的心理负担,就算是有我,也是无我。摆脱不了自己加给自己的负担,就是无我,也是有我。

不能摆脱心理负担,就不是真意了;就是不自由,就是假我。

这首诗,属于《饮酒》组诗二十首之五,陶渊明自己在前面有个小序,说:

> 余闲居寡欢,兼比夜已长,偶有名酒,无夕不饮。顾影独尽,忽焉复醉。既醉之后,辄题数句自娱。纸墨遂多,辞无诠次。聊命故人书之,以为欢笑尔。

这就是说,这些诗都是酒醉以后所作。“既醉之后”应该是不清醒的,可是这里,没有任何不清醒的感觉。其饮酒的寓意,应该是一为酒后吐真言,二为孤独,取屈原“众人皆醉吾独醒”之语,反其意而用之。在他看来,人生日常的清醒意识毕竟是一种束缚,不但是束缚,而且像坐牢。

个体文本的结构是立体的,但是,其中层和深层是隐秘的,粗略地解读文本,一望而知的往往是表层,是文本之间的普遍性与共同性,是被抽掉特殊性、具体性的,也就是思想和艺术精华的框架。而具体分析(马克思:从内涵贫乏的抽象上升为内涵丰富统一的具体)就是把艺术的构成过程还原出来。因为在建构过程中,人的情致如何选择物象、如何意象化、如何形式化、如何风格化,用一句话概括,就是如何艺术化,是隐藏得很深的。就是有了相当水准的文学理论,充其量也只是其普遍性的贫乏抽象。而理论结合文本还原,也就是把特殊的个别的人的感知、情感、智慧还原出来。

恩格斯在《致哈克奈斯的信》中称赞黑格尔所说的“这一个”，在具体分析和还原的过程中很容易被误解为一次性的。其实不是，它是多层次的。文本的具体分析，其实就是文本特殊性、个别性的多层次的还原。马克思所说的从抽象上升到更高的具体，包含着多个层次：从文本解读来说，应该是从对象的特殊性到情感的特殊性，从形式的特殊性到历史的特殊性，从流派的特殊性到风格的特殊性，这是一个无穷的系列的衍生。特殊性越丰富，就越是具体。单纯的“这一个”，还可能是抽象的，要具体分析到“这一个”的“这一首”，这一情感的“这一刻”，这“一刹那”，其生命在于不同于另一个、另一刻、另一刹那的。“孤帆远影碧空尽”，不仅仅是景观，而且是心观的三个层次体悟。第一，“孤帆”是观察的选择性，不见江上众多船只，唯见江上友人之帆；第二，“远影”乃是目送友人之舟，渐行渐远，目光专注；第三，“碧空尽”是友人之舟已经消失在天水之间，目光仍然呆望空空的江水。这种刹那的凝神和“山回路转不见君，雪上空留马行处”异曲同工，妙处全在以景观显示一刹那的自我体悟。离开了人的感知、人的情感的刹那性，用反映论，用俄国人的陌生化，用美国人的悖论、反讽、张力、暗喻来“细读”，都无异于用擀面杖吹火。用李欧梵先生所说的那些前卫理论，甚至把一切西方和中国古典理论都用上，如果仅仅满足于为如此这般的理论提供论据，都难以达到唯一性的精度。

母题谱系还是知识谱系？通过现成可比性分析出唯一性

以西方文论的文化批评来分析文学作品，分析出来的文化价值不但脱离审美价值，而且文化价值的特点乃是民族的和地域的普遍性，就普遍性而言，和遭到诟病的阶级普遍性相比，有过之而无不及。不管是阶级论还是文化学基础上建构起来的西方当代文论，最大的缺陷就是普遍性压倒了作家的唯一性,而一般作家论的缺陷则是遮蔽了作品的唯一性。人的精神是统一的,但又是多方面的,随时变幻的,因而作品杰出的标志就是在统一中变化多端。清代文学家翁方纲说:

> 同一时、同一境、同一事之作,而其用法之所以然,父不能得之于子,师不能传之于弟;即同一在我之作,而今岁不能仿昨岁语,今日不能用昨日语,况其隔时地、分古今,而强我以就古人之法,强执古人以定我之法,此则蔑古之尤者也,而可谓之效古哉?[①]

对于这一点,钱钟书先生论述得更为系统:

> 作者人殊,一人所作,复随时地而殊;一时一地之篇章,复因体制而殊;一体之制,复以称题当务而殊。[②]

钱钟书先生强调了三个层次的不同,同一作家,因为不同时间地点而不同,同一时间地点的作家的文章,又因所取体裁(如诗歌、散文、戏曲、小说)不同而不同。同一体裁的文章,又因为针对性和立意命题的不同而不同。反过来说,如果作家不管在什么时间地点,不管取什么体裁,不管什么样的针对性命题,写出来的文章都是一个样子,那就注定了文章要失败。故文学作家和作品的生命在于求新避同。

对日新月异、变化万千的文学现象,当代西方文论研究非常重视文学观念的历史变迁,故以梳理问题史为先导,展开文学观念的知识谱系。但是,受到时代和个人(包括大师)的局限,一切概括性的知识谱系对于无限丰富的文学来说,第一,只是历代作家、思想家已经从理性上明确化、顺利语词化的部分,至于其未能感知,或者直觉到、意会到,而未能语词化的

---

① (清)翁方纲:《复初斋文集·诗法论》卷八。
② 钱钟书:《管锥篇》,中华书局 1986 年版,第 1390 页。

则成为空白。第二,即是已经语词化、理性化的指涉部分,也是文学作品的共同性,而非个别性、唯一性。故任何知识谱系的梳理,如果没有难以避免的误导的话,对于文学文本解读学来说,最多只是准备。但是,谱系作为一种方法,如果要用到文学文本的解读中来,就不应该是知识谱系,而是形象母题的谱系。例如,关于爱情,关于死亡,在不同历史和地域中不约而同地出现了大量经典。孤立地分析单个作品,往往难免对其唯一性视而不见。这是因为一切事物的特性,在于内在矛盾,但是,矛盾是以统一形态出现的,隐性的,外部形态是天衣无缝、水乳交融的,孤立地研究个案是难以找到矛盾的切入口的。但是,一切个案特性又是在与其他个案相互联系、相互矛盾中共生的。在个案的比较中,矛盾和差异就比较容易显现出来。比较有两种,一是同类相比,二是异类相比。一般地说,异类比较,相对困难,因为没有现成的可比性,需要更高层次的概括。而同类比较,相对容易,因为有现成的可比性。有比较就易于鉴别,才能显示出其唯一性。因而同类母题的比较,谱系的梳理就是通向唯一性的初级入门。这种唯一性的追求,不仅仅是作家的唯一性,而且是作品的唯一性。同一作家,对于同一母题,有不同的唯一性。

例如,在现代散文中,对于秋的母题,孤立地解读郁达夫的《故都的秋》是难以深入的。如果把它和郁达夫的另一篇散文《撞上了秋天》相比较,就不难洞察二者各具唯一性。在《故都的秋》中,郁达夫所欣赏的秋天的美,不仅仅在于秋的"悲凉""萧索",而且在于其和死亡联系在一起。

郁达夫所营造的故都之美在于超越了大都市的喧嚣,更具乡野的宁静和自然。

正是这些多数人也许会觉得索然无味的地方,比之北京闻名遐迩的景观还要经得起欣赏:

在皇城人海之中,租人家一椽破屋来住着,早晨起来,泡一碗浓茶,向院子一坐,你也能看得到很高很高的碧绿的天色,听得到天底

> 下驯鸽的飞声。从槐树叶底,朝东细数着一丝一丝漏下来的日光,或在破壁腰中,静对着像喇叭似的牵牛花(朝荣)的蓝朵,自然而然地也能够感到十分的秋意,说到了牵牛花,我以为蓝色或白色者为佳,紫黑色次之,淡红色最下,最好还要在牵牛花底长着几根疏疏落落的尖细且长的秋草,使作陪衬。

郁达夫对于色彩的欣赏,是逃避鲜艳的:牵牛花,他以为蓝色或者白色者为佳,紫黑色次之,淡红色最下。显然是在竭力追求“淡雅”。“淡”而“雅”,蕴含着一种趣味,这种“淡雅”,超越了世俗的趣味。世俗的趣味,不是淡的,可能是浓艳的,但是,艳,在趣味上,可能是比较“俗”了。雅和俗是相对立的。俗是平民百姓的,缺乏文化熏陶的。雅是比较有文化修养的文人才有的,故“淡雅”中往往含着“高雅”的意味。故郁达夫要欣赏出雅趣来,就得有一份超脱世俗的、恬淡的心情。超脱世俗表现在哪里?“租人家一椽破屋”,欣赏风景,为什么要破屋?漂亮的新屋不是更舒适吗?但是,太舒适了,就只有实用价值,没有故都的历史的回味,破屋才有沧桑之感。因为这是故都,历史漫长,文化积淀不在表面上,是要慢慢体会的。郁达夫的个性在于,他觉得这种积淀,不一定在众所周知的名胜古迹中,只有在破旧的民居中体悟出来的才有水平。为什么要泡一壶浓茶?浓茶是苦的,但有回味之甘。这就是说,要细细体会才有味道,越体会越有味道。悠闲,这就是雅趣的姿态。更关键的是雅趣的内涵。

接下来他选中了很不起眼的槐树的花。郁达夫所欣赏的,偏偏不是长在树上的生气勃勃的花,而是死亡了的:“像花而又不是花的一种落蕊。”这就把前面对于秋草朴素的雅趣引向更为深刻的境界。生命衰亡的迹象,虽然从世俗观念上看并不美丽,但是也很动人。这种动人之处,满地槐树的落蕊,一般人是没有感觉的,不但视觉如此(颜色形状不起眼),听觉也如此(“声音也没有”)、嗅觉也一样(“气味也没有”),在一般人眼里,触觉更是没有的,但是,作者把“脚踩上去”(当然是穿着鞋的),如果不是感觉极其精致的艺术家，谁会有“极微细极柔软的触觉”呢？有了这种感觉，对于生命的消亡就有了深邃的体悟了。美学意义上的美，正是生命的感觉和情致的深邃。在“落蕊”被扫去以后，他审视着“灰土上留下来的一条条扫帚的丝纹，看起来既觉得细腻，又觉得清闲，潜意识下还有点儿落寞的感觉”。这就从意识写到了潜意识，他把这定性为“深沉”。这也就是文章的深度。郁达夫的功力，就在这里表现出来。郁达夫文章风格唯一性的妙诀，不是贴近的固定不变的自我，而是自我的一个侧面，一时的触发，在朱自清的《荷塘月色》中叫作“超出平常的自我”，在这里可以说是“被平常遗忘了的、忽略了的自我”。

但是，如果对于郁达夫篇章的唯一性的解读，仅仅局限于这一点，也许还不够真正到位。如果和他写在差不多同一时期的《我撞上了秋天》相比较，则不难看出郁达夫文风几乎是截然相反的一面。《故都的秋》和《撞上了秋天》显而易见的矛盾，有助于超越作家的独特性，深入到篇章的唯一性中去。

《我撞上了秋天》写的是“交通管制的北京，今年全国夏季气温最高的北京”，但是，他的感知却是“清丽”的。

> 走出我那烟熏火燎的房间，刚刚步出楼道，我就让秋天狠狠撞了个斤斗。
>
> ……
>
> 压迫整整一夏的天空突然变得很高，抬头望去——无数烂银也似的小白云整整齐齐排列在纯蓝天幕上，越看越调皮，越看越像长在我心中的那些可爱的灵气，我恨不得把它们轻轻抱下来吃上两口……我就一直站在那里看，看个没完没了，我要看得它慢慢消失，慢慢而坚固地存放在我这里。
>
> 来来往往的人开始多了，有人像我一样看，那是比较浪漫的，我祝福他们；有人奇怪地看我一眼，快步离去，我也祝福他们，因为他们

在为了什么而忙碌。生命就是这样，你总要做些什么，或者感受些什么，这两种过程都值得尊敬，不能怠慢。

这里也是有诗意的，但是和《故都之秋》中的诗意多么不同，天上的云是调皮的，美好得让他呆呆地看个没完没了。大街上不认识的人，是值得祝福的，应该尊敬的。这里透露出作者此时的感情是多么欢欣，多么浪漫，多么雅致。如果就这么浪漫下去，也未尝不可，但是，其独特性，就可能有限了。接下去则是另外一种情趣。

六点钟就很好了，园门口就有汁多味美的鲜肉大包子，厚厚一层红亮辣油翠绿香菜，还星星般点缀着熏干大头菜的豆腐脑，还有如同猫一样热情的油条，如同美丽娴静女友般的豆浆，还有知心好友一样外焦里嫩熨帖心肺的大葱烫面油饼。

这里的肉包子、豆腐脑、油条、豆浆、葱油饼，一般说来，不但都是实用家常，而且词语都是很俗的，缺乏诗意的，但是，郁达夫却对它赋予了这么强烈的感情（猫一样热情，美丽娴静、知心好友），这就构成了另外一种诗意，那就是和前面高雅的诗意相对的世俗的诗意。雅和俗在趣味上，本来是矛盾的，但是得到了统一，这一点和《故都之秋》可谓异曲同工。而《我撞上了秋天》的基调却是洋溢着欢乐的，幸福的。文章接下来就有了暗示，“每个窗户后面都有故事”，“每个梦游的男人都和我一样不肯消停，每个穿睡裙的女人都被爱过或者正在爱着”。原来这是和爱情有关的。因为他已经“不同以往”，以往总是“幻想奇遇”，然而“总是被乖戾的现实玩耍”。但今天已经不同了，不同在哪里呢？“我已经不孤单了”，原因是“随着房间人数的变化”，这里透露出一种爱情的幸福感。这在被目为颓废的郁达夫作品中，实在是绝无仅有的。正是因为爱情的幸福感（心里有一种“可爱的灵气”），他才觉得一切都是美好的，不但人是美好的，而且连小狗都是生动的。不但雅致的情调是充满诗意的，而且世俗的小吃也是富于诗意的。这种双重的诗意，在他看来，光用文雅的书面语言来表现是不过瘾的（虽然连李白的“噫吁戏”都用上了），还要用口语来表现，故一开头就有“狠狠撞了个斤斗”，当中有油饼、肉包、豆浆，最后又用了一个“狠了点”和前面的“狠狠撞了个斤斗”呼应，构成了既和《故都之秋》雅俗交融的情调相统一，又和其悲凉、凄厉的衰亡美不同，而是洋溢着充满灵气和调皮的幸福感。

以上所举皆是一些小型的短篇作品，同类相比，以篇为单位，在篇与篇之间进行。本书在第一章中已经举过鲁迅在小说中写过八种死亡，既有悲剧的，也有喜剧的，又有无悲无喜的，还有忏悔中的，更有荒谬的，冷笑着自己和世人的，等等，在思想和艺术上无一雷同者，其创造的丰富性，至今仍未有作家可以超越。

至于一些大型作品，如长篇小说，同类相比，则既可在文本间进行，如屠格涅夫之写爱情，既有罗亭式的语言的巨人、行动的矮子式的悲剧（《罗亭》），亦有英沙罗夫式的英雄主义崇高的献身（《前夜》），更有拉夫列茨基的不幸和丽莎的高贵的情感自我扼杀（《贵族之家》）。爱情在西欧近现代文学中为传统母题，经典之作异彩纷呈，从莎士比亚到托尔斯泰，从狄更斯到陀思妥耶夫斯基，所写爱情皆以各逞其异而见长，《简·爱》让一个孤儿出身、外貌平平的家庭女教师，与富豪东家相爱不成，后东家庄园被焚，双目失明，乃与之结合，突破了白马王子、纯洁美女情节模式，赢得了英国文学史上的地位。相反，则以套路相近而见短。塞万提斯批判欧洲骑士小说：

> 我觉得所谓骑士小说对国家是有害的。……因为千篇一律，没多大出入。[①]

---

① 《堂吉诃德》，杨绛译，人民文学出版社，第 440 页。

曹雪芹在《红楼梦》第一回就对当时的言情小说的公式化进行了严厉的批评："至若佳人才子等书，则又千部共出一套"，指斥其语言"满纸潘安子建、西子文君"，揭露其情节模式化：

> 不外是假拟出男女二人名姓，又必旁出一小人其间拨乱。①

比较的目的乃在提高分析的有效性，从正面说，就是要揭示文学经典的唯一性，从反面说，就是要揭露公式化、模式化给艺术生命带来的戕害。

比较不但可以在文本整体之间进行，而且可以在文本之内展开。大型作品，如长篇小说，则更有必要。在同一作品中，出现同类的事件，如果相同或者相近，这在《三国演义》的评论家毛宗岗看来，叫作"犯"，如果同中有异，也就是不犯，他将之叫作"避"。毛宗岗把这种同中有异、"犯"而善"避"，形容为"同树异枝""同枝异叶""同叶异花""同花异果"。他举例说，《三国演义》同样写火攻：

> 吕布有濮阳之火，曹操有乌巢之火，周郎有赤壁之火，陆逊有猇亭之火，徐盛有南徐之火，武侯有博望、新野之火，又有盘蛇谷、上方谷之火，前后曾有丝毫相犯否？甚者孟获之擒有七，祁山之出有六，中原之伐有九，求其一字之相犯而不可得，妙哉，文乎！②

按照这样标准，犯了，重复了，就意味着失败，如《西游记》中九九八十一难中大多数犯了重复之弊，只有三打白骨精等少数情节"避"得精彩。巴金的《春》《秋》也多有与《家》重复之处，而刘绍棠的青年时代的作品与壮年作品，所"犯"更多，常常有自我模仿之痕迹。

文学解读要看出同一作家不同作品之统一，是不难的，但是，要把作

① 《红楼梦》第一回。

② 朱一玄、刘毓忱：《三国演义资料汇编》，南开大学出版社2005年版，第260页。

品间的差异揭示出来，不但需要才力，而且需要方法。毛宗岗的“犯”和“避”为在作品之内作同类相比，提供了理论基础。其实，毛宗岗的不足之处乃在于，对其所举九种火攻之“避”，并未指出其艺术水平之不一致。相比起来，周郎赤壁之火，陆逊猇亭之火特具唯一性，吕布濮阳之火则与其他火攻则不无相近者。

如果以母题之同中求异为准则来衡量《红楼梦》，则可列出少女之死之谱系：有金钏儿之死，有晴雯之死，有司棋之死，有尤三姐、尤二姐之死，有林黛玉之死等。谱系中每一死亡，无疑是比《三国演义》中之火攻更为独一无二的性质，可谓“求其一字之相犯而不可得”。众多红学家无视于此，大多拘泥于单个死亡作孤立的分析，充其量只能看出其社会文化价值，鲜有能涉及其死亡艺术之高下者。若在谱系中展开比较。则金钏儿之死，并未正面描写，其动人在于其效果，引出宝玉挨打，导出从贾母到王夫人拼死相救，从薛宝钗到林黛玉先后慰问，其表现动机各异，引出多重复合之错位情感，酿成一大高潮。从死亡情节本身来说，似非杰出所在。晴雯之死与金钏儿之死相比，其同在被冤而愤激，其异者，正面展开晴雯本来心高气傲，锋芒毕露，沦为贫病交迫，悲愤无奈，特别是死前之场景以宝玉之眼观之，情感结构中又多一层悲苦与无奈之错位。至赠宝玉以内衣，后悔其空担虚名，洁身自守，未与宝玉有任何私情，又增一层情感之错位，其用笔之险在于精神肉体之边际。此时之刚烈与悲屈不但由宝玉眼中看出，而且由下流嫂子风骚眼中误解。在形成此等多重错位之后，又由宝玉以芙蓉诔神化之。从审美价值的唯一性而言，晴雯之死高于金钏儿之死。而司棋之死，本由贾府仆妇之矛盾倾轧，挑起事端者乃王保善家的，意在找茬打击他人，乃有抄捡大观园之举，却抄出自己外孙女司棋收受的情书。处在这一歪打歪着环节上，司棋尚未引起读者的同情。待到“凤姐见司棋低头不语，也并无畏惧惭愧之意，倒觉可异”。又加上宝玉欲救无方，才从对王保善家的嫌恶转化为对司棋的同情。待到被逐出大观园，情节急转直下。其情人潘又安逃逸，则同情更深一层。至潘归来，本已致富，却为试探司棋，不为势利双亲理解，乃至司棋触墙，潘又安自刎，二人之先后殉情，同心而在时间上的错位造成悲剧，类似罗密欧与朱丽叶。但直书其事，情节于高潮处，只用简括之叙述，转折过速，虽二人之死，不若晴雯一人之丧也。至于尤三姐之死，则更胜一筹，其与尤二姐同出贫寒，在供人赏玩中泼辣放浪，然身出污泥，情怀清白，其专一之爱情，为意中人误解，婚约遭毁。三姐乃自刎，其营生污下甚于司棋，然情之所钟超越生死，其刚烈果断全在瞬间。情节前后强烈反差，与身份与内心之错位幅度成正比。其精神可以用"黑暗王国中的一线光明"（杜勃罗留波夫评俄国古典剧作家奥斯特洛夫斯基《大雷雨》中女主人公语）来形容，其尾声又有情人之痛悔而出家，又添一层错位。其错位之多，比之司棋更显其精神光彩，而尤二姐之软弱、善良、轻信、自贱，甘为二奶，遭凤姐迫害惨死，在精神的谱系中不过是三姐之光的黑暗背景。当然，最为精彩的是林黛玉之死。虽然红学专家对后四十回之艺术水准不乏贬抑，然而林黛玉之死却是世界古典文学史上少女死亡艺术之高峰。作者从三个方面来立体化地展开。

第一，从正面描写。先是黛玉听傻大姐之言，知宝玉将迎娶宝钗，遭受沉重打击，病体变得更加衰弱，行动却变得更快速，不再如先前之善哭，而是痴笑。心理的一时麻木终于转化成生理的创伤："一口血吐出来"，《红楼梦》借医家之口解释是"一时急怒，迷了本性"。待到镇静下来，"心中却渐渐明白"，"此时反不伤心，惟求速死。"自我糟蹋身体，内心感情多表现为外部动作，深邃异常，然叙述简洁。

第二，对话。对最贴心的紫鹃的悲泣无理责难"我哪里就能够死呢！"对贾母则是"老太太，你白疼我了"。"白疼"二字，既有对贾母的怨恨，又有对贾母的歉疚。临终弥留之际，直声叫："宝玉，宝玉，你好……"说到"好"字，便浑身冷汗，不做声了。紫鹃等急忙扶住，那汗愈出，身子便渐渐地冷了。其怨，其怒，其恨，其爱，其悲，其责，皆为负面含意，却用一个肯定语词"好"字作错位表达。

最后，这是最突出的，最能表现中国古典小说的艺术特色的，浓墨重彩抒写的是周围人物心理多重视角、多层错位心理的交织。所有的人都有悲痛，然而，没有一个的悲痛是相似或者相近的。

第一重是紫鹃：觉得黛玉垂危，竟无人来看望，实在"狠毒冷淡"，尤其是对宝玉，更是"切齿"。第二重是，向来与世无争的寡妇李纨，见紫鹃眼泪把褥子已湿了一片。拭泪说："好孩子，你把我的心都哭乱了，快着收拾他的东西罢，再迟一会子就了不得了。"第三重更可谓是"毒笔"：让黛玉最为知心的丫头紫鹃去做伴娘，掩饰宝钗为黛玉之伪。第四重视角是，平儿不忍，提出让雪雁代替紫鹃。第五重视角，是雪雁的视角，怀疑宝玉假说丢了玉，装出傻子样儿来，好娶宝钗，与宝玉的错位又增一层。第六重视角是宝玉，以为真是与黛玉完姻，乐得手舞足蹈。待到宝玉发现不是黛玉而是宝钗，以为是梦中，呆呆站着。当着新娘子的面，口口声声只要找林妹妹去。岂知连日饮食不进，身子哪能动转，哭道："我要死了！我有一句心里的话，只求你回明老太太：横竖两个病人都要死的，死了越发难张罗。不如腾一处空房子，趁早将我同林妹妹两个抬在那里，活着也好一处医治服侍，死了也好一处停放。"。第七重视角是宝钗，贾母叫凤姐去请宝钗安歇，"宝钗置若罔闻，也便和衣在内暂歇"。虽然只是简单的一句叙述，却是重如春秋笔法。只有她此时保持着理性的冷峻，甚至可以说是冷酷，对宝玉道破真相："林妹妹已经亡故了。"宝玉不禁放声大哭，倒在床上。第八重视角是综合的，紫鹃、李纨、王熙凤：

> 当时黛玉气绝，正是宝玉娶宝钗的这个时辰。紫鹃等都大哭起来。李纨、探春想他素日的可疼，今日更加可怜，也便伤心痛哭。因潇湘馆离新房子甚远，所以那边并没听见。一时大家痛哭了一阵，只听得远远一阵音乐之声，侧耳一听，却又没有了。探春、李纨走出院外再听时，惟有竹梢风动，月影移墙，好不凄凉冷淡！

第九重视角是贾母的。舍黛玉而娶宝钗，本是她的决策，可是，她并不是不爱黛玉，也不是不悲痛，而是涕泪交流表白："是我弄坏了他了。但只是这个丫头也忒傻气！"联系到她说过的"白疼"，她的眼泪中有自责，也有自我开脱。

从笔墨的分量来说，不把正面抒写集中在林黛玉之死上，而是用九重错位的感情来渲染，在悲剧性的复合和丰富上，在悲痛氛围的沉郁深沉上，营造了全书最高潮，在世界悲剧艺术上展示了中国古典小说艺术的辉煌的顶峰。《红楼梦》黛玉之死可以说是把全书主要人物都调动起来，以各自不同的方式合奏了一首悲痛的交响曲。

如果孤立地这样比较，还不够明显的话，将母题谱系拓展到世界文学史中，以《红楼梦》写主人公死亡与托尔斯泰相比则更不难一目了然。同样写为爱情而死，托尔斯泰中写安娜·卡列尼娜选择以自杀"惩罚"渥伦斯基，托尔斯泰花了整整三小节的篇幅，译成中文五千字左右。但是，从决心卧轨自杀，到乘坐马车，到投下月台，都是以安娜个人为中心展示：纷纭的回忆、情感的片断，外部环境断续感知，无序的思绪，都带有某种"意识流"非逻辑性质，自始至终都以安娜为单一视角展开。她沉浸在自己对情敌吉蒂的仇恨和妒忌中，她无法摆脱谈说陈设引起的厌恶、怨恨、报复的恶劣情绪，连仆人的动作"都惹得她生气"，其自我折磨在意识层面和潜意识起伏翻腾，连她自己都不认识自己，有时还忘记了自己的动机，对陌生人，哪怕是天真的小女孩，也莫名其妙地反感。有时又飞溅出一些思想的火花：她体悟到渥伦斯基对她的所谓的爱情，哪怕是眼睛里流露出狗一样的驯顺的神色，也不过是征服了她这样的女人"虚荣心得到满足的胜利之感"。至于对他们二人的关系，她从心灵深处概括出来的"我的爱情愈来愈热烈，愈来愈自私，而他的却愈来愈衰退"，就是他们的错位。托尔斯泰让安娜在自我内心展示矛盾，一方面是对外部世界和内心感知无序激发，一方面则是深邃的洞察，甚至有哲理式的格言：

爱情一结束，仇恨就开始了……

所有这一切，都是在不连贯的印象断断续续地流逝中呈现的：

……我一点也不认识这些街道，这里有一座小山，全是房子，房子，……在这些房子里全是人，人……多少人啊，数不清，而且他们彼此都是仇视的，哦，让我想想，为了幸福我希望些什么呢？哦，假定我离了婚……

当她走向铁轨准备自杀的时候：

……是的，我苦恼万分，赋予我理智就是为了使我能够摆脱；因此我一定要摆脱！如果再也没有可看的，而且一切看起来都让人生厌的话，那么为什么不把蜡烛熄灭了呢？但是，怎么办呢？为什么这个乘务员顺着栏杆跑过去？为什么下面那辆车厢里的那些年轻人在大声喊叫？为什么他们又说又笑的？这全是虚伪的，全是谎话，全是欺骗，全是罪恶……

整整五千字，全是安娜的视角中的内心和外部环境的感知、幻觉、情绪交织。这里纷纭的感知的思绪，表面上无序、无理，其中的“仇视”“虚伪”“欺骗”“罪恶”则完全是她自己潜意识深处思绪的飞溅。托尔斯泰追求的就是安娜的看似混乱的思绪中逐渐明确化起来的自杀的决心，直到最后的死亡，也没有像《红楼梦》那样，在他人（探春）的视角中感到“黛玉的手已经凉了，连目光也都散了”，而是以安娜自己的幻觉，甚至不无矛盾地走向死亡。她先是画了个十字：

笼罩着一切的黑暗突然破裂了，转瞬间生命以它过去的全部辉煌欢乐呈现在她面前。接着是她向车轮间扑通跪了下去，同一瞬间，一想到她在做什么，她吓得毛骨悚然，“我在哪里，我在做什么？为什么啊”，她想站起来，把身子仰到后面去，但是，什么巨大的、无情的东西撞在她的头上，从她的背上碾过了。“上帝，饶恕我的一切！”感觉无法挣扎，……那枝蜡烛，她曾借着它的烛光浏览过充满了苦难、虚伪、悲哀和罪恶的书籍，比以往更加明亮地闪烁起来，为她照亮了以前笼罩在黑暗中的一切，摇曳起来，开始昏暗下去，永远熄灭了。①

死亡的描写就在一系列的幻想和错觉中结束了。而女主人公死亡的后果，并没有像《红楼梦》中那样浓墨重彩地多层次地展示，而是在下一章，在一切恢复平静以后，在一些关系并不密切的人的平静的谈话中提到渥伦斯基曾经自杀（未遂）。与黛玉之死正面写在场人物都处于情绪错位的高潮不同，托尔斯泰有意将最严重的后果，通过他人的口轻描淡写地交代了一下。如果可以打个比方的话，托尔斯泰的安娜之死，可以说是一首小提琴协奏曲，依次呈现、展开，而曹雪芹写黛玉之死则是一首交响乐。从二者的对比中，可以看出《红楼梦》以情感错位的积累和叠加而显得淋漓尽致，而托尔斯泰则以情感的节奏控制表现得从容不迫。

现在我们似乎有条件对李欧梵先生的世纪困惑作进一步的回答。要对文本的唯一性作深邃的到位的分析，我们面临的是一个复杂的系统工程。首先是发现矛盾，发现矛盾的方法很多，有还原，有比较，比较可能陷

① 在主人公内在感觉中写死亡的临近，是托尔斯泰的拿手好戏。早年在《塞瓦斯托波尔的故事》中，他写军官拍拉斯兴库被炸弹炸死的过程也是先让他感到自己庆幸于没有死亡，谢天谢地，只是受伤而已。他对死亡的感觉充满了错觉。士兵从他身边跑过，把墙推倒在他身上，直到他自己听自己的呻吟声等等。在《战争与和平》中，安德烈公爵患坏疽病生命垂危，他的心理错觉是：一切消失了，剩下的是关起那道门，他要去关门，但他的腿不肯动。他恐惧。觉得自己在向门边爬，但有一种力量在推门，在向里边挤，这是死。他顶住，门敞开了，他死了，他记得自己是睡了，他挣扎着又醒了。他觉得“死就是一种觉醒”，“于是他灵魂立即亮起来”。（《战争与和平》[董秋斯译]第四册，人民文学出版社 1988 年版，第 1647 页）感觉思维活动虽然失去了控制，但是却达到了平时所不能达到的深度，混乱的感觉带着托尔斯泰的理性光辉，这一点和安娜是异曲同工的。

于随意性，故以系统性为上，但是，即使系统性比较，主要的也不是知识谱系，而应该是形象母题的谱系，有了形象谱系提供的现成的可比性，就有了显而易见的差异和矛盾，这样，在具体分析中把理论概括抽象所牺牲掉的唯一性还原出来，就有可能了。

谱系的比较和分析最后要落实到单篇个案上来，即使单篇与单篇的比较，最后也要归结到谱系中来，也就是母题的系列中来。这样的系列可以存在于大型作品之中，也可能存在短篇的经典名著之中。在这样系统的比较中，具体分析就可能比较全面。但是，从严格的方法论来说，具体分析形成论断，离不开综合，二者结合才能把形象的唯一性用原创的语言概括出来，如前述《红楼梦》中悲剧主人公的自我感觉并不在描绘的中心，而在场人物的复合感知错位却占据大部分的篇幅；托尔斯泰则相反，主人公之死主要是在自我感觉之中展开，对直接关系人物造成的严重后果却是轻描淡写。这就是分析转化为综合的结论。有了二者的统一还不够，因为这还是静态的，把作品从历史的动态语境中孤立出来的，要穷尽作品的唯一特殊性，还得把他还原到历史发展过程中去（如，概括出陶渊明在中国古典诗歌从激情中突围发现宁静，从华彩突围中发现冲淡，形成了历史流派）。从逻辑上提升到历史的发展，达到逻辑和历史的统一。

西方文论经典满足于把文本当作静态的成品，把审美的历史变化当作任意的选择，因而也就谈不上对审美审智历史逻辑的梳理。其实，一切文学经典，哪怕是个案，其中也蕴含着民族文学艺术探险的历史积淀，诗歌、戏剧、小说的作者，都是从文学规范形式历史的水平线上起步，又合乎逻辑地走向僵化乃至蜕变、衰亡的。故文学文本解读，追求逻辑的和历史的统一的自觉是必要的。西方文论把作品当作成品，对创造过程（个体和历史的）的忽略使解读变成静态的描述，这就造成更大的局限，那就是脱离了创作论，脱离了创作实践，不屑于让理论进入创作和历史积累，突破过程。其结果，就是把自己关闭在已知的牢房里沿着封闭的墙壁跳着不倦的华尔兹舞步。

有了这一切,似乎已经能够表现出文学文本解读学的特质,但是,从严格意义上来说,这还只完成了一半,而且是和文学理论多多少少相近的一半。而另一半则是,如何与创作论接轨。如何把解读还原到创作过程中去,还原出作者在多种可能中的选择,也就是鲁迅所说的"不应该那样写",或者是朱光潜所说"读诗就再作诗"。跟着作者一起体验不写什么,才能解读为什么写。在这样复杂的系统工程中,才有某种可能对个案作品作出独特性、唯一性的概括,从而作出评价。这一切,在下面将分别以单独的章节加以探讨。

第三章　文学虚无主义在基本学术方法上的歧途

对于西方风起云涌的种种理论，我们本来可以和他们和平共处，井水不犯河水，你走你的阳关道，我走我的独木桥，不用与之争一日之短长。但是，献身于文本解读的建构，不能无视他们反文学的理论的权威。你不是讲文学解读吗？人家根本就不承认文学，宣称这个实体和观念根本就是虚幻的，甚至是不存在的。这等于说，你还没有开口，人家就把你的嘴巴封住了，你的大前提是虚假的，你说的一切都是废话。这样的“理论”杀伤力太大了，它迫使我们在开始文学文本解读学的建构之时，不能不作繁重的理论清场，或者说，对之作一番清算。

把西方大师当作质疑的对手

一些在国际学界声名显赫的大人物，以文学理论为名的著作，干脆宣称“文学”并不存在，伊格尔顿的《二十世纪文学理论》、乔纳森·卡勒的《文学理论》就坦然宣告世界上不存在某种统一的文学,说文学和非文学的界限不存在,因为文学这个名堂是近两百年来的事。这在以前,literature 或者 literary,包括哲学、历史等等,凡是出版物都是文学。从西欧浪漫主义思潮开始,文学观念才是这个样子的,那未来呢,不知道变成什么名堂。伊格尔顿说,也许有一天,莎士比亚的作品也不被认为是文学了,也许有一天,一张咖啡馆的账单也可能变成文学,文学在不断地变化,它是一个"由特定人群出于特定理由在某一时代形成的一种建构(construct),根本就不存在其本身"[①]。伊格尔顿说:"文学并不像昆虫存在那样存在着,它得以形成的价值评定因历史的变化而变化,而且,这些价值评定本身与社会意识形态有着紧密的联系。它们最终不仅指个人爱好,还指某些阶层得以对他人行使或维持权力的种种主张。[②]"他曾举例说明,昆虫学的研究对象是一种稳定的、界定清晰的实体——昆虫,而文学研究却缺少这样一个稳定、清晰的研究对象。这明显强词夺理。昆虫也是在变化着的,从个体来说,蚕从蚕籽到蚕虫到蛹再到飞蛾;从宏观来说,昆虫作为一个类,也是有着漫长的进化的历史的,人类是在不断地改变着对其评价的。例如,蛇作为爬虫类,在圣经里是邪恶的,而在中国早期图腾中,却是神圣的。这和

---

① 伊格尔顿:《二十世纪西方文学理论》,北京大学出版社 2007 年版,第 11 页。

② 特里·伊格尔顿:《文学原理引论》,文化艺术出版社 1987 年版,第 19~20 页。按伊格尔顿曾举例说明,昆虫学的研究对象是一种稳定的、界定清晰的实体——昆虫,而文学研究却缺少这样一个稳定、清晰的研究对象。

文学存在，人类对其主人不断变化着是没有什么两样的。

大洋彼岸对文学的死刑宣判，在我们国土上引起的几乎是没有任何保留的响应，认为文学是虚幻的观点已成为主流，其霸权气势磅礴，人们不可能不为之震动。但在学习西方大师的学说的时候，我们不要忘记，他们的话语是从他们的历史和现状中建构出来的，拿到我们国家，因历史和现状不同，肯定有格格不入之处。或者说得土一点，作为世界性的思想家，他们的知识结构并不是世界性的。他们在建立似乎是放之四海而皆准的理论的时候，对于中国古典和现当代文学，可能像刁德一到了沙家浜——两眼一抹黑。他们不是神仙，理论有偏颇是正常的事。他们理论中的什么东西最值得我们学习呢？我想，应该是他们把权威当作对手（rival）的质疑精神。

按他们的理论，一切理论，都是一定历史文化阶段性的建构，并不是终极。它只是历史过程的产物，它终究是要发生变化的，肯定是要按照历史辩证法走向反面的。西方理论不管多么神圣，只是从西方文化历史和现状的土壤里生长起来的季节性的花朵，肯定有凋谢的时候。把它的种子移植到中国土壤中来，首先就要把其中只属于西方文化的、历史的土壤的基因剥离，其次，要把中国传统和现状的基因融入。这种跨文化优选（转基因）的对话原则，在西方人那里是起码的常识。被我国文化理论界奉为圭臬的美国理论家J.希利斯·米勒对1960年代以来美国从欧洲大陆的大规模理论引进作过深刻的反思，福建师大外语学院的刘亚猛教授如此阐释米勒的说法：

> 理论并不如一般人想象的那么“超脱大度”（“impersonal and universal”），而是跟它萌发生长的那个语境所具有的“独特时、地、文化和语言”盘根错节、难解难分。在将理论从其“原址”迁移到一个陌生语境时，人们不管费多大的劲总还是无法将它从固有的“语言和文化根基”完全剥离。“那些试图吸收外异理论，使之在本土发挥新

功用的人引进的其实可能是一匹特洛伊木马，或者是一种计算机病毒，反过来控制了机内原有的程序，使之服务于某些异己利益，产生破坏性效果”。[1]

美国人如此清醒态度，对外来文化的高度警惕，难道不能引起我们深沉的联想吗？我们引进的外国文学理论（如苏式的机械唯物论和狭隘工具论）的病毒，使我们原有的机制被格式化的“破坏性效果”难道能够被轻易忘却吗？引进只能是一种跨文化对话的双向优化建构。聪明人，在对话中了解对方，同时了解自己（知彼知己）；弱智者，在对话中，以为是了解到对方，但由于不了解自己，也就不能真正了解对方。

引进西方理论的全部历史证明，第一个阶段都是教条主义，不敢修正，以疲惫的追踪为荣，充满盲从性而不自知，只有敢于修正了，才会进入第二个阶段，才有我们民族的独创性。我们的文学文本解读学要有生命，一定要修正，“修正主义”出创造！学术历史绝对是这样的！远的如禅宗，从达摩来华直到五祖，都还没有脱离印度佛教禅法的以心传心，直到六祖慧能才超越了印度禅学的繁琐论证、辨析，转化为直指人心，明心见性，当下了悟。就是文盲也能定慧顿悟。这才创造了中国式的禅宗。[2]近的如黑格尔的对立统一，强调内部矛盾是事物发展的动力，被毛泽东通俗化为“一分为二”，突出矛盾是绝对的。而杨献珍则据中国的“合二而一”补充之，统一也是动力。他的根据是明清之际思想家方以智的《东西均》“交也者，合二而一也”，“尽天地古今皆二也，两间无不交，则无不二而一者”。现在看来，更符合中国天人合一的和谐理念。

对于西方文化哲学，不保持清醒的头脑，就不可能有修正和创造。

乔纳森·卡勒说：从实际的效果上看，理论是对于“常识”的批驳。它力图证明那些我们认为理应如此的常识实际上只是一种历史的建构。

---

① 刘亚猛：《理论引进的修辞视角》《外国语言文学》2009年第2期。

② （越南）丁氏碧娥：《禅茶一味》（未刊博士论文），第5页。

理论的任务乃是对文学研究中最基本的前提或假设提出质疑，也就是说，对任何被认为是理所当然的事情提出质疑。我想他这样的说法是很有市场的。最好的例子就是对于“文学”这样的常识加以质疑，得出的结论是世界上既没有共同的文学这样一个实体，也没有文学性这样一个普遍理念。①

但是，这里有个悖论，就算我们大家都相信了他所说的没有文学这么一回事，把它视为“理应如此”“理所当然”，那就该属于“常识”。但相信了他的结论，就违背了他的方法，因为他强调过，要对任何“被认为是理所当然的事情要提出质疑”，对“常识”要加以批驳。而这种质疑和批驳，是不是包括乔纳森的·卡勒的理论呢？如果包括，那就恰恰可能是对“没有文学”这一命题的否定。如果不包括他的理论，这就意味着他的理论不是“理所当然”的，那还有什么权力昭告世人对任何“一直被认为是理所当然的事情提出质疑”呢？

当然，西方大学者并非等闲之辈，对于这样的悖论，早就提前作了理论免疫。他说，他的理论之所以成为“理论”，是因为他们提出的观点或论证对那些并不从事该学科研究的人具有启发作用，并且提供借鉴。简单地说，“被称为理论的作品的影响超出它们自己原来的领域”。原来，号称文学理论，对文学你最好不要指望它管用。但是，悖论又产生了，既对文学没有用处，为什么他的书又堂而皇之地叫作《文学理论》呢？②

说得更为自信的是伊格尔顿，他在《二十世纪文学理论》中说，没有文学这回事。从历史发展的过程中看，文学本身不可定义，文学性既没有统一的内涵，也没有统一的外延。他还用整整一章，以英国文学史为例来说明这一点。我想，他的论证是严肃的，但有两个问题必须慎重。

---

① 乔纳森·卡勒：《文学理论入门》，李平译，译林出版社2008年版，第4~5页。

② 乔纳森·卡勒：《文学理论入门》原译《文学理论》，辽宁教育出版社1998年版。

定义：研究的起点还是历史的开放性过程

追求统一的内涵和外延的概念的定义，是研究的出发点还是终点呢？

定义对于学术研究肯定是必要的，但是，定义的功能，只是为了保证论述在内涵和外延上不违反同一律，概念的内涵要严密稳定，在论述中不要发生转移，防止犯偷换概念的错误。为此它往往出现在论述的前面。西方有经院哲学的传统，一切都从神圣的概念出发，进行反复的演绎，不能说没有一点优越性，但同时也有其局限性。最主要的是，在演绎过程中，往往脱离了事实，脱离了实践。如果对其不加分析，就可能陷于繁琐哲学而在概念中作茧自缚。高尔基曾说过这样一个笑话：一个人掉到了深坑里，有人把绳子放下去救他，他不接绳子，却让放绳子的人先把绳子的定义告诉他，他才能决定是不是接受这根绳子。如果允许引申一下，天文学界长期对“宇宙”的定义争论不休，难道因此可以否认宇宙的存在吗？更严肃的问题是，如果文学定义还没有得到最后的肯定，我们难道就不能为《红楼梦》所感染了？《红楼梦》作为“itself”就不存在了吗？文学在历史发展的不同阶段不断变幻，未来发展的更有无限可能，如果这就是否定文学存在的充分理由，那么，可以否定的就不仅是文学了。就是他们所承认的“文学性”在一切文章中的普遍存在，同样拿不出一个普遍认同的定义来。按照他们的逻辑，文学性不也是不存在了吗？如果这样，美、幽默、人性、人文性、文化，在内涵和外延上，比之文学有更加突出的不确定性（据统计，“文化”这一概念的定义，在 1920 年只有 6 个，到了 1952 年增至 160 个），但这些概念并未因此而在学术领域里退场。

西方文论大师的哲学观念其实乃是绝对的反本质主义。当然也考虑到了可能产生的偏颇，意识到把相对主义绝对化可能遭到实证的威胁，因而他们排除了自然科学。因为,那是以定义的严密为前提,而且是以实证的无可置疑为生命的。他们宣布,自然科学和人文学科不同,不在此例。罗蒂不得不对自然科学领域里的本质主义取得的成就大加赞赏。但是,他宣称,把自然科学准则,用到文学(历史学、社会学、人类学)中去,"试图找到历史的法则或者文化的本质——用理论取代叙述,作为帮助我们了解自己、了解别人以及了解我们彼此做出选择,这些方面无疑是竹篮打水"①。

但是,为什么自然科学要例外呢?其实原因很简单。早在恩格斯时代就有了解释,那就是因为自然界变化比较缓慢,而且现象不断重复。人的寿命太短,人类的直接经验远远不能直接概括。但是,这个说法显然带着历史的局限性,地质地理的历史证明,不存在永恒不变的自然现象,喜马拉雅板块由沧海隆起为世界最高峰,美洲和非洲地壳板块的分裂飘移,已经是自然史的常识。更有甚者,自然界还有比人类社会变化更快的粒子。为了证明爱因斯坦的"速度使时间延长"理论,一种寿命只有四十几分之一秒的粒子,在上百万电子伏特的回旋加速器中,寿命延长了三倍,达到十几分之一秒。科学家并未因为其瞬息变成了别的粒子,而否认其作为实体和观念的存在。对于变化缓慢得多的文学,理论家有什么理由不承认其自身的存在呢?具有反讽意味的是,文学被否定了,否定文学的"文学理论"却风行宇宙。显而易见,可以用他们的逻辑反问,世界上并没有一种统一的、不变的文学理论,难道就可以宣布文学理论为不存在吗?这样把文学理论引入悖论,与审美解读经验为敌,文学理论家们还自以为得计,但是,文学经典是不朽的,与审美解读经验为敌的理论却注定要速朽的。宣称小说要死亡的德里达死了,可小说却在生生不息,具有吊诡意味的明明是文学理论家的宿命,却被文学理论家当成文学的宿命。也许正是因为这样,近来有后理论为之圆场,吞吞吐吐地为文学的存在留

① Richard Rorty, Essays on Heidegger and others: Philosophical Papers 2: Cambridge University Press, 1991, p.66. 中译文见黄宗英等译罗蒂:《哲学、文学和政治》,上海译文出版社 2009 年版,第 29 页。

下了一点余地。[①]

问题出在什么地方呢？在许多原因中，有一点最为重要，那就是他们将其热爱的历史相对主义绝对化。

历史的和逻辑的统一[②]

历史方法无疑是学术研究最根本的方法，研究任何一个问题，最重要的就是把它放到产生它的历史语境中去，观察它的变化和发展，进行系统的、严密的概括。但当使用历史方法的时候，是不是也应该想想，一切事物是不是还有它的对立面，也就是相对的稳定性呢？古希腊哲人说，人不能两次踏进同一条河流，但是，并不妨碍人们把长江从古到今一直叫作长江，把尼罗河一直叫作尼罗河。一切方法，都可能走向反面，把历史的相对性绝对化，是不是也有可能走向反面呢？绝对的相对性，是不是也有某种蜻蜓吃尾巴的危机呢？

历史的相对性面临的是无限丰富的特殊性、偶然性的动态系统，而形成抽象概括却需要相对的静态。自然科学家研究的对象是比较稳定的，他们用实验来进行研究的时候，尽量追求稳定的最大化。例如，研究水的分子结构，并不考虑暴风雨和江湖河海中的水，也不考虑景阳冈下武松喝的酒中的水分和林黛玉的眼泪之间的悬殊差异，他们只需要一滴相对静

① 代表作有民连京·卡宁汉的《理论之后的解读》(2002)、让—米歇尔·拉巴尔特的《理论的未来》(2002)、特里·伊格尔顿的《理论之后》(2003)，以及论文集《后理论：批评的新方向》(1999)、《理论还剩下了什么》(2000)、《生活：理论之后》(2003)等。

② 学者顾准认为，历史与逻辑的统一，就是你所叙述的历史与你的理论预设统一。这当然有道理。但是，这是不可避免的。人类的大脑不是白板，不可能绝对客观的反映对象，没有一定的主体预设，大脑没有康德所说的“范畴”，皮亚杰说的“scheme”(格局/图式)，就不能同化(assimilation)外在信息，也就对外界信息不可能有反应。故主体理论框架既是不可缺少的，又必须是开放的，随着历史实践的发展而不断发展，人类的认识就是在理论预设不断被补充、颠覆和重构的过程中前进的。

态的“纯粹的水”，就足以得出整个宇宙的水都是氧化氢的结论。社会科学家不能用实验来进行研究，唯一的手段是抽象思维，而抽象思维的前提是省略一切特殊性的“纯粹状态”。[①] 绝对拘执于历时的无限可变性，必然剥夺人的抽象思维权利。因此，人类不得不启用另一种方法，暂时排除历时的流动性，在抽象的过程中获得复杂现象的最大公约数，也就是静态概念的纯粹性。纯粹的特点不但是假定它超越特殊的，而且是超越历史的。这种方法就是逻辑的方法。没有这种抽象的假定的纯粹性，人类甚至不能形成任何概念，除了不能形成文学、美、幽默、文化、人文性、潜意识、社会主义等范畴外，人类甚至不能作起码的概括，连基本概念（如，一、天、山、神、国、家、关系等）都不能形成。进行抽象，加以静态化，也就是纯粹化，是抽象思维必要的条件，超越动态的历时性，则是必要的代价。

文学也一样。拘执于文学从最初的原生状态，如鲁迅所描述的抬木头发出吭唷吭唷的呼喊到《红楼梦》的巨大差异，不把它历时的、具体差异性抽象掉，就不能进行任何研究。当然，同时不能不考虑逻辑方法的局限性，那就是从概念到概念，内涵空泛，烦琐纠缠。这种危机当然需要预防和补救，那就要具体问题具体分析。从某种意义上说，具体分析就把暂时省略掉的动态的特殊性和历史性加以还原。历史的方法和逻辑的方法都有局限，需要互补。正是因为这样，学术研究才分化为两种类型：一种是历史性的研究，一种是逻辑性的研究。研究资本主义，马克思用历史的方法写过《剩余价值学说史》，用逻辑的方法写了《资本论》。但在运用逻辑的方法的时候，也可能达到与历史的统一（这一点下文详述）。由于拘执于绝对的相对主义，西方当代文论，就其主流来说，是拒绝逻辑的方法，拒绝历史方法与逻辑方法的统一的。文学永远不停地在变幻，缺乏稳定的“本质”，文学与非文学的界限是不存在的，充其量只有文学性存在于非文学中。关于文学是否具有相对静态的、逻辑上，共同的“根本的、突出的特点”，乔纳森·卡勒的说法是这样的：

---

① 马克思：《资本论·初版的序》第1卷，人民出版社1956年版，第10页。

> 文学作品的形式和篇幅各有不同，而且大多数作品似乎与通常被认为不属于文学作品的东西有更多相同之处，而与那些被公认为是文学作品的相同之点反倒不多。

他的论断是文学和非文学作品的共同性比文学作品之间更多，值得质疑的是，更多，也是一种逻辑的静态的观念。这是一个量的概念，可是他并没有作量的比较。这个论断与我们文学解读时惊心动魄的审美体验相去甚远。在论证上，这不是他个别的偶然的粗疏，而是系统的：

> 以夏洛蒂·勃朗特的《简·爱》为例，它更像是一篇自传，与十四行诗很少有相似之处；而罗伯特·彭斯的一首诗"我的爱就像一朵鲜红鲜红的玫瑰"则更像一首民谣，与莎士比亚的《哈姆雷特》也很少有相同之处。[①]

对于这样的核心结论，作为学术，本来是要求系统地，多方面论证的，但是，居然是宣判式的一笔带过。勃朗特的《简·爱》明明是世所公认的经典小说，虽然带有某种自传性，正如《复活》带有托尔斯泰的自传性，《丑小鸭》带有安徒生的精神自传性，并不妨碍其具有小说和童话在审美价值上的共同性质。至于小说与十四行诗，不可否认有所不同，但是，属于外部形式的差异，而在诉诸感性，以情感的审美价值见长方面，则是统一的。彭斯的抒情诗就算是具有"民谣"风格，在抒情上不是和诗同类吗？从诗经到汉乐府，从明清山歌到陕北民歌，和李白、杜甫、拜伦、雪莱、普希金的诗歌，在抒情这一点上"相同之点"是显而易见的。莎士比亚的《哈姆雷特》虽然其外部形式是戏剧，但是，它是诗剧，其人物对白和独白，是素诗(blank verse)，虽不押韵，却有诗的五步轻重交替的节律，在诗

① 乔纳森·卡勒:《文学理论》，辽宁教育出版社1998年版，第21页。

歌中属于戏剧性独白一类；最主要的是，是抒情的，属于审美价值，这一切与议论文章的理性逻辑阐释和论证，有着根本的区别。从中国的《文赋》的“诗缘情”，到康德的审美价值论，到克罗齐的直觉抒情论，再到俄国革命民主主义者的“形象思维”论，对文学作品的“相同之点”，有许多权威的、经典的论述，作为学术著作，居然对此仅仅以“理论家们一起努力探讨解决这个问题，但成效甚微”敷衍过去，连问题史都没有作起码的系统的梳理，对这样武断的学风，这样的轻率概括，我们只能像拜伦那样除了微笑，只能叹息。西方大师这样自说自话的文风，并不是个别的，而是一贯性的：

> 雅克·德里达展示了隐喻在哲学话语中不可动摇的中心地位。克罗德·莱维·斯特劳斯描述了古代神话和图腾活动中从具体到整体的思维逻辑，这种逻辑类似文学题材中的对立游戏（雌与雄，地与天，栗色与金色，太阳与月亮等）。似乎任何文学手段、任何文学结构，都可以出现在其他语言之中。①

作为论证方法，显然是太粗浅了。修辞手段，思维模式，不过是一种普遍的、基本的、潜在的规则，普遍规则的表现和功能在特殊形式中是要发生分化的，隐喻在哲学中，近似于寓言在先秦诸子中是为了说明抽象道理，而在诗歌中，如果满足于展示道理，像玄言诗（如邵雍）那样，则有损于形象，导致审美感染力的削弱。至于文学题材中的对立意象（雌与雄，地与天，栗色与金色，太阳与月亮等）与哲学中抽象的对立统一，在思维模式上同类。同类的修辞模式可以构建不同的体裁，正等于大米可以做成酒也可以做饭，难道可以因此就可以把酒和饭卖一个价钱吗？难道可以因为在《资本论》中，有“资本的每一个毛孔都渗透着劳动者的血汗”这样

① 乔纳森·卡勒：《文学性》，马克·昂热诺等：《问题与观点：20 世纪文学理论综论》，百花文艺出版社 2000 年版，第 40~41 页。

的暗喻,《资本论》就和狄更斯的小说没有区别了吗?如此这般的理论权威性的树立,并不是因为在学术上有多么雄辩,而是因为我们在其反本质、去中心、弭边界、解总体、去类别的话语霸权面前太自卑了。

他们不乏来自马克思、黑格尔的学术渊源,福柯本科论文就是研究黑格尔,而且熟读《资本论》。也许他们设想自己的学术,与其追随马克思、黑格尔博大精深的被他们称之为总体论的体系,作些修修补补的工作,不如以总体论为颠覆的对象,开辟反总体、反本质、反体系的新天,以无类别(无文学与非文学的区别)为追求目标。表面上看,这一切对我们建构文学解读理论而言,无疑是一道无解的方程式。但是,师其言,不如师其意,最聪明的办法,就是像他们一样把师承的权威当作解构的靶子。他们的理论生命,来自对于所师承的学理的反叛。用他们审视老师的方法审视他们,把他们颠覆老师体系的方法,用到他们头上,是不是也可能有所作为呢?我们这个世界是不完美的,世界上所有理论,都是不完美的。哪个大师的体系没有漏洞呢?同样的,哪个后来的反叛者在弥补了漏洞以后,又创造了新的漏洞呢?如果我们在逆着他们的反总体的方向上探索总体,是不是也可能和他们一样另辟新天呢?

进行任何大规模基本建设都有清理地基的任务,当代文学解读理论之所以落伍,原因很多,其中之一,就是连起码的理论清场都没有。

人家的理论是从哪里来的呢?从根本上来说,并不是从理论中来的,而是他们从解读和写作的历史和现状经验中高度概括出来的。问题在于,西方的理论是大于经验的,我们传统理论是贫困的,但是,解读写作的历史经验却并不亚于他们。对于建构理论来说,剩下来的唯一的出路,就是到文学解读的历史中去寻找。这种寻找,需要原创性的概括力,比之照搬要困难得多。难在从直观经验上升为观念、范畴和体系,但是,这也可能逼出理论最宝贵的原创性来。要有文学解读理论的原创性,就要对西方前卫文论破除迷信,实行修正主义,相反,对自己则横下一条心,直接从文学解读历史中进行第一手的抽象。

既然要作第一手的、原创性的抽象，就不要因为德里达反对“形而上学”而心虚手软。因为，逻辑抽象的优长在于普遍性，其局限则在牺牲特殊性。但是，对此并不用悲观。按形式逻辑的抽象，外延越广，内涵愈窄，越是哲学的抽象，内涵越是稀薄，这就是德里达对“形而上学”敬而远之的原因。但是，真正哲学的抽象，并不是外延的最大公约数，而是因为蕴含着矛盾运动而深刻化了，因而外延愈广，内涵却愈深刻。这是因为，在马克思那里，高度概括是与具体分析互补的。概括暂时牺牲了特殊性，具体分析则起到还原特殊性的作用。具体分析越是多，还原的规定性越是丰富，达到“多种规定性统一”，形而上的和形而下也就达到统一，这就是马克思所说的从抽象上升为具体。基于此，我们放心大胆地不但做哲学的概括，而且做价值的概括，做审美的概括，做文学解读的概括，做形式的（与主体、客观构成鼎立结构的规范形式，而不是羞羞答答的“文类”）甚至做突破康德的审美的概括，吸收黑格尔的“美是理念的感性显现”做“审智”的概括。有了概括，才有抽象，有了抽象的符号（例如有了“鬼”“神”的观概念），猿才变成了人，这是人之所以为人的基础。当德里达说出反形而上学的话语时，就意味着把古今中外不同的总体论观念，高度地概括为形而上学，这本身就是在抽象。抽象概括的必要代价，就是牺牲特殊性，就避免不了形而上学，但是，只有在形而上学的基础上才能进行具体问题具体分析，才能把特殊性还原出来。

临时定义：作为研究的过渡

逃过了西方文论观念的阻扼，却难逃西方文论方法的壁垒。

西方文论研究的前提是定义。没有定义，一切都无从开始。如果不能对文学作出定义，那就注定了课题自我取消。

乔纳森·卡勒的《文学理论》就是从“理论是什么”“文学是什么”开始的，伊格尔顿的《二十世纪西方文学理论》也从文学定义开始。从方法论来看，伊格尔顿更有代表性。他否定文学的原因，一是不同流派的定义纷纭，二是不同时代的文学观念大相径庭。“如今的文学观念，是英国浪漫派时期规定下来的”，在这以前文学的内涵是“社会中被赋予价值的全部作品：诗以及哲学、历史、随笔和书信”[①]。正是因为文学的观念是历史地变动不居的，因而不可能有永恒不变的文学，统一的本质化的文学是不存在的。这里就产生一个方法论问题。历史地变动不居，并不是文学特有的现象，而是一切事物包括大自然（动物、植物、矿物）和人文界（历史、哲学等）普遍的现象。变动不居的猴子变成了人，并不妨碍给人下定义，从柏拉图（无毛的两足动物）到马克思（能够制造工具有目的地劳动的动物）再到卡西尔（使用象征符号的动物），定义不断提升、丰富，甚还有其他五花八门的定义（如，人是感情的动物，人是理性的动物，人是会笑动物）定义如此这般地随着历史的发展而变幻，并没有成为否定人的存在的理由。

研究从文学定义开始，因为无法定义，文学的存在就很虚幻。这种从概念出发的方法，在西方很有代表性。这种方法可以保证概念的严密和一贯，不像我们古代文论，不讲究定义，导致概念转移，研究成果难以积累。但，从性质来说属于内涵定义，从逻辑来说，是静态的，是非历史的，因而，从某种意义上说，脱离历史动态的定义永远是不周延的。再加上语言作为声音符号的局限性，不能穷尽事物的属性，只能以约定俗成的功能唤醒读者记忆来补充。因而静态的内涵定义的绝对全面是不可能的。退而求其次，人们往往在外延上作枚举。这从性质上来说，与内涵定义相对，叫作外延定义。外延定义有三种，一种是分类和罗列。如上层建筑不好定义，就说，这是为基础服务的如法律、宗教、哲学、文艺等。另一种就是构成性的，地球由五洲四大洋构成。最不可靠的就是排除性定义，如有

① 伊格尔顿：《二十世纪西方文学理论》，伍晓明译，北京大学出版社 2007 年版，第 16 页。

人这样给散文下定义：除了诗，都是散文。定义的基本规范是不得同语反复。如，人就是人，但也有人给幽默下定义：给幽默下定义本身就是幽默的，从某种意义上，这本身不是定义。事物的发展变化是不断的，因而静态的内涵定义是不可能一劳永逸的。能指与所指的矛盾不断衍生，不可能达到绝对稳定的统一。定义也只有是动态的、历史的。而西方大师却一味从静态的概念出发，仅仅用演绎法，其极端就是繁琐经院哲学，以在概念中钻牛角尖，就不能不脱离实际，振振有词地宣告，因为文学这不好定义，所以文学不存在。

在这个学术关键问题上，马克思主义的经典作家留下了理论和实践意义重大的研究成果。最早系统研究过文艺问题的马克思主义者普列汉诺夫，在《没有地址的信，第一封信》开宗明义这样说：

> 在任何稍微精确的研究中，不管它的对象是什么，一定要依据严格地下了定义的术语。……一个对象的稍微令人满意的定义，只有在它们研究的结果中才能出现。所以，我们必须给我们还不能够定义的东西下定义。怎样才能摆脱这个矛盾呢？我以为，这样才能摆脱：我们暂且使用一种临时的定义，随着问题由于研究而得到阐明，再把它加以补充和改正。①

将问题作逻辑展开时，不能没有相对严密的内涵定义。定义不阐述清楚，论题就无法展开。所以，对定义、基本概念的阐述，不可回避。但是，由于人类语言符号和形式逻辑和辩证法乃至系统论的局限，任何定义都免不了逻辑的和历史的局限，因而可以说，任何定义的内涵和外延，都不可能是绝对周全的，不管被认为多么完善的定义，都只能是个体（乃至群体）狭隘经验和历史过程的小结，而不是终结，定义是永远不可终结的历史过程。正是因为这样，研究问题，一方面不能没有起码的内涵定义；

---

① 普列汉诺夫：《没有地址的信·艺术与社会生活》，人民文学出版社 1962 年版，第 1 页。

另一方面，又不能完全从定义出发。定义是研究成果的积累，其过程是无尽的，不能因为定义不完善，就否认对象的存在。虽然一时不可能有比较严密的内涵定义，但是，对象的外延还是明白无误地存在。这时不完全的内涵定义，和外延的广泛并存，内涵和外延发生矛盾，就是问题，问题，而不是定义，才是研究的出发点，因为有了内涵和外延的矛盾，研究才有了继续发展的可能。当然，西方学术往往从定义出发，有一定的道理。最主要的是第一，保持论述过程中内涵的稳定，就是为了防止内涵转移。第二，保证各方在同一概念的同等内涵中对话。第三，有利于研究成果有序积累。我国古典哲学、诗学之失（道、气等）就在于内涵不确定，因而研究成果难以积累。但是，西方学术重视概念定义固然有其优越性，但是，也有走向极端者，如经院哲学的烦琐概念，完全脱离事实。从定义出发，从概念到概念，就造成许多荒谬（如中世纪神学辩论一个针尖上能站几个天使）。以并不完全的定义为演绎的前提，其结果就很难避免从概念到概念的空谈。正是因为这样，钱钟书先生《中国文学小史序论》中一开篇就回避为文学下定义，而仅以关于文学各种属性的探讨替代。他将文学比作“天童舍利”，因“五色无定，随人见性”导致“向来定义，既苦繁多，不必参之鄙见，徒益争端”①

伊格尔顿和卡勒在学术方法上，一开始就错了。不是把定义（内涵）看得比事实——外延的矛盾作为问题，而是取消了问题，不承认文学（itself）的存在，可是，就是他们取代文学的文学性，也同样无法定义，这就是他们的悖论。一定要从精确的定义出发的话，世界上几乎没有可研究的东西，就如，非常走红的萨义德的“东方学”这个论题本身就无法定义，从外延来说，东方不是一个统一的实体，从内涵来说，也不共享统一的理念。实际上，连中国、美国这样的论题，都是很难下一个在内涵和外延上一劳永逸的、超越历史的定义。几乎所有的学术都只能是先来一个初步的定义，然后在与外延的矛盾中，继续研究，不断地丰富、发展，最后得出

① 《在人生边上的边上》，生活读书新知三联书店2002年版，第92页。

的，也只能是一个开放的定义。从这个意义上来说，一些被奉为大师的西方人物，其学术方法上的偏执、盲目是十分显眼的。不管是米克·巴尔的《叙述学—叙事理论悖论》把“本文”定义为：“由语言符号组成的、有限的、有结构的整体”“是叙述代言人用一种特定的媒介，诸如语言……或媒介叙述（讲故事）的文本，①还是德里达于记录和阅读‘行为’的最初历史之中所产生的一套客观规则”②。抑或卡勒“文学是一种可以引起某种关注的言语行为，或者叫文本的活动”的定义③，其内涵中一点文学艺术的影子都没有。以这样不涉及文学艺术内涵的定义作为大前提，根本是不可能演绎出任何文学艺术的特殊内涵来的。然而，西方许多大家，由于对定义的局限和功能缺乏深邃的洞察，因而在概念的迷宫中空转的文风比比皆是。

准定义：从高级形态回顾低级形态

问题在于，在纷纭的历史过程中，一切事物、社会、思维都在发展变化，可能成为初步的、暂时的定义对象是无限的，不同的选择可能产生不同的暂时的定义，选择何种现象作为暂时定义的对象才能避免可能导致的“聋子的对话”的混乱呢？对这样的学术困难，马克思早在《资本论》的“初版的序言”中就给出一种解决途径：“已经发育的身体，比身体的细胞是更容易研究的。”④科学的抽象要求对象性态稳定。在事物从低级到高级不稳定的过程中，马克思提出从高级形态回顾低级形态的方法：在对待学术史的问题上，马克思更加自觉地强调着从成熟的或者“典型”的形态

① 米克·巴尔：《叙述学—叙事理论导论》，谭君强译，中国社会科学出版社 2005 年版，第 3 页。
② 雅克·德里达：《文学行动》，中国社会科学出版社 1998 年版，第 12 页。
③ 乔纳森·卡勒：《文学理论》，辽宁教育出版社 1998 年版。第 28 页。
④ 马克思：《资本论·初版的序》第 1 卷，人民出版社 1965 年版，第 10 页。

出发：

> 人体解剖对于猴体解剖是一把钥匙。反过来说，低等动物身上表露的高等动物的征兆，只有在高等动物本身已被认识之后才能理解。因此，资产阶级经济为古代经济等等提供了钥匙。①

在《资本论》的初版的《序》中，他把这种方法引用到社会科学研究上来，这样说：

> 直到现在，它（按：资本主义）的主要典型是英国。就是为了这个理由，所以我在理论的阐述上，总是用英国作为主要的例解。但若德国方面的读者对于英国工农劳动者的状况，伪善地耸一耸肩，或乐观地，用德国情形远不是如此恶劣来安慰自己，我就必须大声告诉他说："这正是阁下的事情！"②

伊格尔顿是西方马克思主义的代表，但是，他罗列了俄国形式主义的文学定义和英国文学的变幻的内涵，就否定统一的文学存在的时候，似乎忘记了马克思的这个重要方法。低级形态的种种不成熟征兆，只有到了高级形态才能得到充分的说明。反过来说，在高级形态形成定义之时，要防止陷入低级形态的纠缠之中。比如说，在为人下定义的时候，避免用猴子不是这样来搅局。等到人的定义清晰了，猴子的属性自然不难说明。这个原则无疑可以成为一种学术原则。研究文学可以放心大胆地从现当代文学的成熟状态出发。为什么要从比较成熟的状况出发？因为，在这种状态下，文学的性质比较"纯粹"。这一点马克思也有过考虑：

---

① 马克思：《政治经济学批判导言》，《马克思恩格斯选集》第 2 卷，人民出版社 1995 年版，第 23 页。

② 马克思：《资本论·初版的序》第 1 卷，人民出版社 1965 年版，第 10 页。

物理学考察自然的过程，就是要在它表现得最为精密准确并且最少受到扰乱影响的地方进行考察；或是在可能的时候，在种种条件保证过程纯粹进行的地方进行实验。①

自然科学的方法不同于人文社会科学研究的方法就在于，一方面是让对象处于“纯粹”，“最少受到扰乱”的状态，另一方面则对之以人为的手段进行控制，如马克思所说的“用显微镜”或者“化学试剂”，目的就是把物质的内在的规律揭示出来。但是，人文科学社会科学和自然科学不同，它不可能把社会生活加以“纯粹”化处理。马克思说：

在经济形态的分析上，既不能用显微镜，也不能用化学反应剂，那必须用抽象力来代替二者。②

一些号称西方马克思主义的大师，在基本学术方法论上和马克思背道而驰，他们把马克思所说的对于“纯粹状态”的“抽象力”笼而统之贬为“形而上学”，因而不能从历史发展的过程的复杂纠缠中把纯粹状态提取出来，而是把当代文学成熟状态推回到历史的发展的复杂状态中去。他们反总体、反系统的愿望决定了他们拒绝把文学观念的变化看成是历史的进化，从低级到高级的过程，而当作不同历史时代，不同文化传统的任意性的选择。其实，只要放眼世界，文学从一般文化的混沌状态中分化出来，可以说是普遍的、规律性的、总体性的趋势。

被伊格尔顿不屑的纯文学概念和实践，就是在发展成熟的过程中，被世界广泛接受的。欧洲和五四以来的中国自不用说，就是阿拉伯世界又何尝例外呢？起初，

---

① 马克思：《资本论·初版的序》第1卷，人民出版社1956年版，第10页。

② 同上。

> (阿拉伯)语言中"文学"的意思是邀请某人去赴宴会,稍后,意思是高贵的品德,如道德、礼貌、礼尚往来。后来又有了"教育"的和以诗歌等来影响他人的意思,接下来,是"广博的文化"的含义,包括科学知识、艺术、哲学、数学、天文、化学、医学、信息、诗歌。直到现代,才有特指对情感产生影响的各类体裁的诗歌、散文、演讲、格言、寓言、小说故事、戏剧等。
>
> ——叙利亚初中三年级《语文教科书》①

在阿拉伯语中,最初文学一词几乎包含了文化全部的含义,这和英语的 literature 的本义是印刷品,汉语的"文"泛指一切文字是一致的,如果从历史选择的任意性来看,也许只能看到不同民族文学理论的纷纭;但是,从马克思的高级形态回顾低级形态的视角,却不难看出从泛道德、泛文化理念凝聚为"特指对读者、听者的情感、情结等产生影响的各类体裁的诗歌、散文、演讲、格言、寓言、小说故事、戏剧等"的历史进化。阿拉伯语、英语和汉语不约而同地选择了纯文学的方向,绝不是偶然的。审美价值从实用理性中独立出来,正是文学成熟的标志。独立文学的产生,提供了纯粹的,不受纷纭繁杂文化现象干扰的"纯粹"形态,为科学的抽象提供了极大的方便。

建构的目标,是文学这个类别的系统理论,而不是观点的无序罗列。高级形态的文学纯粹状态,方便于直接进行高度的抽象,但是,并不能保证必然具有体系性,拒绝总体论,学术抽象就不能不是零碎的,就很难在逻辑和历史过程中,揭示文学的内在发展逻辑。这就要求为文学理论寻找一个起点,不是任意的起点,不是一个任意的暂时的定义,而是一个具有发展潜能的逻辑起点。为什么叫逻辑起点?这是因为作为总体论,其体系的展开,应有内在的,像《资本论》那样的有机的逻辑。诚如列宁所

① 洪宗礼主编:《母语教材研究》第 7 卷,凤凰出版传媒集团,江苏教育出版社 2007 年版,第 657 页。

指出的:“马克思在《资本论》中,首先分析资产阶级社会(商品社会)里最简单、最普通、最基本、最常见、最平凡,碰到过亿万次的关系——商品交换。这一分析从这个最简单的现象中(在资产阶级社会的这个‘细胞’中)揭示出现代社会的一切矛盾(或一切矛盾的胚芽)。往后的叙述向我们表明这些矛盾和这个社会的发展,在这个社会的各个部分的总和中的,从这个社会的开始到终结的发展(既是生长,又是运动)。”①

这就是说,在最普通、最平常的细胞形态形成的暂时范畴(定义),也是其逻辑的开端,它的发展不完全是靠外部力量推动的,动力在细胞形态本身包含着的矛盾,按着黑格尔辩证法的模式走向自身的反面,否定之否定,向新的层次作螺旋式上升的。这样逻辑的起点和终点,也就成了历史的起点和终点。这在马克思的总体论中叫作逻辑和历史的统一。

定义实际上是一种严密的区别,从内涵到外延的界限,不管多么严密,与文学实际相比总是免不了狭隘。在中国文学史上,曾经文史哲不分家,这可能给西方文论以无法定义以论据。史家重在实录,只能记言记事,不能虚构,不能作评价,只能寓褒贬于叙述之中,这叫春秋笔法。但是,实际上,许多史家实录与文学虚构很难区分。如果从定义出发,则论题还没有开始就有被消解的可能。但是,即使如此,历史与文学的区别是客观存在。

“意境”的定义:通过个案的分析积累

对文学文本解读学来说,文学的定义(准定义)只是一个过渡的台阶,而从个案中分析开始,洞察定义与对象的差异,从而发展定义,则是研究深化的有效途径。

---

① 列宁:《哲学笔记》,人民出版社,第409页。

不但是对文学经典的研究，就是对文学理论的研究，也不一定要宿命地从定义的辨析开始。王国维提出的境界，有我与无我，隔与不隔，都不以定义见长。在分析具体问题时，既没有从定义出发，也没有把目标定位在定义上。定义固然重要，但它应该是研究的阶段性结果。绕开定义的困境，从作品的具体分析开始，在准定义中积累研究成果，逐步深化定义。这往往需要一个漫长的历史过程。有时，一个诗学范畴，如意境的定义，历千年而不可得。拘守伊格尔顿的逻辑，意境至今没有共识，定义不下来，就不承认意境的存在是可笑的。有名的"推敲"的公案，虽涉及意境，但分析的有效性，并不取决于意境的严密定义。就文学文本解读学的个案分析而言，奥秘往往不在定义，而在定义的概括性省略了的特殊性、唯一性、不可重复性。

中国诗话传统讲究炼字，为一个字的优劣，打上近千年的笔墨官司，这和西方为定义打几个世纪的笔墨官司，可能是互补的两种学术传统。贾岛（779—843）的《题李凝幽居》，为了其中"推"字，还是"敲"字好，千年来争论不休，虽然成为一宗未了的公案，但是推敲却成为现代汉语中的常用词。俗传此事最早见于《刘宾客嘉话录》：

> 岛初赴举京师，一日于驴上得句云："鸟宿池边树，僧敲月下门。"始欲着"推"字，又欲着"敲"字，练之未定，遂于驴上吟哦，时时引手作推敲之势。时韩愈吏部权京兆，岛不觉冲至第三节，左右拥之尹前，岛具对所得诗句云云。韩立马良久，谓岛曰："作'敲'字佳矣！"遂与并辔而归，留连论诗，与为布衣之交。自此名著。①

一千多年来，推敲的典故，脍炙人口。韩愈当时是京兆尹，也就是首

① 此则佳话，五代何光远《鉴诫录》等书，辗转抄录，又见于宋阮阅《诗话总龟》前集卷十一引录《唐宋遗史》，黄朝英《缃素杂记》、计有功（1126年前后在世）《唐诗纪事》卷四十、黄彻《石溪诗话》卷四，元辛文房《唐才子传》卷五，文字有增减，本事则同。然今本韦绚：《刘宾客嘉话录》，中华书局1985年版，不见此则记载。

都的行政长官,他又是大诗人、大散文家,他的说法,很权威,日后几乎成了定论。但是为什么“敲”字就一定比“推”字好呢? 至今却没有从理论上说得很彻底。但是,朱光潜在《谈文学·咬文嚼字》中提出异议:认为从意境的宁静和谐统一上看,倒应该是“推”字比较好一点:

> 古今人也都赞赏“敲”字比“推”字下得好。其实这不仅是文字上的分别,同时也是意境上的分别。“推”固然显得鲁莽一点,但是它表示孤僧步月归寺,门原来是他自己掩的,于今他“推”。他须自掩自推,足见寺里只有他孤零零的一个和尚。在这冷寂的场合,他有兴致出来步月,兴尽而返,独往独来,自在无碍,他也自有一副胸襟气度。“敲”就显得他拘礼些,也就显得寺里有人应门。他仿佛是乘月夜访友,他自己不甘寂寞,那寺里如果不是热闹场合,至少也有一些温暖的人情。比较起来,“敲”的空气没有“推”的那么冷寂。就上句“鸟宿池边树”看来,“推”似乎比“敲”要调和些。“推”可以无声,“敲”就不免剥啄有声,惊起了宿鸟,打破了岑寂,也似乎平添了搅扰。所以我很怀疑韩愈的修改是否真如古今所称赏的那么妥当。①

朱氏强调的是意境的和谐和统一。如果按西方人的传统,先在什么叫作意境,为意境下放之四海而皆准的定义,则可能离开了文本的唯一性。当然,朱光潜先生没有这样做,他致力于具体分析。我们觉得,朱光潜的解释也不是终点,沿着他思路,换一种角度,以感觉要素的结构功能来解释,从全诗意境以静为主导而言,也可能得出相反的结论:“敲”字比较好。因为“鸟宿池边树,僧推月下门”,固然也是宁静的,然二者都属于视觉,而改成“僧敲月下门”,后者就成为视觉和听觉要素的结构。一般来说,在感觉的内在构成中,如果其他条件相同,异类的要素结构产生更大的功能。从实际鉴赏过程中来看。如果是“推”字,可能是本寺和尚归

---

① 朱光潜:《朱光潜美学文集》,上海文艺出版社 1982 年版,第 298 页。

来，从容地推，与鸟宿树上的安宁大体契合。如果是“敲”则肯定是外来的行脚僧，于意境上也是契合的。“敲”字好处胜过“推”字在于它强调了一种听觉感受，两句诗所营造的氛围，是无声的、静寂的，如果是“推”，则宁静到极点，可能有点单调。“敲”字的好处在于在这个静寂的境界里敲出了一点声音，用精致的听觉（轻轻地敲，而不是擂）打破了一点静寂，反衬境界更静。①

诗中早本来就有敲字的音响效果，这和王维的《鸟鸣涧》“月出惊山鸟，时鸣春涧中”是同样的意境。整个大山，一片寂静，寂静到哪怕只有一只鸟在山谷里鸣叫，都听得很真切，而且这只鸟之所以叫起来，通常应该是被声音惊醒的，而在这里却不是，它是被月光的变化惊醒的。月光的变化是没有声音的，光和影的变化居然能把鸟惊醒，说明是多么的宁静，而且这无声的宁静又统一了视觉和听觉的整体有机感，把视觉和听觉水乳交融地结合起来成为和谐的整体。每一个元素，都相互补充，相互渗透，相互不可缺少。一如开头的“人闲桂花落”，桂花落下来，这是视觉形象，同时也是静的听觉。因为，桂花很小，心灵不宁静，是不会感觉得到的。这里的静就不仅仅是听觉的表层的静，而且是心理的深层的宁。只有这样宁静的内心，才能感受到月光变化和小鸟的惊叫的因果关系。南朝时期的王籍“蝉噪林愈静，鸟鸣山更幽”，可能对王维的这种以闹衬静的意境有所启发。

在表面上，这里写的是客观的景物的特点；实质上，表现的是内心的宁统一了外部世界的静，这样内外统一，应该是意境的表现。

这里的意境，就是同时驾驭两种以上的感觉交流的效果，把两种或两种以上的感觉交织起来就形成了一种感觉“场”，或者叫作“境”，是不在字面上的，权德舆和刘禹锡都有“境在象外”之说，翻译成我的话就是场在言外。

不从定义出发，而是从文本分析的唯一性出发，也可能推动定义的

---

① 孙绍振：《文学创作论》，海峡文艺出版社 2004 年版，第 270 页。

拓展。

“敲”字因为构成了视听的交融，因而，比“推”字好。如果这一点能够得到认可，仍然潜藏着矛盾。用来说明“敲”字好的理论，是整体的有机性。但是，这里的“整体”却仅仅是一首诗中的两句，把它当作一个独立的单位，从整体中分离出来，是可以的。但是，这只是一个次意境，或者亚意境。从整首诗来说，这两句只是一个局部，它的结构，是不是融入了更大的整体、更完整的结构呢？如果是，则这首诗还有更高的意境，如果不是，则从整体来说，并未构成和谐统一的意境，只是局部的句子精彩的亚意境而已。这样，就不能不回过头来重新分析整首诗作。贾岛的原诗的题目是《题李凝幽居》，全诗是这样的：

闲居少邻并，草径入荒村。
鸟宿池边树，僧敲月下门。
过桥分野色，移石动云根。
暂去还来此，幽期不负言。

幽居，作为动词，就是隐居；作为名词，就是隐居之所。第一联，从视觉上，写幽居的特点，光是没有邻居，没有充分点到“幽”字上去，似乎不算精彩，但是，有两点值得注意。第一个是“闲”。一般写幽（居），从视觉着眼，写其远（幽远）；从听觉上来说，是静（幽静）。这些都是五官可感的，比较容易构成意象。但是，这里的第一句却用了一个五官不可感的字：“闲”（悠闲）。这个“闲”字和“幽”字的关系，不可放过。因为它和后面的意境，感觉的境界有关系。

第二句，就把“幽”和“闲”的特点，感觉化了：“草径入荒村”，这个“草”，是路面的草，还是路边的“草”，如果是在散文里，很值得推敲，但是在诗歌里，想象的弹性空间比较大，不必拘泥，大致提供了一种荒草之路的意象。这既是“幽”，又是“闲”的结果。因为“幽”，故少人迹，因为

“闲”，故幽居者并不在意邻并之少、草径之荒。如果把这个“幽”中之“闲”作为全诗意境的核心，则于推敲二字的优劣有利于进入更深层次的分析。“僧敲月下门”，可能是外来的和尚，敲门的确衬托出了幽静，但是，不见得“闲”。若是本寺的和尚，当然可能是“推”，闲字就有着落了。还有个不可忽略的字眼——月下。回来晚了，也不着急，没有猛擂，说明是很“闲”的心情。僧“敲”月下门，就可能没有这么“闲”了。僧“推”月下门的闲，更符合诗人要形容的幽居的“幽”，再加上“鸟宿池边树”，更显得安谧境界的整体性。以“闲”的意脉而论，把前后两联统一起来看，而不是单单从两句来看，韩愈的“敲字佳矣”，可能不及朱光潜先生所说的“推”字更好。

关键是，下面还有四句。“过桥分野色，移石动云根”究竟是什么意思，不可回避，因为有诗话家认为这两句更为精彩。胡应麟说：

> 晚唐有一首之中，世共传其一联，而其所不传反过之者。……如贾岛“鸟宿池边树，僧敲月下门”，虽幽奇，气格故不如“过桥分野色，移石动云根”也。①

这个见解是很奇特的，但是，千年来，这两句的含义，还没有十分确切的解释。当代的《唐诗鉴赏词典》说：“是写回归路上所见。过桥是色彩斑斓的原野。”②但是，从原诗中（“分野色”）似乎看不出任何“斑斓”的色彩。问题出在“分野”这两个字究竟怎么解释。光是从字面上来看，是比较费解的。从上下文来看，应该是描述地形地物的，现代辞书上说是“江河分水岭位于同一水系的两条河流之间的较高的陆地区域”，简单来说，就是河之间的地区。从上下文中来看，“分野”和“过桥”联系在一起，像是河之间的意思。“过桥分野色”当是过了桥就更显出不同的山野之色。

---

① 胡应麟：《诗薮》内编卷四。

② 《唐诗鉴赏词典》，上海辞书出版社1983年版，第962页。

这好像和“月下”(光线有限,不可能远视)有矛盾,至于“移石动云根”,云为石之根,尽显其幽居之幽,但是,“移”字没有来由,为什么为一个朋友的别墅题诗要写到移动石头上去,殊不可解。幸而这并不是唯一的解释,在王维的《终南山》中是另外一个意思:

太乙近天都,连山到海隅。
白云回望合,青霭入看无。
分野中峰变,阴晴众壑殊。
欲投人处宿,隔水问樵夫。

这里的“分野”是星象学上的名词。郑康成周礼·保章氏注:“古谓王者分国,上应列宿之位。九州诸国之分域,于星有分。”有国界的意思。联系上下文,当是过了桥,或者是桥那边,就是另一种分野,另一种星宿君临之境界了。接下去“移石动云根”。“云根”两字,很是险僻,显示出苦吟派诗人炼字的功夫。石头成了云的“根”,则云当为石的枝叶。但是,整句却有点费解。可能说的是,云雾漶漫飘移,好像石头的根部都浮动起来似的。这是极写视野之辽阔、环境之幽远空灵。对于这一句,历代诗评家是有争议的。《唐诗选脉会通评林》说:“‘僧敲’句因退之而传,终不及若第三联(按:即此两句)幽活。”而《唐律消夏录》却说:“可惜五六句呆写闲景。”一个说“幽活”,比千古佳句“推敲”还要“活”;一个说它“呆”。[①]究竟,如何来理解呢?

从全诗统一的意境来看,“分野”写辽阔,在天空覆盖之下,“云根”写辽远。云和石成为根和枝叶的关系,肯定不是近景,而是远景。二者是比较和谐的。但是,与推敲句中的“月下门”与“鸟宿”的暗含的夜深光暗,有相矛盾之处。既然是月下,何来辽远之视野?就是时间和空间转换了,也和前面的宁静、幽静的意境不能交融。用古典诗话的话语来说,则是与

① 《唐诗汇评》(下),陈伯海主编,浙江教育出版社1995年版,第2588页。

上一联缺乏“照应”。再加上，“移石”与“动云根”之间的关系显得生硬。表现出苦吟派诗人专注于炼字：“二句三年得，一吟双泪流。”（贾岛《题诗后》）另一个诗人卢延让形容自己《苦吟》：“吟安一个字，捻断数茎须。”其失在于，专注于炼字功夫，却不善于营造整体意境。故此两句，“幽”则“幽”矣，“活”，则未必。

最后两句，“暂去还来此，幽期不负言”，则是直接抒情，极言幽居之吸引力。自家只是暂时离去，改日当重来。诗的题目是《题李凝幽居》，应该不是一般的诗作，也许是应主人之请而作，也许是题目所示要“题”写在幽居的墙壁上的。说自己还要来，把自己的意图说得这么清楚，一览无余，是不是场面上的客套话呢？这且不去管它，但是，把话说得这样明确，肯定是强弩之末，因为意境是相对于直接抒情而言的。以情景交融，蕴藉含蓄为特点，而直接抒情，把话说得明明白白了，则肯定破坏了意境。如果这个论断没有太大的错误，那么，韩愈的说法只是限于在两句之间。一旦拿到整首诗歌中去，可靠性就很有限。朱光潜先生在上述同篇文章注意到“问题不在‘推’字和‘敲’字哪一个比较恰当，而在哪一种境界是他当时所要说的而且与全诗调和的”。但是，朱光潜先生在具体分析中，恰恰忽略了全诗各句之间是否“调和”，他似乎都忽略了这首诗歌本身的缺点就是没有能够构成统一的、贯穿全篇的意境。

对于解读这样的经典来说，意境的严密的定义，可能是难以言传的，而过渡性的定义，则是有益的。文本分析的目的，主要在作品本身，只要把作品本身的奥秘说透了，对意境定义的深化有极大的好处。从逻辑方法来说，定义往往用的是归纳法，归纳的要求是周延，但是，不要说内涵，就是外延，都是无限的，而人的经验总是有限的，故归纳注定是不可能完全周延的。归纳的内涵不周延性，只有在具体分析的层次积累中逐步减少，但是，永远也不可能完全穷尽。正是因为这样，具体分析文本，特别是有效的具体分析，往往能增加定义的内涵，这就意味着对固有定义有突破的功能。从这样的具体分析中，我们不难得出意境特点在于：以意象群落为主体，以潜在的意脉的贯穿首尾，以其意在言外的含蓄性构成整体性和谐。如果我们一开头，就纠缠于意境的定义，则肯定很难揭示出其言外之意的含蓄乃是由于其由意象群落构成。意象的特点是把情感隐含在有机的物象群落中，故其抒情乃是一种间接抒情。一旦直接如贾岛这样最后把情感直接讲出来，就不是间接抒情，而是直接抒情，因而其意境就被破坏了。意境的内涵是中国古典诗论（包括诗话、词话等）所没有概括完全的范畴，这就要求我们从文本具体分析作原创性概括。

意境的研究至今鲜有突破，其原因乃在从已经被古人概括出来的概念进行演绎，而演绎法是不能产生新知识的。如果从文本直接进行概括，就不难看出，意境艺术并不是中国古典诗歌的全部，而是一部分，这部分大抵就是近体诗。与这一部分艺术风格不尽相同的是古体诗，这就是被严羽当成比唐诗还要高一筹的诗骚汉魏古诗。这类诗不是以描绘式的间接抒情为主，而是以直接抒情为主的。突出的代表当为《离骚》《九章》等，至《古诗十九首》则成为体制。例如，“生年不满百，常怀千岁忧。昼短苦夜长，何不秉烛游！为乐当及时，何能待来兹？”曹操那首很有名的《短歌行》“对酒当歌，人生几何？譬如朝露，去日苦多。”不但没有写景的地位，意境根本谈不上，完全以直接抒情取胜。间接抒情，过度依赖情景交融，造成了齐梁宫体诗的腐败。陈子昂《登幽州台歌》的价值就在于恢复了直接抒情的地位。“前不见古人，后不见来者。念天地之悠悠，独怆然而涕下！”这里动人的恰恰是什么景物都看不见。这种直接抒情的歌行体，在唐诗中，同样产生了不朽的艺术经典。李白的“弃我去者昨日之日不可留，乱我心者今日之日多烦忧。抽刀断水水更流，举杯消愁愁更愁”，杜甫的“安得广厦千万间，大庇天下寒士俱欢颜，风雨不动安如山。呜呼！何时眼前突兀见此屋，吾庐独破受冻死亦足，”白居易的“在天愿为比翼鸟，在地愿为连理枝。天长地久有时尽，此恨绵绵无绝期”，李商隐的“此情可待成追忆，只是当时已经惘然”，都是不以意象群落中隐含微妙的情感为务，而是以情感的极端率意为特点。从这个意义上说，梅圣俞说“诗家虽率意而造语亦难”，但是，把“率意”和写景的“含不尽之意，见于言外”联系在一起，是自相矛盾的。“率意”就是强烈的感情，在逻辑上不是以“羚羊挂角，无迹可求”的朦胧为优长。严羽所赞赏的“空中之音、相中之色、水中之月、镜中之像”只是唐诗的间接抒情的近体诗的特点。歌行体的直接抒情，不是以描绘客体来寄托主体的情志的，正是因为这样，谈不上什么“难见之景如在目前”，其不尽之意，也不用放在言外，而是直接倾泻出来。因而，基本上是不讲意境的。这种直接抒情的艺术，不但为严羽所忽略，而且在很长一个时期里为诗话词话家所遗忘，直到 17 世纪贺裳（生卒年不详，约 1861 年前后在世）和吴乔（1611—1695）才对这种诗艺传统作出“无理而妙”“痴而入妙”的理论总结。这本不但是中国诗学，而且是世界诗学的一大突破，遗憾的是，一直没有受到重视，甚至王国维这样的智者在营造他的境界说时都忽略了，把意境当作中国古典诗艺的全部。直接抒情的“无理而妙”“痴而入妙”长期被忽略，可能是因为，近体诗以隐性的意境为主流，近体的规格化，导致创作规格化，难度降低，普及程度提高，故诗话词话大抵以近体为例。显性的无理而妙的古风、歌行等因为没有现成的规格，为之者较少，成就略逊。故不太受重视。故直到 17 世纪才有理论的自觉，比意境之说，如果从王昌龄（698—757）的《诗格》算起，晚了近千年。就是“无理而妙”的直接抒情往往也多少与现场的景观有所依傍，带有一点潜隐的色彩，这在古典诗话中属于“物理”，而不是“情”理。相比起来，西方玄学派和浪漫主义诗歌的直接抒情要淋漓得多，景观不过是他们的激发点，目的就要让自我占据前景。雪莱的《西风歌》可谓典型。其命意就很干脆，西风就和我一样，我就像西风一样雄强。最后自我就悍然站到前列：

Be through my lips to unawaken´d earth

The trumpet of a prophecy！O Wind，

If winter comes, can spring be far behind?

西风通过我的嘴唇向沉睡的世界,吹响预言的号角:如果冬天来了,春天还会远吗?

这样的诗歌与中国意境诗歌最大的不同在于,它不是隐藏于意象群落之中作间接的抒情,不是以含蓄蕴藉为务,而是超出意象群落,以抒情主人公身份挺身出来毫不含糊地直接表白的。

第四章　从读者中心论突围:文本中心论

《诗》无达诂:无限意蕴和读者的有限理解

文本解读,核心是“文本”。在英语里是 text,原来是正文、本文、原文的意思。可是在现代西方文论中,text 作为学术话语,文章写成以后,作家就退出了,留下的只是一种召唤读者记忆、经验、精神的框架,其内涵并未最后定型,只有经过读者的心灵的输入,才能受孕投胎成形。解读并不仅仅是被动地接受,而是主体的“同化”①,不同时代、不同文化背景、不同经历、不同素养、不同价值取向的读者的主体不同,就是同一时代、同一文化背景者,也有个性之不同,甚至同一个体在不同心境下,“同化”(受孕)的结果也是各不相同的。按这种理论,文本的意义,就是由读者决定的。

---

① 这里用的是皮亚杰发生认识论的术语 assimilation。与这个术语类似的还有贝塔朗菲的“同化”。最初是从生物学意义上提出的。如羊吃草将草同化羊的机体。

"一千个读者,有一千个哈姆雷特"[①],一万个读者就有一万个孙悟空。

当代西方文论中的读者中心说进一步发挥:作品写出来,实际上还是半成品,读者解读,并不是被动地接受信息,而是主动地参与,以自己的经验激活文本。一切由读者决定。既无真假,亦无高下,更无深浅之分。这就是20世纪末中国教育界引进的所谓"多元解读"说。在教学实践中,多元解读被极端化,解读的无政府主义甚嚣尘上。

中国的读者中心说,大体来自于姚斯、伽答摩尔的接受美学。伽氏的名言是"不涉及接受者,文学的概念就根本不存在"(见朱立元《当代西方文艺理论》第288页),姚斯认为:"一部文学作品并不是独立自足的,对每个时代每一位读者都提供同样图景的客体。它并不是一座文碑独白式地展示自身的超时代的本质,而更像是一本管弦乐谱,不断在它的读者中激起新的回响。"[②]

姚斯的理论不无矛盾,既强调读者中心,文本不能是"超时代的",又并不否认文本(管弦乐谱)是超越时代的、不变的存在。更矛盾的是,接受美学说到没有接受就没有作品的历史生命时,并不否认有积极的、消极的、简单的等各种各样的接受[③]。特别强调不同读者对文本客体的无限

---

① 这句话在许多英语文章被说成是莎士比亚说的,但是似无根据,事实上,是英语的一个成语(idiom)。

② 蒋孔阳:《二十世纪西方美学名著选》(下),第477页。

③ 胡经之、张首映:《西方二十世纪文论选(三)》,中国社会科学出版社1989年版,第153页。

逼近:“第一个读者的理解将在一代又一代的接受之链上被充实和丰富,一部作品的历史意义就是在这过程中得以确定,它的审美价值也是在这过程中得以证实。在这一接受的历史过程中,对过去作品的再欣赏是同过去艺术与现在艺术之间、传统评价与当前的文学尝试之间进行着的不间断的调节同时发生的。”①赖瑞云先生在他即将出版的《语文教学新论》中这样说:

> 姚斯用了“确定”和“证实”,显而易见,姚斯不仅指出了各历史时代的接受、各位读者的接受的“时代局限性”和随历史发展的不断更新,更阐明了接受的目的是在理解作品,接受不断充实、丰富的作用不是为了接受本身,而是使作品的意义日益被“确定”,作品的审美价值日益被“证实”。在这里,作品只是一部,是固定的,“完美”的,只是其“完美”的意义要在历史的长河中不断被发现;而读者是无数的,不固定的,每一接受都是不完美的,无数不完美的“接受”的无限叠加、历史积累使之趋近于作品的“完美”。②

姚斯的读者中心论的偏颇是不可否认的,但是,其尊重文本的合理因素却为我国学人忽略了。

这就说明,就是在姚斯那样的读者中心论者那里,读者主体性也不是绝对的,不能不受到文本主体(管弦乐谱)的制约。故作为补救,西方文论又提出不同读者有“共同视域”。就读者主体而言,其心理图式也有开放性和封闭性的矛盾。故西方文论,又提出“理想读者”,也就是有修养的读者,可是对于“理想读者”,又有学者认为,一切理论预设,都可能对文本的理解是一种约束和遮蔽,反过来,理想读者就是不受任何理论“污染”的读者。显然,不受任何理论“污染”的心理,按皮亚杰的发生认识论

① 胡经之、张首映:《西方二十世纪文论选(三)》,第153页。

② 引文出自作者授权引用的电子稿。

原理，就是主体“图式”空白，也就是洛克空想的“白板”，对外来信息，不会有任何反应。这显然是彻头彻尾的空想。又有学者提出“专业读者”。这就否定了不受任何理论污染的“理想读者”。这样的问题的提出，多多少少是读者主体绝对化的补救，但是，也显示了绝对读者中心论的困境。事实上，赖瑞云先生说：

> 后期的姚斯，转向文学阐释学和交往理论研究，对过去的一些片面性作了修正，对文本的基础作用给予了高度重视，如说文本犹如一个内核，指引着读者；提出了遵循文本暗示，尊重文本的意向性①；他很不赞同罗兰·巴特的“复数文本”和“互文性”(或译为“多文本”“文本交汇性”)，批评说：“多文本理论及其‘文本交汇性’的提出，是作为意义可能性毫无限制的、任意的生产，作为专断解释毫无限制的、任意的生产”，他相信文学阐释学的原则是与此相反的②。他为此专门研究了一个诗歌文本的多元解读现象，发现不同的审美感受、不同的意义阐释，包括排斥他人的各种具体化之间仍有“一致的解释”，“并不互相矛盾”；他说：“这一令人惊异的发现，将导致如下结论：即使‘多元的文本’本身也在第一种阅读水平的范围内，给予感性理解以统一的审美方向。”③

应该指出的是，虽然姚斯是清醒的，但是读者中心论在德里达、伊格尔顿、乔纳森·卡勒等权威的鼓吹下，从否定文本到否定文学之论，仍然风靡全球，酿成了文学理论的空前危机。但是，姚斯是有局限的，首先，他对康德的审美价值论似乎并不重视，没有充分的阐释；其次，他对于读者

---

① 金元浦：《接受反应文论》，第138页。

② 周宪译、姚斯：《文学与阐释学》，引自胡经之、张首映《西方二十世纪文论选(三)》，第367页。

③ 周宪译、姚斯：《文学与阐释学》，引自胡经之、张首映《西方二十世纪文论选(三)》，第368页。以上论述引自赖瑞云的《语文教学新论》，特此鸣谢。

可能“专断解释毫无限制的、任意的生产”，但是，并没有像新批评那样把普遍存在的读者以感性印象（主义）的偏颇，提升为一个学术范畴“感受谬误”①直截了当地指出读者的感受中包含着谬误，诗歌价值可能因而遭到歪曲。这一点早在40年代，朱自清和李健吾，就有过深入的研究。朱自清提出现代诗的“意义是很复杂的”“一个不留心便逗不拢来”。孙玉石先生提出，朱先生自己就承认自己解读卞之琳的《距离的组织》，把作者放在括弧里的“醒来天欲暮，无聊，一访友人罢”与前面的“报纸落，地图开，因想起远方的嘱咐，寄来的风景也暮色苍茫了”的含义弄错了。没有分清“天欲暮”与“暮色苍茫”是一梦一真，托孤中的“友人”和开行“友人带来了雪意和五点钟”的“友人”是一我一他。②。李健吾先生把“圆宝盒”理解成“圆宝”盒，而不是圆的“宝盒”从而误解了诗的意义。与作者对话，得到了正确的解释。③ 20世纪末，我国某领导基础教育改革的专家由于对理论和历史缺乏起码的理解，对新批评理论中的“感受谬误”合理性缺乏了解，对读者中心论的偏颇不仅视而不见，反而望风景从，推波助澜，不承认独立于读者之外的作品，从而也就不承认统一评价，盲目的“多元解读论”实际成为文学解读的虚无主义。不但与现实的文学创作解读脱节，而且与中国传统的古典文论背离。

中国古典文论，从根本性质上来说，是文本中心论，和当代西方前卫文论的读者中心论从根本上异趣。当然，在中国传统诗论中，也不乏读者中心的苗头，“诗无达诂”的说法颇得广泛认同就是一种表现。

董仲舒（前179—前104）《春秋繁露》卷三：“《诗》无达诂，《易》无达占，《春秋》无达辞。”④首先提出了诗歌解读的多元问题。但是，这仅是个结论，并未从理论上做出阐释。沈德潜（1673—1769）在《唐诗别裁集凡

① 这个观念最初由 Wimsatt 在 *The Sewanee Review*（1949）第一次出明确，于1954年收入 Wimsatt 的论文集 *The Verbal Icon*（1954）.

② 孙玉石：《中国现代解诗学的理论与实践》，北京大学出版社2007年版，第8~9页。

③ 孙玉石：《中国现代解诗学的理论与实践》，北京大学出版社2007年版，第10页。

④ 《四库全书》经部春秋类《春秋繁露》卷三。上海人民出版，电子版。

例》中解释说:“古人之言,包含无尽,后人读之,随其性情浅深高下,各有会心。”经典是无限丰富的,后世读者“性情浅深高下”不同,才“各有会心”。从根本上说,性情不同的读者只是从文本中获取了与自己相同的东西。这就是说,文本是无限的,读者的心灵是有限的。从解读学来说,还是以文本为根据,与当代西方文论所主张的读者中心说,在性质上是不同的。

“《诗》无达诂”的前提是:第一,“古人之言,包含无尽。”经典作品的内涵太丰富了,后人不能穷尽。第二,后世读者“各有会心”是因为其“性情”有“深浅”和“高下”之分,正如沈德潜所说的那样,“评点笺释”皆“方隅之见”。最多只是文本的一个侧面而已。那就是说,经典的内涵是具有确定性的,不因为笺注的深浅和高下而改变。只是对于经典的确定性,不能太死板,笺注之学要防止的是“凿”(“阮籍《咏怀》,后人每章注释,失之于凿”),为追求唯一的解释,过了头,就造成了穿凿附会,变成了对经典的歪曲。

袁枚(1716—1797)《随园诗话》卷三:“诗如天生花卉,春兰秋菊,各有一时之秀,不容人为轩轾。音律风趣,能动人心目者,即为佳诗。……若必专举一人,以覆盖一朝,则牡丹为花王,兰亦为王者之香:人于草木,不能评谁为第一,而况诗乎?”吴乔(1611—1695)《围炉诗话》卷六更主张诗之“压卷”不但因人而异,而且因人一时之心情而异,所谓压卷,不过是“对景当情”而已:“凡诗对境当情,即堪压卷。余于长途驴背困顿无聊中,偶吟韩琮诗云:‘秦川如画渭如丝,去国还乡一望时。公子王孙莫来好,岭花多是断肠枝。’(按,此为唐韩琮《骆谷晚望》)。对境当情,真足压卷。癸卯再入京师,旧馆翁以事谪辽左,余过其故第,偶吟王涣诗云:‘陈宫兴废事难期,三阁空余绿草基。狎客沦亡丽华死,他年江令独来时。’(按,此为唐王涣《惆怅诗十二首》[其九])道尽宾主情境,泣下沾巾,真足压卷。又于闽南道上,吟唐人诗曰:‘北畔是山南畔海,只堪图画不堪行。’(此唐杜荀鹤《闽中秋思》中二句)又足压卷。……余所谓压卷者如是。”从理论上来说，这有点读者中心论的苗头。袁枚和吴乔此论，都只是一时的感兴，并不能代表他的整体诗歌理论。吴乔的“无理而妙”，讲的就是诗的普遍规律，抒情的质量，并不因为读者一时心情而异。总体来说，与西方文论的“共同视域”和“理想读者”乃至“专业读者”，似乎是有息息相通之处。

读者决定论和“多元有界”

读者中心之说，在美学上，属于接受美学，在解读学中，属于读者主体决定论。当然，对于长期一元化的机械唯物论和狭隘功利论的霸权统治来说，这种处于学术前沿的历史相对主义，带来了颠覆性的冲击，令人大开眼界。但是，这种理论总体来说，像一切理论一样，具有历史和逻辑的片面性，国人在接受的时候，又将其片面性扩大了。针对这种情况，福建师大文学院赖瑞云教授在他的《混沌解读》中提出“多元有界”，读者主体是相对的，“一千个哈姆雷特，还是哈姆雷特，不可能是李尔王或者贾宝玉”①。

藐视文本，把读者主体凌驾于文本主体之上。往往打着德里达的旗

---

① 赖瑞云：《语文课程理论与应用》第113页处注明，参见童庆炳《文学理论教程》第430页，高等教育出版社1998年版；《混沌解读》2010年重印修订时，加注引述了童著中的原文，并作了与童著有所区别的说明，《混沌解读》2010年版第286页注(1)表述如下：“此话出处为童庆炳《文学理论教程》第430页，原话为：即在正常情况下，不论如何异变，总会含有‘第一文本’潜在意义的某种因素，而不会是无中生有。比如尽管‘一千个读者会有一千个哈姆雷特’，但在这一千个读者中，所了解到的毕竟还是哈姆莱特，而不会是别的什么人。”拙著初版亦为“不会把它读成李尔王”，但拙著这段话强调不能乱读，也不能只是“某种因素”，故将“不会”改成“不应”。《混沌解读》2010年版，第286页正文的表述为：“有界现象另一个注意之点是，多元解读不是乱读。‘一千个读者有一千个哈姆雷特’，不管怎么还是哈姆莱特，不应把它读成李尔王。”

号，这可能是片面的，德里达自己却坚定地认为自己把文本当作“圣书”的。[1] 虽然如此，德里达的理论的特点，第一，还是读者决定论，第二并不把文学当作文学。他把阅读分成了两种类型，一种是“重复性阅读”，一种是“批评性阅读”。重复性阅读似乎致力于对文本的客观解释、复述、说明，还承认文本的客观存在。但是，他并不把作品当作文学，而是从意识形态的角度去评述的。而批评性阅读，则根本不像是阅读文本，而是一任读者对文本的“重写”。他自己就重写过卢梭的《论语言的起源》，读者脱离文本的自由就相当惊人，从某种意义上就不是阅读而是写作。最极端者乃是罗兰·巴特的《恋人絮语：一个解构主义的文本》。该书撷取出恋爱体验的碎片，以哲学思辨作排列组合，以对应的文体形式揭示了恋人絮语只不过是诸般感受，几段思绪。相形之下，以往的关于爱情、恋语的条分缕析，倒是显得迂腐、浅薄而且模式化。

脱离了文本主体的读者主体越是张扬，越是可能对文本歪曲甚至蹂躏。但是，20 世纪 90 年代末，在基础教育改革中，教条地推行读者主体脱离文本的“多元解读”造成了许多荒腔走板的奇谈怪论，从理论到实践，流毒至今未能肃清。

这就迫使我们在确立解读学的基本原则之前，对之进行必要的清理。

---

① 法国《世界报》记者 2000 年 9 月《采访德里达》的记录稿中有如下相关的表述：德：这些人因为认定一个文本应该马上能够理解，而无需解读和比如解读我所解读的文本的劳苦。问：你特别坚持从你由之出发进行研究的、在你工作之前业已存在的文本，我为你的著作中的文本解读占那么大的比重而深受震动……德：你说我没有把各种文本当作圣书。这是对的，但也可说不对。……无论如何都要分析文本，分析文本的规律和宿命。事实上。我在接触文本时不无敬意，……应该首先在他人的文字体中解读、毫不留情地质疑但又要尊重他人的文本。我能够质疑、反对、攻击或干脆解构在我之前就存在、放在我面前的文本，但是我既不能也不应该去改变它。德：从一开始我的研究就已经说明，解构不是一种过程或以否定性、甚至本质上以批评为标志的计划。

“作者死亡”和“知人论世”

接受美学和读者主体论在西欧北美有很深的历史根源，其特点，并不是对文本的直接否定，而是对作者的否定，可以追溯到俄国形式主义者前期的埃亨鲍乌姆等，不过在理论上，影响最大的是艾略特的非个人化（impersonality）。他的意思是，诗人的成就并不是孤立地依靠自己的天才，而是依赖传统，诗人只有把自己交给传统，成为传统的一个分子，才更有价值，他甚至极端地宣称，诗人必须牺牲自己的个性，才有利于接近“普遍的真理”。[①] 应该说，这种带着明显的偏颇理念，并未得到充分的论证，直到美国“新批评”的维姆萨特和比尔兹利发表了《意图谬误》（intentional fallacy）才算有了理论的范畴。[②] 他们反对把精力放在作家的创作动机和传记研究上，提出诗的心理起因和诗歌的艺术准则不是一回事，诗人的意图并不等于诗的艺术效果。这当然不无道理，但是，真理只要超越限度一步就变成荒谬。作者的意图在作品中不能完全实现，这是问题的一方面，另一方面，作者的意图在作品中多多少少得以实现，即使不能得到充分实现，作者的人格理想，艺术追求在作品中也会打上独特的烙印，这肯定是更为普遍的历史事实。孟子曰：“颂其诗，读其书，不知其人可乎？是以论其世也。”（《孟子·万章》）这种“知人论世”论，之所以至今有生命力，就是因为生平研究毕竟可能提供作品产生的环境和心灵密码。读《离骚》，不研究屈原的生平；读《饮酒》不研究陶渊明的自我罢官；读《下江陵》，不探究李白流放夜郎，中道遇赦；读《岳阳楼记》，不理清范仲淹贬官到邓州的经历，几乎不能对这些经典文本有深入的理解。作家的主观意图与作

---

① 艾略特：《传统与个人才能》，《艾略特文学论文集》李赋宁译，百花洲文艺出版社 1992 年版，第 5 页。

② W.k.Wimsatt, The Verbal Icon, Lexington: University of Kentucky Press, 1967, p.21.

品既有矛盾又有统一。从更为普遍的意义上来说,“意图谬见”也是作家的谬见,巴尔扎克作为保皇党的“谬见”,托尔斯泰和陀思妥耶夫斯基“道德自我完成”的“谬见”,对于他们来说,并不是谬见,而是“意图洞见”。即使有“谬见”,在整个创作过程中,也是一个逐步“纠谬”的曲折过程,而不是一个宿命的死结。何况,有时只是在一个时期,为某些读者认为是“谬见”,而在另一个时期,另一些读者则并不认为如此。事实上,作家的世界观和创作方法与作品矛盾是相对的,成功的创作则肯定使这种矛盾递减。用辩论术中的“自我关涉”法来反驳,在维姆萨特和比尔兹利写作“意图谬读”的时候,是不是也存在着“意图谬误”的可能呢?如果有,则他们的“意图谬误”是不是也违反了他们的意图,对于他们的意图是不是也是一种谬见呢?

纵观文学批评史,并不如西方文论所说作者生平的研究只与浪漫主义时期共始终,事实明摆着,在这以前,在这以后,直到当代,作者生平,精神传记的研究仍然是文学解读的一个重要部分。尽管荷马、莎士比亚、曹雪芹的身世不可考处甚多,但是,苏东坡、托尔斯泰、陀思妥耶夫斯基、鲁迅、海明威的文论、书信,回忆、日记、档案,对解读其作品却是不可或缺的。

按西方前卫文论的说法,先是浪漫主义的作家中心论(作家主体的天才创造论)独占霸主地位,新批评提出了所谓的“意图谬误”(在传统的马克思主义的文论中,叫作作家的世界观与创作方法的矛盾,形象大于思想),作家的主观意图不能完全算数,作品写出以后作家就退出作品,一切都由文本决定。这就是文本(主体)中心论。在文本中心论消解了作家主体之后,走向了极端,又忽视了读者心理结构预期的同化作用,于是,读者中心论(读者主体)就应运而生。西方文论的这种概括,以历史过程线性交替为特点,其实,是把这三种倾向滚动式的、纵向和横向交织的复合过程简单化、直线化了。严格说来,不管哪一个国家的文学批评史,都很难符合这样机械的顺序。从某种意义上来说,这种归纳与其说是历史的交替不如说是逻辑的(共时性的)归纳。这样轻率的概括,纯粹是理论虚构,既不符合西方文学批评史,与中国文学批评史进程更是风马牛不相及。对西方这种说法不假思索地鹦鹉学舌,不但是对中国传统文论精华的遮蔽,而且也是自我心灵的窒息。至于见到罗兰·巴特在《作者之死》中,宣布"作者死亡,写作开始"①就吓得哑口无言,就失语,就放弃了对话、质疑的勇气,实在不但是对民族文化传统的数典忘祖,也是对自己专业的妄自菲薄。巴特把话说得这么绝对,其目的是为了彻底将文本意义本质化(固定化)的根源扫除。在他看来,只有从作者一元化的权威中解放出来,读者才可以绝对自由地解读作品。他的这种说法横空出世,但是,他的论证却相当单薄。其逻辑之荒谬、论证之草率、运思之武断,如秃子头上的虱子,显而易见。文章一开头,他这样写:

> 巴尔扎克在小说《萨拉辛》中描写一个男扮女装的阉人,他写了以下句子:"忽然的恐惧,怪诞的想法,爱焦急的本能,性急莽撞,唠唠叨叨,多愁善感,这活脱脱的是女人。"这是谁在说话?是一直不知道此人男扮女装的小说主人公吗?是由于本人经历而对女人的性格、思想有深刻了解的巴尔扎克这个人吗?是"在文学上表示女性思想"的巴尔扎克这个作者吗?是普遍适用的慧言?还是浪漫式的心理学?我们永远不会知道,原因是可靠的:写作就是声音的毁灭,就是始创点的毁灭。②

巴特提出的实质是,文本和传统的互文性问题,和艾略特提出的作家要舍弃个性融入传统差不多,巴尔扎克在这里所写的这一切神经质的表现("爱焦急的本能","性急莽撞","唠唠叨叨","多愁善感")可以说,都并不是他的原创,而是先前的文学成规对女性想象的复写。所有这些号

① 赵毅衡编选:《符号学文学论文集》,百花文艺出版社 2004 年版,第 507 页。
② 赵毅衡编选:《符号学文学论文集》,百花文艺出版社 2004 年版,第 506 页。

称“活脱脱的”的心理状态，说穿了都不是他的发明，而是文学传统的无形的手鬼使神差。但是，光从这么一个片断就得出一个普遍的结论是粗暴的。很难排除这只是巴尔扎克最没有创造性的败笔，巴尔扎克的对传统的突破仅仅从这个片断是看不出来的。正如我们解读《红楼梦》中贾宝玉出场的外部描写：

> 头上戴着束发紫金冠，齐眉勒着二龙戏珠金抹额，一件二色百蝶穿花大红箭袖，束着五彩丝攒花结长穗宫绦，外罩石青起花八团倭缎排穗褂，蹬着青缎粉底小朝靴。面若中秋之月，色若春晓之花，鬓若刀裁，眉如墨画，鼻如悬胆，睛若秋波，虽怒时而似笑，即嗔视而有情。项上金螭璎珞，又有一根丝绦，系着一块美玉。

这显然有陈词滥调之嫌。可能是章回小说在说书阶段，说说唱唱时代留下的胎记。作为文学解读，这样静态的图画，细节的罗列的历时性，脱离了唱和表演，与形象的瞬间共时性整体感知是矛盾的，读来不能不说是令人厌倦的。这明明是章回小说的老套，在《水浒传》一百二十回本，七十回以后(未经金圣叹修改的)，这样的套路很常见。如第八十回，写官军征剿梁山，杨太尉手下一个几乎跑龙套的将官，名叫丘岳的，一出场就有类似的描写：

> 戴一顶缨撒火，锦兜鍪，双凤翅照天盔。披一副绿绒穿，红绵套，嵌连环锁子甲。穿一领翠沿边，珠络缝，荔枝红，圈金绣戏狮袍。系一条衬金叶，玉玲珑，双獭尾，红钉盘螭带。着一双簇金线，海驴皮，胡桃纹，抹绿色云根靴。弯一张紫檀靶，泥金梢，龙角面，虎筋弦宝雕弓。悬一壶柴竹竿，朱红扣，凤尾翎，狼牙金点钢箭。挂一口七星装，鲨鱼鞘，赛龙泉，欺巨阙霜锋剑。横一把撒朱缨，水磨杆，龙吞头，偃月样三停刀。骑一匹快登山，能跳涧，背金鞍，播玉勒胭脂马。

据此可知曹雪芹写贾宝玉出场，基本上追随章回小说老掉牙的套路，但是，我们能够因此就有充分理由像巴特那样说：曹雪芹死了，这样的描写就是《红楼梦》“始创点的毁灭”吗？显然不能。因为，就是在这种套路式的描写中，也有曹雪芹的过人之处，如对眼睛的描写“虽怒时而似笑，即嗔视而有情”，相当传神，表现出对套路的突破。更重要的是，曹雪芹在这前后，有机的叙述结构，是章回小说前所未有的。先是林黛玉第一次见到贾宝玉“便大吃一惊，心下想道：好生奇怪，倒像在那里见过一般，何等眼熟到如此”！接着贾宝玉见了林黛玉脱口便说：

> “这个妹妹我曾见过的。”接下去，问黛玉：“可也有玉没有？”黛玉答道：“我没有那个。想来那玉是一件罕物，岂能人人有的。”宝玉听了，登时发作起痴狂病来，摘下那玉，就狠命摔去，骂道：“什么罕物，连人之高低不择，还说‘通灵’不‘通灵’呢！我也不要这劳什子了！”吓得众人一拥争去拾玉。贾母急的搂了宝玉道：“孽障！你生气，要打骂人容易，何苦摔那命根子！”宝玉满面泪痕泣道：“家里姐姐妹妹都没有，单我有，我说没趣，如今来了这么一个神仙似的妹妹也没有，可知这不是个好东西。”

这在中国古典小说中写一见钟情，从来未曾有过的。曹雪芹就是在这样的突破中获得生命的。基于这样的事实，我们的感受与巴特恰恰相反，不是“作者死亡，写作开始”，而是相反“作者诞生，写作开始”。

“意图谬误”和“意图无误”“意图升华”

巴特的作者死亡，在西方文论中，并非空穴来风，而是其来有自的。

早在20世纪中叶,新批评就为作者死亡提供了理论前提。新批评把文本当作中心,这在理论上属于文本本体论,作品就是一切,文本是解读唯一的客体,应该得到极端的尊重。鲁迅曾经指出《三国演义》"文章和主意不能符合——这就是说作者所表现的和作者所想象的,不能一致。如他要写曹操的奸,而结果倒好像是豪爽多智"①。但是,这种主观意图与文学形象的倾向不相一致的情况,只是一种可能,并非全部现象。他们在这一点上走向极端,强调在解读过程中,任何作品以外的资源,都只能是对作品客观性某种亵渎。就是对作家创作动机、意图、生平、思想和时代背景的参照,都不能不对文本客观性有所歪曲。当然,他们这种极端有值得尊重之处,在于对西方学院派泛传记批评的反抗。更值得尊重的是,他们还为这种反抗提出相当有影响的学术范畴。其中之一就是所谓"意图谬误"(intentional fallacy),②意思是说,作者的意图并不一定在作品中实现,作品常常违反作者的意图而获得生命。50年代以后的西方文论把这种观念一步步推向极端,先是作者写完作品就退出了,后来德里达把它发挥到极致,就是"作者死了",读者决定一切。这也不无道理。至少在弥补直线的"自我表现"论,或者粗糙的"风格就是人"论,有历史的合理性。作者和作品的关系并不是直线式的单因单果决定关系,其相关性有着复杂的曲折的层次。钱钟书先生在《管锥篇》中嘲笑过把文章等同于作者的评论家说:这样的"学者如醉人,不东倒则西欹,或视文章如罪犯直认之招供,取供定案;或视文章为间谍密递之暗号,射覆索隐。一以其为实言身事,乃一己之本行集经;一以其为曲传时事,乃一代之皮里阳秋"③。钱钟书先生还从正面把作者和文本的关系作如下分析:

---

① 鲁迅:《中国小说的历史的变迁》,《鲁迅全集》第9卷,2005年,第333页。

② "意图谬误"(intentional fallacy)是美国新批评家维姆萨特和比亚兹来提出来的。他们认为这是"a confusion between the poem and its origins … it begins by trying to derive the standard of criticism from the psychological causes of the poem and ends in biography and relativism."参阅 The Verbal Icon. 1954. Rpt. in The Critical Tradition: Classic Texts and Contemporary Trends. Ed. David H. Richder. Boston: Bedford, 1998. pp.748~756.

③ 钱锺书:《管锥篇》,北京:中华书局1986年版,第1391页。

> 立意行文与立身行世，通而不同，向背倚伏，乍即乍离，作者人殊，一人所作，复随时地而殊；一时一地之篇章，复因体制而殊；一体之制，复以称题当务而殊。若夫万殊为一切，就文章而武断，概以自出心裁为自陈身世……慎思明辨者不敢为也。①

钱先生把作者与文本的矛盾，分为三个层次：第一，同一作者，由于时间地点不同，文章并不相同（“随时地而殊”）；第二，就是同一时间地点，同一作者写文章，也因为所取体裁不同而不同（“因体制而殊”），这一点并不难以理解，在诗中的自我往往倾向于形而上的概括，而在散文中的自我则执着于形而下的描述；第三，就是同一作者写同一体裁，也可能因命题，因针对性不同而不同（“以称题当务而殊”）。本来新批评，反对用作者的意图直接阐释作品，提出“意图谬误”不无道理。但是，巴特把作者与作品的矛盾强调到如此极端，似乎作者生平思想和作品毫无关系，作者的自我只是书写的“工具”，②则是把脏水和孩子一起泼了出去。钱钟书先生指出应该把作者“修辞成章之为人”和“作者营生处世之为人”加以区别，但是此二者之间，不但不是水火不相容的，相反，文章中之我不过是作者审美审智化了的自我，它仍然是作者自我的一个层次。固然，读者可以对作者没有任何印象而纯粹为作品所感动，但是这种感动毕竟是感性的，多少有些模糊的，不确定的。于是在文学研究中，就出现了一种可以说是偷懒的办法，那就是直接把作家的宣言，对作品的陈述（“意图”）等同于作品的内涵。就产生了以作者生平和思想的考证代替了作品文本的研究的倾向。其实，作家的“意图”、作家的宣言，一方面，可以为作品提供解读的索引，但也不可避免有所遗漏，甚至歪曲。但是，并不能将之笼统当作“意图谬误”而摒弃，同时也不能将之当作解读作品的唯一的金钥匙。因为作品的奥秘，并不完全在作家的宣言中，更丰富内涵，应该在作

① 钱钟书：《管锥篇》，北京：中华书局 1986 年版，第 1390 页。

② 这里指的是艾略特的观点“我的意思是诗人没有什么个性可以表现，只有一个特殊的工具，那只是工具，不是个性。”。见 *T · S · Eliot Selected Essays*，1933，p.8.

品中，在文本中。我国古典文论中“知人论世”“以意逆志”的原则虽然至今仍然有鲜活的生命，但是，更清醒的态度应该是在知文论人的基础上知人论文，一切奥秘，是在作家生命和文本的交融之中。在这一点上，维姆萨特和比亚兹来主张把一切注意放在文本之中，倒是完全正确的。这正是文本中心的要义。

如果说作家生平，是文本的明码的话，而文本中则隐藏着作家深层的密码。

多元解读：多个一元

巴特宣布“作者死亡”。虽然并没有宣布文本已死。但是，在后现代的话语中，没有确定的（所谓“本质主义”的）文本，一切文本注定要被不同读者文化价值所“延异”，所以巴特宣布读者时代到来。读者决定论，扩散到文学界、教育界，产生了绝对的、恶性的“多元解读”的横流。在90年代末开始的基础教育改革中，由于自上而下的行政权力的强制性，无条件的“多元解读”被当作是绝对真理，获得了霸权地位。儿戏式的解构，在课堂上成为时髦。霸权造成了盲目，国人忘记了一切理论均是历史的产物，其历史的优越均宿命地与其局限共生。长期文化弱势遭遇强势，幼稚的迷信油然而生：占据了理论制高点的新“理论”成了检验解读实践的唯一标准，而解读实践，明明与之矛盾，却不能成为检验它的准则，既不能对之加以反思、批判，更谈不上对之修正。剩下来的只有委身屈从。非常吊诡的是，在我们这个凭着实践是检验真理的唯一标准获得思想解放的时代，居然默认了有一种不经受实践检验的神圣理论。

多元解读源自读者中心，本来是一个十分严肃的学术话语，在西方有其历史的根源和传承。可是90年代的所谓权威不但没有梳理其来龙去脉进行必要的批判和分析。可怪的是，他们对我国对此观念的接受的历史经验居然也没有起码的了解。朱自清先生早在40年代就接触美国新批评燕荪的诗歌"多义"（原著为 *Seven Types of Ambiguity*，出版于1930年，今译为《朦胧的七种类型》），但是，朱自清先生也结合中国传统的"诗无达诂"，春秋赋《诗》的断章取义，和后世诗话主观"穿凿"的历史教训，指出"多义当以切合为准""必须贯通上下文或全篇的才算数"[①]。

正是因为学术上的盲目性，在我们课堂上，多元解读被严重地庸俗化了。值得注意的是，五花八门的"多元"，在一个关键点上是共同的，那就是，零碎的、片断的感觉，吉光片羽式的感兴，所有这一切都以背离文本的有机的系统性为特点。文章的信息是有序的、相互联系的、处于统一的层次中。进入文本分析的层次，就是要把全部复杂的、分散的乃至矛盾部分统合起来，使之在逻辑上有序化，这就是最起码的一元化。

为什么一定要服从文本的有机系统呢？难道读者主体自由不应该理解，不应该得到尊重吗？须知，主体性也有自发和自觉，系统和混乱、肤浅和深邃之分。相对于自发的、混乱的、肤浅的主体性，难道自觉的、系统的、深邃的一元化的主体正是读者提升的目标？国人不是崇奉建构主义的教学原理吗？五花八门的吉光片羽的感想，并不是多元化，而是无序化。而建构就是建立结构，结构只能是有机的，体系性的，无序化与建构背道而驰。这里，连一元建构都谈不上，何来多元？因为所谓元，就是把分散的部分统一起来，系统化的意思。一元论，这不仅仅是某种经验性话语，而且具有哲学根据。所谓一元论乃是一种形而上学的理论：认为现实世界是一个整体，所有存在的事物可以被归结或描述为一个单一的概念或系统；精神和物质世界一样，都源于或可以分解为同一的、最终原理的学说。在日常生活中所谓一元化的领导，就是从上到下、层层统一的领导。可以说，一元就是以单一的观念来统帅整体。所谓多元，也就是多个的一元。每个一元，都是以系统的、统一的，层层深入、贯彻到底为特征

① 朱自清：《诗多义举例》，《朱自清全集》第3卷，江苏教育出版社1992年版，第217页。

的。因而，大而化之的感想，七零八落的论断，不成为一元，更不成其为多元。通俗地说，应用到解读上，就是不管什么样的多元，都应该建立在一元的基础之上。

这里所谓的元，通俗地说，就是系统性。

从哲学上说，过程比之结论更为重要。从思维质量上说，单一观念的一贯到底比之多种观念的罗列更重要。要把片面的、即兴的感觉变成系统的认识，就要进入规定语境，提出多种问题，其中最为深邃的，最能深化的，乃是连贯性的问题，正是这样的问题，才可能得出有序的论断。问题越是具有连贯性越是深刻。

质的定性和量的统计

学术的深邃性，取决于它的系统性和彻底性。任意性的猜测，众说纷纭，但是，其共同点就是不全面。因为就我国现时的文风而言，以定性估测为主，估测依赖直觉，转化为语言时就难免不够全面，各有所执，必然各有所弃。如果能够辅之以统计的方法，庶几可保全面。如果解读不但把力气花在定性的概括上，而且放在定量的统计上，则解读所谓"多元"的任意性便会缺少藏身之地。在西方有一种流派，利用电子计算机，对文本的词语进行全面统计，这种流派在台湾香港学界有一定的影响，但是，这种统计无效的原因在于执迷于科学性，忘记了对象的特点是文学。同样频率的词语在非文学性作品和文学作品中，性质是不同的。统计出唐诗中"月"字的用量频率甚高，对解读个案文本，揭示其独一无二性，也没有什么好处。因为，在不同的诗歌中，"月"字的好处是不一样的，有的是杰作，有的可能是陈词滥调。诗人的才华不在于用了和他人一样的"月"字，而在于在什么地方用了超越了他人的"月"字。

统计学方法最大的局限在于，旨在共同性而不在与文学解读学的独一无二性。

当然，解读文本以分析为主，分析的基础主要建立在定性上，很少兼顾到量。因而，往往难免以偏概全。为此对文本话语作适当统计也颇有必要。在中国古典诗话、词话、小说评点中不乏其例，如金圣叹在评点《水浒传》武松上景阳冈一节，指出其哨棒反复提及十七次之多。写西门庆勾引潘金莲，“笑”字出现23次。如（清）王尧衢《古唐诗合解》（据鸿宝书局1921年石印本）在分析张若虚的《春江花月夜》：“题目五字，环转交错，各自生趣”，比起“‘春’字四见，‘江’字十二见，‘花’字只一见，‘夜’字亦只二见”，“‘月’字”最多，达十五见”。并且用“‘天’‘空’‘霰’‘霜’‘云’‘楼’‘妆台’‘帘’‘砧’‘鱼’‘雁’‘海雾’等以为映”①。这就为我们进一步更准确地解读提供了良好的基础。

《唐诗选及会通评林》引唐汝询评《琵琶行》曰：“一篇之中，‘月’字五见，‘秋月’三用，各自有情，何尝厌重！”此人认为并不重复，原因在于，“秋月”重见，各有不同的情感。第一次，“醉不成欢惨将别，别时茫茫江浸月”，写的是分别时的茫然和遗憾。而这“东船西舫悄无言，惟见江心秋月白”则是另一种韵味。写众多的听者仍然沉浸在乐曲的境界里，这个境界的特点，就是宁静，除了这种宁静，什么感觉都没有。就连唯一可见茫茫江月，也是宁静的。这恰恰提示了画外一双出神的眼睛。白居易这首诗妙在把乐曲写得文采华赡，情韵交织，波澜起伏，抑扬顿挫，于无声中尽显有声之美，于长歌中间突出短促之停顿，于画图中显示繁复之音响。的确超凡脱俗，空前绝后。三用江心秋月，虽然情韵有别，但相异之情，用相同之景毕竟并非上策。尤其是五用江月（加上“秋月春风等闲度”“绕船明月江水寒”“春江花朝秋月夜”）都是秋月，而且又都是把秋月和江水联系在一起，毕竟是显得局促。虽然白璧微瑕，然于文学解读学，不可为尊者讳也。

---

① 陈伯海主编：《唐诗汇评》（上），上海教育出版社1992年版，第263页。

问题不在于数量，而在于质量。李白以月为题的诗作在全唐诗中，共22首。不及白居易的28首。但是，白居易始终把月亮当作一个赏玩的客观对象或者寄托相思之情的载体。故其题往往是“月夜”“中秋月”“客中月”，就是想象比较活跃的，也不过是“对月”“玩月”“望月”“待月”“吟月”等。李白则一改将月亮作为观赏对象的潜在成规，把月亮当成自己落拓不羁灵魂的载体，给予月亮以自己天马行空的生命。当友人远谪边地，月光就化为他的友情对之形影不离地追随（我寄愁心与明月，随君直到夜郎西）。月亮可以带上他孤高的气质（万里浮云卷碧山，青天中道流孤月），也可以成为豪情的载体在功成名后时供他赏玩（一振高名满帝都，归时还弄峨眉月）。金樽对月意味着及时享受生命的欢乐（人生得意须尽欢，莫使金樽空对月）。对月可比可赋，无月亦可起兴（独漉水中泥，水浊不见月。不见月尚可，水深行人没）。抱琴弄月，可借无弦之琴进入陶渊明的境界（抱琴时弄月，取意任无弦）。“明月出天山，沧茫云海间”之月带着苍凉而悲壮的色调，“长安一片月，万户捣衣声，秋风吹不断，总是玉关情”，思妇闺房的幽怨弥漫在万里长空之中，幽怨就变得浩大。对于李白来说，月不但可以“待”（浩歌待明月，曲尽已忘情），而且可以“邀”，视之为自己孤独中的朋友（举杯邀明月，对影成三人），还是可以当作有生命的对象来“问”的（青天有月来几时，我今停杯一问之）。但是这种问并不仅仅限于屈原式的对神话经典的质疑（白免捣药秋复春，嫦娥孤栖与谁邻），而且最深邃的是对生命苦短的传统母题的反思和突破。不但可以咏歌之，“弄”（弹奏）之（何处名僧到水西，乘舟弄月宿泾溪），甚至可以“揽”（欲上青天揽明月），使之交织着“逸”兴和“壮”思。月亮的名字还是旧的，并没有变化，其诗意却千古不朽。统计之功在于诗人的赋予同样的词语以不同生命，揭示艺术的奥秘，区别其优劣。

对于《长恨歌》的主题，长期争论不休。陈鸿在《长恨歌传》中提出“惩尤物，窒乱阶”，开辟了后来所谓的“讽喻”说的源头。但白居易被贬江州编纂自己的诗集时，并未把它编入“讽喻诗”，而是收在“闲适诗”中。

在《编集拙诗成一十五卷因题卷末戏赠元九李二十》中还说:“一篇长恨有风情,十首秦吟近正声。”“风情”似乎与“闲适”不相类。近年王运熙先生提出爱情与讽喻“双重主题”说,不过是两说的调和。讽喻说往往举杨贵妃惨死以前的诗句为证(“汉皇重色思倾国,御宇多年求不得”“春宵苦短日高起,从此君王不早朝”“缓歌曼舞凝丝竹,尽日君王看不足”)而爱情说则不难反驳:如果主旨全在讽喻,为什么抒写李杨从相恋到杨死只用了 38 句,而唐玄宗思念杨贵妃却用了 82 句? 这就比较有说服力。研究李商隐的《寄内》,如能统计一下,全唐诗以寄内为题仅 12 首,与友情篇什之多不胜数,当有启发。《西游记》作为经典,在艺术上表现得不平衡,九九八十一难,除了三打白骨精,猪八戒受困盘丝洞,以及最后佛家制造的一难,都近似模式。而此三难喜剧色彩特浓。对于分析《西游记》的艺术风格应该是一个相当有启发性的线索。《水浒传》中惩治“淫妇”,所用方法为开肠破肚,极为凶残,此法竟反复用了三次,一次是潘金莲,一次是杨雄的老婆潘巧云,一次是卢俊义的老婆李氏。其中有着该书妇女观的密码。有时,对那些被重复的字眼,稍作统计,不但可以提出新问题,而且可以触发新思路,例如,《醉翁亭记》一连用了 21 个“也”字,《孔雀东南飞》全诗 364 句,连叙述带铺张排比的抒情才 128 句,其余 236 句,都是人物的对白。这就不难看出,这首和《木兰词》齐名的叙事诗,不像《木兰词》那样,全是叙事,比喻只有最后一个,而对白几乎等于零,而《孔雀东南飞》则没有多少叙事,叙事的功能,大都是过渡性的交代,主要是以戏剧性对白为主体。鲁迅小说基本不写爱情,而死亡却写了八次,每次都风格迥异。而巴金的《激流三部曲》除了《家》中瑞珏、鸣凤死得特殊,在《春》《秋》中人物动不动死亡,实际在性质上是重复的。这样的统计,对拓开新的学术增长点无疑是有好处的。对《十八岁出门远行》,如今的解读可谓众说纷纭,但是,如果认真统计一下,这篇短短的小说中“旅店”一词用了 15 次,就不会有那么多的、脱离文本天马行空地瞎猜了(另章将有详述)。这说明,如果以文本为准,而不是从读者为准,统计法毕竟还是有利于文本唯一性的探索的。

第五章　读者心理的开放性与封闭性

心理图式的同化和调节

本来文本、作家、读者三者处于对话之中，三者的主体性互相制约，不可分割，而西方文论却走向读者中心论的极端。因为其极端，物极必反，正是从理论上调整其与文本的关系的机遇。不管读者决定论多么显赫，有一点不能否定，那就是在作家、读者和文本三个主体中，占据稳定地位的，甚至是不朽的，应该是经典文本。作家可以死亡，读者也一代又一代地更迭，而经典文本作为实体却是永恒的。人们可以不管《红楼梦》《三国演义》《水浒传》的作者，不了解荷马、莎士比亚的生平，不知道在这些经典在解读、接受的历史过程中，产生过多少不同的解读和分析，照样为其艺术形象所感染。而解读的目的是深化、拓展心理感受和认知领域，建构新的高度，也就是调节、提升心理图式，如果仅仅是让读者自发认知结构作重复的同化，充其量不过是主体观念的零碎投影，甚至只是主流意识形态的演绎。

读者中心论，之所以经不起实践的检验，原因是从理论上来说，忽略了读者心理的局限性，这种局限性，是人的局限性。

从理论上说，读者的大脑是开放的，对信息相当敏感，特别是新的信息的刺激，神经反应比较强。但是，这种开放性，只是问题的一个侧面，与此同时，人的大脑，又有封闭性的一面，它并非英国古典哲学家洛克所设想的那样，是一块白板；也不是像美国现代行为主义者所说的那样，外部信息对感官有了刺激，就有相应的反应。按皮亚杰的发生认识论，外部信息，只有与固有的心理图式（scheme）相通，才能被同化（assimilation），人才有反应，否则就视而不见，听而不闻，感而不觉。[①] 多年前，四十二名心理学家在西德哥廷根开会，突然两个人破门而入。一个黑人持枪追赶一个白人。接着厮打起来，一声枪响，一声惨叫，两人追逐而去。前后经过只有二十秒钟，另有高速摄影机记录。会议主席宣布："先生们不必惊惶，这是一次测验。"测验的结果相当有趣。四十二名专家，没有一个人全部答对，只有一个人错误在百分之十以下，十四个人错误达到百分之二十到百分之四十，十二人错误为百分之四十到百分之五十，十三人错误在百分之五十以上。有的简直是一派胡言。[②] 观察并不是机械的反映，它不同

① 皮亚杰：《发生认识论原理》，商务印书馆1985年版，第60页。
② 参阅孙绍振：《文学创作论》，海峡文艺出版社2007年，第56页。

于观看，它是有目的的，目的就是主体的预期，没有预期，往往就一无所知。

这是人的局限性。故《周易·系辞上》曰："仁者见之谓之仁，知者见之谓之知。"黄宗羲（1610—1695）在《明儒学案》中引王阳明"仁者见仁，知者见知，释者所以为释，老者所以为老"[①]。张翼献在《读易记》中加以发挥说："唯其所禀之各异，是以所见之各偏。仁者见仁而不见知，知者见知而不见仁。"[②]李光地在《榕村四书说》更进一步点明此乃人性之局限："智者见智，仁者见仁，所禀之偏也。"[③]仁者的预期是仁，就不能看到智，智者的预期是智，就不能看到仁。智者仁者，则不能见到勇。预期是心理的预结构，也是感官的选择性，感知只对预期开放，其余则是封闭。预期中没有的，哪怕明明存在，硬是看不见。

福建漳州南山寺，有个挺古老的泥菩萨，传说当年雕塑师很自信，说塑成以后，完美无缺，如能挑出毛病，分文不取。官府发动百姓参观，都挑不出毛病，一个小孩子却看出来了：手指太粗，鼻孔太小，挖鼻孔成问题。为什么明摆着的毛病大人看不出，小孩子却一目了然？原因就在于小孩有挖鼻孔的兴趣，有近期的丰富经验，这个预期，大人没有。

相反，心理图式已有的，外界没有，却可能活见鬼。和心理预期的封闭性相联系的，还有主观的投射性同化。明明没有的，因为心里有却看见了。郑人失斧的故事说，斧头丢了，怀疑是邻居偷了，观察邻居，越看越像小偷，后来斧头找到了，证明不是邻居偷的，再去观察，就越看越不像小偷。

贾宝玉第一次见到林黛玉，明明是从来没有见过，却硬说，这个姑娘我见过的。

这是人类心理的封闭性，对于这样的局限性，除了承认以外别无选择。

---

① 《四库全书》：传记类，总录之属，明儒学案，卷十。上海人民出版社。

② 《四库全书》：易类，读易纪闻，卷五，第五章。上海人民出版社。

③ 《四库全书》：四书类，榕村四书说，中庸章段。上海人民出版社。

读者不管主观理论上多么热衷于开放，但是，实际上，总是免不了有相当的封闭性。解读是读者和文本的对话，两个主体之间的封闭性和开放性不可能没有搏斗，完全排除了文本主体对解读主体的制约，是非常幼稚的。孔夫子早就告诫过“思而不学则罔”。在《卫灵公》中他说得更具体：“吾尝终日不食，终夜不寝以思，无益，不如学也。”不管读者主观上多么开放，所持固有理论对文本来说却不可避免具有封闭性，人们心理往往倾向于认同主体的心理预期的东西。

当然，也不能因此而悲观。人就不能突破自己的局限了吗？不，人的心理图式，在其边缘上，也有开放的可能。在新颖刺激反复作用下，就会发生调节(accommodation)，[①]建构主义的教学要求在学生新知识与旧知识的交界处下功夫，就是这个道理。

机械唯物主义的特点是抹杀读者和作者主体性，余毒甚烈，尚未得到彻底的清算。文学理论界和教育界又大吹大擂地引进了西方读者中心论，把读者主体绝对化，似乎读者主体绝对开放，与封闭性完全绝缘。与之相应的就是所谓“多元解读”，既不参照作家的意图，又不顾文本的复杂内涵，读者主体性超越文本被当作天经地义的真理，阅读的审美经验的武断乃比比皆是。鲁迅说过：一部红楼梦，“经学家看见‘易’，道学家看见淫，才子看见缠绵，革命家看见排满，流言家看见宫闱秘事”，[②]而毛泽东则从中看到了“阶级斗争”(“十几条人命”啊)，我们从中看到的是：封建大家族的接班人，特别是男性接班人的精神的、道德的、才能的危机。难道这一切都同样正确，没有深浅、正误之别吗？

由于读者主体这样的局限性，解读文本就不能不产生一种与阅读目的相悖的情况：一些内容明明存在，却视而不见，一些名堂明明不存在却活见鬼。这是由于读者主体的心理图式本身有其强点和弱点，有其敏感点和盲点，在这个方面，英伽登在他的《对文学的艺术作品的认识》中说

① 以上参阅皮亚杰《发生认识论原理》，商务印书馆1985年版，第60页。
② 鲁迅：《绛洞花主·小引》，《鲁迅全集》第8卷，人民文学出版社2005年版，第179页。

得特别清醒:“读者的想象类型的片面性,会造成外观层次的某些歪曲;对审美相关性质迟钝的感受力,会剥夺了这些性质的具体化。”文学作品的各个层次和形式的奥秘却很复杂丰富,读者要同时进行多种理解和体验,就给予同样的注意,几乎是不可能的。英伽登具体说:

> 在具体化过程中,作品各层次和各阶段上有许多细节的意义,遭到或多或少的歪曲。作品结构的许多在具体化中可能被忽略,或者构造得不完全;或者它也许得不到恰如其分的强调,它们甚至可能被歪曲了。①

这就是说,对文学文本各个层次和环节的解读,是不是充分,是不是到位,要看读者的心理在各方面是不是有充分的准备,有了充分的准备才可能向新信息开放。哪一方面没有准备,哪一方面就可能封闭;哪一方面准备不对头,哪一方面就可能遭到歪曲。

马克思:对于没有音乐感的耳朵来说,最美的音乐也毫无意义

不管是马克思主义还是解构主义,其活的灵魂,都是具体问题具体分析。像一切对象和观念都需要具体分析一样,读者自不例外。文学文本解读学之所以必要,就是要把自发封闭的读者变成自觉开放的读者;把业余读者变成专业读者。在这方面,马克思有过非常深邃的洞察,他说:

> 对于没有音乐感的耳朵来说,最美的音乐毫无意义,不是对象,

① 英伽登:《对文学的艺术作品的认识》,陈燕谷等译,中国文联出版公司,1988年,第92~93页。

因为我的对象只能是我的一种本质力量的确证,就是说,它只能像我的本质力量作为一种主体能力自为的存在那样才对我而存在,因为任何一个对象对我的意义恰好都以我的感觉所及的限度为限。①

马克思所说的“任何一个对象对我的意义恰好都以我的感觉所及的限度为限”和《周易·系辞》所说的“仁者见之谓之仁,知者见之谓之知”其实是一回事。欣赏音乐作品,大脑是要有音乐感的准备的,这就是说,人的感官,要经过训练,经过熏陶,要达到一定水平,才能领悟艺术的奥秘,并不是任何外行都能领悟艺术真谛的。这本来没有任何神秘性,凭经验就能领悟的。

1958 年,听刚刚从苏联留学归来的著名指挥家李德伦对北大学生解说西方古典音乐。他说,中央乐团出于革命热情,把美声唱法主动普及到农村。谢幕后,征求老乡意见,老乡说“非常感动”,指着一个男高音歌唱家说,这个同志,声音抖抖的,都发高烧打摆子了,还在坚持演出。这就是马克思所说的,对于非音乐的耳朵来说,最美的音乐也毫无意义。马克思在同一书里说,“五官感觉的形成,往往是以往全部世界历史的产物”②。这里所谓的“全部世界历史”,无疑包括全部文化积淀。人的感官就是在这样的积淀过程中,得以进化的。第一,才和动物不同;第二,才与没有文化修养的人不同;第三,才和业余的感官不同。第四,人的感官从音乐艺术中得到享受之感,恰恰又是对自身高度文化的确证,这种高度文化,也就是马克思所说的人内心丰富性,得到自由发展的表现,用马克思的话来说,就是人的“本质”(人作为人在历史积淀基础上的修养)。在音乐、艺术的欣赏中得到确凿证明的是人的审美价值超越于实用价值的精神自由。马克思在同一著作中还说:“贩卖矿物的商人只看到矿物的商业价值,而看不到矿物的美和特性。”③那就是说,未经审美价值熏陶只能为对

① 马克思:《1844 年经济学哲学手稿》,人民出版社 1985 年版,第 82 页。
② 马克思:《1844 年经济学哲学手稿》,人民出版社 1985 年版,第 83 页。
③ 马克思:《1844 年经济学哲学手稿》,人民出版社 1985 年版,第 82 页。

象的实用价值所窒息，对审美价值视而不见，感而不觉。西方有谚语云：少女可以为她失去的爱情而歌，守财奴不可为他失去的钱袋而歌。说的就是少女的审美价值对于守财奴的实用价值的超越。

在音乐、艺术的欣赏中得到确凿的证明。通俗地说，你的本质是什么，你就能从作品中看到什么。你看不到什么，就说明你在这方面文化的空白。

对于文学来说也不例外。对于没有文学修养的读者来说，再好的文学经典也毫无意义。一千个读者眼中有一千个哈姆雷特，是需要具体分析的。一方面由于人的解读心理，有开放性的一面，阐释的可能性、创造性，探索的空间是无限的，但是，另一方面，由于人的解读心理，有其封闭性，因而其蒙昧性也可能是无限的。专业读者的专业知识并不是绝对真理，往往兼具澄明和遮蔽双重性质。就澄明一面说，专业解读优于自发解读，但是，专业解读者的知识，不可能不包含着局限性（历史的和个人的），因而解读的结果，并不一定是文学文本的最深层内涵，也可能包含着主体观念狭隘的遮蔽和扭曲。

说得通俗一点，即使是专业读者，读到的也往往不是作品的全部，而是他自己专业心理图式（schema）以内的部分。马克思在《经济学哲学手稿》中说过“任何一种对象对我的意义……都以我的感觉所及的程度为限”[①]。专业理论，自然有其深邃的一面，作为理论，命中注定只能从一个方面深入，不可避免地也有专业的理论的狭隘性，故专业读者也有个不断开放，不断提高，不断去蔽的任务。精于诗歌欣赏的，不会欣赏戏剧；长于小说评论的，对于诗歌缺乏判断力；对于浪漫主义精通的，对于现代主义隔膜；习惯于欣赏形容排比渲染的，看不出叙述的妙处。此等现象在文学解读中司空见惯。

文学经典数量的消长上有一种相当矛盾的现象，一方面，不断淘汰、减少，在质量上却在不断积累、增长，这种增长，在集体无意识中进行，可

---

① 马克思：《1844年经济学哲学手稿》，人民出版社1985年版，第83页。

以用历史积淀来概括。其范围涉及形式、流派、风格，多样的统一，开放性与规范性，本身形成了一种相对稳定的结构。但是，另一方面，文学经典，又不断增加、扩展，新风格、新流派的产生不会绝对冲垮而是融入这个结构，这个结构按着正反合的模式不断增值，其特点是连续性，充其量不过是部分质变。而不是绝对的颠覆。

这就不但增加了解读的难度，而且增加了专业的难度。

一个时代，一种形式，一种流派，稳定而开放的艺术规范成为潜在的共识，读者是要经过对规范的不断体悟，不断积累，不断地开放，才能充分内化为自身的修养。这就意味着，即使自觉的、专业的主体性，如果满足于现状，也就是满足于封闭，只能陷于蒙昧。人类心理的封闭性，又是人带着宿命性质的局限，因而解读的历史曲折是不可避免的，当然，挣脱其封闭性，也是永远不会中断的。

解读乃读者封闭性与开放性的搏斗。这种搏斗既存在于解读主体，也存在于文本主体。故解读乃是读者主体与文本主体双向的同化与调节。本来阅读的题中之意就是从文本获得信息，而读者中心论却注定了信息来自主体图式对文本的同化。而主体图式不但有自发和自觉、专业和非专业之分、而且同为专业者，也有流派之分，风格之分、个人偏嗜之分。而在此基础上确立的所谓多元解读，却混淆了这一切。

在皮亚杰那里心理"图式"(schema)，在其自觉阶段，是一种系统配置:是各部分之间有序的结构，在其原生的自发状态，却是无序的。

心理图式存在着内在的矛盾。它既是本我个体的张扬，又是个体本我的压抑。皮亚杰的主体图式同化学说，有点绝对化。主体图式并不绝对封闭，其表层具有有限的开放性，如他所举的例子，婴儿把手指当作乳头来同化。但是，其前提是，接受了不同于乳头感觉，并且有了不同的同化和调节，正如读者解读文本，首先接受从未经验过的文本文字结构。这种一定程度的开放，正如羊吃草，是把草同化为羊的机体的前提。但是，这种羊吃草式的开放性，仅仅是无序的，要进入深层，就要被同化，其中同化结果就是有序化,草就变成了羊肉。

主流意识形态和思维模式的霸权同化

在解读中,这种有序同化,起主导作用的是主体的核心价值,处于霸权地位的社会主流意识形态、处于权威地位的主流艺术观念和与之共生的习惯性思维模式(如形而上学的绝对化,或者僵化的二元对立),对于个体心灵的自由是一种统治,长期积累为某种潜意识,构成个体生命密码,变成某种盲目的定势、自动化的本能,不但排斥外部信息,而且迫使外部信息就范,甚至歪曲其基本属性。即使权威学者、大师,都不能逃脱这种机制。特别是当潜在的思维模式与主流意识形态的霸权观念一致的时候,主体同化即使带上了指鹿为马的性质,因为其有序性,人们也往往见怪不怪。苏辙《诗经集传》,把《关雎》这种爱情诗,规定为"后妃之德"。后经朱熹发挥,成为科举标准。原文如下:

> 关关和声也。雎鸠,王雎鸟之挚者也。物之挚者不淫。水中可居者曰洲。在河之洲,言未用也。逑,匹也。言女子在家有和德而无淫僻之行,可以配君子也。①

苏辙的核心意识的同化结构中有两个要素:一是敌视爱情,将之硬性规定为"淫";二是将"关关"之声,定性为"和声",归结为贵族女子的德行("和德"),完全是武断,丝毫没有论证。这本来是无序的,但是,由于整个《诗经集注》在这种观念和方法上是统一的,有序的,这样不讲理,不顾常识,因为主流意识形态的权威使得这种武断带上了神圣的光圈。人们

---

① (宋)苏辙:《诗经集传》,《四库全书》诗类《诗经集传》卷一。

就往往见怪不怪。

韦应物《滁州西涧》:

独怜幽草涧边生,上有黄鹂深树鸣。
春潮带雨晚来急,野渡无人舟自横。

明明是抒发隐逸心态,表面借助一幅无人的图画,但是,潜在的抒情主体的意脉,动势很丰富婉曲。先是"幽",也就是无声,荒僻,打破"幽"的是有声"鸣"。加强了"鸣"的,是紧张的春潮和急雨,结句,转化了紧张的是"舟自横"。一个"横"字,在这里,有三重内心感应暗示:1.横,是和"急"对应的,雨不管多急,舟悠闲地横在那里。是为无人。自在,自如。2.无人之舟,又是有特别有人欣赏("独怜")的结果。3.有人又和长久无人的野渡,构成内在张力:幽而不幽,不幽而幽。无人而有人怜,有人而无人景。内心和外物之间的多重的互动,构成了意脉,不在字面上明言,而在字里行间。正是由于没有明言,就给穿凿附会提供了可能。宋谢枋得选、明王相注《七言千家诗注解》卷上偏偏说:"此亦托讽之诗。草生涧边,喻君子生不遇时。鹂鸣深树,讥小人谗佞而在位。春水本急,遇雨而涨,又当晚潮之时,其急更甚,喻时之将乱也。野渡有舟,而无人运济,喻君子隐居山林,无人举而用之也。"①

因为固有的主体图式同化意味着自我肯定,依着思维的惯性,驾轻就熟,心理消耗能量最小,符合弗洛伊德所说的快乐原则。封闭性与本能相联系,这就造成了整个社会、整个时代睁着眼睛说瞎话,重复着皇帝的新装的喜剧,滔滔者天下皆谬,故见谬不谬。

对读者主体的消极性失去警惕,陷入盲目性,必然造成文本主体的遮蔽,舒舒服服地用自己的舌头讲着统治着自己的主流意识形态的话语。

① 持这种穿凿观念非常流行,可能受了谢枋得的影响:谢氏曰:"'幽草''黄鹂',比君子在野,小人在位。'春潮带雨晚来急',乃季世危难多,如日之已晚,不复光明也。末句谓宽闲寂寞之滨,必有贤人如孤舟之横渡者,特君不能用耳。"转引自明高棅《唐诗品汇》卷四十九。

其特点，不是接受文本中的新信息，调节自己的心理图式，而是向文本发出歪曲文本的信息。在50年代中期，学富五车的权威教授们振振有词地从鲁迅的《药》的结尾处那飞起的乌鸦中，看到了“革命者”，从李白的诗中看到了现实主义，从李后主诗中看到了“爱国主义”，在十年浩劫“批林批孔”期间，从《水浒传》晁盖和宋江身上看到了投降和革命的“两条路线斗争”，从贺知章的《咏柳》看到了“创造性劳动”。而今天的课堂上，中学生从《背影》中的父亲，看到“违反交通规则”，从祥林嫂看到“拒绝改嫁的精神”，从《皇帝的新装》看到骗子是“义骗”，从《愚公移山》看到破坏生态环境，不一而足。这一切说明，读者的自发主体图式中的当代生活经验和价值的封闭性压倒了开放性，造成了对经典文本的肆意歪曲。这样解读出来的与其说是文本，不如说是读者自己的成见。

解读的任务，本来应该是从已知到未知，但是，某种现成的、贫乏的观念却把解读变成了从已知到已知，以荒谬的现成见解遮蔽文本的精粹。

第六章　文本的封闭性：意象、意脉、形式规范三个层次的立体结构

意象：主体特征对于客体特征的主导性

说不尽的经典文本，并不是无聊的游戏，而是向不可穷尽的深度挑战。就以《背影》而言，之所以至今仍然众说纷纭，原因就在于理性的解读尚未达到可以意会到的深度。就是朱自清的好友叶圣陶的解读也不例外。如果我们不满足于以追踪西方理论为务，有志于解读学的原创性建构，那么，经典文本结构并不是单层次的，至少有三个层次。

第一层次是显性的，按时间空间顺序的，外在的、表层的感知（语言）的连贯，包括行为和言谈的过程。这个层次，是最通俗的，可以说是一望而知。但是，朱光潜先生说"熟知非真知"意味非常深刻。如果满足于一望而知，解读就可能沦为非专业的浏览。专业解读的任务，就要从一望而知中看出其一望无知，甚至再

望也还是无知的深层意蕴。就第一个层次的最小单位来说，不要说是抒情作品，就是叙事作品，都不可能是绝对客观的描绘。一切描绘表面上是物象，是景象，但是，事实上是作者的心象在起作用。《春秋左氏传》“鲁僖公十六年春正月，戊申朔，陨石于宋五”。注曰：

> 陨，落也。闻其陨，视之石，数之五。各随其闻见先后而记。

接下去是“是月六鹢退飞”。《春秋左氏传》注疏曰：

> 视之则六，察之则鹢，徐而察之则鹢。是亦随见之先后而书之。[1]

这里深刻地指出，即使是史家简洁的叙事，也不可能是绝对客观的反映，而是按主体的视角先后顺序为文。这就是说，即使是最讲究客观的中国史家笔法，其最佳者，也不能不是主观感知程序在起主导作用。也就是一切物象皆由心象决定，对这样的天才的洞察，由于长期的机械反映论的遮蔽，在解读文学作品时却根本忽略了。就是有所体悟，由于没有提高到

---

① 《四库全书》经部春秋类《春秋左传注疏》卷十三。刘知几在《史通》《内篇叙事第二十二》也说到了这一点：“《春秋经》曰：‘陨石于宋五。’夫闻之陨，视之石，数之五。”不过他只是为了说明史家为文之简洁：“加以一字太详，减其一字太略，求诸折中，简要合理，此为省字也。”

理论的自觉,分析就很难达到系统化。例如,对于李白,"孤帆远影碧空尽"就是最有艺术感受力的论者,也往往只能指出黄鹤楼下的长江,不可能只有一片孤帆,而李白的目光只集中于朋友的孤帆上。但是,对于"远影""碧空尽",就熟视无睹了。其实,只要用春秋左传注疏的原则,就可以系统化地分析下去:情聚则帆孤,目随则远影,失神则孤帆消失于天碧空尽处。"唯见长江天际流",其生动乃在提示空白画面(空镜头)外之凝神的眼睛。对于文学意象来说,外在的物象是一望而知的,而内在的心象,则是需要理性自觉的。

在西方文论中,也不乏类似的理论资源。不过是从创作论的角度提出问题的。

丹纳在《艺术哲学》中说:"艺术力求形似的是对象的某些东西,而非全部。""艺术的目的是表现事物的主要特征,表现事物某个突出而显著的属性,某个重要观点,某个重点状态。"[①]虽然丹纳接下来也说到了主要特征就是"主要观念",似乎接触到了主体的感知,但是,只是一笔带过,没有展开阐释,因而,他的理论多多少少有点含混。

丹纳所说的主要特征,乃是对象的局部细节是有道理的,由于这种局部是富于特征的,就有一种唤醒读者经验,在想象中补充成为整体的功能。如,屠格涅夫写一个老太婆的死:一只苍蝇在她蓝色的眼膜上从容地爬过去。眼膜是面部最敏感的部分,不要说一只苍蝇,就是一粒看不见的灰尘,也忍受不了,何况又是从容地爬过去。这就雄辩地说明了,她是死了。这样的死亡特征除了表面的雄辩性以外,其深层的感情,也是有特征的,那就是屠格涅夫对她的死亡,没有多少同情。换一种情况,俄罗斯诗人特瓦尔多夫斯基,写卫国战争时期,一个战士倒在了俄罗斯茫茫雪原上"雪花落在他蓝色的眼膜上,再也不会融化了",把苍蝇换成了雪花,其深层的情感,就带着哀悼的性质。战士不但是死了,而且是再也看不到祖国特有的景观了。细节的事物特征背后还有情感特征。故克罗齐说:

① 丹纳:《艺术哲学》,人民文学出版社 1958 年版,第 19 页,第 23 页。

艺术把一种情趣寄托在一个意象里，情趣离开意象，或是意象离开情趣都不能独立。史诗和抒情诗的分别，戏剧和抒情诗的分别，都是繁琐派学者强为之说，分其所不可分，凡是艺术都是抒情的，都是情感的史诗或剧诗。①

因为有情趣的渗入，细节就不再是细节，而成了“意象”。应该说，“意象”在西方文论中，在很大程度上是得到认可的。如理查兹也认为，意象是“作为一个心理事件与感觉奇特结合的象征”②。这比之西方另一些理论家孤立地抓住语词，对于文学形象的把握要深邃有效得多。文学形象的根本矛盾是，主体特征和客观特征（在想象中）遇合，成为意象，可以说是形象的胚胎，形象的基因，就在其中。只待不同形式规范来最后定位，使其分化，在各种体裁的形式规范中投胎成形。意象理所当然地应该成为研究文学形象的逻辑起点。

当然，克氏这种观念在西方被认为属于浪漫主义的流派的自我表现论，遭到符号学者，如苏珊·朗格的反对。但是，符号主义者的主张，至少在情感的形象构成方面，和克罗齐并没有实质上的区别。苏珊·朗格也认为形象是要表现情感的，但是作为“内在生命”的“人类的情感特征，恰恰就在于充满着矛盾与交叉”。是“亦此亦彼”，“我中有你，你中有我”，“一切都处于无绝对界限的状态中”。一直处于不稳定的交叉、重叠、分解的过程中，甚至在冲突中变得“面目全非”③，而“语言是无法忠实地再现和表达的”，因为语言是“推理形式的符号系统，是非此即彼”，而正是

---

① 朱光潜：《朱光潜美学文集》第2卷，1982年版，第54~55页。又见朱光潜《谈美》，金城出版社2006年版，第117页。

② 瑞恰兹：《文学批评原理》，伦敦，1924年，第16章《诗的分析》。中文版杨自伍译，百花文艺出版社，1992年版，第106页。译文把“意象”译为“形象”，似不确。全句译为“它（意象）是作为一个和感觉奇特联系在一起的精神活动的特性”。亦不甚妥。

③ 刘大基：《译者前言》，苏珊·朗格《情感与形式》，中国社会科学出版社1986年版，第7页。刘大基文中所引，又出自英文本《情感与形式》，第30页。

因为这样,人类才创造出服务于情感表现的另一种符号——艺术符号。而这种艺术符号的特点,就是以“客观对象”来“鲜明地体现着”“情感”。这种客观对象被称为“艺术品”。[①] 她的说法,从情感与对象的统一来说,和克罗齐的“意象”(情趣寄托在细节中)并没有根本的区别,在克氏那里,情感也是不可感的,只有渗透在客观细节之中,成为意象,才有生动的感染力。这与苏珊·朗格甚至现代派艾略特的客观对物(objective correlative)[②]可谓一脉相承。

可贵的是,这种主客交融的观念,在我国古典文论中也息息相通。《文心雕龙·神思》把这种规律性现象说得很生动,叫作“神与物游”,《物色》中说到形象构成的因素,并不是光有物象也不是光有心象,而是二者的结合:“写气图貌,既随物以宛转;属采附声,亦与心而徘徊。”王昌龄:“目击其物便以心击之”(《文镜秘府论》南卷),意象是物象和心相的统一。故在文学文本解读学中,严格地说,研究的起点,或者说逻辑的起点就是“意象”。[③] 意象表面上是写实的,实际上是想象的。因为客观物象

---

① 苏珊·朗格:《情感与形式》,刘大基等译,中国社会科学出版社 1986 年版,第 31 页。

② 这个述语是 T.S Eliot 1919 年在他的论文“Hamlet and His Problems”中提出来的。他注意到莎士比亚未能将哈姆雷特的些些东西正面加以表现。本来他是可以把奥赛罗的妒嫉和科里奥兰纳斯的骄傲有所表现的。由此他推断出“在艺术中表现情感的唯一途径就是找到‘objective correlative’;也就是一组对象,一种情境,一连事件,使之成为某种特殊情感的轮廓,当外部事件一呈现,感情就会被唤醒。”The Literary Encyclopedia. First published 01 November 2001; last revised 25 May 2006.

③ 在这里,有必要声明两点。第一,我们没有采用英伽登的说法。他认为“文学作品是一个多层次的构成。它包括 1.语词声音和语音构成以及一个更高级的现象的层次;2.意群层次:句子意义和全部句群意义的层次;3.图式化外观层次,作品描绘的种种对象通过这些外观呈现出来;4.在句子投射的意向事态中描绘的客体层次”(英伽登《对于文学的艺术作品的认识》,中国文联出版社 1988 年版,第 10 页)。语词,并不是文学的,而是一切叙事文章(新闻、历史等)的逻辑起点,文学的细胞形态,不是语词,而是“意象”,意象是客观特征和主体特征的猝然遇合。意象是文学的胚胎,按照不同文学形式规范衍生为不同意象的脉络,构成不同的有机整体,才可能成为文学形象。第二,深入分析意象时,我没有采用西方现代文论对意象的繁琐分类。例如,威尔斯把意象分为七类:一是装饰性意象(decorative),二是潜沉性意象(sunken),三是强全性或浮夸性(voilent or fustian),四是基本意象(radical),五是精致意象(delicacy),六是扩张意象(extensive),七是繁复意象(exuberant)。一来分类交叉重合甚多,不合逻辑,二来,就是像狭义修辞学一样把修辞格分得很繁琐,也只仅仅有利于意象的归类,而归类,则限于普遍性,与文学文本解读学的唯一,独一无二性不相容。韦勒克、沃伦在《文学理论》中运用这样的分类对文本进行了分析,但是,并没有挽救其分类交叉造成的混乱。

之一特征，与主体情感之一特征，本来是分离的、各自独立的，二者猝然遇合，为情感所同化，物象遂成为情感的载体，故其性质可以说发生了质变，乃是虚拟的，假定的。（清）叶燮在《原诗》内编下说“作诗者，实写理、事、情”，这里表面上说“实写”，实际上到具体阐释的时候，却发生了变化。抒情的古典诗歌不但把“情”与“理”，而且把“事”当作必要因素，这可能是中国古典诗歌的特点，与西方古典诗歌的直接抒情，是很不一样的。中国古典诗歌的抒情往往离不开写事，这个“事”，就联系着情，汉语词汇中的“事情”，真是很深邃。事在表面，情在内涵。叶燮说“幽渺以为理，想象以为事，惝恍以为情”①，意象依赖于“事”，但这“事”（事物）不是“实写”的，而是虚拟的（想象以为“事”）。意象的好处是具有鲜明的可感性，又有隐含的情感性。这个优长正是欧美古典诗歌直接抒情之所短，故20世纪第二个十年，美国乃有师承中国诗歌的“意象派”运动。他们对于西方浪漫派的艺术直接抒情的传统，感到十分厌倦。这种传统，不但容易流于滥情，而且容易流于概念。不可忽略的是，在诗歌中，与“事”（物）相遇合的，不仅仅是情感，而且可能是智慧。庞德给意象下的定义是“在一刹那的时间里表现出一个理智和情绪复合物的东西”②。复合物这个字在英语里是 complex，有些人不赞成把这翻译成“复合物”，如果翻译成带上弗洛伊德心理学意义的“情结”，其中心理内涵就更为深刻了。

解读之所以艰难，不仅仅是由于解读主体有封闭性的局限，而且还因为经典文本也有相当的封闭性。这种封闭性，首先就是意象的封闭性，意象正如事情一样，出现在读者直观中的，是客观的事，而不是主观的情。但是，情感在投胎为意象以后，其价值不在表层以显性状态出现，而是在深层，以一种隐性价值观念决定着一切。故在解读中，不能仅仅把意象当

---

① 叶燮：《原诗》内篇下。

② 彼德·琼斯：《意象派诗选》，裘小龙译，漓江出版社 1986 年版，第 5 页、第 10 页。庞德并不绝对地反对情感，只是坚持：第一，情感不能直接抒情，第二，情感和智性浑然一体。故他在《严肃的艺术家》中对于诗与散文的区别这样说：“在诗里，是理智受到了某种东西的感动。在散文里，是理智找到了它要观察的东西。”见杨匡汉、刘福春编《现代西方诗论》，花城出版社 1988 年版，第 54~55 页。

作客观事物特征的选择、发现，同时应该将之作为心灵特征的选择和发现。但是，长期以来的机械反映论的霸权，在分析经典诗词的时候，往往以“即景写实”为其价值指向。就连20世纪词学权威唐圭璋先生在解读苏轼《赤壁怀古》也极不到位。唐先生在《唐宋词选释》中这样说：“上片即景写实，下片因景生情。”①好像是上片只写实，不抒情，下片则只抒情，不写景。首先，“即景写实”，与抒情完全游离，不要说是在诗词中，就是在散文中也很难成立。王国维在《人间词话》中早就指出：“昔人论诗词，有景语、情语之别，不知一切景语，皆情语也。”②其次，这样的论断与事实不符。苏东坡于黄州游赤壁曾四为诗文，第一次，见《东坡志林·赤壁洞穴》卷四，其文曰：

> 黄州守居之数百步为赤壁，或言即周瑜破曹公处，不知果是否。断崖壁立，江水深碧，二鹊巢其上，有二蛇或见之。遇风浪静，辄乘小艇其下，舍舟登岸，入徐公洞，非有洞穴也，但山崦深邃耳。③

什么叫作“即景写实”，这才近于“即景写实”。比这个更接近写实的，则是范成大：

> 庚寅，发三江口。辰时，过赤壁，泊黄州临皋亭下，赤土山也。未

① 吴熊和主编《唐宋词汇评》两宋卷第一册，浙江教育出版社2004年版，第426页。这个说法影响很大，至今一线教师仍然奉为圭臬。网上一篇赏析文章，一开头就是这样的论调：“《念奴娇·赤壁怀古》上阕集中写景。开头一句‘大江东去’写出了长江水浩浩荡荡，滔滔不绝，东奔大海。场面宏大，气势奔放。接着集中写赤壁古战场之景。先写乱石，突兀参差，陡峭奇拔，气势飞动，高耸入云——仰视所见；次写惊涛，水势激荡，撞击江岸，声若惊雷，势若奔马——俯视所睹；再写浪花，由远而近，层层叠叠，如玉似雪，奔涌而来——极目远眺。作者大笔似椽，浓墨似泼，关景摹物，气势宏大，境界壮阔，飞动豪迈，雄奇壮丽，尽显豪放派的风格。为下文英雄人物周瑜的出场作了铺垫，起了极好的渲染衬托作用。”

② 王国维：《人间词话》，上海：上海古籍出版社，1998年版，第34页。233 曾永庄、舒大刚主编：《三苏全书》第五册，语文出版社2001年版，第149页。234(宋)范成大《吴船录》卷下。

③ 曾枣庄、舒大纲主编《三苏全书》第五册，语文出版社2001年版。

见所谓“乱石穿空”及“蒙茸巉岩”之境，东坡词赋微夸焉。[①]

而《赤壁怀古》一开头“大江东去，浪淘尽，千古风流人物”，与其说是实写，不如说是虚写。第一，在古典诗歌话语中，大江不等于长江。把“大江东去”，当作即景写实，从字面上理解成“长江滚滚向东流去”，就不但遮蔽了视觉高度，而且抹杀了话语的深长意味。这种东望大江，隐含着登高望远，长江一览无余的雄姿。李白诗曰：“登高壮观天地间，大江茫茫去不还。”只有身处天地之间的高大，才有大江茫茫不还的视野。而范成大“过赤壁，泊黄州临皋亭下，赤土山也。未见所谓‘乱石穿空’及‘蒙茸巉岩’之境”，只是从江上录其所见，无登高之情。故只是“赤土山也”。《东坡志林·赤壁洞穴》所记：“断崖壁立，江水深碧，二鹊巢其上，有二蛇或见之。”则是由平视转仰视的景观。至于“遇风浪静，辄乘小艇其下，舍舟登岸，入徐公洞，非有洞穴也，但山崦深邃耳”。则从平视到探身寻视。按《赤壁洞穴》所记，苏轼并没有上到“断崖壁立”的顶峰。“大江东去”，一望无余的眼界，显然是心界，是虚拟性的想象，主观精神性的，抒情性的。这种艺术想象把《东坡志林·赤壁洞穴》中写实的自我，提升到精神制高点上去。第二，光从生理性的视觉去看，不管如何也不可能看到“千古风流人物”。西方诗论喜欢把审美想象视角叫作“灵视”，其艺术奥秘就在于超越了即景写实，把空间的遥远转化为时间的无限。第三，把无数的英雄尽收眼底，使之纷纷消逝于脚下，就是为了反衬出抒情主人公的精神高度。以空间之高向时间之远自然拓展，使之成为精神宏大的载体，这从盛唐以来，就是诗家想象的重要法门。韩愈的诗“草色遥看近却无”，当然是对早春景观特征的发现，一般情况下，景物远观则隐，近察则显，然而，这里的早春则反之，远观似有绿意，近察却绿意消失。诗的动人不仅仅是对客观景象的发现的喜悦，而且是对自我心灵发现的欢欣。其微妙不但在草，而且在心。故意象解读的焦点在于不为意象统一所蔽，从意象的表

---

① 范成大：《吴船录》下。

层,分析出心象的深层。意象的表层并不是对象的全部属性,而是部分属性,这种属性并不是独立的,而是为心象、为情感所选择,所定性的。故意象,从结构来说,是以隐性的心象为主导的。不但诗歌是这样,散文也是这样。朱自清笔下的荷塘,那广为传颂的十四个比喻,并不仅仅是荷塘的景观,而且是景观和他“超出了平常的自己”的“自由”心情的化合。因而平时不起眼的小树,小煤屑路,白天很少人走,夜晚有些怕人的地方,变成了诗意盎然的胜境。

在鲁迅笔下,保姆长妈妈的姓名,意象的结构性质更为隐蔽,表层的意思是一望而知的。她的名字叫“阿长”,鲁迅说:“我们那里没有姓长的;她生得黄胖而矮,‘长’也不是形容词。又不是她的名字,记得她自己说过,她的名字是叫作什么姑娘的。什么姑娘,我现在已经忘却了,总之不是长姑娘;也终于不知道她姓什么。记得她也曾告诉过我这个名称的来历:先前的先前,我家有一个女工,身材生得很高大,这就是真阿长。后来她回去了,我那什么姑娘才来补她的缺,然而大家因为叫惯了,没有再改口,于是她从此也就成为长妈妈了。”

本来,叫阿长,一般来说应该是姓长,不是姓,应该是绰号,但又和她的形体无关,因她生得又矮又胖。原来是她顶了前任的缺,此人的名字阿长就成了她的名字。姓氏名字在中国,本来是很庄重的事,不像日本人那样,不讲究,什么河边、稻田、池边、村上的都可以。汉人名字,往往寄托着对品德的,甚至光宗耀祖的理想。而这里却是别人的名字,随便安在她的头上,这就说明此人在生活中没有地位,没有尊严,得不到起码的尊重。这已经够惨的了。更惨的是,人家把别人的名字安在她的头上,她坦然地接受,居然没有反抗。前者如果说是哀其不幸的话,后者就是怒其不争了。

类似的还有《祝福》中的祥林嫂。女人没有自己的名字,用丈夫的名字标记,说明女人属于丈夫,丈夫死了,成为丈夫的“未亡人”。封建礼教要求守节,不得再嫁。祥林嫂被强迫改嫁,丈夫又死了,回到鲁镇,鲁迅用单独一行突出说明“大家仍然叫她祥林嫂”。这提示存在着内在矛盾。叫她祥林嫂,因为丈夫叫祥林,现在情况变化,丈夫叫老六,一个非常现实的问题,该叫祥林嫂还是老六嫂呢?但是,鲁迅强调,鲁镇人不假思索,仍然叫她祥林嫂。说明成见之深,达到自动化的程度,完全没有感到其中的矛盾甚至荒谬。《阿Q正传》中的阿Q的名字也一样,表面上强调,不知道是蟾宫折桂的“桂”,还是富贵的“贵”,实际突出相反的意思:这个人物连名字都很渺茫,可见与“桂”与“贵”相去之远,是强烈的反讽。

在庸俗的小说理论里有所谓肖像、景色、动作描写等,其失都以为有一种客观的外貌、动作和景观。其中,外貌描写,也是与观察者的心灵统一的。忘记了心灵的主导性,就涉及了相当严峻的理论问题。

朱光潜:对于一棵古松的三种态度

朱自清的《背影》中,父亲爬月台买橘子的场景,多少年来,毫无异议地被认为是全文最为生动的。可是北京有一位大学副教授认为,这样的父亲违反了交通规则,就是“违法”。因而不可爱,不可取。关键在于,你是以什么样的身份和目光看待这个现象的。如果从工程师的角度,则可以认为,月台缺乏必要的护栏,因而要改进设计,以绝后患。从公安民警的角度,当然是违规,要教育,甚至要罚款。二者都是理性的。但是,文章中是从儿子的眼光看的,而且是以一种惭愧的情感去观照的,因而就被感动了。文章意脉就是这样贯穿首尾的。文章的价值就在于以曲折的意脉表现了情感的特殊性,这种特殊的情感价值叫作审美价值。生活对于人生并不是只有真和善的理性价值,而有着真善美三种价值的。这个价值观念的分化对于文本解读有着十分重要的意义,朱光潜先生的《我们对于一棵古松的三种态度——实用的、科学的、美感的》对此说得生动而又通俗：

比如园里那一棵古松，无论是你是我或是任何人一看到它，都说它是古松。……假如你是一位木商，我是一位植物学家，另外一位朋友是画家，三人同时来看这棵古松。我们三人可以说同时都“知觉”到这一棵树，可是三人所“知觉”到的却是三种不同的东西。你脱离不了你的木商的心习，你所知觉到的只是一棵做某事用值几多钱的木料。我也脱离不了我的植物学家的心习，我所知觉到的只是一棵叶为针状、果为球状、四季常青的显花植物。我们的朋友——画家——什么事都不管，只管审美，他所知觉到的只是一棵苍翠劲拔的古树。我们三人的反应态度也不一致。你心里盘算它是宜于架屋或是制器，思量怎样去买它，砍它，运它。我把它归到某类某科里去，注意它和其他松树的异点，思量它何以活得这样老。我们的朋友却不这样东想西想，他只在聚精会神地观赏它的苍翠的颜色，它的盘屈如龙蛇的线纹以及它的昂然高举、不受屈挠的气概。①

这里画家的价值，不同于植物学家的求真（科学的），也不同于木材商的求善（实用的），和二者的理性追求不同，画家追求的是情感的、假定的。三种价值的划分并不是朱光潜先生的首创，而是来自于康德的《判断力批判》，康德说，审美情感（有人译作“情趣判断”）是“非逻辑的”“非实用的”②。

朱光潜的文章写于 1932 年，至今影响甚大，很权威，但是早在 1906 年，王国维就介绍得很全面，只是没有朱光潜那样生动：

人之能力，分内外二者：一曰身体之能力，一曰精神之能力……

① 朱光潜：《朱光潜美学文集》第 1 卷，上海文艺出版社 1981 年版，第 448 页。

② 康德：《判断力批判》，宗白华译，商务印书馆，1987，第 39 页。

> 精神之能力中，又分为三部，知力、情感及意志是也。对此三者，而有真善美之理想，真者，知力之理想；美者，情感之理想；善者，意志之理想也。完全之人物，无不具备真美善之三德。欲达此理想，于是教育之事起。教育亦分为三部：知育、德育（即意志）、美育（即情育）是也。①

这个学说经过克罗齐（1866—1952）的阐释，进一步发扬光大。朱先生这个树的例子，就是从克氏那里演化来的。经过朱光潜通俗性的阐释，尤其是对中国古诗歌的具体分析，审美价值观念在对抗机械反映论和狭隘功利论方面发挥了巨大的作用。文本的封闭性，表面看来，就是表层意象的封闭性，实质更深刻的原因，乃是价值的封闭性，由于实用和科学的理性在生活中占有自发的优势，故形象的审美情感价值往往为之遮蔽。打破文本的封闭性，最关键的是打破科学理性和实用理性对审美情感价值的遮蔽。

真善美不是绝对统一的，而是三维“错位”的

但是，从康德的学说来说，光是这样通俗地解说，并非十全十美，康德后来所强调的美与善的统一，甚至在宗教的高度上，美与善还是能够统一的，美是善的象征。从解读学的角度来说，还不够到位。孙绍振在《美的结构》中，把真善美三者的关系归结为“错位”，亦即既非完全统一，或者只有量的差异，亦非完全脱离，而是交错的三个圆圈，部分重合，部分分离。在不完全脱离的前提下，错位的幅度越大，审美价值越高，反之错位

① 王国维《论教育之宗旨》，《教育世界》，1906年第1期，第56页。

幅度越小,则审美价值越小,而完全重合则趋近于零。[①] 把这个理论运用到文学文本解读学上来,可以解决价值观念的审美取向问题,但是,还不能完全解决文本的解读任务。因为这里还有三种价值之间的关系问题。一般说来,由于人类生存和繁衍的压力太大,因而,在人类的心理中,在人类的自发的价值取向中,理性的和实用的价值往往占着压倒的优势。对于这一点,马克思在《1844 年经济学哲学手稿》中也有过精辟的论述:

> 囿于粗陋的实际需要的感觉,只具有有限的意义,对于一个忍饥挨饿的人来说,并不存在人的食物的形式,而只有作为食物的抽象存在;食物同样也可能具有最粗糙的形式,而且不能说这种食物与动物的饮食有什么不同。忧心忡忡的穷人,甚至对最美的景色都没有什么感觉;贩卖矿物的商人只能看到矿物的商业价值,而看不到矿物的特性,他没有矿物美的感觉。[②]

这里有两点值得注意,首先,囿于生理需求的感觉,对于食物的形式美,是没有感觉的,从这一点上来说,人和动物没有什么区别,在实用价值的压力下,人不但对食物的美没有感觉,而且对风景的美也没有感觉。其次,即使作为人,如果执着于实用价值,如商人对于矿物,其感觉也为商业价值所窒息,对矿物的美,也是没有感觉的。在这一点,马克思的表述特别明确。

任何一种对象……对我的意义都以我的感觉的限度为限。[③]

正是因为这样,马克思才反复强调"人的本质"的"丰富性、主体性,人的感性的丰富性,如有音乐感的耳朵,能够欣赏形式美的眼睛"[④],而人

① 孙绍振:《美的结构》,人民文学出版社 1987 年版。又见《审美价值结构与情感逻辑》,华中师大出版社 2000 年版,第 126 页。

② 马克思:《1844 年经济学哲学手稿》,人民出版社 1985 年版,第 83 页。

③ 同上。

④ 同上。

要达到“成为人的享受的，即确证自己是人的本质力量”，能欣赏美的耳朵和眼睛，不能光凭主体自发性，而是要经过重新自我创造，怎么创造？“从主体方面来看，只有音乐才能激起人的音乐感。”同样，只有文学才能激起人的文学感，对于没有文学感的人来说，再精美的文学经典，也没有感觉。从这个意义上说，在中国课堂上教条主义地搬用北欧后现代放任中学生自发主体的“自主创新”的解读，实在是近乎蒙昧。

其实，即使以审美价值为取向的作品，仍然有高低之分。这是康德和朱光潜的理论都没有涉及的。这个问题从创作论的角度来考量，那就很简单。由于实用理性具有自发的优势，因而在一般情况下，情感的审美价值是遭到压抑的。审美价值要超越功利的善和科学的真，才能构成形象，其意象和意脉必然和实用理性发生错位。只有情感价值超越了实用理性，它才能获得自由的境界，而这个境界往往是假定的，虚拟的。例如，《水经注·三峡》一段是经典性的，但是，并不是每一个亲临三峡的人都能进入那种审美境界的。郦道元《水经注》中“三峡”的注文中就引用袁山松的记载说：

> 常闻峡中水疾，书记口传悉以临惧相戒，曾无称山水之美也。及余来践此境，既至欣然，始信耳闻之不如亲见矣。其叠崿秀峰，奇构异形，因难以辞叙，林木萧森，离离蔚蔚，乃在霞气之表。仰瞩俯映，弥习弥佳，流连信宿，不觉忘返。目所履历，未尝有也。既自欣得此奇观，山水有灵，亦当惊知己于千古矣。[①]

袁山松明确指出，多少年来的口传和书面记载，“曾无称山水之美也”，从来没有提及这里的山水的审美价值，相反倒是，“悉以临惧相戒”，全都是以可怕相告诫。这是有根据的，瞿塘峡口三峡最险处，滟滪堆有巨大错乱礁石，航行十分凶险。杜甫夔州歌云：“白帝高为三峡镇，瞿塘险过

① 郦道元《水经注》卷三十四，《影印文渊阁四库全书》第573册，第512页。

百牢关。”古民谣曰:“滟滪大如马,瞿塘不可下。滟滪大如猴,瞿塘不可游。滟滪大如龟,瞿塘不可回。滟滪大如象,瞿塘不可上。”虽然西陵峡比较起来可能要平缓一点,但从袁山松的描绘中可以看出,仍然十分险峻。这就提出了一个尖锐的问题,难道那些把山水之美看得很可怕的人们,他们的感知和情感不是真而实的吗?为什么面对同样的山川,袁山松却能“仰瞩俯映,弥习弥佳,流连信宿,不觉忘返”,没有恐惧,没有生命受到威胁的感觉。这是因为,恐惧的感觉,生命受到威胁的感觉,属于实用理性,这就是说,情感的优势超越了山水隐含着的险恶。审美感知强化到一定的程度,就进入了假定的境界,就超越了科学真和实用的善。袁山松这样自述:“既自欣得此奇观,山水有灵,亦惊知己于千古矣。”山水从无生命的自然,被假定,被想象为“有灵”,不但有灵,而且成为他的“知己”,这就是审美情感的非实用性。这样的假定性就把“实感”,变成了“虚感”。不从“实感”上升到“虚感”,审美精神就不能不受到现实的束缚,就不能得到充分的自由。在这一点上,缺乏对三种价值观念的错位的分析,就不可能揭示审美价值的奥秘。

大自然是吝啬的,人是被迫遵循大自然的规律才勉强满足了自身迫切的生理需求的。人类征服物质世界,凭的是自身的理性,却牺牲了情感。情感被抑制着,被压迫得处于沉睡状态,或者叫作潜意识状态。在人的小丘脑的下部,有一个机制,就是压抑人的自发性欲望的。在人的种种欲望中,最强烈的是性欲和食欲。光有小丘脑的控制是不够的。为了不使人们在满足欲望时发生暴力争夺,便又有了道德的戒律,让人自己分辨善恶。为了最有效地获取生活资料,便有了科学,追求客观的真,排除虚假。一个人从懂事开始所接受的就是道德的善恶和科学的真伪的教育。

这自然是很重要,不可缺少的。但是对一个艺术家来说,光有这一点是不够的,因为人的情感的美,是人的生命中不可缺少的组成部分,其特点就是超越善与真。小孩子看电视往往问大人,某个主人公是好人还是坏人,这类问题有时很好回答,有时不好回答。越是简单的形象越好回答，越是丰富的形象越不好回答。这是因为形象越简单，情感价值与道德的善和科学的真之间的矛盾越小；形象越是丰富，意味着情感越是复杂，与善和真之间的错位也越大。

道德的善恶和艺术的美丑：蘩漪、薛宝钗是坏人吗？

善与恶属于理性的范畴，而美与丑则属于感性为核心的范畴。情感在价值观念上，在逻辑上，都与理性矛盾，但是，并不因此而没有价值，因为，它也是属于人性的一个组成部分。故有其不同于理性的价值结构和价值规律。故恶从理性来说，是不善的，但是，从情感来说，不一定丑；善从理性来说，是超越恶的，并不一定美。这从理论上说，似乎有点玄，但是，从经验上说，则是很简单的。

在春节晚会上，赵本山、陈佩斯演的人物是得到广泛喜爱的。赵本山演的那个《卖拐》，那个骗子，硬是把人家忽悠得迷迷糊糊的，把人家的钱骗走了，人家还感谢他。这在生活中是很不善的，很不道德的，很恶的，很可恨的。但在小品舞台上，观众并不觉得他可恨，反而觉得他很好玩，挺可爱的。因为我们看到他沉浸在自己荒谬的感觉境界里，他觉得自己骗人骗得挺有才气的，挺有水平，挺滋润的。陈佩斯演的那个人物，一心要当正面英雄人物，可是不管怎么努力，到头来还是汉奸嘴脸毕露。还有那个小偷角色，对他未来的民警姐夫胡搅蛮缠，结果还是露出了小偷的马脚。小偷恶不恶？恶，但并不是丑的。这个人物作为艺术形象很生动，我们在笑的时候，感到他很可爱，很弱智，却很自作聪明。如果把这样的小品仅仅当作对小人、汉奸本性的批判，是多么煞风景呀！他们是小偷、骗子，但他们还是人，即使在做坏事，甚至沦落，但仍然有人的自尊，人的荣誉感，人的喜怒哀乐都活灵活现，并不因为他们是小偷、骗子，就没有自己的情感、幻想。我们在看过、笑过以后，看到的，不是个别人的毛病，而是人的弱点，我们的精神就升华了，增加了对人的理解和同情。

审美是诗意的，但是，不仅仅是诗意的美的陶冶，而且包括对恶的审视。艺术上往往有这样的现象，就是写恶事，恶人，也以一种艺术的眼光去审视，这种恶事、恶人，就和丑错了位，甚至变得可爱起来。

遵循实用理性的善与情感价值的美的错位的观念，使我们对许多经典形象的善恶、美丑有了新的解读。

曹禺在《雷雨》序中说：他的原始创作动机，并不是出于善恶的审判，只是觉得人虽然为万物之灵，但是，却很可怜，“做着最愚蠢的事”，“带着踌躇满志的心情，仿佛自己来主宰自己的命运，却时常不能自己来主宰。受着自己——情感的或者理解的——捉弄，一种不可知的力量——机遇的，或者环境的——捉弄。生活在狭的笼里而洋洋地骄傲着，以为是徜徉在自由的天地里”。

> 周萍悔改了“以往的罪恶”，他抓住了四凤不放手，想由一个新的灵感来洗涤自己。但这样不自知地犯了更可怕的罪恶，这条路引到死亡。蘩漪是个最动人怜悯的女人。她不悔改，她如一匹执拗的马，毫不犹疑地踏着艰难的老道。她抓住了周萍不放手，想重拾起一堆破碎的梦，救出自己，但这条路也引到死亡。
>
> 在《雷雨》里，宇宙正像一口残酷的井。落在里面，怎样呼号也难逃脱这黑暗的坑。

这里，曹禺再明白不过地告诉观众读者，他并不是站在道德的立场对任何人进行审判，而是站在超越道德的立场，也就是审美的立场来怜悯地俯视着这堆在下面蠕动的生物。他们怎样盲目地争执着，泥鳅似的在情感的火里打着昏迷的滚，用尽心力来拯救自己，而不知千万仞的深渊在眼前张着巨大的口。他们正如一匹跌在沼泽里的羸马，愈挣扎，愈深沉地陷落在死亡的泥沼里。①

他反复强调他写作时,“用一种悲悯的心情,来写剧中人物的争执。”,同时祈盼观众“也以一种悲悯的眼来俯视这群地上的人们”。他甚至强调怀着这种“悲悯的眼”就意味着上升到“上帝的座”。正是在这种意义上,他才说“蘩漪是个最动人怜悯的女人”,因为她为“想重拾起一堆破碎的梦,救出自己”,所谓破碎的梦,其实也就是情感的梦,为了这个梦她不惜毁灭自己的一切。从造物者的角度,也就是从艺术高度来看,蘩漪是具有最高的审美价值,又有着最强的道德的恶。这个形象的生命在于,将道德的恶和情感的美之间拉开了最大的错位幅度。可以说她是一枝恶之花,丑之美。

要提高对经典文学作品的艺术的欣赏水准,在这一点上是绝不可含糊的——必须把艺术形象的情感价值放在最重要的位置,哪怕这种情感与理性的善和真拉开了某种距离也不能手软。

正是在这样的基础上,曹雪芹把林黛玉和薛宝钗放在对称的位置上。她们之间有对立,但不是道德的对立,而是情感的对立。

林黛玉的情况和《雷雨》中蘩漪有一点相似,那就是她为情感而生,为情感而死,情感给她的痛苦大于欢乐。她的情感是这样敏锐,这样奇特,以至于她和她最爱的贾宝玉相处也充满了怀疑、试探、挑剔、误解、折磨。这是因为她爱得太深,把情感看得太宝贵,甚至比生命更宝贵,她不能容忍有任何可疑的成分、牵强的成分,更不要说有转移的苗头了。让这样强烈的情感出于她这样一种虚弱的体质,这于曹雪芹来说并不是出于偶然或随意,他正是要把情感的执着和生命的存活放在尖锐的冲突中,让林黛玉坚决选择了情感之花而不顾生命之树的凋谢。因而也是美的,美在情感价值高于一切,甚至是生命。

薛宝钗是林黛玉的“对立面”,如果林黛玉是善的,则薛宝钗肯定是恶的吗?道德上一定是卑污的吗?其实,在道德上宝钗并无多少损人利

① 《雷雨序》,《曹禺经典戏剧选集》,新华出版社 2010 年版,第 499 页。

己之心。有些研究者硬把薛宝钗描写成一个阴险的“女曹操”，和这一形象本身的倾向是不相干的。薛宝钗的全部特点在于她为了“照顾大局”而自觉自愿地，几乎是毫无痛苦地消灭了自己的情感，不管是她对贾宝玉可能产生的爱，还是对王夫人（在逼死金钏儿以后）可能产生的悲，她都舒舒服服地以善意谎言淡化掉了。她在人事实用的关系上取得了极大的成功，她克制自己的情感，不让自己和任何人冲突，把自己的青春和爱情都没有认真当一回事。当她妈妈把基本已经定下来的与贾宝玉的亲事征求她意见的时候，她甚至正色地说：这样的事情，你怎么来问我，父亲不在了，只能问哥哥。其实，她的哥哥薛蟠正在监牢里。后来对于冒充林黛玉和贾宝玉结婚，她虽然痛苦，但是，绝对顺从。和情感强烈但没有健康的美人林黛玉相反，她成了一个健康却感情不完整的美人。她时时要服食一种“冷香丸”，其实这正是她心灵的象征：她虽然很美，但情感已经冷了，没有生命了。地藏庵尼姑觉得她是个“冷人”①。《红楼梦》第六十三回《寿怡红群芳开夜宴》，众人“饮博”：轮到宝钗，伸手掣出一根，只见签上画着一支牡丹，题着“艳冠群芳”四字，下面又有镌的小字一句唐诗，道是：任是无情也动人。这是很有象征性的总结意义的。虽然她是善的，她是美的，甚至是“艳冠群芳”的，但她并不是绝对无情，除了爱情，她还有亲情和友情，林黛玉在解除了误会之后，还说她“多情”。

道德理性价值和情感的审美的大幅度错位，善与美拉开了最大距离，才是薛宝钗这个形象之所以不朽的原因。

和林黛玉对立的性质，不是恶之花，而是善之丑。

---

① 语出《红楼梦》第115回：“两个姑子进来，宝玉看是地藏庵的，来和宝钗说：‘请二奶奶安。’宝钗爱理不理地说：‘你们好？’因叫人来：‘倒茶给师父们喝。’宝玉原要和那姑子说话，见宝钗似乎厌恶这些，也不好兜搭。那姑子知道宝钗是个冷人，也不久坐，辞了要去。宝钗道：‘再坐坐去罢。’那姑子道：‘我们因在铁槛寺做了功德，好些时没来请太太奶奶们的安，今日来了，见过了奶奶太太们，还要看四姑娘呢。’宝钗点头，由他去了。”

不是一般的情感，而是特殊的情感才有艺术价值

进入文学作品的第二层次，审美价值取向，是一道很重要的关口，不明于此者往往拘于实用价值或者理性认识，把解读引向歧路。许多文本分析者都希望文本分析有一个较高的起点。审美价值的相对超越就是高起点，如能在这一点上含糊，往往就差之毫厘，谬以千里。《背影》中的父亲的感情，从实用功利来看，儿子去买是更有效率的，但是，父亲却要勉为其难地亲自去买。超越了实用功利，父亲的感情就有特点了。解读的到位，不仅在于揭示出其特点，而且在于分析产生这样特点的过程，把意脉的变化解读出来。父亲把大学生的儿子当孩子看，说了、做了那么多，儿子不领情，可是一到爬月台，什么话也没有说，却让儿子感动得流下眼泪，而且还不让父亲看到，以后想起来，还常常禁不住流下眼泪。

如果没有这样的变化的过程，《背影》中亲子之爱的特点，爱的唯一性是不可能充分揭示的。

当然，这是抒情的特点，但是，只是情感特点的一部分可以归入诗化、美化的情趣一类。如果拘于此类，以偏概全，遇到另外一种并不以诗化、美化情趣为特点的文章，就可能造成自我遮蔽。例如，对鲁迅的《长妈妈与山海经》就解读不出其中的奥秘。文章不管是对自己还是对长妈妈，都不采取美化、诗化的办法，而是相反，用某种程度的"丑化"，构成一种幽默的谐趣。用情趣的美化（歌颂劳动人民）是南辕北辙的。

情感特点的分析，贵在微妙，把微妙表现出来，就有特点，大而化之，就可能一般化。唐人绝句最为后世推崇的"压卷"之作大约是十一首左右，其中一首，王昌龄的《出塞》之一："秦时明汉时关，万里长征人未还。但使龙城飞将在，不教胡马度阴山。"固然称赞不少，但是也有人"不服"。

说出道理来的是《唐音癸签》:“发端虽奇,而后劲尚属中驷。”意思是后面两句是发议论,不如前面两句杰出,只能是中等水平。明胡震亨《唐音癸签》卷十“王少伯七绝虽奇,而后劲尚属中……若边词‘秦时明月’一绝,发端句驷。于鳞遽取压卷,尚须商榷”[①]。明孙鑛《唐诗品》,说得更为具体,他对推崇此诗的朋友说:“后二句不太直乎? ……咦,是诗特二句佳耳,后二句无论太直,且应上不响。‘但使’‘不教’四字,既露且率,无高致,而著力唤应,愈觉趣短,以压万首可乎?”[②]批评王昌龄这两句太直露的人不止一个,不能说没有道理,原因很简单,就是“直露”,把道理都讲出来了,也就是没有情感的含蓄、微妙的特点了。而他的“奉帚平明金殿开,且将团扇暂徘徊。玉颜不及寒鸦色,犹带昭阳日影来”毫无争议地被列入唐人绝句的压卷之作。原因就在于情感的精致微妙,而且含蓄。以“玉颜”与“寒鸦”,“奉帚平明”与“昭阳之日”相比,高下显然,然而却“不及”,其失落可谓不着一字,尽得风流。

要读懂汪曾祺的《跑警报》,就要防止把抒情当作唯一的选择。事实上,钱锺书、梁实秋、王了一、汪曾祺、余光中的散文,往往就是以不抒情、不美化见长的。

出杰作。在日本轰炸的灾难面前,如果像巴金那样强调表现国人之苦难,像解放区作家那样表现国人之英勇,很难超越实用理性,陷入诗化情趣的套路。汪氏的特点是,国人在恐怖的轰炸来临之际,悠然自在,写了许多好玩的事情。逃避轰炸的人们,在古驿道的一侧,“极舒适”,可以买到小吃“一味俱全,样样都有”。沟壁上,有一座私人的防空洞。用碎石砌出来的对联是“人生几何,恋爱三角”,还有“见机而作,入土为安”。作家对这样的对联的感慨是:“对联的嵌缀闲情逸致是很可叫人佩服的。”这样的“佩服”,当然表现出动人感情和趣味,第一,是因为完全超脱

① (明)胡震亨:《唐音癸签》,周维德点校:《全名诗话》第五册,济南:齐鲁书社 2005 年版,第 3564 页。

② (明)孙鑛:《孙鑛诗话·唐诗品》,吴文治主编:《明诗话全编》第五册,南京:江苏古籍出版社 1997 年版,第 4701~4702 页。

实用功利；第二，不是一般的情趣，而是很特别的，和我们通常在抒情散文中感受到的情趣有些不同。这个“佩服”的妙处在于，其中意思好像不太单纯，不但有赞赏意思，而且有调侃的意味。“跑警报”居然成了“谈恋爱的机会”，男士还带上花生米，宝珠梨等等。“危险感使两方的关系更加亲近了”“女同学乐于有人伺候，男同学也正好殷勤照顾，表现一点骑士风度”。“从这一点来说，“跑警报”是颇为罗曼蒂克的。”而这种调侃的趣味，叫作“谐趣”。富有谐趣的散文与抒情散文并列为另一类散文：幽默散文。但是，这并不是说汪氏，一味把国难当作玩笑。在玩笑背后，汪氏指出这一切表现了国人对日寇频频轰炸的“不在乎”的乐观主义精神。

个案：托尔斯泰二十多次寻找对玛斯洛娃的情感特殊性

这个情感的特殊性的关键问题，在一般文艺理论中长期没有提上日程，原因可能在于，一般文艺理论，多为文艺的本体论，即使涉及鉴赏论，也只是以作品为对象。离开了创作过程，将作品当成固定的成品，是很难分析出特殊情感的奥秘的。

托尔斯泰写《复活》前后修改十年，对一个女主角的肖像，就反复修改了多次。为什么？不是因为他写不出这个女孩子的外部特征，而是因为，他一直找不准在外部特征中如何渗透她这个人物的情感特征。年轻的大学生聂赫留朵夫到姑母的庄园去度假，庄园里有一个小女仆卡秋莎，是吉卜赛女人的私生女，后来成了他姑母的义女。女仆非常美丽。第一次去，大学生还比较纯洁，两个人之间就有了感情。第二次去，大学生已经参军了，在部队里学坏了，道德堕落了，就勾引了卡秋莎，度完假期，大学生走了，而她怀孕了。卡秋莎被赶出了农庄，流落到城市，成了妓女，被人诬陷谋杀了商人，受审判。而聂赫留朵夫这时已经成为上层贵族的头面人物，正是法庭上陪审团的成员之一。他看到卡秋莎变成妓女，名字叫玛丝洛娃。他感到非常震动，决定忏悔。他去营救她，并向卡秋莎求婚，但遭到卡秋莎的拒绝。他跟判处流放的卡秋莎到了西伯利亚，而卡秋莎却嫁给了一个民粹派的革命者。关于这个肖像，托尔斯泰改了二十几次，孙绍振和学生有过如下对话：

孙绍振：现在，我们要分析的场面是，聂赫留朵夫在陪审团席上看到了当年的卡秋莎，这个时候作者的任务是什么？是不是描写卡秋莎的外貌？

学生：当然要写外貌。写他多年后，震惊于旧情人的变化。

孙绍振：写这个外貌或肖像描写的难度在哪里呢？

学生：写外貌的同时要找到他对她的情感的特点。

孙绍振：特点在哪里呢？

学生：一方面是旧情人，一方面是个妓女。

孙绍振：对，感受是很复杂的，不是一下子就能找准的。托尔斯泰第一次写她的肖像是这样的："她是一个瘦削而丑陋的女人，她所以丑陋，是因为她那个塌鼻子。"你们觉得，这样行吗？

学生：不行！太丑了。不可爱，不好玩。

孙绍振：她当了那么多年的妓女，而且灵魂已经麻木。这样写丑有什么不可以啊？可以啊！那是因为被摧残，而且绝望。

学生：写得丑，有问题。她原来不是那么丑的，很漂亮的，很迷人的，不可能一下子变得那么丑，她才20多岁嘛，至少是风韵犹存。（大笑声）

我同意。但还应该有什么理由，你们想想看。

学生：那么瘦，那么丑，读者对她的同情就要打折扣了。如果是一个非常漂亮、非常妖艳的女人，读者会有一种怜惜的感觉。（笑声）

孙绍振：托尔斯泰和你们一样，觉得把她写得太丑了，没有充分表现出他对她的同情，不准确，必须强调一下他的同情。怎么同情法呢？把她写得美一点："她一头黑发，梳成一条光滑的大辫子，有一对不大但是显得异乎寻常的发亮的眼睛，颊上一片红晕。主要的是她浑身烙上了无辜的印记。"后来的修改稿上作家把她的美丽强化了一下，说她有着美丽的前额，发亮的黑发，匀称的鼻子，眉毛下有双秀丽的眼睛，还写她"长着一张男人见了不得不回头看一下的富有魅力的脸。"这样，托尔斯泰对她的同情就表现出来了。但这是否很准确地传达了托尔斯泰对她的感受呢？你们说说看。

学生：好像太美了，太纯洁了，不像妓女。

孙绍振：对，太美了就不准确了。托尔斯泰不仅仅是对她同情，而且为她的堕落感到沮丧，感到痛苦，感到罪过。这种感情在如此纯洁的外貌上是表现不了的，托尔斯泰不满意。她进入城市后，她的堕落生涯、卖笑生涯对她的摧残，必然在她的生理上、心理上留下痕迹。在改动二十几次后，定稿是这样写的：

"那个女人……头上扎着一块白头巾，分明故意让几绺卷曲的黑头发从头巾里滑下来。这说明了什么？"

学生：说明虽然是囚犯身份，但她还是有点卖俏，这是妓女生涯对她的影响，哪怕当了囚犯都没有改变。

孙绍振：我们来看托尔斯泰的功夫："那个女人整个脸上现出长期幽禁的人的脸上那种特别惨白的颜色，使人联想到地窖里马铃薯的嫩芽。"作家的同情表现在哪里？

学生：马铃薯的嫩芽。人在监狱里待了很长的时间，脸色惨白，这里就包含了对她的怜惜和同情。

孙绍振：对了，作家要找到自己对于人物的同情，不是抽象的，要落实在具体的意象"马铃薯的嫩芽"上。马铃薯的嫩芽是有毒的，这个联想就丰富了。接下去是："她的眼睛显得很黑、很亮，稍稍有点浮肿,可是非常有生气。"如果不是生活的摧残,监狱里见不得阳光,本来她是很漂亮的。虽然这样,还是很有生气。托尔斯泰从"浮肿"和"有生气"的矛盾中,找到了自己怜惜的感觉:"其中一只眼睛略为带点斜睨的眼神。她把身子站得笔直,挺起丰满的胸脯。"这样写,没有丑化,也没有美化。把头发放下来卖俏,脸上的浮肿,马铃薯发芽的惨白带青的颜色,说明她还是有内在的美,有生气。斜斜地看人(这是当年的少女不好意思正面看人的痕迹),站得笔直,挺起了丰满的胸脯,说明她自我感觉良好。这样的感受才比较准确,既是痛心又是厌恶,既是理解又是同情。作家非常深刻的、复杂的感受,就这样通过对人物的外在观察细致地表现出来。①

我们看到的不仅是人物的肖像,而且是作者特殊情感的脉络。作家把自己灵魂深处深刻复杂、独一无二的情感,包括某种程度的智性都表现出来,深刻的形象取决于深刻的意脉。一个伟大的作家,一个深刻的作家,总是把自己特殊的心灵都投入进去,写出对描写对象的理解和情感。虽然表面上他不一定流露出来,不用感叹、抒情,而用比较平淡的叙述,但是内在的同情、内在的怜悯、内在的理解等都不着痕迹地渗透在外部的形象中。

意脉:隐性情感的动态起伏

故在文学作品中,形象的准确性,形象的感染力,表面是外部可感的事物和人物的特征,但实际是在决定这些外部特征的是作家的情感特征。

① 材料引自符日丹诺夫《〈复活〉的创作过程》,雷德城译,呼和浩特,内蒙古人民出版社1982年版,第21~22页。

二者的猝然遇合，构成意象，但是，单个意象可能是静止的，孤立的，故诗文中的意象，都是以群落形式存在的，而情感的特点，就是“动”，不常常说“动情”吗？不常常说“动心”吗？不常常说“感动”吗？不是常常讲“激动”吗？感情就是要动的，这种动在意象群落中，就构成脉络。王夫之说：“无法无脉，不成文字。”[①]清方东树《昭昧詹言》曰：“古人文法之妙，一言以蔽之曰：语不接而意接。”[②]他的意思是说，意脉的特点不一定是显性的，而是意象之间隐性的。宋吕祖谦说：“文字一篇之中须数行整齐处，须有数行不整齐处。或缓或急，或显或晦，缓急显晦相间，使人不知其缓急显晦，常使经纬相通，有一脉过接乎其间然后可。盖有形者谓纲目，无形者血脉也。”[③]这种隐性的意脉，我国古代诗话家如黄生、贺怡孙等将之比喻为“草蛇灰线，昨蛛丝马迹”。反复说明，这是比较深层的，不易觉察的文章的灵魂。

静止不动，就是无动于衷了，就是没有感情了。当然无动于衷，也不是不能成诗，但那是另一类的，不是抒情的，而是理性的，如柳宗元《江雪》：“千山鸟飞绝，万径人踪灭。孤舟簑笠翁，独钓寒江雪。”就是属于佛家禅宗的与自然浑然一体的境界。[④] 这是中国特有的，非抒情诗，另外还有玄言诗，宋诗中的说理诗。如朱熹的《观书有感》：“半顷方塘一鉴开，天光云影共徘徊。问渠哪得清如许，为有源头活水来。”表现上是写景，实质上说明一个道理，心境的清洁，有如源头活水。

但是，如果是抒情诗，那心就要动，也就是有变动。

如果诗人在春天景色面前，除了欢乐，还是欢乐，就没有什么动态了。单独孤立的意象，不足以表现情感特征，故意象往往以群落的形式出现，

---

① （清）王夫之：《夕堂永日绪论外编》，戴鸿森《姜斋诗话笺注·附录》第201页，人民文学出版社1981年版。

② （清）方东树：《昭昧詹言》卷一，汪绍楹校点本，人民文学出版社1961版，第28页。

③ （宋）吕祖谦：《古文关键·总论看文字法》，《金华丛书》本，《丛书集成初编》第4页，商务印书馆1936年版。

④ 参阅孙绍振《中国古典诗歌的意象和意脉——评袁行霈诗学思想》，《文艺争鸣》，2015年第5期。

而情感的运动则隐于意象群落之中,此谓意脉。情感有了运动变化,第一,更能显示出不可重复的、唯一性特征;第二,情感有了节奏感。因而意脉的变化、起伏、显隐,是形象的生命所在。一望而知的只是显性的表层,只有通过专业的具体分析、意脉的运动才能洞察其隐性的情感节奏。分析长篇小说的片断是这样,分析短小的诗歌也是如此。

孟浩然的《春晓》就那么二十个字,为什么能流传千古?就是因为情感的意脉变化。一般的春光,大都是视觉性质的,就是以眼睛看到的美为特点的,即使有听觉的美也是共时性的,在同一层次上的。但是这首诗,却不是这样:“春眠不觉晓”,睡得很甜,为鸟啼之声唤醒,这很精彩的,很美好的,如果就这么一直愉快下去,可以写出很多美好的意象来,有个英国诗人 Thomas Nashe(1567—1601)有一首赞美春天的诗,叫作《春天,甜蜜的春天》(Spring The Sweet Spring),英语原文不复杂,一般的读者是可以看得懂的:

Spring, the sweet spring, is the year's pleasant king,
Then blooms each thing, then maids dance in a ring,
Cold doth not sting, the pretty birds do sing:
Cuckoo, jug-jug, pu-we, to-witta-woo!

The palm and may make country houses gay,
Lambs frisk and play, the shepherds pipe all day,
And we hear aye birds tune this merry lay:
Cuckoo, jug-jug, pu-we, to-witta-woo!

The fields breathe sweet, the daisies kiss our feet,
Young lovers meet, old wives a-sunning sit,
In every street these tunes our ears do greet:

Cuckoo, jug-jug, pu-we, to witta-woo!

一切都是因大地回春而美好,百花齐放,少女起舞,群鸟鸣啭,杜鹃抒情,羊羔戏游,牧童吹笛,田野洋溢香气,雏菊亲吻着双脚,恋人相会,老妇享受阳光,在每一街巷,春天在对着人们的耳朵歌唱。这样的感情是美好的,但是,除了句式的变化以外,所有的意象,都是同质的,情绪一直甜美,意脉是一条直线,几乎没有起伏,从头到尾,都是十分愉快,就不免单调了,单薄了。感情就太一般了,太没有唯一性了,没有什么可惊异的了。因而其艺术品位,就不太高。作者稍早于莎士比亚,这首诗颇有名气,但是,由于意脉单调,只能常常出现于儿童读物之中。真正审美价值高的情感,在诗歌里,情感要有特点,起码是要有一点意脉的节奏变化的。相比起来,孟浩然的才华在于,美好的鸟啼,猝然引发了昨夜的回忆,风雨和花落,意脉突然转折,那不愉快的昨夜的风雨之声,摧残了花朵。如果要讲赏析,就要把意脉的特点加以分析。一方面是闭着眼睛听鸟鸣,享受愉悦,这是非常 sweet 的,另一方面是瞬间回忆起花朵遭受摧残,这就是不那么 sweet 了。整个诗歌的生命,就在感情的特殊,而感情的特殊,就在听觉美好和回忆突然失落的转换中。这个突然的转折,表现了诗人的敏感和人生感慨的独特。春天固然美好,但是,美同时也在消逝着,鸟鸣的美好恰恰是风雨摧残花木的结果。今晨的鸟鸣美好和昨夜的花落,矛盾而又统一,正因为春光易逝,才弥足珍惜,诗人的心灵就是为那刹那间的回忆而微微颤动。

要学会欣赏分析诗歌的特殊情感,最根本的办法,就要避免被动追随。而要主动分析,就得揭示隐含的感觉和意脉的变动,将其前后的差异、矛盾——揭示出来。不抓住情绪的微观变动和矛盾,也就不可能从表层的感觉进入深层的人生感慨。

绝句虽然是比较单纯的,但是,优秀的绝句,其艺术灵魂,就是瞬间从一种心情变动为另一种心情,和孟浩然的《春晓》同样“简单”的绝句,还有杜牧的《清明》：

清明时节雨纷纷，路上行人欲断魂。

借问酒家何处有，牧童遥指杏花村。

有一位作者赏析这首诗说，“诗中的‘行人欲断魂’”，“孤独、凄凉”，“情绪低落到不可支持”，“沉湎在孤苦忧愁之中”。其实，诗中的“行人”仅仅是：在路上的人，离家的人，有事出门的人，目的地在远方的人，偏偏碰到了雨，纷纷的细雨，下个不停的细雨。引起了隐隐的焦虑。焦虑不是“断魂”，还没有到真正“断魂”的时刻，只是“欲断魂”之际，还没有到“情绪低落到似乎不可支持”的境地。这位作者，显然感到了“牧童遥指杏花村”的重要性，但是，不从感觉、情绪的变动和波澜上去看，就看不出名堂来，只能搬来打马虎眼的套话：说是由之想到了“让自己能置身于人和酒的热流之中”，“结句使人感到悠远而诗意又显得非常清新、明快”。其实，“借问酒家何处有”，是针对雨纷纷，不仅仅是为喝酒，更重要的是避雨，避雨，则断魂之忧就消除了。最提神的是意象，遥指杏花村，虽在远方，但是其鲜明的色彩，暗示了心情微妙的变化，“杏花村”这三个字带来的色调，与雨纷纷对比，眼睛为之一亮，心情为之一振，又和“欲断魂”对比。这是一种下意识的心灵微波，电光火石，转瞬即逝。粗心的人，没有诗的素养的人，就忽略过去了，而诗人的天才就在于抓住下意识中刹那的喜悦和接近断魂之忧的对比。瞬间下意识的喜悦心绪，这么微妙的波动被发现，就是意脉的精彩所在。而一般读者，凭着直觉，也能有所感受，但是，那是混沌的，朦胧的，不确定的，肤浅的，甚至有所歪曲（如前述作者）的。所有这一切，有如作家的灵感一样，电光火石，瞬息即逝。文学阅读学作为一种专业，就是要把读者的直觉抓住，进行具体分析，把瞬间延长，把混沌澄清，把肤浅深化，把谬误消解。才能把情感的特殊性从感觉层次上升到理性层次，从而更好地感觉。

对于解读经典名作的唯一性，就是专业读者，光凭中国古典和西方现代的文艺理论根本是不够用的。因为作品的唯一性，作品的特殊性（如意脉的唯一性）已经被理论抽象掉了。

但是，这也并不神秘。在这方面，西方权威的理论说是，文学作品写成以后，作家就退却了，作品不过是一种“召唤结构”，由读者把自己的体悟融入进去。西方理论在这里显示出了局限，召唤什么呢？如何使得召唤到位、有效而不至于落空乃至混乱呢？像纳西那样一直很甜蜜的召唤和杜甫的“两个黄鹂鸣翠柳”一直很鲜明的图画，为什么不能成为上品呢？这就需要理论上更为明确的范畴。我们这里提出，召唤表层意象以下的意脉。意脉的感染力，对于读者来说，往往是可意会不可言传的，而解读学的任务恰恰是切实地帮助读者，在自觉的意脉观念的启示下，把意脉的特殊性、唯一性还原出来，转化为有序的语言。困难在于意脉的唯一性，并不在它已经讲出来的，而是它没有讲出来的。解读之难，就难在它需要有把直觉感悟概括为语言，这就需要命名的原创性。解读学之难就难在这种原创性。不论从理论上，还是从实践上，意脉这个观念对打破一望而知遮蔽很关键，有必要再举一些比较复杂的经典加以阐明。

原生形式和规范形式：形式征服、衍生内容

文本结构的第三层次乃是文学形式。这里说的形式，并不是克罗齐所说的“直觉即形式”，那是属于原生形式。作为文学形象的深层结构，是文学的规范形式。这在文学形象中，属于最深的层次，在文本结构上是最隐蔽、最深邃的。原生形式，并不能保证审美价值超越自发占优势的实用功利和理性，在审美活动漫长的历史过程中，审美价值超越实用理性形式并积淀下来，对内涵才具有了选择、变异、衍生、规范作用。这种作用，

是人类文学艺术活动进步的阶梯。形式对于文学解读学说来，极其关键。但是，学人大都囿于黑格尔的内容决定形式说，把形式的特殊功能，排除在学术视野之外。历代的美学家，出于形而上学思维惯性，总是在哲学的主观客观中兜圈子。睿智如朱光潜、李泽厚、高尔泰都未能超越二元对立的思维模式，没有意识到主观情感和客观对象猝然遇合者，并非其全部，而是主体之一侧，客体之一隅，其现实形态，本来是分立的，甚至扞格不通，全凭文学形式不相同之想象，使其在假定中投胎成形。[①] 生活的某一特征和情感的某一特征的猝然遇合，只能算是形象的胚胎，并不一定能够达到审美的艺术层次。未经形式规范的情感，哪怕是真情实感，也可能是死胎。作家的观察、想象、感受以及语言表达，都要受到特殊形式感的制约，形象不是主观和客观的线性结构，而是主观客观再加上形式的三维立体结构，主观和客观并不能直接相互发生关系，而是同时与模范形式发生关系，规范形式、情感和对象统一为有机结构才有形象的功能。脱离了多种形式规范的分化，文学理论只能是哲学的，或者是美学的附庸。只有充分揭示主观、客观受到形式的规范、制约、变异和衍生的规律，文学理论才能从哲学美学中独立出来，通向独立的文学文本解读学。

规范形式与原生形式最明显的不同有如下六点：第一，原生形式是天然的，而规范形式是人为创造的；第二，原生形式是随生随灭，与内容不可分离的，而规范形式常常是千年积累才从草创走向成熟，因而是长期稳定、不断重复的；第三，因为它与内容是可以分离、具有独立性的，在某些形式中（如西方古典主义戏剧中的三一律，我国律诗绝句和十四行诗）还是严密规格化的；第四，原生形式是无限多样的，而规范形式是极其有限的，连同亚形式一起，也只有诗歌小说、散文、戏剧等等不超过十种。原生形式，并不能保证审美价值超越实用理性的自发优势，规范形式则把漫长的历史过程中审美经验（例如从中国古体诗到近体诗就耗费了长达四百年）积淀，成为某种历史水准的载体，从而迫使其内涵就范。这种规范，是

① 参阅蔡福军《马克思主义美学家孙绍振》，《东吴学术》，2011 年第 3 期。

人类文学艺术活动的历史水准，是文学进步的阶梯。没有它，人类的审美活动，只能一代一代从零开始，重复着如同从猿到人的原始积累。有了规范形式，历代的审美活动才能从历史的水平线上起飞。第五，规范形式，不但不是如黑格尔所说是被内容决定的，而是可以征服内容、消灭内容、预期内容、强迫内容变异、衍生出新内容的，甚至极端如俄国形式主义者什克洛夫斯基那样“形式为自己创造内容”①。第六，不可忽略的是，内容决定形式，并非绝对没有道理。形式的稳定性、有限性和内容的不断变幻、无限丰富是一对矛盾。内容是最活跃的因素，不断冲击着规范形式，虽然形式有规范作用，但是，规范与冲击共生，相对稳定的规范形式，在积淀着审美的历史经验的同时，也不能不开放，不能不随着历史的发展而不断被突破，被更新。

在解读过程中，最大的误解，就是以为只要读懂了内容，就读懂了艺术，以为形式是一望而知的。其实，第一，那是外部形式（如诗歌、小说、戏剧）。第二，混淆了原生形式和艺术的规范形式之间的根本区别，或者说，混淆了原始素材的形式和艺术规范形式之间的矛盾，歌德说：“材料是每个人面前可以见到，意蕴只有在实践中须和它打交道的人才能找到，而形式对于多数人却是一个秘密。”②相对于外部形式表层直觉，规范形式的功能，在最深层次，在潜意识层次。这是由于它的形成经历漫长的时间，是历史的进化和天才创造的积淀，因而特别精致，造成一种自然而然本该如此，只能如此，别无他途的感觉。

---

① 什克洛夫斯基：《散文理论》，刘宗次译，百花文艺出版社 1994 年版，第 35 页。当然还有更为极端的，克来夫·贝尔论断艺术本身就不过是“有意味的形式”，也许，这与他所论述的多为抽象美术有关。

② 歌德此段话出自其《关于艺术的格言和感想》。朱光潜译为：歌德说：“材料是每个人面前可以见到的，意蕴只有在实践中须和它打交道的人才能找到，而形式对于多数人却是一个秘密。（朱光潜《西方美学史（第十三章·歌德章）》420 页，人民文学出版社 1979 年版。）宗白华先生译为“文艺作品的题材是人人可以看见的，内容意义经过一番努力才能把握，至于形式对大多数人是一个秘密。”（宗白华《美学漫话》，长江文艺出版社 2008 年版。）朱光潜在《西方美学史》第十三章对此段话解释说：材料，即取自自然的素材；意蕴，亦译为“内容”，指在素材中见到的意义；形式，指作品完成后的完整模样；似乎与歌德的原意，略有出入。

有了规范形式，审美活动才能以历史的积累的水平为起点。然而，人们习惯于传统的内容决定形式说，习惯于内容是作品的生命说，往往忘记了，离开了规范形式，作品就不存在了。从这个意义上说，规范形式，和内容一起构成作品的生命。在解读过程中，人们误以为只要读了内容，就读懂了艺术，形式是一望而知的。其实，这是混淆了原生形式和艺术的规范形式之间的根本区别，或者说，混淆了原始素材的形式和艺术规范形式之间的矛盾，对于形式的直觉，给人一望而知的印象，但是，这种印象属于直觉，直觉也是分层次的，规范形式的功能，往往是在最深层次，在潜意识层次。这不但由于它的形成经历漫长的时间，而且因为它的形式是极其有限的，因而给人一种本该如此，只能如此，别无他途。举一个最简单的例子，上海世博会，为了中国馆的活动的《清明上河图》，人们排队长达八九个小时，只为了十几分钟一睹为快。成千上万的观众以表层直觉为满足，为目睹宋代汴京市井繁华而感到幸运，较有文化历史修养者，则体悟到其中的意脉，在北宋末年社会社会、政治、经济、军事危机重重之中，这样的艺术只是一首盛世的颂歌。但，其艺术形式和风格的特点却是最为隐秘的，能够欣赏这种特殊规范形式的可能是凤毛麟角。首先，这在国画中，属于界画，属于工笔，不同于写意画。其次，它是长卷。也就是说，它和西洋画的便于一眼全收的焦点透视不同，把中国特有的散点透视发挥到极致，视点可以顺序移动，但是，又不是杂乱无章，平铺直叙，据吴冠中先生分析，其中人物、房舍、车马、桥梁、楼台、田野，疏落有致，又以桥为高潮。这三个层次都以共时样式呈现于观众直觉之中，但是，对于第三个层次，绝大多数观众是感而不觉的，只有于中国国画有修养的，才有某种内心图式的预期，才有可能读出其中形式风格的奥秘来。

作家的观察、想象、感受以及语言表达，同样要受到形式感的制约，有了特殊的感情和客观对象结合在一起，还不能就成为艺术形象或意象，这时，不过是形象的胚胎，如果脱离了形式规范的制约，还可能是死胎。比如，同样的情感和对象的特点，要变成散文、诗歌、小说的形象，还是变成戏剧的形象，受到形式规范的不同的规范以后，会变成不同的形象。作家在这个时候不是绝对自由的，而是在形式的规范中争取表现生活和自我的相对自由。形式并不只有一种，而是多种多样的。每一种形式都有间不容发的区别。然而，这种区别，因为深藏于形象的第三层次，故需要对潜在区别的高度敏感，解读的水准，正是建立在这种间不容发的区别的精度之上。黑格尔说：

> 假如一个人能看出当前显而易见的差别，譬如，能区别一支笔和一只骆驼，我们不会说这个人有了不起的聪明。同样，另一方面一个人能比较两个接近的东西，如橡树和槐树、寺庙和教堂，而知其相似，我们也不能说他有很高的能力。我们所要求的，是能看出异中之同和同中之异。①

文学解读者能看出诗歌和散文同为真情实感者比比皆是，能从同为文学的诗与散文看出相异者，却是凤毛麟角。同样一个作家在散文里，和在诗里精神面目是不一样的。例如李白，在实用性散文中，并不像诗歌中以藐视权贵为荣（"安能摧眉折腰事权贵，使我不得心开颜"）。在散文中，却有另外一副面貌。他在著名的《与韩荆州书》中以"偏干诸侯""历抵卿相"自夸，对于他所巴结的权势者，不惜阿谀逢迎之词。对那个韩荆州，是这样奉承的："君侯制作侔神明，德行动天地，笔参造化，学究天人。"②这类肉麻的词语在其他实用性章表中（如《上安州裴长史书》《上安州李长史书》）屡见不鲜。可以说，在散文中和诗歌中有两个李白。在散文中的李白，是个大俗人；在诗歌中的李白，则不食人间烟火。这是一个人的两面，或者说得准确一点，是一个人的两个层次。章、表、书等散文是实用性的，是李白以之作为求得飞黄腾达的手段，具有形而下的性质，

① 黑格尔：《小逻辑》，贺麟译，商务印书馆1982年版，第253页。
② 《李太白全集》第三册，卷二十六，第18页，中华书局1957年版。

故李白世俗实用心态袒露无遗。李白之所以是李白，就在于他不满足于这样庸俗，他的诗歌就表现了他有一种潜在的、深层的，藐视摧眉折腰，拒绝奴颜婢膝，上天入地，追求超凡脱俗的自由人格。在诗歌中，生动地表现了李白在卑污潮流中忍受不了委屈，在苦苦挣扎，追求形而上的解脱。诗的想象，为李白提供了超越现实想象的、精神自由的空间，李白清高的一面，天真、风流潇洒，"天子呼来不上船，自称臣是酒中仙""一醉累月轻王侯"的一面。就是得到诗歌形式想象，超越形而下的诱导下激发出来的，他的人格就在诗的创造中得到净化，得到纯化。文体功能对人的心灵丰富性和矛盾性的分化是很深刻的。诗中的李白和现实中的李白的不同，不是李白的人格分裂，而是散文人格在诗化创造中升华。正是因为这样，李白的干谒的散文，实用功利太强，审美价值是不高的。他另外一些散文，如《春日宴桃李园诸从弟序》就不同，一方面有现实的吟诗罚酒的形而下的散文性，另一方面又有"阳春召我以烟景，大块假我以文章"超越现实的、想象的诗性抒情。面对生命苦短（浮生若梦，为欢几何），表现出了李白式的潇洒、豪放，审美层次显然要高于那些卑躬屈膝的文章。

内容是不可能无条件地决定艺术形式的，相反，艺术形式是一种规范形式，却可以规范内容，所谓规范，就是，第一，先于内容，扼杀与之与不相容的内容，第二，强迫内容就范，第三，预期并生成内容，就是按形式规范的逻辑，诱导内容向预留空间生成。这在席勒那里叫做"通过形式消灭素材"①。席勒的这个说法，被很多理论家引用，但，他至少在两点上说得并不完全。第一，素材，也有其内容。第二，一般的，原生的形式是与内容共存的，与内容一样，无穷多样，随生随灭的，双方不存在征服被征服的问题。席勒说的形式，应该是艺术形式。艺术形式是人类超越实用理性进

① 席勒的原话是："艺术大师的独特艺术秘密就是在于，他要通过形式消灭素材"。见《美育书简》，中国文联出版公司，1984年，第114页。意比较复杂，感性冲动，或者审美情感，造成人性的全面表现的限制。这就是说，情感可能扼杀或抑制其他方面的潜能，例如理性的潜能。要克服这种限制，就需要形式冲动。当形式被自由地驾驭的时候，生命就达到最高度的扩张，我的理解是，形式会让感性和理性得到和谐、协同的发展。

入审美自由历史经验的稳定形式，代表了一定历史时期的审美水准。不像原生形式那样无限多样，而是屈指可数的，例如，在文学中也就只有诗歌、小说、戏剧、散文等等。正是因为这样，它是文学审美历史水平的基准，是文学创作的起点。对于规范形式，这一点，我在 1987 年版的《文学创作论》和《美的结构》中就有过论述。

一般地说，内容和形式是矛盾的统一体，相互矛盾，又相互依存。但是，文学的规范形式有的时候可以"扼杀内容"，同时又可以让内容得到最自由的表现。形式可以强迫内容就范。同样的内容到了散文里可以这样写，到了诗歌里再这样写就没有诗意了，一定要强制性地改变它，才有诗意。人物的命运和结局，不完全是由作家的感受，也不完全是由生活决定的，它同时是由形式决定的，也就是说，形式是一种规范，有形式的约束、形式的诱导。规范是历史的一种积累，因为从作家的内心体验到艺术创造，太玄妙了，太复杂了，太精致了，难度太大了。一个人，哪怕他是天才，也不能完成一种艺术形式的确立。像中国古典诗歌，近体诗，从沈约搞平平仄仄，到盛唐写出成熟的律诗和绝句，其间经历了四百年左右，是好几代人的积累。形式规范是艺术成就的历史积累，对历史积累，我们不但欣赏其生活内容、作家的内心世界，也要欣赏作家对形式和语言的驾驭，从形式的规范中获得自由，开拓新的可能性。比如说，绝句只有四行，每行只能七个字或五个字，而且每一个字都有平仄的限制，还有韵的限制。在这么严格的限制里，能写得非常自由，非常自然，而且有突破，让你感觉不到限制。这就说明，对艺术的欣赏不仅是对内容的欣赏，也是对作家自由驾驭形式的欣赏。

形式是一种规范，是一种难度，要自由地驾驭，就要克服难度。艺术就是克服难度，克服了难度才有自由。从这个意义上讲，高尔泰说"美是自由的象征"是有道理的。难度是生命创造的，又用生命来

> 克服，从而获得驾驭和突破的自由。
>
> 每一种形式都有优越性和局限性，所以我们讲审美、讲美的创造，关键是要按照艺术形式的规律性去思维。艺术的规律像其他规律一样，有它的普遍性和特殊性，但从某种意义上说，特殊性是更重要的。①

不同的艺术形式的不同的预期和不同的生成作用，其有间不容发的区别，是个普遍的规律，散文、诗、小说、戏剧中莫不如此。在《长恨歌》中，唐明皇和杨贵妃的恋爱是绝对的，二者自始至终是心心相印的。“在天愿为比翼鸟，在地愿为连理枝”，就是爱情是不因空间的巨大距离而发生变化，哪怕到撒哈拉大沙漠或者到北冰洋都是不变的。“天长地久有时尽，此恨绵绵无绝期”。那就是说超越时间的永恒，天长地久，说的是时间是有尽的，但感情是无尽的，这显然是由诗歌的强化、极化逻辑向形而上的境界生成的结果。但是如果是戏剧呢，它预期生成的导向就不同，那就是要有戏剧性，也就要让相爱的人不能那么心心相印，而要让他们的情感发生“错位”，或者叫作“心心相错”。在洪升的戏剧《长生殿》里面，杨贵妃和唐明皇爱得昏天黑地，又闹矛盾。杨贵妃一共吃两次醋，被赶回去两次，又被请回来两次，这是为什么？两次情感“错位”这才有戏啊，这些内容，并不全是素材提供的，而是戏剧形式的预期生成的。如果一味用写诗的办法来写戏，一见钟情、心心相印，生死不渝，就没有戏好演了，诗意与戏剧性是冲突的，不懂得这一点，就等于逼迫观众退票。

同样的素材，在诗与散文、小说、历史中会变成不同的形象。

在历史上，杨贵妃和唐明皇两个人恋爱，纲纪废弛，歌舞升平，但安禄山已经在起兵了，一路打过来，唐朝的府兵制，也就是义务兵役制，早就很腐败，故安禄山长驱直入，打到潼关，唐明皇就派哥舒翰去守关，哥舒翰

---

① 孙绍振：《文学创作论》，春风文艺出版社 1987 年版，第 324~344。又《原生形式和规范形式对内容的不同作同》，见《美的结构》，人民文学出版社 1987 年版，第 66 页。

80岁勉强出征，但是又不得信任，派一个太监鱼朝恩去监军，哥舒翰认为安禄山来势汹汹，锐不可当，坚守潼关，以逸待劳，弄到他锐气消退，粮草消耗殆尽，他就自然溃退了。但是，太监不相信，硬催哥舒翰打，一打就打败了，哥舒翰被俘，潼关一破，长安门户大开，唐明皇匆忙率领部分皇亲国戚开溜了，好多皇孙公子都来不及通知。这么一个复杂的过程，在《资治通鉴》描述李隆基出逃这一天"百官朝者十无一二"，是非常狼狈的：

> 上移伏北内，既夕，命龙武大将军陈玄礼整比六军，厚赐钱帛。选闲厩马九百余匹，外人皆莫之知。乙未，黎明，上独与贵妃姊妹、皇子、妃、主、皇孙、杨国忠、韦见素、魏方进、陈玄礼及亲近宦官、宫人出延秋门，妃、主、皇孙之外者皆委之而去。①

这是历史散文，过程和细节交代得很清楚，才成文章，可要全写到诗里去，诗情就可能被窒息了。白居易的艺术家的气魄就表现在干脆"扼杀"一部分内容，写到《长恨歌》里就两句话："渔阳鼙鼓动地来，惊破霓裳羽衣曲。"那边一起敲鼓，几百里外，这边就地震，然后杨贵妃的舞就停了，朝廷就赶紧溜。鼓声、动地、惊破，霓裳羽衣曲（奢靡）就这么四个意象。这个过程就过去了，这个叫什么啊，叫形式扼杀内容，形式强迫内容就范，形式征服内容，不这样写，起码要二十行，就没法抒情了，只有这样，抒情的诗意，爱情的绝对性，超越生死，才有生成的空间。

诗歌不但与散文不同，与小说也不同。杨贵妃之死，陈鸿在小说《长恨歌传》中有写实的描述：

> 天宝末，兄国忠盗丞相位，愚弄国柄。及安禄山引兵向阙，以讨氏为辞。潼关不守，翠华南幸。出咸阳道，次马嵬亭，六军徘徊持戟不进。从官郎吏伏上马前，请诛错以谢天下。国忠奉厘缨盘水死于

---

① 司马光：《资治通鉴》卷四，第216页，《唐纪》三二。甘肃民族出版社，第3605页。

道周。左右之意未惬，上问之，当时敢言者请以贵妃塞天下之怒。上知不免，而不忍见其死，反袂掩面使牵而去之。仓皇展转竟就绝于尺组之下。

而在白居易的笔下只剩下两句：

六军不发无奈何，宛转蛾眉马前死。

对过程和情节的想象性跨越是诗的基本的法门，《长恨歌》开头就是一首美女幸运的颂歌。虽然多多少少有对君王重色的批评，在陈鸿的小说《长恨歌传》篇中对玄宗晚年的纵情声色、政治腐败有所暴露，就是杨贵妃是玄宗从其子寿王府邸取来亦直书不讳。这在诗歌中则以“杨家有女初长成，养在闺中人未识”加以掩盖的。在陈鸿笔下“尤物”注定“乱阶”的逻辑正是现实正统政治观念的表现，但是，《长恨歌》中，这种政治逻辑被颠覆了。

在此基础上，诗歌的形式以诗化的逻辑，为这个历史故事，创造出抒情的内容来。

白居易给美女的定性是“天生丽质”，美是天生的，而且她和乱政的苏妲己和褒姒也不一样，她没有残害忠良，她的受宠，她的升腾，她的幸运，她的走向死亡，就是因为她天生丽质而得到宠幸。她是被“选”的，是身不由己的。在白居易的意脉逻辑中：美女的情感价值最重要，政治身份可以略而不计。美女就是美女，美女因为太美而成为牺牲，这是很不公平的，这是美女的大“恨”。把美女叫做“尤物”，意思是不但是美丽的，而且是稀罕的，在美女稀罕这一点上，白居易和陈鸿是一样的。但是，在白居易看来，正因为稀罕，才更应该赞颂。但是，陈鸿的小说里，正是因为稀罕，才是具有政治的危险性的，因而遭到杀戮是理所当然的，而在白居易心目中，罕见的美女，如同《琵琶行》中演奏技艺高超的女艺人一样值得赞美。这个罕见的美女，虽然造成君王沉迷，导致裙带性质的政治腐败，甚至与王朝的危局有脱不了的干系，与严重的政治危机有关联，但美女的罕见的美，还是值得珍惜，值得用最美好的语言来歌颂。而美女身不由己卷入政局而死亡，美的毁灭，就是莫大的憾“恨”，这不但是美女的憾“恨”，而且对于人生来说，也是无限的遗“恨”。

贵妃死后开始了新的阶段，赞美的对象从美女的美转向帝王感情的美。这时美女肉体上已经死亡。“重色”的君王，已经无色可重。权力对于死亡无可奈何。然而，帝王的憾“恨”，却超越了死亡。这就显示出恨不是短“恨”，遗“恨”持续不断意味着：第一，这是一种“长恨”，并不因远离死亡现场，距离死亡的时间渐行渐远而淡化。第二，造成朝朝暮暮“长恨”的原因是“情”，这就超越了“芙蓉帐暖度春宵”，表明在性质上有了改变，不再是色欲，“重色”变成了重“情”。“长恨”不仅仅是在时间上的朝朝暮暮，而且是刻骨铭心的状态，这是一种无可奈何的、无限缠绵的、不可磨灭的情感，最关键的这还是一种不可挽回的遗恨。第三，这种遗恨是无限的，无所不在，它冲击着渐行渐远环境景物，令一切生命感觉发生“变异”。阳光变得淡白，旗帜失去颜色，皎洁的月光令人伤心，雨中的铃声则更是令人肠断。这里的“变异”，不仅仅是“形变”，而且是“质变”。变异的幅度之大，反差之巨，正是感情作深度冲击的结果，这比之“温泉水滑洗凝脂”更高雅，上升到超越肌肤、超越功利的审美层次，在性质上具备了爱情的特征。对于意脉来说则是进入了一个新的高度。这已经不是初始的宠幸，爱情不但在于超越了色欲，而且超越了不可排解，进入了不可更换、不可代替的境界。在重返长安以后，李隆基并没有把色欲转移到另外的美女身上去。帝王施恩的任意性权力，并不能排解李隆基的“长恨”。这就不仅仅是感情的深挚，而且是爱情的忠贞。

这样绝对的爱情在人间是不可能的，是白居易按诗的逻辑创造出来的。陈鸿在小说《长恨歌传》的描写是写实的：“昔天宝十年侍辇避暑骊山宫，秋七月，牵牛织女相见之夕……时夜始半，休侍卫于东西厢，独侍上，上凭肩而立，因仰天感牛女事。密相誓，心愿世世为夫妇。言毕执手各呜咽。”这不过是主观愿望而已，在小说家鲁迅看来，用赌咒发誓来表白爱情，就说明爱情已经灭亡了。白居易把现世的记忆诗化为“虚无缥缈”的“海上仙山”，为绝对爱情找到绝对自由的环境。在这“虚无缥缈”的环境中，绝对爱情就是绝对理想化：第一，对象是绝对唯一、不可替代的；第二，感情是绝对不变的，生者是不变的，死者也是不变的；第三，死者因为感情不变而变成了“绰约仙子”，“雪肤花貌”“仙袂飘举”。但是，即使成仙，并不因而欢乐，相反，仍然陷于“长恨”之中：憾恨不是一般的美化而是仙化。这里的美，不仅仅是丽质而欢乐的美，而且是坚贞而悲凉的美。

白居易并不满足于这种形而上学的绝对永恒，他坚定地把它变为现实的抒情、永恒的爱情，在现实中，只能是永恒的憾“恨”，永恒的悲痛，绝对的“长恨”。“天长地久有时尽，此恨绵绵无绝期。”“长恨”绵绵无尽，从意脉来说，正是白居易自己说过的“卒章显志”，成为意脉的脉尾，全诗的构思达到了有机的统一。

对一种艺术形式的驾驭，已经是非常困难了，何况各种不同的艺术形式。所以，古今中外，一个作家往往只能精通一两门艺术形式，很难有全能作家，即使是大艺术家对艺术形式的驾驭也是有限的。写小说的不会写诗，写诗的不会写散文，写散文的不会写剧本，写剧本的不一定会写电影剧本，不一定会写京戏剧本。就连曹雪芹那样的天才，以纯艺术的眼光观之《红楼梦》，各种艺术形式的水准是差异很大的，可以说，诗不如词，词不如曲，曲不如小说。就是鲁迅，作为小说家和杂文家，也是有矛盾的。这一点，他自己也有所体悟，当他的学生孙伏园，问他在《呐喊》中，最喜欢哪一篇时，他没有说《狂人日记》《阿 Q 正传》，而是说最喜欢《孔乙己》，说是有“大家风度”“从容不迫”。而《狂人日记》则是太“局促”了，“在艺术上是不应该的”[①]。这是因为在《阿 Q 正传》中，杂文的成分往往干扰了小说的规范。在鲁迅心灵中有小说艺术和杂文艺术两根弦，有的

① 孙伏园：《关于鲁迅先生》，《晨报·副刊》，1924 年 1 月 12 日。

时候构成和弦,有时就互相打架。

对于《阿Q正传》,我跟所有推崇《阿Q正传》的人没有分歧。但是《阿Q正传》里面有没有"太逼促"的东西?例如,漫画的、杂文的成分,这是可以讨论的。有些人认为伟大的经典就是没有缺点的。其实,这个世界上所有伟大的作品都是有缺点的。

阿Q处在社会的下层,也就是精神等级的下层,这是严峻的现实。如果安于现实,就没有阿Q了。阿Q不安于现实,但是,要改变现实,哪怕是鸡毛蒜皮的,他只能头破血流。于是就另寻门路,争取精神上的优越。精神优越在现实中也不能实现,就在幻想中,也就是在"变异的感知"中,达到"假定的优越"。在"假定"中从弱势变成强势,把失败从感知中排除,在受辱中享受荣誉,在排斥异端中自慰,在欺凌弱者中自我陶醉。在惨败中营造精神胜利,当然是虚幻的胜利,一般论者认为,这是鲁迅的伟大发明。这没有错,但并不完全,鲁迅的第二个发明是,这样的精神现象,恰恰是卑微人物的强烈自尊的扭曲,阿Q和鲁迅笔下的一切小人物(如孔乙己)一样,有着最后的卑微的自尊。他以"精神胜利法",以虚幻的自尊来摆脱屈辱,麻痹自己。违反常识的"变异感知"、歪曲现实,成为他精神存活的条件。鲁迅的第三个发明是,把这种病态的自尊在现实中遭受悲惨的失败用喜剧的形式加以淋漓尽致的表现。鲁迅用喜剧逻辑,夸张其荒谬性,不和谐,不统一。在喜剧性的悲剧中,寄寓着深邃的思想批判。就是在这种特殊艺术风格的追求中,鲁迅杂文家的才能不由自主地入侵到了小说当中。有时,两种文体,得到了和谐的统一,有时,则并未达到水乳交融的和谐。因为杂文是可以直接讲出深邃的思想的,而且可以相当夸张,以导致荒谬的逻辑,讲得痛快淋漓。但是,小说,特别是鲁迅的现实性很强的小说,则是从人物的多元感知错位中展开,结论是不能直接表述的。稍稍超越人物的感知系统,就变成了作者的思想表达,两种文体就可能分裂了,不统一、不和谐了。比如,在阿Q一次获得精神胜利以后,鲁迅这样写道:"阿Q永远是得意的。这或许是中国精神文明冠于全球的一个证据了。”这是清朝末期，普遍存在于官僚、文人中的精神的自我麻醉。这样的反讽的概括，不是阿 Q 的感知范围所能及的，而是鲁迅的杂文句式。有时候就产生了争议：在杂文中是深刻而警策，在艺术上却冲击了感知错位的和谐。《狂人日记》发表的时候，对于其中所说，整个中国历史上写的都是“吃人”，“吃人”，不像现在只有一种意见，毫无保留地叫好，五四时期，就有两种意见：一种意见，在《狂人日记》发表八个月之后，傅斯年说，“唐俟君的《狂人日记》用写实笔法，达寄托的（symbolism）旨趣，诚然是中国第一篇好小说”①。另一种意见认为他行文“过火”，就是说直接发表言论。第一个提出他行文过火的人是谁呢？不是评论家，而是诗人朱湘。②

小说、戏剧和诗形式规范的差异非常微妙，就是托尔斯泰这样的大艺术家，也免不了犯一些错误，他写的剧本根本是不能演出的。即使这样，他还非常凶狠地批评过莎士比亚：

> 莎士比亚缺乏主要的（如果不是唯一的）塑造性格的手段——语言，亦即让每个人都用合乎他性格的语言来说话。这是莎士比亚所没有的。莎士比亚笔下所有的人物，说的不是他自己的语言，而常常是千篇一律的莎士比亚式的刻意求工、矫揉造作的语言，这些语言，不仅塑造出的剧中人物，（而且）任何活人，在任何时间和任何地点都不会用来说话的。③

托尔斯泰忽略了不同的艺术形式之间的重大差异。莎士比亚的戏是一种诗剧，虽然不押韵，但是五步抑扬格，与诗的节奏一样，一个轻一个重，英文叫 blank verse，翻译成中文就是无韵素体诗。不押韵，但有诗的

---

① 1919 年 2 月 1 日《新青年》：《书报介绍》。

② 参阅孙绍振《复眼看鲁迅：杂文家和小说家》，《演讲经典之美》，福建教育出版社，第 76~122 页。

③ 《莎士比亚评论汇编》（上），北京，中国社会科学出版社 1979 年版，第 504 页。

节奏。巴尔扎克批评过雨果，说雨果笔下的人物很不真实，这边的人在讲话，我们观众都听到了，那边隔壁的人站在舞台上却听不到。这是不懂得戏剧的假定性，像我国戏曲一样，自报家门。他的批评有没有道理呢？好像有道理，因为他追求的是叙事文学的现实性，他是写小说的，他写小说时必须尽可能地接近日常口语。所以，托尔斯泰就把他的小说的起码规范强加给了诗剧。他非常反感莎士比亚写的情人见面、烈士遭难，都作长篇大论。李尔王在草原上，对着无人的旷野大喊大叫，用诗的语言发表大段的独白。现实生活中，这是发神经。罗密欧见了朱丽叶，第一次见面就对着人家的阳台说“我的太阳”，然后就朗诵一段诗。这在现实中不但是不可能的，而且是很危险的。但是，文学是一种假定，不能用生活中是不是这样来衡量。这是诗剧，是歌剧，斯坦尼斯拉夫要求演员忘掉自我，进入角色的潜意识，这显然有片面性的，而布莱希特则相反，讲究“间离效果”（德语 verfremdungseffekt，英语有译成 alienation effect 的，那就和俄国形式主义者所说的陌生化差不多了）。诗剧和歌剧跟小说的假定性是不太一样的。这种不一样对艺术家是特别重要的。鲁迅写小说很棒，但他写白话新诗就往往带着过多的杂文，因而带上打油的味道。茅盾也是这样，他的剧本《清明时节》就全是演说。必须提高对特殊的艺术形式的审美感觉，不能把它们搅混了。搅混了，就会付出代价。精致的修养和微妙的形式的敏感是分不开的。杨朔的散文曾在 20 世纪 60 年代风行一时。他有历史的贡献，在解放区，20 世纪 40 年代至 50 年代的散文都变成报告文学了，已经不完全属于艺术，而是实用的文体。到了杨朔，就是从 1958 年，特别 1959 年以后，他提出散文应该是艺术，散文是诗，应该把每一篇散文都当作诗来写。[①] 这些主张是写在他那轰动一时的散文集《东风第一枝》的后记中的。应该说，这是杨朔的一个贡献，他恢复了散文的艺术生命。但诗与散文是两种不同的形式，有两种不同的规范。黄庭坚

---

① 原文是“我在写每篇散文时，总是拿着当诗一样写”，《东风第一枝小跋》，见《杨朔散文选》，人民出版社 1978 年版，第 220 页。

(1045—1105)早就强调过,诗文不混淆,连杜甫、韩愈,都留了教训:"杜(杜甫)之诗法,韩(韩愈)之文法也。诗文各有体,韩以文为诗,杜以诗为文,故不工尔。"①

诗和散文好像两种血型或两种性别,你不能混淆。杨朔在这方面的修养不足,他太马大哈了,刚刚把散文从报告文学中解放出来,又把散文投入了诗的牢笼,把诗歌、散文混淆了。他不懂得,特殊的艺术形式的优越性到了另一种艺术形式中,就变成局限性了。比如说,芭蕾舞只能用脚尖跳,这是它的一个看点,但你能用跳芭蕾舞的方法去演京剧吗?

用理论的语言说,审美的思维就是在艺术形式的优越性和局限性的双重制约下思维。形式不同,各有其自由和局限,主要原因是工具不同,性能不同。这里声明一下,暂时把语言作为一种"工具",这是传统的说法。现在更多的学者认为,语言不仅是工具,还是文化、意识形态、人文价值观的载体。这个问题我们暂不讨论,因为就是人文学派,也不完全否定语言在一定层次上具有工具性。我只暂时把语言当成一种工具。因为这样比较简明,可以用来区别绘画、音乐和舞蹈等。

工具不同,发挥它的优越性,超越它的局限性,作家的想象力、观察力、表达力都要作出调整。作家的艺术水平如何,就看他是否善于把握艺术形式的共同规律,也看他对间不容发的微妙的特殊规律有没有高度的敏感。这既体现了一个艺术家的水平,也体现了一个读者或一个文学教师的水平。这是个关键问题,不可含糊。在文学解读中,有一个权威的说法,那就是苏东坡在《书摩诘〈蓝田烟雨图〉》所说:"味摩诘之诗,诗中有画。观摩诘之画,画中有诗。诗曰:'蓝溪白石出,玉川红叶稀。山路元无雨,空翠湿人衣。'"②由于苏轼的权威,诗与画统一论,似乎成了定论。

明朝人张岱(1597—1679)直接对苏东坡的这个议论提出异议:"若以有诗句之画作画,画不能佳;以有画意之诗为诗,诗必不妙。如李青莲

---

① 转引自宋陈师道《后山诗话》,见《历代诗话》(上),何文焕辑,中华书局2006年版,第303页。

② 《苏轼全集》,上海古籍出版社2000年版,下册,文集卷七十,第2189页。

《静夜思》'举头望明月,低头思故乡',有何可画?王摩诘《山路》诗'蓝田白石出,玉川红叶稀',尚可入画;'山路原无雨,空翠湿人衣',则如何入画?"[1]张岱的观点接触到了艺术形式之间的矛盾,但却没能充分引起后人乃至今人的注意。

但是,在艺术创作实践上,苏东坡却突破了他的理论。

苏东坡《惠崇春江晓景》:"竹外桃花三两枝,春江水暖鸭先知,蒌蒿满地芦芽短,正是河豚欲上时。"历代诗话家均以"春江水暖鸭先知"为最佳,获得后世普遍称道,为什么?

从苏诗题目可知,这本是一首为惠崇《春江晓景》图而作的题画诗。所以,画面上,鸭浮水上,一望而知,但"水暖"二字,其实是画不出、看不见的。最清晰可见的,仅仅是三两枝不太浓密的竹外桃花,透出点儿早春的讯息。但花发花开的原因在春暖,可"暖"属触觉,不可凭视觉而见。即使画面上有鸭浮于春江,亦无暖之提示。而诗却有与画不同的规律,以全方位感知超越画艺,从视觉引申出触觉,凭着那静止的鸭子,率领读者想象出既不存在于画上的江水之鸭脚,也不可能画出来的感受之暖。相当雄辩地把画的视觉美,转化为诗之全方位感官(包含触觉)之美。画中本来是没有这样的诗意的,画中的诗意焦点(鸭脚),是诗人想象出来的。诗对于画来说,好就好在无中生有,而画对于诗来说,有中隐无,并非空穴来风。这就应验了张岱所言:如就惠崇之画为诗,则无如此好诗;如就东坡此诗令惠崇为画,则不能画。

不同艺术形式间不同规范在西方也同样受到漠视,以致在张岱一百多年之后,德国的莱辛(1729—1781)认为有必要写一本专门的理论著作《拉奥孔》来阐明诗与画的界限。莱辛发现同样以拉奥孔父子为毒蟒缠死为题材,古希腊雕像与古罗马维吉尔的史诗所表现的有很大不同。在维吉尔的史诗中,拉奥孔发出"可怕的哀号""像一头公牛受了伤","放声狂叫",而在雕像中身体的痛苦冲淡了,"哀号化为轻微的叹息",这是"因

---

① 张岱:《琅嬛文集·与包严介》,岳麓书社1985年版,第152页。

为哀号会使面孔扭曲，令人恶心”，而且远看如一个黑洞。“激烈的形体扭曲与高度的美是不相容的”，而在史诗中，“维吉尔写拉奥孔放声号哭，读者谁会想到号哭会张开大口，而张开大口就会显得丑呢”？“写拉奥孔放声号哭那行诗只要听起来好听就够了，看起来是否好看，就不用管”。[①]应该说，莱辛比张岱更进了一步，即使肉眼可以感知的形体（而不是画中不能表现的视觉以外的东西）在诗中和在画中也有不同的艺术标准。不同艺术形式的优越性是如此的不同，是值得奉献生命来钻研的。

关键还在于，画中之画，是静止的，而诗中之画的优越性在于：第一，超越视觉的刹那，成为一种“动画”，有了动感，才便于抒情。感情的本性，就是和“动”分不开的，故曰感动，曰触动，曰动心，曰动情，曰情动于衷，反之则曰无动于衷。连英语的感动都是从“动”（move）引申出 to stir the emotions 的意味，从心理学来说，感情就是一种激动，激而不动，就是没有感情。以李白的月亮意象为例，“举杯邀明月，对影成三人”（《月下独酌》），“暮从碧山下，山月随人归”（《下终南山过斛斯山人宿置酒》），意象的持续性克服了画面刹那瞬间才显出情的动态。第二，诗中的画，不但是“动画”，而且往往是“声画”，其妙处全在声音“月出惊山鸟，时鸣春涧中”（王维《鸟鸣涧》）。这是岑寂和鸣叫反衬的效果，听觉激起的微妙心动，视觉是无能为力的。第三，最主要的是诗中的画，不管是动画还是声画，最根本的还是“情画”，情不能在动画之上直接表现，必然是隐蔽在画面之外。即使出现了静态的画面，也不仅仅是视觉在起作用，而是心在被感“动”。

① 朱光潜译：《拉奥孔》，人民文学出版社 1979 年版，第 16 页、第 22 页。

诗与散文的区别:形而上和形而下

归纳法的难点在经验的有限性、狭隘性。因而要求最大限度地掌握经验材料。可是生也有涯,经验也无涯,以有涯求无涯,是生命本身的悲剧。但,如果不是一味追求理论的全面性,从片面的经验开始,像胡适所主张的那样,在有限的经验中,进行“大胆的假设”,又像波普尔所提倡的那样,不断地“试错”,反复排除经验狭隘性的局限,进行“小心地求证”,可能比之演绎法,从普遍的概念到特殊的概念,成功的概率要高得多。归纳法还有一种特殊的形态,那就是个案分析,也就是所谓从一粒沙子中看世界,从一滴水中看大海。不一定要把全世界所有的水,都收集到自己的实验室里。在我看来,把归纳和比较结合起来,是更为有效的办法,就是把既是诗人又是散文家的作品拿来加以比较,因为,这里有现成的可比性。

现成的理论不完善,就只有从现象中直接进行归纳。

就以李白而言,在诗歌中李白是反抗权贵的,不能忍受向权贵摧眉折腰的;而在散文中,尤其是那些“自荐表”中,李白向权贵发出祈求哀怜是一点也不害臊的。在《与韩荆州书》中,以夸耀的口吻说自己从十五岁起就“遍干诸侯”。阅读李白的全部作品,会发现有两个李白:一个在诗里,是颇为纯洁而且清高的;一个是在散文里,是非常世俗的。在舒婷的散文和诗歌中也可以见到同样的分化。在诗歌中,她是形而上的,好像在精神的象牙塔里,为人与人之间的难以沟通而感到哀伤、失落,为美好的爱情友情而欢欣。诗人好像是不食人间烟火的。而在散文中,她又作为妻子、母亲、为婆婆妈妈的家务事而操劳,发出“做女人真难,但又乐在其中”的感叹。在余光中的散文和诗中,他的乡愁,也是不尽相同的。在诗中,是超越了现实的，虚拟的，展示了单纯的精神境界，只需几个意象（邮票、船票、坟墓、海峡）就足以凝聚起大半生的生命乡愁体验。在这种象征的、空灵、纯粹情感的境界的升华，抒情主人公的经历，不是他一个人的，而是许多类似的居住在台湾的人的概括。而在散文《听听那冷雨》中，恰恰相反，乡愁就贴近了他的具体的特殊的唯一的经历，他从金门街到厦门街，长巷短巷，基隆的港湾的雨湿的天线，台北的日式的瓦顶，在多山的科罗拉多对大陆的想望，甚至他还有一点“亡宋的哀痛”的政治失落感，还有他青春时代和爱人共穿的雨衣的浪漫。散文中的余光中是一个现实中的余光中。理解了这一点就不难理解诗人柳宗元和散文家的柳宗元的重大分化了。他在《小石潭记》中把他所发现的那个自然境界描写得那么空灵，那么美好。虽然是“寂寥无人，凄神寒骨，悄怆幽邃”的，远离尘世、超凡脱俗的，但是“其境过清”，太冷清，太寒冷了，欣赏则可，却不适“久居”。只能弃之而去。尽管如此，还是要记录在案，把同游之人的名字都罗列了一番。而在诗歌里则充满了不食人间烟火的境界。如《江雪》：

千山鸟飞绝，万径人踪灭。孤舟蓑笠翁，独钓寒江雪。

开头两句，强调的是生命的“绝”和“灭”，与这相对比的是一个孤独的渔翁，在寒冷、冰封的江上，是“钓雪”，而不是钓鱼，也就是不计任何功利，是一点不怕冷，也不怕孤独的，相反，孤独本身就是一种享受。这和散文中“寂寥无人，凄神寒骨，悄怆幽邃”，“其境过清，不可久居”的境界大不相同的。散文中的柳宗元，还是不能忘情现实环境、居住条件，小而至于为了买一块便宜的土地，大而至于国计民生，乃至于朝廷政治都能引起他的忧愁和欢乐；而诗歌则可以尽情发挥超现实的形而上的空寂的理想，以无目的、无心的境界，就是超越一切功利，体悟大自然和人达到高度的和谐和统一。这是诗的意境，而这在散文中，作者是可以欣赏，却接受不了的。

两种文学形式，微妙而重大的区别，从文本中归纳出来，不难看出，散文从根本上来说，是形而下的，而诗则是概括的、形而上的。这从西方东方任何宏观的理论中都是不可能演绎出来的。

文学理论只能揭示多种文学形式普遍性，而散文研究的任务却是：散文作为一种形式的特殊性，实际上，在阅读过程中，普遍理念的召唤结构，随时随地都在吸纳、澄明、同化着特殊审美体验。但这种吸纳、澄明和同化，是充满矛盾的。理论的空疏和审美体验的饱和性，是时时刻刻在冲突着的。对于理论所难以吸纳、澄明，同化的，必然招致窒息，扭曲、扼杀。故理想的理论不应该是封闭的，而应该是开放的，概念和范畴，不应该是僵化的，而应该是在内涵上可以作弹性阐释的，可以衍生出从属的系列范畴来的。光是理论的开放还不够，还需要读者审美主体的自觉。

由于对形式规范的漠视，我们文学解读的水平，在诗与散文的区别方面常常表现出最可悲的现象。通过李白在诗中和散文中的不同表现，李隆基和杨玉环情爱题材的不同形式中的对比不难看出，诗与散文的最大区别，诗中的心灵、诗中的情感是带着很强的形而上的特点，从形象来看，诗是概括的，类的，不是个别的，意象往往是没有时间地点条件的具体性的。这一点，本来应该是常识，但是，连全民十分敏感的高校入学的语文考试都闹了大笑话。2000 年的全国统一考卷中有一题是郑敏女士的诗，这是一首现代派的诗。其意味比之古典诗歌更具形而上的性质，即使是专业的诗歌评论者也不敢对之作什么标准答案的。但是命题者的气魄却是专业评论家所望尘莫及的。郑敏女士诗的题目叫作《金黄的稻束》：原文如下：

金黄的稻束站在/割过的田里/我想起无数个疲倦的母亲/黄昏路上我看见那皱了的美丽的脸/收获日的满月在/高耸的树巅上/暮色里，远山/围着我们的心边/没有一个雕像能比这更静默/肩荷着那伟大的疲倦，你们/在这伸向远远的一片/秋天的田里低首沉思/静默。静默。历史也不过是/脚下一条流去的小河/而你们,站在那儿/将成为人类的一个思想。

题目要求考生选择对这首诗解释不恰当的一项。标准答案是:“金黄的稻束站在/割过的秋天的田里”一句涉及时间,从全诗来看,除了“秋天”外还隐指“暮色”降临以前。出题者的意图显然是,让学生明白,这首诗的时间应该是在暮色降临之时,或者以后。因为,诗中已经明确指出是在“暮色里”,而且还点明“收获日的满月”。但是,诗中同时又明明说是在“黄昏路上”,“黄昏”是在暮色降临以前,还是以后呢?这就很难说了。再说,这首诗写的并不是一个静止的场景,而是一个形而上的概括场景,暮色、黄昏只是一个背景,从这出发,延伸到“历史”(“不过是脚下一条流去的小河”),和“人类”(“站在那里将成为人类的一个思想”)。显然,这是超越了时间和场景(空间)的具体性的。关键是暮色和暮年的母亲在色彩和情调的关联,确定具体的时间根本没有意义。抒情诗与散文的不同之处,就是它的意象是高度概括的,超越具体时间的确定性,有利于它的深邃概括。故从亚里士多德拿诗与历史比较,历史讲的是个别的事,而诗则讲的是普遍的事。从这个意义上,诗是更接近于哲学的。后来华兹华斯也赞成此说。诗除了特殊的例外,在时间、地点上过分的确定,不利于它的想象,具体的时间、地点、条件,可能使得它为散文同化。不论是艾青的《乞丐》《手推车》、闻一多的《死水》、徐志摩的《再别康桥》,还是臧克家的《老马》、郭沫若的《骆驼》,不论是戴望舒的《雨巷》、舒婷的《致橡树》,还是雪莱的《云雀颂》、普希金笔下的大海,不论是李白的月亮,还是苏东坡笔下的长江,大凡诗人笔下之物、之人,常有超越具体时间、空间的倾向。贺知章的《咏柳》:“碧玉妆成一树高,万千垂下绿丝绦。不知细叶谁裁出,二月春风似剪刀。”并没有点明柳树是农村的还是城市的,也没有暗示是早晨还是黄昏的,正因为它时间、地点的不确定性,才有早春气象的普遍性和想象的自由。如果点明是某一地点,某一时间,某特殊的柳树，那就得交代，不管是何处的、何时的柳树，太具体写实了，就与其细叶都是由春风裁剪而成的想象无法和谐了。对艺术家来说，时间、地点、人物具体性的递增，导致想象的自由的递减，抒情性也相应递减，抒情性的递减必然导致叙事性的递增。

> 葡萄美酒夜光杯，欲饮琵琶马上催，醉卧沙场君莫笑，古来征战几人回。

不但现场的时间的因素是淡化的，而且未来的时间都是虚拟的。难道经过行军的漫长过程，到了前线还不醒？如果真是这样，还有可能上战场吗？诗人与散文家之不同，就在于把这一切留在空白里。把什么都写得一清二楚，就可能成为散文了。最明显的是艾青的《乞丐》：

> 在北方，
> 乞丐徘徊在黄河的两岸，
> 徘徊在铁道的两旁。

不但时间、地点是不确定的，连性别、年龄都是没有的。诗中的乞丐是整个黄河两岸的乞丐的概括性的意象，而不是某一个乞丐的具体描写，这就是艾青在《诗论》中所说的"灵魂的雕塑"的艺术效果，如果把年龄、性别、时间、地点、人数一一详加描述，就必然失去诗的概括性。而散文则更多是形而下的，接近于实用功利价值的。柳宗元在《小石潭记》描绘了一个远离尘世、超凡脱俗的清净美好的世界，因为是散文，作者坦然说，虽然如此，但"寂寥无人，凄神寒骨，悄怆幽邃"，"其境过清，不可久居"，虽然很好，欣赏（审美）则可，并不适合自己"久居"（实用）。在散文中，表现的是柳宗元性格的一个侧面，比较执着于现实，而在诗歌里表现出来的，则是另外一面，那里充满了不食人间烟火的境界。如他的《渔翁》一诗可谓达到物我两忘的境界：

渔翁夜傍西岩宿，晓汲清湘燃楚竹。
烟销日出不见人，欸乃一声山水绿。
回看天际下中流，岩上无心云相逐。

苏东坡说最后两句可删，这自然有一定道理，但其中的“无心”，却是诗的境界不同于散文境界的关键。在这里，“无心”的云，就是“无心”的人，超越一切功利，大自然和人达到水乳交融的统一。若在散文中，这个渔翁是要用心去捕鱼的，他看出来就不可是“无心”的。

规范形式和亚规范形式

对于文学文本的彻底解读，不能满足于隐性意脉的梳理，甚至不能停止于追求形式规范，而且还要深入到亚形式的分析。例如，同样是古典诗歌，有效的解读就要分析出绝句和律诗的不同来。

历代诗话品评唐诗的艺术最高成就时，向来是李白杜甫并称，举世公认，但是，在具体艺术形式方面，二者的评价却有悬殊。历代评家倾向于在绝句上，尤其是七言绝句，成就最高者为李白，高棅在《唐诗品汇》中说：“盛唐绝句，太白高于诸人，王少伯次之。”①胡应麟在《诗薮》中也说：“七言绝以太白、江宁为主，参以王维之俊雅，岑参之浓丽，高适之浑雄，韩翃之高华，李益之神秀，益以弘、正之骨力，嘉、隆之气运，集长舍短，足为大家。”②连韩翃、李益都数到了，却没有提到杜甫。沈德潜在《唐诗别裁》

① 高棅：《唐诗品汇·七言绝句叙目·第二卷》，上海古籍出版社1981年据明汪宗尼校订本影印版，第427页。

② 胡应麟：《诗薮》内编卷六（近体·绝句），上海古籍出版社1979年11月新1版，第115页。

中则具体说到篇目:“必求压卷,王维之‘渭城’,李白之‘白帝’,王昌龄之‘奉帚平明’,王之涣之‘黄河远上’,其庶几乎!终唐之世,绝句无出四章之右者矣。”[①]不但如此,《诗薮》还拿杜甫来对比:“自少陵以绝句对结,诗家率以半律讥之。”[②]许学夷《诗源辩体》引用王元美的话说:“子美七言绝变体,间为之可耳,不足多法也。”[③]究竟是哪些篇目能够获得“压卷”的荣誉,诸家看法不免有所出入,但是,杜甫的绝句从来不被列入“压卷”则似乎不约而同的。这就说明有一个不言而喻的共识在起作用。除个别偶然提及的篇目,普遍被提到的大致如下:王昌龄《出塞二首》(其一):

秦时明月汉时关,万里长征人未还。但使龙城飞将在,不教胡马度阴山。

王之涣《凉州词》

黄河远上白云间,一片孤城万仞山。羌笛何须怨杨柳,春风不度玉门关。

李白《下江陵》

朝辞白帝彩云间,千里江陵一日还。两岸猿声啼不住,轻舟已过万重山。

王翰《凉州词二首》其一:

葡萄美酒夜光杯,欲饮琵琶马上催。醉卧沙场君莫笑,古来征战

① 沈德潜:《唐诗别裁集》卷十九,中华书局1975年10月版,第262页。
② 胡应麟:《诗薮》内编卷六(近体·绝句),上海古籍出版社1979年11月新1版,第115页。
③ 许学夷:《诗源辩体》卷十九,人民文学出版社1987年10月版,第220页。

几人回?

王维《送元二使安西》:

渭城朝雨浥轻尘,客舍青青柳色新。劝君更尽一杯酒,西出阳关无故人。

李益《夜上受降城闻笛》

回乐峰前沙似雪,受降城上月如霜。不知何处吹芦管,一夜征人尽望乡。

诗话并没有具体分析各首艺术上的优越性何在。最方便的是用直接归纳法,从形式的外部结构开始,和杜甫遭到非议的绝句代表作"两个黄鹂鸣翠柳,一行白露上青天。窗含西岭千秋雪,门泊东吴万里船"加以对比。不难看出,二者句子结构和语气,有重大区别,杜甫的绝句四句都是肯定的陈述句,都是视觉图景。而被列入压卷之作的则相反,四句之中到了第三句和第四句在语气上发生了变化,大都是从陈述变成了否定、感叹或者疑问,"但使龙城飞将在,不教胡马度阴山。""羌笛何须怨杨柳,春风不度玉门关。""醉卧沙场君莫笑,古来征战几人回?""劝君更尽一杯酒,西出阳关无故人。""不知何处吹芦管,一夜征人尽望乡。"不但是句法和语气变了,而且从写客体之景转化为感兴,也就是抒主观之情。杜甫的,虽然有句法、语气、情绪的变化,甚至是跳跃,但是,心灵显得不够活跃,从意象来看,也流于平面。绝句在第三句要有变化,是一种规律,元朝杨载的《诗家法数》中指出:

绝句之法要婉曲回环,删芜就简,句绝而意不绝,多以第三句为主，而第四句发之，有实接有虚接，承接之间，开与合相关，正与反相依，顺与逆相应，一呼一应，宫商自谐。大抵起承二句固难，然不过平直叙起为佳，从容承之为是，至如婉转变化工夫全在第三句，若于此转变得好，则第四句如顺流之舟矣。①

杨载强调的第三句相对于前面两句，是一种“转变”的关系，这种“转变”，不是断裂，而是“婉转”的“变化”的承接，不是直接连续，其中有虚与实，虚就是不直接连续。如《出塞》前面两句是“秦时明月汉时关，万里长征人未还”，都是实接，也就是在逻辑上没有空白。到了第三句，但使龙城飞将在，就不是实接，而是虚接，不是接着写边塞，而发起议论来，但是，仍然有潜在的连续性的：明月引发思乡，回不了家，有了李广就不一样了。景不接，但情绪接上了，这就是虚接。与之类似的，“黄河远上白云间，一片孤城万仞山。羌笛何须怨杨柳，春风不度玉门关”。从孤城万仞，到羌笛杨柳之曲，当中省略了许多，不完全连续，事实上是景观的跳跃，这是放得“开”。但在景观的跳跃中，有情绪的虚接，想象的拓开，不从实处接近景，而从想象远处接情。在杨载，这叫作“合”，“开与合相关”，听到杨柳之曲，想到在玉门关外，而春风不如家乡之催柳发青。此景象之大开，情绪又大合也。“葡萄美酒夜光杯，欲饮琵琶马上催。醉卧沙场君莫笑，古来征战几人回?”前两句是陈述，第三句是否定，第四句是感叹。语气的变化，所表现的是情绪的突转。本来是饮酒为乐，不顾军乐频催。不接之以乐，而接之以醉死之豪，则为杨载所谓“反接”。而反接之妙并不为悲，而为更乐之由，此为“反”中有“正”之妙接也。

---

① 何文焕编：《历代诗话》（下），中华书局2006年版，第732页。

宛转变化的功能:情致的瞬间转换

然所举压卷之作,并非第三、四句皆有如此之句法语气之变。以李白《下江陵》为例。第三句(两岸猿声)在句法上并没有上述的变化,四句都是陈述性的肯定句("啼不住"是持续的意思,不是句意的否定)。这是因为,句式的变化还有另一种形式:如果前面两句是相对独立的单句,则后面两句在逻辑上是贯穿一体、不能各自独立的,叫作"流水"句式。例如,"羌笛何须怨杨柳"离开了"春风不度玉门关",逻辑上是不完整的。"流水"句式的变化,表现得精彩的是情绪的瞬间转换,从一种情结向另一种情绪婉转地转换。前面两句,如果是描绘性的画面的话,后面两句如果再描绘,如杜甫的"两个黄鹂鸣翠柳,一行白露上青天。窗含西岭千秋雪,门泊东吴万里船"一味描绘,就缺乏杨载所说的"宛转变化工夫",显得太合,放不开,平板。而"流水"句式,使得诗人的主体更有超越客观景象的能量,更有利于表现诗人的情绪转化。李白的绝句之所以比之杜甫有更高的历史评价,就是因为他善于在第三、第四句上转换为"流水"句式。如《客中作》:"兰陵美酒郁金香,玉碗盛来琥珀光。但使主人能醉客,不知何处是他乡。"其好处在于:首先,第三句是假设语气,第四句是否定句式、感叹语气;其次,这两句构成"流水"句式,自然、自由地从第一、二句对客体的美好意象描绘中解脱出来,瞬间转换为另一种情绪:只要能够喝个痛快,他乡就成了故乡。杜牧的《夜泊秦淮》"商女不知亡国恨"离开了"隔江犹唱后庭花",句意是不能完足的。欢乐的歌声引发了亡国的感喟,其实《下江陵》这一首,第三句和第四句,也有这样的特点。"两岸猿声啼不住"和"轻舟已过万重山"结合为"流水"句式,就使得句式不但有变化,而且情绪也从对猿声的出神,到突然发现已经到家的惊喜。这种情绪转换,既是瞬间的,又是“宛转”的。前面两句,“白帝”“彩云”“千里江陵”都是画面,视觉形象;第三句超越了视觉形象,“两岸猿声”转化为听觉。这种变化是感觉的交替。此为第一层次。听觉中之猿声,本为悲声(《水经注》引民谣曰:巴东三峡巫峡长,猿鸣三声泪沾裳),而李白将之转变为欢,显示高度凝神于听,而忽略视之景,由五官感觉深化为凝神观照的情致。此为第二层次。第三句的听觉凝神,特点是持续性(啼不住,啼不停),到第四句转化为突然终结,美妙的听觉变为发现已到江陵的欣喜,这是本来流放夜郎,中道意外遇赦,政治上获得解脱的安宁,安宁中有欢欣。此为第三层次。猿啼是有声的,而欣喜是默默的,舟行是动的,视听是应接不暇的,凝神是持续不断的,到达江陵是突然终止的。情绪转换是多重的。直到第四层次,才深入到李白此时感情纵深的最底层。迅捷、安全只是表层感觉,其深层中隐藏着无声的动静交替的喜悦。这种无声的喜悦是诗人从对有声的凝神中反衬出来的。通篇无一喜字,喜悦之情却尽在字里行间,在句组的“场”之中。许多古典诗话注意到了李白此诗写舟之迅捷,但是忽略了后两句情绪在宛转中突然转折,正是绝句抒情的最大优长。

绝句和律诗、古风:情感瞬间转换和长期情绪的概括

从这个意义上来说,绝句,尤其是七绝艺术可以说是以表现心灵微观瞬间、刹那变化见长的艺术。

当然,那种顿悟式的、从持续到猛醒的意脉,并不是唯一的表现形式,有时则相反,是持续转入短暂的凝神,如李白的《送孟浩然之广陵》:“故人西辞黄鹤楼,烟花三月下扬州。孤帆远影碧空尽,唯见长江天际流。”艺术的微妙,一在孤帆的“孤”,于长江众多风帆之中只见友人之帆;一在远

影之“远”，目光追踪不舍；三在“尽”，凝视目送到帆影消失；四在“天际流”，无帆，无影，仍然目不转睛，持续凝望，空白之江流正是忘情之目无所见，心有所思。与之相似的还有：

琵琶起舞换新声，总是关山离别情。
撩乱边愁听不尽，高高秋月挂长城。

前三句写曲调不断变换，不变的是关山离别，听得心烦，最后一句是突然意脉转换，写看月看得发呆。曲调撩起的乡愁，使得望月望得发呆。这也是从变幻不断的意脉转化为持续性的胜利。持续性在绝句中，脍炙人口的千古杰作很多。最有生命的要算是张继的《枫桥夜泊》：

月落乌啼霜满天，江枫渔火对愁眠。
姑苏城外寒山寺，夜半钟声到客船。

这个钟声的持续性，千年不朽，甚至获得了远达东瀛的声誉，原因在于，落第的诗人，从失眠的愁苦转向持续性的体悟，钟声因为来自“寒山寺”而渗入了出世意味，使持续的体悟变得更加深沉。再如：杜牧《秋夕》：

银烛秋光冷画屏，轻罗小扇拍流萤。
天阶夜色凉如水，卧看牵牛织女星。

从“拍流萤”之天真无忧无虑的动作，转化为“卧看牵牛织女”之青春心事的默想，也是意脉的“宛转变化”，也是从动到静的持续性。类似的构思，就连五言古诗句也不乏杰作，如《玉阶怨》：

玉露生白阶，夜久浸罗袜。却下水晶帘，玲珑望秋月。

女主人公呆坐，罗袜露湿（之冷），意脉转换，惊觉呆坐时间之长，回身放下帘子，本意结束呆坐，却不料意脉又变，忘情而持续凝神于月亮。这种心灵刹那的微妙的转折，只有绝句这种短小的形式才能曲尽其妙。如果是律诗，情感的变化，就不是瞬间的转变。杜牧七律《九日齐山登高》：

江涵秋影雁初飞，与客携壶上翠微。
尘世难逢开口笑，菊花须插满头归。
但将酩酊酬佳节，不用登临恨落晖。
古往今来只如此，牛山何必独沾衣。

他触景所生的情感，就不是瞬时的，美好心情的“难逢”，说明感喟不是暂时的，而是长期的，是对“古往今来”的普遍情况的概括。至于号称唐人七律的压卷之作的杜甫的《登高》就更是如此了。

风急天高猿啸哀，渚清沙白鸟飞回。
无边落木萧萧下，不尽长江滚滚来。
万里悲秋常作客，百年多病独登台。
艰难苦恨繁霜鬓，潦倒新停浊酒杯。

这种悲叹，其中充满了诗人自诩的“沉郁”和“顿挫”，也就是感情的阔狭起伏：从空间的无边宏大，到时间的绝对不尽，再转入个人孤独的渺小，都是诗人长期的（百年）、不断（常作客）感到的悲郁，多重情绪起伏也是一种“宛转变化”，但是，不同于绝句，不是七绝单纯情绪的瞬间转折，它的阔狭起伏在时间上和空间上是概括性的，正因为是非瞬时的，七律就比较深沉。这种非瞬时性的情绪转化，在古风体中就更加明显了。李白的七古《金陵城西楼月下吟》：

金陵夜寂凉风发，独上高楼望吴越。
白云映水摇空城，白露垂珠滴秋月。
古来相接眼中稀，月下沉吟久不归。
解道澄江净如练，令人长忆谢玄晖。

这里的关键是“沉吟久不归”，说明情绪的持续性，当然不是没有变化，但是，这种变化不是瞬间的，而是“令人长忆谢玄晖”；不是突然的顿悟，而是“长忆”，长时期的怀想。这样的七言八句的格式，虽为七古，但其结尾“解道澄江净如练，令人长忆谢玄晖”，已经受到近体诗七绝的某种影响，多少有点蓦然心动之感。纯正的乐府古风并不追求瞬间的心动，如李白《子夜四时歌：秋歌》：

长安一片月，万户捣衣声。
秋风吹不尽，总是玉关情。
何日平胡虏，良人罢远征。

和绝句、律诗相比，这里的时间是概括的（整个秋季），地点是概括的（全部长安），主人公也是概括的（捣衣的思妇是无名的）。因而感情也是概括的、普遍的，思妇共同的，而不是个人即兴的。从这对比中可以看出，绝句瞬间性的语境：第一，情境是具体的，甚至有具体地点的；第二，是针对确定人物，甚至在标题上把对方的名字写出来的；第三，个人化的，现场即兴的，甚至是口占的。正是因为这样即时、即地、即兴、即人的语境，个人化的情绪激发，其杰作就不能不是瞬间转折为上的。

亚形式规范中的不同风格

就是同样是亚形式，还有不同风格范畴，同样是戏剧，喜剧有喜剧的规范，悲剧有悲剧的规范，正剧有正剧的规范。忽略了相互间风格的差异，就难以进入文学解读的深度。形式规范是强制性的，在悲剧中，崇高的人物必然走向毁灭，如果不毁灭，就不会有悲剧的净化（即亚里士多德所说的“卡塔西斯”）作用。梁山伯、祝英台不仅是因为生活注定他们要死，而且是因为悲剧要求他们走向死亡。不管你是多么善良、多么无辜、多么多情、多么伟大的大好人，悲剧只有把他们逼上死路，才有悲剧的效果。贾宝玉和林黛玉也一样，要有悲剧的震撼力，就得让有情人不成眷属。古话说“天上落下无情剑，斩断地上有情人”。这话不全面，应该是“悲剧高悬无情剑，斩杀书中有情人”。而喜剧就是另外一回事了。《秋菊打官司》，一个农村妇女，没有文化，到城里打官司，“讨个说法”，是弱势群体里的弱势女子。结果，官司打赢了，因为她处处遇到好人。有人说，这不真实，但这是喜剧，喜剧的假定性给她一种幸运，到处遇到好人的幸运。但是，喜剧也不是一个抽象的概念，喜剧的亚形式下面，还有不同的风格。像秋菊打官司，虽然是喜剧，只能属于轻喜剧，因为带着正剧的基调，更强的喜剧性，就是要有一种荒谬感，有更强的假定性。契诃夫的《小公务员之死》是一篇具有很强的喜剧风格的小说。这个小公务员到剧院里看戏，坐在他前面的是他的一个上级，一个级别很高的官，当时叫“将军”，实际上是文官。小公务员打了个喷嚏，可能是唾沫星子喷在了将军的光头上。他连忙反复向将军道歉，将军并不觉得这是什么了不起的事情，表示无所谓。这个小公务员却以为将军拒绝了道歉，就一直纠缠着将军要道歉，还跑到将军家里，以致将军发火了。结果小公务员吓坏了,回到家里以后就死了。如果是轻喜剧风格,会让人感到不真实,而荒诞喜剧性就可以用荒谬的逻辑表现小人物的卑微。荒诞喜剧风格给了作家以特权,拥有更大幅度地超越生活的逻辑。比如说阿 Q,最后莫名其妙被枪毙了,这本来是很悲惨的事情,可鲁迅却把这个悲剧用喜剧的形式来表现。这样,阿 Q 就显得不是很悲惨,而是显得很可笑,很荒唐。他被绑赴刑场时还要在人群中找一找有没有吴妈,吴妈其实根本不爱他,给他带来了很大的灾难。死到临头了,他还想出风头,觉得自己还应该唱唱京戏,那才显得英雄好汉,最后就冒出了一句"二十年后又是……",这就显得非常荒谬,好像他慷慨就义一样。从正剧的眼光来看,从诗的眼光来看,这是不是很真实呢? 何其芳先生就这样发出过疑问。[①] 除了鲁迅用杂文笔法过火以外,还可能是因为他没有考虑到喜剧风格。

有了观察,有了感受,有了深沉的智慧,有了很强的想象力,有了很不错的表达力,还是不够,这一切还要受到形式的规范。但是形式是公用的,如果大家都遵守同样的规范,结果可能造成雷同,因而,语言不但要跟着形式转,而且要以特殊的风格冲击规范。这一点俄国形式主义,后来成为结构主义先驱的雅可布森也感觉到了:

> 一首诗的读者或一幅画的观者深刻地意识到两个系统:"传统规范和由于偏离那个规范而产生的艺术新奇性。正是在与那个传统背景发生对照的情况之下,创新才能被设想出来。形式主义研究清楚地说明,这种同时保留传统又与传统决裂的情况构成了每一部新的艺术作品的实质。"[②]

不管作家采用何种形式或亚形式,就不能不面临一种不可逃避的矛盾,一方面,形式规范是他创造的历史水准的平台,另一方面,如果他只是

① 何其芳:《论阿 Q》,载《人民日报》1956 年 10 月 16 日。又见《何其芳文集》第 5 卷,人民文学出版社 1982 年版,第 181~182 页。

② 转引自罗伯特·休斯《文学结构主义》,三联书店 1988 年版,第 140 页。

遵循规范,则一无创造可言。因而,最有出息的作家总是力图突破规范,遵循规范的作家,总是努力把诗写得像诗,把小说写得像小说。但是,越是对规范亦步亦趋,越是没有大出息,乾隆皇帝写了几万首诗,格律规范上可以说,没有错失,但是,从艺术风格的创新来说,没有明显的缺失,就是最大的缺失。几万首诗还不及金昌绪那一首“打起黄莺儿,莫叫枝上啼。啼时惊妾梦,不得到辽西。”这是因为,这首诗,虽然是闺怨抒情,却不含任何幽怨,而是带着很鲜明的喜剧性,而这种喜剧性恰恰能表现出这个少妇的天真和无邪。文学形式发展到一定成熟度,规范就成了枷锁,这时,就产生了另外一种潮流,那就是把诗写得不像诗,如现代新诗在五四时期那样,但是,恰恰是那些不像诗的诗,战胜了那些像诗的诗。艺术的本性就是不断地更新,不断地反叛旧的规范。从这一点来说,艺术的历史就是在不断积累和不断破坏规范的历史。

第七章　文学感染力来自审美情志还是语言(上)

——俄国形式主义"陌生化"批判

西方文论的相对主义不管有多大的局限,至少有一点好处,就是它总是很谨慎地追求概括的全面性,总是在得出一种看法之时,为另外可能的看法留下空间。这其实与黑格尔的辩证法相通,事物观念总是与其对立面相联系,不过辩证法过分强调了二元对立,也就是相反相成的方面,拘守于二元,而忽略了多元,就可能限制了思维的空间,导致自我蒙蔽。从这个意义上说,二元对立,二分法是不够用的,所以本书以三分法为基础,其哲学根据乃是老子的"道生一,一生二,二生三",故强调真善美的三维错位,文学形象的结构为主观情感特征、客观对象特征与文学规范形式的三维结构,形象的构成乃表层意象、中层意脉和深层形式规范的立体结构。其功能乃上通感知,下及规范形式的以情感为核心的审美价值。这样系统的三分法超越了反映论现实和自我表现论的线性思维,但是,是不是穷尽了一切可能性呢? 这是不能不严肃考虑的问题。俄国形式主义者,在20世纪第二个十年,还有美国的新批评在50年代前后另辟路径,倡言文学的感染力并不来自审美情志，而是来自语言。形式主义主张来自语言的“陌生化”，而新批评则认为来自语言的“反讽”“悖论”等。这就是20世纪西方文论所谓文学理论的语言转化的发端。

从文学文本解读学来说，这是带着根本性的挑战。不回应这个挑战，解读学就可能失去基础。

非诗的陌生化和诗的陌生化

俄国形式主义的所谓“陌生化”，本是20世纪二三十年代俄国的诗学诗潮，其主要范畴乃是“陌生化”，陌生化，并不限于词语的陌生化，而且还包含形式、手法的陌生化。到了晚年，什克洛夫斯基看到绝对强调陌生化，导致流派更迭过速，产生了先锋派文学中的各种文字游戏，甚至是垃圾。他承认自己犯了错误。最彻底的反思是在七八十年代，他反复强调说：“放弃艺术中的情结或是艺术中的思想意识，我们也就放弃了对形式的认识，放弃了认识的目的，放弃了通过感受去触摸世界的途径。”①

① 什克洛夫斯基：《弓弦——论似中之不似》，莫斯科，1970年，第12页。

“艺术的静止性，它的独立自主性，是我——维克多·什克洛夫斯基的错误。”①“我曾说过，艺术是超于情绪之外的，艺术中没有爱，艺术是纯形式，这是错误的。”②他还说自己的остранение（陌生化），少写了一个н，这个多了一个н的词来自остранный（奇怪的），原意包含了童话中既奇怪又明朗的意味，而少了一个н的остранение，就有点神经过敏，一味摆脱、躲开。确切的陌生化应该是多一个н的остраннение，而在这个词里就没有少了一个н的остранение那样混乱了。③ 虽然如此，在孙绍振看来，这样的反思还是肤浅的，但是，仍然值得国内学界对这种所谓“陌生化”的理论加以批判。但是，令他大惑不解的是，仅据超星阅读器搜索，国内期刊以陌生化为题，以陌生化原则为前提的论文竟有3487篇。

这显然不仅仅是信息不足所能解释的，而是对陌生化理论缺乏学理性批判造成的。正是出于这样的使命感，孙绍振乃对之作了专门的系统的批判。

古希腊人把学问分为两类：一类是理性的，另一类是感性的。不过理性的学问，得到长足的系统的发展。而关于感性的学问，直到18世纪鲍姆嘉通（Alexander Gottliel Baumgarten ，1714—1762），才第一个采用“Aesthetica”的术语提出并建立了感性学科。这在学术上具有划时代的意义。但是，在后来的发展中，特别是到了十九、二十世纪，把文学定义为纯粹感性学科，遭到质疑。因为，从根本上说，感性学，其基础乃是心理学，几乎是从胡塞尔（E. Edmund Husserl 1859—1938）以来，前赴后继的文学理论流派，都对心理学持拒绝态度。说得最为明确的是新批评派的瑞恰兹：

> 真与知两领域的认同不会引起争议；真与善息息相关，通过下文可以理会；但是，试图把美与情纳入划一的分类则是令人不堪的歪

① 什克洛夫斯基：两卷集，第一卷，莫斯科，1983年，第3页。

② 什克洛夫斯基：《散文理论》，莫斯科，1983年，第73页。

③ 原文出自斯氏《散文理论》，百花文艺出版社1994年版。此处的阐释参考了苍耳《陌生化理论新探》的解释，中国戏剧出版社2011年版，第34~35页。

曲,现已普遍为人放弃。①

这就是说,在真善美三者的关系中,真和善,也就是科学的认识和道德的意志,都是确定的,没有问题,唯独把美与情感联系在一起却是歪曲。虽然,审美情感仍然为东方许多理论家广泛认同,但是,在20世纪初期到中期西方(除了前苏联)文论中,不约而同的倾向是把情感审美看成是浪漫主义的陈词滥调。本来俄国的传统文艺理论以别林斯基(1811—1848)的“形象思维”论为代表,亦即科学以理性的“三段论”思维,而文学以感性的画图思维:

> 诗歌也进行议论思考,这是不错的,因为它的内容,正像思维的内容一样,也是真理,可是诗歌用形象和图画,而不是用三段论或两端(点?)论来进行议论和思考的。一切感情和一切思想,都必须形象地表现出来,才能够是富有诗意的。②

俄国形式主义反对这样的学说,不过不知为什么,他们把矛头指向了继承这个观念的俄国象征主义者,他们把语言分为三类:日常语言、科学语言和情感语言。提出文学理论应该更接近语言学,日常语言是实用的,而文学语言却不同,有它独特的表达和配置方式。“诗的材料不是形象,不是激情,而是词”。甚至果戈理的《外套》,他们也不认为是对现实中小人物的悲喜的同情和对大人物的批判,而只是用特殊语言“夸大无意义的东西,缩小重要的东西,把本来不能连接的东西连接起来”③。首先,日常和情感语言这样的划分本身就成问题,好像情感语言和日常语言之间有

---

① 艾·阿·瑞恰兹:《文学批评原理》,杨自伍译,百花洲文艺出版社1992年版,第7页。

② 别林斯基:《吉尔查文作品集》,《外国理论家、作家论形象思维》,中国社会科学出版社1979年版,第68页。

③ 日尔蒙斯基:《诗学的任务》,《俄国形式主义文论选》,方珊等译,三联书店1989年版,第83页。

什么不可逾越的鸿沟似的。其实二者之间时刻处于相互转化的过程之中。例如,在古文中的之、乎、也、哉这样的语气词,不能算是日常语言,但是在特殊语境中(弃我去者,昨日之日不可留)却有特别的情趣。而在《镜花缘》中的酒保问客人“要酒一壶乎,要酒两壶乎?”,孔乙己对孩子说“多乎哉,不多也”是可笑的。但是,这样的文言在先秦时代(如在《论语》中)则是日常口语,用在上述小说文体和语境中,又带上了反讽色彩。鲁迅在《论“他妈的”》中论到旧时的骂人的话“他妈的”,使用频率很高,是很不文明的“国骂”,鲁迅说,有时会变成类似“我亲爱的”:

> 我曾在家乡看见乡农父子一同午饭,儿子指一碗菜向他父亲说:“这不坏,妈的你尝尝看!”那父亲回答道:“我不要吃。妈的你吃去罢!”则简直已经醇化为现在时行的“我亲爱的”的意思了。[①]

侮辱人的话在特殊的日常语境中,可能成为极为亲切的语言,而最亲切的语言,在特殊的语境中,造成虚伪肉麻的感觉(如称关系一般的孩子为“心肝宝贝”),却可是这样的陌生化,并不属于俄国形式主义者所宣称的那样是文学语言。

其实,文学语言的基础就是日常语言,一切日常语言在不同场合下,在不同的人际交流中,在不同的情感默契中,在不同的文体中,在不同的媒介(书面的、视频的)中,语义会生出无限的变异,这就是德·索绪尔(1857—1913)所说的语言与言语的联系的转化。俄国形式主义者在形成之初(大约在1914年)还没有接触到索绪尔的学说。不过他们的先驱之一雅各布森在他的《语学与诗学》中把人类语言交流分为六要素和六功能图。其中影响信息的发送与接收效果的首先就是“语境”。这只能说明他们把日常语言与情感语言割裂,把文学与人的心灵绝缘,否定诗歌,尤其是他们所面对的古典诗歌的抒情性质,根本是一叶障目的狂想。

---

① 鲁迅:《鲁迅全集》第一卷,人民文学出版社2005年版,第245页。

虽然他们深陷如此这般的理论误区，但是，他们还是对文学语言、诗歌语言提出了不可低估的见解，所谓语言“陌生化”这个范畴，俄语的原文是 остранение，英语译成 Defamiliarization。其实也可以翻译为“奇特化”。意思是，日常生活使人们对事物由于习惯、“自动化”而失去了感觉，而文学就是要赋予事物以新鲜的感觉。（1893—1984）在《艺术作为手法》中提出“陌生化”是针对“自动化”的。这个理论一般说是俄国形式主义者的发明，但实际上，不能不看到西方浪漫主义文学思想也为之准备了某些前提。英国浪漫主义诗人科罗列奇（1772—1834）在《文学传记》（Biographia Literaria1，1817）就写过：“熟悉的薄膜使人们对世界奇观盲目”（‘film of familiarity’ that blinds us to the wonders of the world），华兹华斯（1770—1850）也提诗歌应该把熟悉的面纱揭开，让熟悉的对象变成不熟悉的。（‘makes familiar objects be as if they were not familiar’ by stripping ‘the veil of familiarity from the world’）这些说法都和什克洛夫斯基后来所说的陌生化有着一定的渊源关系。这种学说，后来还影响到布莱希特的戏剧学的“间离效果”（德语 vertremdungseffckt 英语 alienation）说。不过，“陌生化”作为学说，应该归功于俄国形式主义，尤其是什克洛夫斯基。他说：

> 为了恢复对生活的感觉，为了感觉到事物，为了使石头变成石头，存在着一种名为艺术的东西……艺术的目的是提供视觉，而不是识别事物的感觉；艺术手法就是使事物“奇特化”的手法，是使形式艰深化，增加感觉的困难和时间的手法，因为艺术中的感觉行为本身就是目的，应该延长。①

这个理论在俄国形式主义文论中很有代表性，说得更为明确的是日

① 什克洛夫斯基：《艺术作为方法》，托多罗夫编：《俄苏形式主义文论选》，蔡鸿滨译，中国社会科学出版社 1989 年版，第 63 页。

尔蒙斯基:

诗的材料不是形象,不是激情,而是词。①

雅各布森说得更坚决:

诗歌性表现在哪里呢?表现在词使人感觉到词,而不是所指之对象的表示者,或者情绪的发作。②

他们纲领性的论断就是诗歌不是抒情的艺术,而是语言陌生化的艺术。这个学说长期受到相当的重视,可能是因为被认为对传统的诗的抒情论的突破:超越了康德的审美价值、情趣论,不是从感性与理性的对立,而是从语言的原生态和其变异态中寻求文学的规律。西方文论长期徘徊于模仿现实、理念或者表现主体自我的两极,总是在文学文本以外寻求本源,而忽略了文本学本身内部的奥秘。俄国形式主义者的重要性可能就在于破天荒地向文本内部探求奥秘。如果前者可以归属于他律论的话,后者则无疑属于自律论。从思想方法上来说,突破了内容与形式二元对立的模式,把内容与形式统一于语言之中。可能就是在这样的意义上,这种说法被认为带着划时代的价值。但是,就其理论本身所达到的水准来说,却是比较粗疏的。

首先,隐含着悖论,它反对从心理角度来分析文学,但是,感觉陌生,感觉新异,感觉延长,本身就是属于心理功能。其次,"陌生化"或者"奇特化",被表述为"恢复对生活的感觉,为了感觉到事物,为了使石头变成石头",关于这一点,什克洛夫斯基还有一个更为明确的说法:

---

① 日尔蒙斯基:《诗学的任务》,《俄国形式主义文论选》,方珊等译,1989年版,第83页。

② 参见《英美文艺学方法论》(下),文化艺术出版社1987年版,第530~531页。

为了能感觉到词语，人首先感觉到不可感觉的东西，缩小自己同世界的距离，通过触觉促进对世界的理解。①

但是，感觉是人的感觉，人的感觉是离不开人的心理、人的情和志的。而情志的渗入，越是贴近主体的心灵，就越不可接近原生的客观事物，诗之所以要想象，不是要与世界缩短距离，而是要扩大与世界的距离。故雪莱在《云雀颂》中，不是回到云雀，而是说，你从不是鸟禽，而是“欢乐的精灵”：

Hail to thee, blithe Spirit!

Bird thou never wert -

正如关汉卿在《单刀会》中让关公看那滔滔的江水：

（带云）这也不是江水，（唱）二十年流不尽的英雄血！

不是江水，才有诗意。回到对江水的感觉，反倒是没有诗意可言了。不是鸟禽，比之是鸟禽更有诗意，如果是回到客体，云雀就是云雀，就不成其为诗了。这就是清代诗话家吴乔所说的“形质俱变”（下文详述）。诗的语言就是要以扩大与客观事物的距离来缩短与心灵的距离。故普希金歌颂大海时，并没有让大海回归大海，而是把它变异为“自由的元素”，这种变异乃是诗的想象的普遍的规律，而且是因人而异的，在想象中与客体拉开了距离，陌生化才可能是无限的。

为了回避情感，不惜留下漏洞，什克洛夫斯基的软肋就在这里。这样，漏洞里还隐藏着一个更大的漏洞：把艺术（文学）仅仅归结为“视觉”（“艺术的目的是提供视觉”），而文学语言所能表现得并不限于视觉，而是涵盖五官感知，如听觉（关关雎鸠）、嗅觉（暗香浮动月黄昏）、触觉（清

① 什克洛夫斯基：《散文理论》，刘宗次译，百花文艺出版社1994年版，第229页。

辉玉臂寒）和味觉（谁谓荼苦，其甘如荠）。这不但普遍存在，而且每每正是使事物奇特化、陌生化的重要途径。早于他们40年的法国象征派就把五官感知的“契合”（correspondence）作为流派的自觉。再次，什克洛夫斯基论断陌生化使感知艺术化，而“自动化的习惯，就成了感知的坟墓。”“对我们来说，古典作家的作品，被习惯性的玻璃铠甲保护起来，……现在都成了我们心里的茧子。”①他举月亮为例，说它本来有“测量器”等的意义，自动化却使之丧失了。这种表述很幼稚，就是恢复到“测量器”的感知上也并不就是诗，正等于汉字里的“瓶”，从瓦，本来是瓦器，而现代汉语则并不固定于这样的联想，玻璃、不锈钢、景泰蓝等都可以是瓶的质料。就算按什克洛夫斯基的理想，恢复了“使石头变成石头”“月亮就是月亮”瓶子就是瓦器的感知，那也肯定不是诗（审美），而可能是科学的理性的真，例如，石头是碳酸钙，月亮是地球的卫星；也可能是实用的善，如石头是建筑材料，从月亮的形态可以判断阴历是上旬还是下旬。这样的“恢复”，由于其理性特征，一点诗意也没有。其实，光有一个词的陌生化联想，对于诗来说，是绝对不够的。诗意存在于词义与词义之间的。俄语里面的月亮（луна）和英语月亮（luna）同源，本来都是源自罗马神话，是月亮女神的名字。她看到一个美少年就爱上了，为了不让这个少年变老，就让他长睡不醒。每逢她经过就给他一个吻。这是有点疯狂的，故其形容词和名词 lunatic 就是疯狂的意思（莎士比亚在《仲夏夜之梦》中就把 lunatic［疯子］和诗人、情人并举）。但是，光是恢复了疯狂的意思，还不一定成为诗。余光中先生在《月光光》中表现故土的乡愁，把它和中国的圆月结合起来，写出了“恐月症”（由于不得回归本土，故而见到月亮就感到恐惧）和“恋月狂”（但是又对月亮怀着疯狂的爱恋）。把对圆月的“恐”和西方月神的“狂”（lunatic）凝聚在月的意象上，以两个自动化的联想构成一个陌生化的意象，才有创造性的诗意。

什克洛夫斯基在另一篇文章中说，不仅是为了恢复对象的感知，而且

① 什克洛夫斯基：《词语的复活》，《外国文学评论》，1993年第2期。

是要抛弃事物自动化了的“旧名字”，用比喻赋予对象以“新名字”：

> 艺术家永远是挑起事物暴动的祸首。事物抛弃自己的旧名字，以新名字展现新颜，便在诗人那里暴动起来。诗人使用的是多种形象——譬喻、对比……以此实现语义学的发展，他把概念从它所寓的意义系列中抽取出来，并借助于词（比喻）把它掺杂到另一个意义系列中去，使我们耳目为之一新。①

但是，这种“新名字”的说法不但与他所回到事物本身（使石头成为石头），缩短与世界的距离相矛盾，而且很狭隘，李清照在写她的愁的时候，根本就不用比喻，而是说它“才下眉头，却上心头”，或者以“梧桐更兼细雨，到黄昏，点点滴滴”，来提醒自己“这次第，怎一个愁字了得”。并没有给本体以新的名字。譬喻并不是形象构成的唯一的，甚至也不是主要的途径，而且把比喻当作新的命名，也不准确。比喻固然如朱熹所说“以彼物喻此物也”，但是，当李煜用“一江春水向东流”来比喻忧愁的时候，没有废除愁本来的名字，而以喻体来表现本体。更不可忽略的是，一旦运用了比喻，就不是回到事物本身，而离开事物，而且是远取譬，优于近取譬。

更关键的是，诗意并不存在单个的词语的修辞之中，而是存在于整体的呼应和互补中。中国古典诗歌中，除了运用典故（望舒）以外，一般并不给予月亮以新名字，甚至运用他所依赖的比喻的也不多，而千古流传的杰作比比皆是。

月亮早在《诗经》时代就是皎好的意象：“月出皎兮，佼人僚兮”（《诗经·国风·陈风·月出》），以月光照临天宇显示形象的纯净。经过了千百年的审美积淀，在曹操的《短歌行》中，“明明如月，何时可掇？忧从中

---

① 什克洛夫斯基：《故事和小说的结构》，托多罗夫编：《俄国形式主义文论选》，方珊等译，三联书店 1989 年版，第 19 页。

来,不可断绝”,是以月的无边透明,美化忧愁的无限。陶潜的“晨兴理荒秽,戴月荷锄归”,以月光临照写诗人之悠然,谢灵运的“明月照积雪,朔风劲且哀”,写月光之透明与雪色之洁白融为一体。让朔风劲吹其间,长驱直入,从质上,为这个纯净的宇宙定性为“哀”,从量上,显示充满天地的悲凉。到唐代,月亮意象的符号意味在思乡的亲情上趋于稳定,具备了公共性,诗人的才华并不表现在给月亮以新的命名。李白的“举头望明月,低头思故乡”之所以不朽,就是因为本来是为确定地上之霜还是天上之月而“举头”,结果却忘却了原本的目的而“低头”了,表现了乡愁在潜意识中敏感到不触而发的程度。李白并没有废除月亮这个旧名字,而是就在这个旧名字上突破了其公共意象的单一性,展开了情感冲击下的多样性。李白赋予月亮以自己的生命,改变了它作为观赏对象的潜在成规,月亮和李白不可羁勒的情感一样运动起来,静态的联想机制被突破了,随着李白的情感而变幻万千,并没有用比喻来为月亮作新的命名。当友人远谪边地,月光就化为他的友情对之形影不离地追随(我寄愁心与明月,随君直到夜郎西)。月亮可以带上他孤高的气质(万里浮云卷碧山,青天中道流孤月),也可以成为豪情的载体在功成名就之后供他赏玩(一振高名满帝都,归时还弄峨眉月)。金樽对月意味着及时享受生命的欢乐(人生得意须尽欢,莫使金樽空对月)。对月可比可赋,无月亦可起兴(独漉水中泥,水浊不见月。不见月尚可,水深行人没)。抱琴弄月,可借无弦之琴进入陶渊明的境界(抱琴时弄月,取意任无弦)。“明月出天山,沧茫云海间”中的月带着苍凉而悲壮的色调,“长安一片月,万户捣衣声。秋风吹不断,总是玉关情”,思妇闺房的幽怨弥漫在万里长空之中,幽怨就变得浩大。对于李白来说,月不但可以“待”(浩歌待明月,曲尽已忘情),而且可以“邀”,视之为自己孤独中的朋友(举杯邀明月,对影成三人),还是可以当作有生命的对象来“问”的(青天有月来几时,我今停杯一问之)。但是这种问并不仅仅限于屈原式的对神话经典的质疑(白兔捣药秋复春,嫦娥孤栖与谁邻),而且最深邃的是对生命苦短的传统母题的反思和突破。

不但可以咏歌之，“弄”（弹奏）之（何处名僧到水西，乘舟弄月宿泾溪），甚至可以“揽”（欲上青天揽明月），使之交织着“逸”兴和“壮”思。月亮的名字还是旧的，并没有变化，其诗意却千古不朽。

这样的粗疏理论不但与中国古典诗歌矛盾，而且表现在与俄国古典诗歌的矛盾上。“恢复”对事物的新鲜感，更新事物的感知，回避石头、月亮的旧名字，创造新名字，都属于意象范畴，其特点是把情感渗透在意象之中，不直接表述出来，属于间接抒情，这并不是西方俄国诗歌的特长。以意象群落（景观和人物）为核心间接抒情，是中国古典诗歌，尤其是近体诗歌的特点，因而才有所谓“不着一字，尽得风流”，也才有“蓝田日暖，良玉生烟”，可望而不可置于眉睫之前的境界。俄国古典诗歌，并不是以意象为主体的，而是以直接抒情为主。不论是普希金的《致察达耶夫》还是莱蒙托夫的《哥萨克摇篮曲》，不但在形式上模仿西欧古典诗歌的轻重交替格律，而且在内涵上也和西欧浪漫主义的“强烈感情的自然流泻”同出一辙。这种直接把感情抒发出来的诗歌很容易变成缺乏可感性的抽象议论，因而，就在俄国形式主义形成之同时，美国有了师承中国古典诗歌的意象派，后来又有了为情志寻求客观对应物（objective correlativeness）的后期象征派。就俄国诗歌而言，他们觉悟得显然比美国意象派和法国象征派晚，他们没有寻求从意象中解脱，就不得面临情志这种“黑暗的感觉”，为了避免抽象，唯一的出路就是修辞了。美国新批评把反讽和悖论当作关键手段（下章详述），而俄国形式主义，如什克洛夫斯基所说，则是“用多种形象（譬喻、对比等）使之转换为另一个意义系列中去”，词义更新了，陌生化了，他们天真地以为这样诗意就产生了。这就是日常感觉走向诗的（广义的文学）必由之路了。但是其中潜藏着重大的理论危机，修辞是局部的，以句子为单位的，而要“用多种形象（譬喻、对比等）使之转换为另一个意义系列中去”，是个动态的过程，是以整个作品为单位的。如何把分散的修辞转换为“另一个意义的系列中去”，在他们的理论中是一个空白。西方古典诗歌的直接抒情，是以情感的、非理性的逻辑演绎为脉络的,这样的诗面临的主要难度显然不是意象(石头、月亮)的新颖感,而是如何把抽象的感情脉络变得有可感性,也就是化不可感为可感,化抽象为具象,同时使得情感运动富于整体的有机统一性。试以普希金的《К Чаадаеву》致察达耶夫为例:

Любвиы, надежды, тихой славы
爱情、希望和宁静的荣誉
Недолго нежил нас обман,
没有长久地将我们欺诳,
Исчезли юные забавы,
就是那青春的欢乐,
Как сон, как утренний туман;
也像梦、像朝雾一般消亡;
Но в нас горит ещё желанье;
但我们心中还燃烧着愿望,
Под гнетом власти роковой
在宿命的桎梏重压下辗转,
Нетерпеливою душой
我们怀着焦急的心情
Отчизны внемлем призыванье.
谛听着祖国的召唤。
Мы ждем с томленьем упованья
忍受着期待的煎熬,
Минуты вольности святой,
翘望着那神圣的自由的时光,
Как ждет любовник молодой
就像年青的恋人,

Минуты верного свиданья.
在等着那忠贞的约会一样。
Пока свободою горим,
趁着自由还在炽热地燃烧,
Пока сердца для чести живы,
趁着为荣誉献身的心还没有死亡,
Мой друг, отчизне посвятим
我的朋友,把我们心灵的
Души прекрасные порывы!
美好的激情,奉献给我们的祖邦!
Товарищ, верь: взойдет она,
相信吧,同志,
Звезда пленительного счастья,
迷人的幸福之星必将升起,
Россия вспрянет ото сна,
俄罗斯会从沉睡中惊醒,
И на обломках самовластья
在专制制度的废墟上,
Напишут наши имена!
将写上我们姓名的字样!

普希金这首经典之作(写于十八岁),并没有描绘物象,与“事物”被陌生化无关,他是直接抒发着强烈的浪漫的激情。把爱情、希望、光荣和梦和“朝雾”联系起来,如果硬说有陌生化的性质,则其功能恰恰是把抽象的、不可感的“爱情”(Любви)“希望”(надежды)“光荣”(славы)变成朝雾(утренний туман),使之富于具象的可感性,而梦(сон)则把不可感的“青春的欢乐”(юные забавы)和消失(Исчезли)化为可感。这样,词语就成了形象，而形象就成了感情的载体，词语、意象和情感三者水乳交融，怎么可以武断地说“诗的材料不是形象，不是激情，而是词”。整个作品的激情的特点是呈现起伏状态，形成统一和脉络（意脉）：开头的四句就是从青春的天真欢快降落到希望的消亡。如果可以用几何线条来表现其意脉的话，这是一条下降的直线。接着是，在“宿命的桎梏重压下”还“燃烧着愿望”（горит еще желанье）甚至“谛听着祖国的召唤”（Отчизны внемлем призыванье.）“翘望着那神圣的自由的时光”（Минуты вольности святой，）用线条来表现的话，则意脉转而上扬。这种上扬，不是词义变动的上扬，而是情绪的（意脉）的上扬。诗人明确地宣告，是“美好的激情”（Души прекрасные порывы），是心灵，而不是他们所说的“词”（слово），这对形式主义者日尔蒙斯基宣告的诗“不是激情，而是词”和雅各布森所强调的“不是……情绪的发作”的理论无疑是一种粉碎性的打击。

接下去的“迷人的幸福之星必将升起，俄罗斯会从沉睡中惊醒，在专制制度的废墟上，将写上我们的姓名的字样”，其语词固然可以用陌生化来解释，但这只是表层，其深层功能则是把不可感的预言、信念，变成美好可感的“晨星”，把专制（самовластья）的灭亡这样抽象的意念用具象的“废墟”（обломках）来代替。最后一句，书写（Напишут）的具象性和灭亡的抽象性，本来是无法相容的，但由于有了“晨星”“废墟”这个暗喻，使得书写这个抽象的动作就有了从天空到大地可感的巨大空间。这一系列陌生化的修辞（明喻、暗喻、象征）手段，如果是分离的，各不相关的，可能导致联想相互干扰，形象碎片化。而这里之所以成功，则是意脉的运动进一步提升到最高度。“美好的激情”变成了胜利的预言。用线条来表现意脉的话，整首诗的意脉是由高到低，转而为次高，结尾则不但超越了次高，而且超越了开头的高。

俄国形式主义者强调陌生化是为了增加“难度”“延长时间”，其实，经典的诗歌并没有什么“难度”，把不可直接感知的情感转化为可感的、统一的、和谐的意脉，是降低了难度。从这一点来说，用别林斯基的“形象思维”来解读，可能更到位。但是，要把“思维”两个字暂时去掉，因为光有感性形象，是不能思维的。思维所借助的是抽象的语词，仅有感性，情绪最多只能构成意象，而要转化为形象，必须有意脉的贯穿，而在意脉的连续和起伏中，情就离不开思，故中国古典诗论一方面有陆机“诗缘情”的学说，另一方面还有更权威的是“诗言志”理论。而志则是思维和感情的统一。

陌生化和熟悉化的统一

总的来说，陌生化，作为一个诗学范畴是不成熟的，因为它孤立地强调了问题的一个方面，而忽略了与之共生的另一个方面。陌生化不是孤立的存在，而是和熟悉化（有人称为“亲近化”）相反相成，在对立中统一的。

俄国形式主义者声言，他们的陌生化是针对日常语言的“自动化”而言的，也就是与自动化的暗示与表层的语义是绝对对立的。这在思想方法上是片面的。任何陌生化，都是相对于熟悉化（自动化）而言的。俄罗斯文学理论家曾经把文学典型叫作“熟悉的陌生人”。熟悉和陌生是对立的，在一定条件下，又是可以转化的，甚至是互为表里的。就单句的修辞而言，陌生化还可以分为两种：一种是与母语自动化联想机制互为表里的陌生化，一种是脱离了自动化联想机制的任意陌生化。前者，有可能成为“艺术陌生化”；后者则以任意性为特点，则肯定是“非艺术陌生化”。

《世说新语》载，谢安以“白雪纷纷何所似”为题设问，谢朗回答说“撒盐空中差可拟”，谢道韫说“未若柳絮因风起”。这两个比喻哪个更好？

以空中撒盐比降雪，符合陌生化的观念，甚至还暗含某种熟悉的成分，盐的形状、颜色上与雪相通。但以盐下落比喻雪花的飘飘下落，却不及柳絮因风。因为熟悉化的程度不及，盐粒是有硬度的，而雪花则没有，盐粒的质量大，决定了下落是直线的，速度比较快。而柳絮，本来质量是很小的，下落不是直线的，而是飘飘荡荡，很轻盈的，速度是比较慢的。加上“因风”，方向更加不确定了。再说，柳絮飘飞，在当时的诗歌中，早已和春日景象联系在一起，不难引起美好的联想，而撒盐空中，并不是熟悉现象，而撒的动作，和手联系在一起，是人工的现象，和满天雪花纷纷扬扬之间联想是不够熟悉的。

从这个意义上来说，谢道韫的比喻，由于陌生化和熟悉化在联想上有更高度的统一，胜于她堂兄谢朗。

并不是一切“陌生化”的感知和词语都是富有同等诗意的，只有那些“陌生”而又“熟悉”的，才是诗意的。（清）李渔《窥词管见》第七则：

> 有蜚声千载上下，而不能服强项之笠翁（李渔号）者，“红杏枝头春意闹”尚书是也。“云破月来”句，词极尖新，而实为理之所有。若红杏之在枝头，忽然加一“闹”字，此语殊难着解。争斗有声之谓“闹”，桃李“争春”则有之，红杏“闹春”，予实未之见也。“闹”字可用，则“吵”字、“斗”字、“打”字，皆可用矣。宋子京当日以此噪名，人不呼其姓氏，竟以此作尚书美号，岂由尚书二字起见耶？余谓“闹”字极粗极俗，且听不入耳，非但不可加于此句，并不当见之诗词。近日词中，争尚此字者，子京一人之流毒也。①

这个问题提得很尖锐，很有理论价值。既然红杏枝头春意闹，可以是佳句，为什么春意斗，春意打，春意吵，就不成呢？这些都是反常的，也可以说是陌生化的。但是艺术效果却相反。为什么呢？就是“斗”“打”“吵”，陌生而不能与熟悉共存，陌生而缺乏熟悉的潜在底蕴的支持。

---

① 李渔：《亲情偶记窥词管见》，中国社会科学出版社 2009 年版。

在汉语词语里，存在着一种潜在的、自动化的联想机制，热和闹、冷和静，天然地联系在一起，说“热”很容易想到“闹”，而说“冷”也很容易联想到“静”。红杏之花，本来是无声的，但在汉语里，“红”和“火”自然地联系在一起，如“红火”。“火”又和“热”联系在一起，如“火热”。“热”又和“闹”联系在一起，如“热闹”。所以红杏枝头春意可以“闹”。这个“闹”，既是一种自由的、陌生的(新颖的)突破，又是对汉语潜在规范的发现。正是因为这样的语言艺术创造，作者获得了“红杏尚书”的雅号。故王国维《人间词话》说：“‘红杏枝头春意闹’，着一‘闹’字，而境界全出。”为什么不可以说，红杏枝头春意“打”，或者春意“斗”呢？打和斗虽然也是一种陌生的突破，但却不在汉语潜在的联想机制之内，“红”和“斗”、“吵”和“打”没有现成联系，没有“热打”和“热斗”“热吵”的现成说法。词语之间的联想机制是千百年来积累下来的潜意识，是非常稳定的，不是一下子能够改变的。虽然现代科学有了进展，有了“白热”的说法，但在汉语里，仍然没有“白闹”的自动化联想。这是因为“白热”这一词语形成的时间太短了，还不足以影响民族共同语言联想机制的稳定性。

就文本的整体而言，就是艺术的陌生化修辞至少有两种可能，一种是从意象到意脉都是相互分裂的、不统一的陌生化，也就是片断的、缺乏统一的贯通，联想相互干扰，应该属于非艺术的陌生化；一种是和谐的陌生化，从意象到意脉都是统一的。普希金的这首诗，开头“消亡”的“朝雾”，到最后幸福的“晨星”和大地上的废墟，都是大自然的背景，而主体意脉则从“欺骗”“桎梏重压”“焦急”“谛听”“期待的煎熬”“翘望”“炽热地燃烧”“为荣誉献身”“相信吧”“从沉睡中惊醒”有相近、相似、相反的联想的贯通，在一系列陌生化感知的深层，意脉表现了情绪由高到低再到次高，结尾达到最高的完整脉络。故陌生化，不是个别词的陌生化，而是陌生的意象与潜在的意脉(熟悉化的)自然地结合，一体完整。

从某种意义上来说，欣赏艺术陌生化，就是看出作家颠覆一种熟悉化，又依托另一层次的熟悉化，以营造更高层次的陌生化。

陌生化以心理情志为底蕴

从这个意义上说,任何一个词,在任何一次文学书写中,都应该是一次新的探索、新的拓展。但是,这种探索,并不是像形式主义者所说的那样,仅仅是语言问题,与心理无关,恰恰相反,这种探索的艺术性,与作家的情感和智性息息相关。这在现代诗歌中,比之古典诗歌更为复杂诡异一些。

余光中在《月光光》这首诗中,把"月光"比作"冰过的砒霜"。在传统意义上,月光是与思念亲人的亲情和温情联系在一起的,即使是忧愁,也是美好的,甜蜜的。而余光中则进行了彻底的颠覆,月光不是温馨甜蜜的感觉,而是有毒的感觉,它是一种陌生化,但它是合理的,与自动化的汉语联想机制是有联系的。而在深层则是自动化。这个自动化与余光中特殊的文化乡愁有关。如果是一点关系都没有,那就不是艺术了,任何一个没有艺术修养的人,就可以乱写了,例如,"月光光,月光是泥巴"。行不行?不行。

> 月光光,月是冰过的砒霜,
> 月如砒,月如霜,
> 落在谁的伤口上?

"伤口"这个词语本来是生理方面的,但这里显然不是,而是心理方面的。这是第二层次的陌生化,引人思乡的月光居然变成了落在伤口上的砒霜,这肯定是思乡而不得回乡的痛感。联系余光中的经历,我们不难明白,这里,思乡之愁是诗人心灵深处的隐痛。

正是作家的情感特征使语言的陌生化和熟悉化自动化统一了。

看到月光就害怕,已经成为一种病了;他看到月光又非常喜欢,已经达到爱恋的程度。“月光”的语义衍生、颠覆,陌生化了还不算,还要在颠覆的基础上再颠覆,在陌生化的基础上再陌生,使之互相矛盾:既有“恐月症”,又是“恋月狂”。

这个“恋月狂”中,隐藏着很复杂的学问。

它之所以成立,不但因为诗人的经历而合理,而且因为文化上的中西合璧而精彩。飞白先生在分析柯勒律治的诗中的月亮是疯狂的(lunatic):“其词根是拉丁文的月亮(luna),把二者结合起来,lunatic 就是月狂。”为什么月要狂呢? 因为月亮女神的名字叫作“luna”,她看到一个美少年就吻了他一下,为了不让这个少年变老,就让他长睡不醒。每逢她经过就给他一个吻。这个故事写在济兹的长诗《恩底弥斯》中。[①] 这种爱恋是相当疯狂的,故其形容词 lunatic,就有了疯狂的意思。把月亮和恋联系在一起,就有了疯狂的意味。

把月光掬在掌,注在瓶,
分析化学的成分,
分析回忆,分析悲伤,
恐月症和恋月狂,
月光光。

分析月光是合乎科学的,但这里分析的对象却是抓不住、摸不着的回忆和悲伤。这是很陌生化但又很合情感的逻辑,因而也是熟悉化的。因为月光而想到了故乡,因为不能回到故乡,所以看到月光就有一种解脱不出的怀念。可见,恋月、恐月的矛盾,都统一于思念之深、之痛。如果没有正面的“伤口”作为衍生的根据,没有“回忆”“悲伤”“恐月症和恋月狂”

① 飞白:《比月亮——诗海游踪之旅》,《名作欣赏》,2010 年第 10 期。

等互为表里互为依托,那么,“月是砒霜”也只是奇思怪想而已,没有多么深刻的内涵。作家要进行自动语义的颠覆和重构,同时又要对自动语义尊重。所谓颠覆,就是把它遮蔽起来,所谓尊重就是让它含而不露。

在当代散文中,哪怕是并不抒情的,以智性见长的,也是一样。南帆的散文《躯体》在论述了躯体是自我的载体和个人私有的界限之后,接着说,传统的文化总是贬低肉体而抬高灵魂。在此他作起陌生化的文章:肉体比灵魂更加个人化。肉体只能个人独享,不能忍受他人的目光和手指的触摸;而精神可以敞开在文字中,坦然接受异己的目光的入侵。从这个意义上说,“躯体比精神更为神圣”,这样一来,陌生化就向熟悉化转化了,这还是第一层次。接着他说,只有爱人的躯体才互相分享、互相进入肉体。他得出结论:“爱情确属无私之举。”爱情是无私的吗?这的确相当陌生,然而,他说,爱情使恋爱双方互相进入肉体,又是非常熟悉的,这是第二层次的转化。接着他又说,但如果感情破裂,女方不在乎男方动她的手提包或书籍之类,但一旦碰到她的身体,她就会尖叫起来:“不要碰我!”这样的事情读者太熟悉了,陌生第三次转化为熟悉化。其原生的语义被三次陌生化,三次熟悉化,变得如此新异而新颖,读者不但能接受,而且从中能感到一种艺术的享受,如果让石头变成石头的逻辑,真的要让躯体变成躯体,就没有任何艺术可言,而这里,恰恰是陌生化和熟悉化的三次对转,才使得感知和思想同步进行了三次深化。这与什么延长感知时间和增加难度,可以说是毫无瓜葛。

吴乔论诗:“形质俱变”

俄国形式主义的所谓陌生化,虽然名声远播,但是,可以说是浪得虚名。原因还在于,他们的陌生化不但是片面的,而且是平面的,妄图以一个这么简单的范畴解决一切文学的问题，缺乏文体自觉乃是西欧哲学化的思维模式。而形象是立体的三维结构，决定性的一环乃是文学的形式规范。就算是陌生化能够成立，不同的形式也有不同的陌生化。

这一点上，早他们3个世纪，中国古典诗话家吴乔（1611—1695），在《答万季野诗问》中有天才的发现。首先，他在形式规范上占了优势，他不独立地概括诗歌语言的特点，而是在诗歌与散文的矛盾中进行分析。

> 又问："诗与文之辨？"答曰："二者意岂有异？唯是体制辞语不同耳。意喻之米，文喻之炊而为饭，诗喻之酿而为酒；饭不变米形，酒形质尽变；啖饭则饱，可以养生，可以尽年，为人事之正道；饮酒则醉，忧者以乐，喜者以悲，有不知其所以然者。"①

把诗与文的关系比喻为米（原料）、饭和酒的关系。当时中国的散文（不是五四以来抒情叙事的散文）由于是实用文体，如米煮成饭，不改变原生的材料（米）的形状，而诗是抒情的，感情使原生材料（米）"变尽米形"成了酒。不但形变了，而且质地也变了。这个说法比之陌生化要经得起分析得多。在感情的冲击下，对事物的感受发生种种变幻是相当普遍的规律，情人眼里出西施。敝帚自珍，看自己，一朵花；看别人，豆腐渣。抒情的诗歌形象正是从这日常感知和语言变异的规律出发，进入了想象的假定的境界："一日不见，如三秋兮""谁谓荼苦，其甘如荠""露从今夜白，月是故乡明""回眸一笑百媚生，六宫粉黛无颜色"。感知不但有形变和质变，而且有功能的变异："结庐在人境，而无车马喧""海内存知己，天涯若比邻""狂风吹我心，西挂咸阳树""只恐双溪蚱蜢舟，载不动许多愁"。这就不但指出了诗歌语言陌生化的规律，而且回答了其中的原因，以情感冲击感知，使之发生变异作为结果，提示着情感的强烈冲击的

① 王夫之等撰：《清诗话》，上海古籍出版社1978年版，第27页。类似的意思在吴乔的《围炉诗话》卷二中，也有更为详尽的说明。

原因。

情感冲击感知使之发生变异，是心理上的一般规律，其实并不限于诗歌，就是小说中也是屡见不鲜的。但是，小说中经典的陌生化（除了像心理分析风格的）和诗歌中的不一样，不像西欧俄国诗歌那样直接抒发出来，也不像中国古典诗歌那样，在意象群落的意脉中隐藏着，而是表现为在感知中透露某种潜意识的萌动过程，托尔斯泰在《战争与和平》中表现安德烈王爵在遭受一系列挫折以后，感到生活在31岁已经完结。后来遇到了少女娜塔莎，留下极美好的印象，在不经意间偷听她与女友夜话时，虽然他自己对自己说她与他生命是毫不相干的，但是又产生了一种想法："不知为什么缘故希望她提到他，又怕她提到他。"在意识领域中，他还像往常一样平静，并没有感觉到娜塔莎已吸引了他的感情，但在潜意识领域中已经发生了翻天覆地的变化，娜塔莎的出现从根本上改变了他的人生观。这样的变化如果要用心理分析的办法来写，可能太理性、太枯燥了，托尔斯泰用对比方法来突出感觉知觉变异，显示这场内心变动的巨大。在安德烈王爵见到娜塔莎以前，他在路上见到一株橡树：

> 路旁有一棵橡树。它大概比树林里的桦树老九倍，大九倍，高一倍。这是一棵巨大的，两人合抱的橡树，有些树枝显然折断了很久，破裂的树皮上带着一些老伤痕。它像一个年迈的、粗暴的、傲慢的怪物，站在带笑的桦树之间，伸开着巨大的、丑陋的、不对称的、有瘤的手臂和手指。只有这棵橡树，它不愿受春天的蛊惑，不愿看见春天的太阳。①

在托尔斯泰笔下，不可见的感情不但是由感觉表现的，而且往往是由感觉唤醒的。对于老橡树的感觉，唤醒了安德烈王爵的隐秘的情感，虽然春天来了，爱情幸福也存在这个世界上，但与老橡树无关，老橡树不接受

---

① 列夫·托尔斯泰：《战争与和平》，第2册，董秋斯译，人民文学出版社1988年版，第699页。

这种“欺骗”,这使安德烈想到自己的生活已经完了,他这老橡树触发了一系列“绝望的、悲哀的”联想。他没有希望,不须开始做新的事情,不用做好事,也不用做坏事。但是在见了娜塔莎以后,他在回家的路上又见到了那棵老橡树:

> 老橡树完全变了样子,撑开了帐幕的多汁的暗绿的树叶,在夕阳的光辉中轻轻地摆动着,激动地站立着。没有了生节瘤的手指,没有斑痕,没有老年的不满与苦闷——什么都看不见了。从粗糙的百年的树皮里,没有枝柯,便长出了多汁的幼嫩的叶子,使人不能相信这棵老树会生长出它们。①

从心理学来说,是由于感情的变化才引起了感觉知觉的变化,从创作论来说,应该是找到了知觉感觉的变化的特征才能揭示情感的深层。在许多作家笔下,形象萎缩,并不一定是感情缺乏逻辑的独特性,而是缺乏与之相应的感觉和知觉系统。从一方面来说是情决定了感,从另一方面来说,是感决定了情。情是比较单纯的,而感却丰富得多。情没有达到某种强度,某种饱和度,感的变化可能被认为是做作的,缺乏逻辑性的。没有饱和的感觉基础,情的变化会造成空虚的感觉。古典小说的经典作家往往不满足于做情的艺术家,他们的天才往往是把情的艺术放在感知(对话、动作)变异的基础上。

情感冲击感知发生全方位变异

为了把这个相当关键的问题说得更透彻一点,也为了揭露形式主义

① 列夫·托尔斯泰:《战争与和平》,第2册,董秋斯译,人民文学出版社1988年版,第703~704页。

所谓陌生化在理论上的简陋,试以托尔斯泰《安娜·卡列尼娜》中安娜回家看儿子,来看情感如何使得感觉知觉发生系统的陌生化的变异。

本来安娜为了爱情,不顾名誉,和渥伦斯基逃到西欧,但是,对儿子的想念使她不能安宁。她不顾一切,从西欧回到俄国,目的是看望儿子,祝贺儿子的生日。她提前一天就选购好了玩具作为礼物。这在心理学上叫作动机。动机在人的心理活动中占据极其重要的地位,人的行为、人的意识活动、人的感觉知觉、人的记忆和语言,无不受到动机的制约。在动机范围以内的心理活动常常被强烈地记忆和感知,而在动机以外的心理活动有时甚至视而不见,听而不觉,感而不知。就是一时感觉到了,也容易遗忘。人物的心理活动都受动机的主宰。动机往往是很明确的,与人的行为、语言、记忆、想象、思维之间有着直线的联系。但是这样的描述和刻画,往往并不太动人。人的心理活动是很复杂的,动机和人的其他心理要素处于一种复杂的有机结构之中,每一个要素都与其他一切要素互相依存,一个要素的变动必然引起其他相关要素的相应调节。这个变幻和调节的过程就是我们要欣赏的心理奇观。

安娜回家之所以成为艺术经典,就在于托尔斯泰通过安娜淋漓尽致地写出了我们既熟悉又陌生的感知变幻,既唤醒了读者的潜在记忆,也发现了人物心灵的深层结构。

安娜看儿子的要求,遭到丈夫卡列宁的拒绝。她决意反抗,不经卡列宁同意就闯去看儿子,她"买了玩具,想好了行动计划","手头预备下给门房和仆人的钱"。所有这一切都是一种理性规划,都是为了实现她的动机。如果托尔斯泰让安娜的理性规划——她明确意识到的动机——圆满地实现,就没有什么艺术可言了。

小说艺术的特点就在于让人物的心理活动越出常规,首先是越出理性的常规。导致这种越规的动力,就是人的情感。由于情感的冲击,人的心理结构失去了平衡,越出了理性的规范,于是人的感觉、知觉、记忆、思维、语言、行为就都发生了变异,这种变异就是心理恢复平衡前的调节或反馈。

在安娜进入家门时，突然产生狼狈的感觉，这就使她的听觉越出常规，失灵了，当门房的新助手问她“找谁”时，安娜狼狈得居然没有听到他的问话，因而也没有回答。她没有预料到丝毫没有变化的门厅会这样深深地撼动了她。这种感觉激起了她的记忆（欢乐和痛苦的激情），使她忘了她来这里的动机。她一时不知道是来干吗的了。这就是说环境的刺激使她早已被遗忘的情感记忆活跃了起来，进入意识，淹没了一切，而前来看孩子的动机却被遗忘了。这是情感的奇妙的陌生化作用，使一部分沉睡的记忆复活，使另一部分新鲜的记忆麻痹。

对于听觉，这种陌生化作用就更奇妙了。一方面她在走上那熟悉的楼梯的时候听不明白老门房说的话，另一方面她单凭打呵欠的声音，就知道这是她儿子，而且这种听觉影响了她的想象，使她“仿佛已经看到他在眼前了”。看到儿子以后，因为卡列宁很快会到来的焦虑，安娜的听觉的陌生化就更奇妙了：

> 她听着他（按：儿子）的声音，注视着他的脸和脸上表情的变化，抚摸着他的手，但是她却没有听明白他所说的话。她非走不可，她非离开他不可，——这就是她唯一想到和感觉到的事。她听到走到门边咳嗽着的（仆人）瓦西里·卢基奇的脚步声，她也听到了保姆走近的脚步声；但是她好像成了石头人一样地坐着，没有力量开口说话，也没有力量站起身来。

用还原的方法来分析安娜的感觉变异：在通常情况下，近处的听得清晰，远处的听不清晰，可是在这里，由于一种焦灼感（害怕看到她即将到来的丈夫），一种特殊的情感的冲击，使心理功能发生了变异，空间距离相近的（儿子的语言）听不清，空间距离远的（卢基奇和保姆的脚步声）反而听清楚了。这种感知变异，也许只是一种表面现象、表层结构。决定这种表面现象、表层结构的是深层的情感的作用。深层的焦灼(必须在卡列宁来到儿子房间之前离去,不能与他见面)使安娜的感觉知觉特别是听觉发生了变异。深层的情感是看不见、摸不着、感不到的,可由于情感冲击而变异了的感觉、知觉(在这里是听觉)却以一种陌生的功能,而成为一种强化的效果出现了。

在常规状态中,安娜的听觉和语言功能是没有障碍的。但是由于人物关系和客观环境越出了常规,导致安娜的情感越出了常规,越出的幅度是这样的大,不但使她的听觉发生了变异,而且使她的语言机能也发生了障碍。当老仆人认出了安娜,默默地向她低低地鞠躬,说“请进,夫人”时:

> 她想说什么,但是她的嗓子发不出声来。

当她迫于形势终于不得不离开她儿子时:

> 她不能够说再会,但是她面孔上的表情说了这话,而他(儿子)也明白了。……以后她想起了多少要对他说的话呀!但是现在她却不知道怎样说好,而且什么话都说不出来。但是谢辽沙明白了她要对他说的一切。他明白她不幸,而且爱她。

这里就出现一种心理陌生奇观了,在常规情况下,失去了语言表达能力的人,是不能和他人交流思想情感的。但是奇迹出现了,安娜失去了发出语音的能力,却并没有妨碍她与儿子交流思想和情感。这是因为在特殊情感的冲击下,语言并不是交流思想和情绪的最有效工具。这时有一种比语言更有效的交流手段,那就是人的表情。语言是以声音为媒介的概念符号系统,它传达的是概念。概念对丰富多彩的直觉和情感来说,太贫乏了。而表情虽然不及概念那样明确,但它是一种直觉,直觉的丰富性是任何概念赶不上的,孤立的直觉虽然不如概念深刻,但在艺术里,表情作为直觉的对象不是孤立的,而是处在一种复杂的人物情感结构之中,结构的功能大于要素之和,一个很平常的表情都可能有比概念深广丰富的含意。

人的内心情感活动是一个很复杂的整体,如果仅仅限于上述知觉和语言的层次,那还是比较表面的。托尔斯泰的高明之处就在于他不但揭示了知觉和语言的变异,而且直接深入到情感的深层结构中去,剖析其中丰富的变幻。

人物的主要情感特征是比较稳定的,但不是一成不变的,它在外部刺激作用下会发生多彩的变异,产生瞬时的变态,例如,安娜憎恨、厌恶卡列宁。在安娜来到她过去的家之前,由于见儿子的要求遭到拒绝,这种憎恨化为一种受到屈辱的痛苦,引起她一种毅然反抗的情绪。一旦她进入了她过去的家就变化了,当一个不认识的门房助手问她来找谁的时候,她感到狼狈了,而当她熟悉的门房助手向她深深鞠躬的时候,她的眼光却是"羞愧、恳求的"。走上楼梯的时候她的运动机能不正常了,"套鞋绊着楼梯"。后来当保姆通知她卡列宁即将出现的时候,托尔斯泰让她的儿子看到她脸上露出"惊惶和羞愧的神色",感到"她害怕他"。在正常情况下,那么无畏地反抗世俗道德,蔑视、厌恶、憎恨卡列宁的她,居然惊惶、羞愧而且害怕了。

由此可见,人的情感固然有一种稳定的基本性质特征,但这种基本性质不是固定的、僵死的,相反,在外界环境和语境的作用下,它不断变幻出派生的性态来。写出这从属性态的丰富的变幻,正是托尔斯泰作为艺术家的过人之处。同样的情状到了才能不济的作家笔下也许就变得缺乏变化,只剩下憎恨这样一个僵化的概念了。

许多作家缺乏这样的能耐,其原因不仅在于缺乏这样的追求,而且在于不了解情感知觉之间互相影响的规律。通常,洞察情感冲击感觉,也许并不难,因为感觉、知觉是表层的,情感是深层的,深层决定表层。但是很少有人注意到,二者的作用也可能倒过来,感觉决定情感。在这一点上,托尔斯泰有深刻的发现。当安娜即将与儿子离别时,她感到儿子的表情在问她该如何看他的父亲,安娜说:

> 爱他,他比我好,比我仁慈,我对不起他。

这是一种歉疚的情感,自认为有罪的情感。这种情感发自内心,是十分真诚的。但这种表白与其说是一种情感,不如说是一种理智。因为这种表白是在没有对卡列宁的现场感觉知觉的基础上的。一旦安娜看见卡列宁,对卡列宁有了现场的感觉和知觉,她的情感就发生了变幻:

> 亚历克赛·亚历山特罗维奇迎着她走过来。一看见她,他突然停住脚步,垂下头来。虽然她刚才还说过他比她好,比她仁慈,但是在她匆匆忙忙看了他一眼之后——那一眼把他整个的身姿连所有细微之点都看清楚了——对他的嫌恶和憎恨和为她儿子所起的嫉妒心情就占据了她的心。她迅速地放下面纱,加快步子,差不多跑一般地走出了房间。

由于对卡列宁有了具体的感觉,在具体感觉基础上建立起的厌恶和憎恨就代替了自己的有罪之感。安娜的情感性质又恢复了原状。

在托尔斯泰笔下,人物的情感既是这样具有顽强的稳定性态,又是这样变化不定,在一切外界的、内部的刺激作用下,它不断发生变异,好像阳光透过多个旋转的三棱透镜发生了令人惊异的奇妙变异,这种变异是那样令人意外,那么偶然,然而又是那样必然,那样合乎人类心灵辩证法,因而也就那样富于认识人类内心的普遍意义。当我们看到这一节的最后一句:

她昨天怀着那样的爱和忧愁在玩具店选购来的一包玩具，她都没有来得及解开，就原封不动地带回来了。

安娜在情感焦灼的优势兴奋中心的负诱导作用下，导致了对送礼物的动机的抑制。如果没有对人的心理活动规律的熟谙，托尔斯泰不可能对人物内心有这样的洞察。

从以上分析可知，人物在情感冲击下，心理的变异，不是感知的陌生化这样贫乏的概念可以概括的。它无限丰富的超常变异，有动机与行为，感情与感知，语言与意识，视觉与听觉，近距离感觉和远距离的感觉，直觉与理解之间丰富、神奇的变异。用陌生化这样贫乏的观念来涵盖这样丰富的艺术无异于粗暴践踏。

正是因为他们对潜在的熟悉化或自动化的交织漠视，他们往往热衷于列举表面上强烈变异的诗句，这种诗句常常与明喻、暗喻、象征等等手法结合在一起，显出新颖的陌生的效果。例如，普希金的《假如生活欺骗了你》：

Если жизни тебя обманет,
假如生活欺骗了你，
Не печалься, не сердись!
不要悲伤，不要生气！
В день уныния смирись:
烦恼时要保持冷静：
День веселья, верь, настанет.
请相信，快乐的日子会来临。
Сердце в будущем живёт;
我们的心向往未来；
Настоящее уныло:

现在则令人悲伤：

Все мгновенно, все пройдёт;

一切都是暂时的，一切都会消逝；

Что пройдёт, то будет мило.

而逝去的又使人感到可爱。

整整一首诗，可以称得上是陌生化的词语，也只有欺骗（обманет），用拟人化手法，使无生命的“生活”有了意志。但是，不可忽略是，除此之外，所有的词语，都在正常语法词法规范之中，可这并没有妨碍这首诗成为经典之作。可见，诗歌的动人，不仅仅在局部的词义的变异，而在其整体，在其意脉中情感逻辑的统一和曲折。这不仅仅俄语诗如此，汉语诗更是如此，毫无语义陌生化的，甚至毫无变异的诗歌，也存在着大量不朽的经典之作。不可忽略的是，最后两句“Все мгновенно, все пройдёт; 一切都是暂时的，一切都会消逝；Что пройдёт, то будет мило. 而逝去的又使人感到可爱”，在高度和谐和统一的意脉中成为诗情的高潮，这里似乎有些陌生化，但是，不是词语的陌生化，而是逻辑上的陌生化，为什么过去了的就不再令人伤心烦恼，而变得可爱（戈宝权译为“变成亲切的怀恋”）？如果从审美价值论、文艺心理学来解释，就很简单，那就是审美距离拉开了时间的距离，把眼前的想象为过去的回忆，就超越了实用理性，情感获得了自由。在回忆中展开情感，在中国古典诗歌中是最常用的手法，孟浩然的“夜来风雨声”，李商隐的“昨夜星辰昨夜风”，李后主的“多少事，昨夜梦魂中”，李清照的“昨夜雨疏风骤”。至于把现实的逆境放在未来的想象中，亦比比皆是，如杜甫在被俘中思念妻子的痛苦转化为日后相逢的回忆：“何当倚虚幌，双照泪痕干。”李商隐把归期的不能确定的憾事，转化为来日相逢的欢聚：“何当共剪西窗烛，却话巴山夜雨时。”这样的经典用话语的陌生化来解释是文不对题的，其精粹皆在情感中，在想象中，在时空转化中的逻辑变异。这在我国古典诗话中叫作“无理而妙”，关于这一点后文细述。

中国古典诗歌神品和词语非陌生化

其实不论在俄语、英语诗歌中，还是在中国诗歌中，都有陌生化不能解释的现象。那就是诗歌的语言和感知并没有“陌生化”，所有语言都似乎是日常语言，但整体的结构效果，就超越了词语的局部，转化为有机的圆融。在这种融洽中，意象与从属意象，意象群落与意脉，可谓疏可走马、密不透风，情感与语境，达到高度和谐，这就是整体感的最高层次，在中国古典诗歌中属于“意境”范畴。如王维的《山居秋暝》：

空山新雨后，天气晚来秋。
明月松间照，清泉石上流。
竹喧归浣女，莲动下渔舟。
随意春芳歇，王孙自可留。

要在这样的诗中寻找陌生化的，甚至是变异的词语和感知，无异于缘木求鱼。徐增（1612—？）在《说唐诗》里说：其中的“暝”字是诗眼。① 从诗眼说来看，我国古典诗话，着重的不是什么陌生化的感知和诗语，而是在表层上并不陌生，而深层意境却新颖的焦点。这个焦点，可能并不在“暝”字上，因为“暝”字引起的联想是昏暗，一味地“暝”，就太单调了。王维的拿手好戏，就是从单纯语境中显出丰富来。这种丰富，至少可以从三个方面来看：第一，表面上“暝”“晚”是昏暗的，实质上却是明净的。“新雨”之后的空山，有一种清净的意味，再加上“明月松间照，清泉石上流”，

① （清）徐增：《而庵说唐诗》卷十五，中州古籍出版社 1990 年版，樊维纲校注本，第 344 页。

空山因明月之照、清泉因流于石上(而不是溪底)而更加明净,明净的景观,透露出明净的心境。景之明净和内心的清净完全相应。第二,“空山”表面上强调的是山之“空”,实际上突出的并不是“空”,而是“空”的反面:有浣女归于竹林,有渔舟移向莲塘。这种不空,还不仅仅是外部的,而且是内心的一种闲逸自适,所以听到竹喧,知是浣女归来,看到莲叶浮动,知是渔舟下水。空山明月是宁静的,渔舟浣女是喧响的,二者相反,但是诗人的心境却是不变的,自足自洽的,不为其宁静、也不因其声响而变化。第三,这种意脉,在最后一联以“随意春芳歇”来作注解。题目明明是“秋暝”,这里却变成了“春芳”(这里可能与陌生化沾一点边),意含应该是哪怕“春芳”消逝也不在意,不像有些诗人那样惜春,为之激动、感叹。这就是王维特有的“随意”。这种“随意”,在中国古典诗歌中,是有着深厚传统的,其特点并不是词语或者感知的陌生化,而是相反——熟悉化。每一个词语句子,在表面上都是平常的,情绪上是淡定的。“采菊东篱下,悠然见南山”“寒波澹澹起,白鸟悠悠下”“江流天地外,山色有无中”的精彩就不在词语的陌生化,韦应物亦有“采菊露未晞,举头见秋山”①,无异于狗尾续貂。陶诗之神韵在于“悠然见南山”,有别于举头望南山。“见”是无意得之,才“悠然”,这和陶氏的《归去来辞》中的“云无心以出岫”的“无心”和柳宗元的“崖上无心云相逐”的“无心”是同一境界,加上个“举头”,把有意、无心突出了,无意、无心的意味是渗透在整个诗作中的,这种境界的高雅,并不依仗哪一个词语的陌生化,奇特化。盖陶诗不仅以“无意”为诗,而且为文。武陵人于无意得“桃花源”之境界,南阳刘子骥有意去寻访,就无功而返了。

戴望舒在《论诗零札》中说:“新诗最重要的是诗情上的 nuance,而不是字句上的 nuance。”nuance 在英语和法语中,是精微玄妙、细微差别的意思。他说的是新诗,用来说明古典诗歌,特别是王维的诗完全适用。王维的拿手好戏,就是在极其单纯的情景中显示极其微妙精致的 nuance。

---

① 《答长安丞裴说》诗:“临流意已凄,采菊露未晞。举头见秋山,万事都若遗。”

他的《鸟鸣涧》也是这样：

人闲桂花落，夜静春山空。
月出惊山鸟，时鸣春涧中。

全诗写春山之空，夜之静。在一般诗人那里，就是静罢了。而在王维的诗里，静却分化了：一方面是无声相对于有声，一方面是静止相对于动。王维就从这两个方面写静：一是以月出光影之动，惊醒静眠之山鸟（月光之变，是无声的，居然惊醒了鸟）；二是以鸟鸣之声，反衬出春山之宁静（一如"蝉噪林愈静，鸟鸣山更幽"）。如此这般，一方面系春山之空，另一方面则系心境之"闲"。这高度统一而丰富，感知全方位融通，构成境界，用俄国形式主义的陌生化语言来阐释，则南辕北辙。就是依金圣叹的起承转合，"关锁"（连贯），甚至用"意脉"去阐释，也可能捉襟见肘，而问题在于：意脉，只是许多诗歌的一种抒情法门，而整体意境中的微妙变化（nuance）中的圆融，是另一法门。

如果说，意象的着眼处是意群的表层和深层，意脉的着眼处是潜在的脉络贯穿，意境的着眼处则是全相的融通。从这个意义上来说，感知或者词语的陌生化，只局限于点块，连意脉的线性贯穿都不如，与意境的整体全相融通相比，其片面性则显而易见了。故文学细胞形态，当从整体处着眼。西方文论之所以拘执于词语，原因在于，西语和汉语不同，他们的名词性数格，动词的人称、时态，有复杂的变化，一个句子中，诸多因素务求系统的一致性，因而他们以语言为基本单位，以词句为细胞形态研究文学（甚至把情节简化为主语—谓语结构），但是，研究汉语文学，我们的名词在性数格、动词时态和人称方面与之相异，如以陌生化纲领，本身就有削足适履的弊端。中国和西方语言的区别还只是比较表面的现象，在表面外，还有哲学的背景不同。

宋代禅宗大师青原惟信提出参禅的三重境界：

参禅之初,看山是山,看水是水;

从艺术创作来说,就是模仿自然,反映现实。按照形式主义文论,就是看石头就是石头。

禅有悟时,看山不是山,看水不是水。

从艺术创造来说,就是主体的自我表现,情感是使物象发生变异,用形式主义文论的话来说,就是看石头不是石头,给石头以新名字。

禅中彻悟,看山还是山,看水还是水。[①]

这就是禅的最高境界了,此时的山,表面上是无为的,但又是充满了主客体深度默契的山,与一般人纯粹感知的山,根本上不同,在无意中是有禅意的,在无为中是有为的。最能代表这种境界的是王维的《辛夷坞》:

木末芙蓉花,山中发红萼,涧户寂无人,纷纷开且落。

这里的意味在于,第一,花木开得鲜艳,在山野之中。第二,在无人之境,与人无关。第三,这并不妨碍它们自开自落,既不待人的感官和情感,也不待人的语言的陌生化。但是,这恰恰是人对大自然的一种顺从,人的自我与大自然默契。也许这就是海德格尔所说的:"人与存在的契合。"[②]

---

① 《五灯会元》卷十七第1135页,青原惟信禅师,中华书局,1992年3月版。按与《四库全书》本字句略有出入。

② Heidegger:Gesamlausgabe,第45卷,第163页。Frankfurt a,M.vittorio,klos,termann,1975.在海德格尔的惊异中,还有诗的审美。因而,他的惊异又是一种心境、兴致,在这种心境中,心灵开窍了,发现了,顿悟了,顿悟什么呢?用海德格尔的话来说,就是:"人与存在的契合。"

西方文论中缺乏理解东方的禅意者，因而，近一个世纪而不得要领，其原因就是，机械唯物主义把青原惟信的第一重境界当成了全部，而浪漫主义把青原惟信的第二境界当成了全部。而实际上，第三境界才是最高境界，人与自然达到绝对的和谐，解除了人的美丑、善恶、真假，人和自然的关系，最理想的就是天人合一的境界。虽然，西方理论家囿于哲学宗教的原因，达不到这个境界，但是，部分西方艺术家却歪打正着地猜到了。①

海明威的电报文体：白痴一样的叙述

其实，“陌生化”，就是对于俄英语言而言亦有诸多疏漏。特别是到了20世纪中叶，海明威的“电报文体”出现以后，感知和语词均以非陌生化为特点。如海明威早期的作品，写政变以后，枪毙一个部长的场景：

> 清晨六点钟，他们在一家医院的墙下枪毙了六名部长。院子里有好些个小水坑，柏油路面上覆满湿淋淋的落叶。雨下得很大，医院的百叶窗都关死了。有一个部长得了伤寒病。两名士兵把他抬下了楼，抬到楼外的雨地里。他们费劲地想扶他靠墙站着，后来那军官说让他站着不行。他们刚一放排枪，他就应声倒到泥水里，头耷拉在膝

---

① 20世纪杜尚以降，波普艺术、偶发艺术、表演艺术、躯体艺术、大地艺术、环境艺术等，走马灯似的轮番登场，在出发点上一脉相承，奉行生活的一切莫不是艺术的原则。一些风云人物还声称吸收了中国天人合一、禅宗的理念，提出艺术应该最大限度弃绝人为因素，艺术的最佳状态，就是人的无意识与宇宙相通的境界。人不可靠，人的生命被传统文化、科学，甚至是经典艺术的潜在成见所污染，只有反抗这一切，生活才能自然呈现。他们其实并不真正理解禅，只是把西方流行的心理分析学说的潜意识加以哲学化、审美化，笼统地归结为禅的深度精义。其目的不过是把意识层次的不言而喻的传统观念（好坏、善恶、美丑、主体客体），都看成是可恶的成见和生命的负担。他们想象，进入无意识层次，人就能解脱出来，达到一种无差别甚至没有主客体之别的境界，生命就能享受到最自由的感觉，在这种情境中，“现成物”（最极端的是杜尚以小便器作为艺术品参展，题目为“泉”）就成为自由精神的载体，当然也就是艺术。

盖上。

写的是非常残忍的事件,但是语词没有陌生化,保持着日常语义,而且都是叙述,细节就是细节,作者的态度似乎很宁静,似乎不带感情。没有血腥,没有恐怖的形容和渲染。这里的语词有限,省略了的应该更多,这就是海明威所追求的"冰山风格""电报文体",也就是所谓废除了形容词,只剩下名词和动词的文体。甚至有"白痴一样的叙述"的说法。他说:

> 我总是根据冰山的原理去写它。关于显现出来的每一部分,八分之七是在水面以下的。你可以略去你所知道的任何东西,这只会使你的冰山深厚起来。①

在这里有限的细节中,那省略了的八分之七,仍然以一种强大的浮力激发着读者的想象。潜入读者意识深处,足够构成一种深沉悲郁的情调:医院本来是救人的地方,却成了杀人的刑场,百叶窗本来是透气的,却关得死死,显得紧张压抑;生伤寒的人,路都不能走,是垂死的,还要把他抬下来,让他淋雨行刑。特别雄辩的细节是,他站都站不直,是不适合枪毙的,但还要扶着。最后一个细节"头耷拉在膝盖上",堪称天才。一般的击毙,是应声而扑,这里却是软瘫。从词语来说,没有什么陌生化,但是,就整体而言,却渗透着恐怖、凶残,惨无人道。不要说光从语词和感知的陌生化去分析是徒劳的,就仅仅是从前面所说的意象的点块、意脉的线索去分析也是不够的,只用全部意象的有机性,构成的圆融的氛围去阐释。从这一点上来说,中国古典诗歌的"意境"的精神与西方现代冰山风格的叙述可以说遥遥相对又息息相通。

解读就是把人的活生生的感知还原出来,难处并不在于陌生化的语

① 《海明威研究》,中国社会科学出版社 1985 年版,第 73 页。

言，而在于非陌生化的叙述。如《水浒》中写武松的几回，金圣叹都有相当精彩的评点，但对于血溅鸳鸯楼，金圣叹的批注，却有点摸不着头脑了，只是说几处写到月亮，几处交代朴刀，又穿插麻鞋，等等，结论是“妙岂容说”。[①] 其实，这是个杀了十几个人的复仇的英雄。英雄之所以感动人不是因为他做了什么，做对了什么或者做错了什么，而是他做的时候，有什么样的感觉。这里的武松就是有条不紊、心满意足的感觉，具体来说，就是凶残得很满足，很冷峻，很平静，一点没有紧张的感觉。而这一切，没有用描写铺张，不用感性很强的形容词，只用叙述。从这一点来说，和海明威可以说是异曲同工。且看武松杀人以后，从城墙上跳下来，仍然是有条不紊的：

> 把哨棒一拄，立在濠边。月明之下，看水时，只有一二尺深。此时正是十月半天气，各处水泉皆涸。武松壕堑边脱了鞋袜，解下腿绊，抓扎起衣服，从这城濠里走过对岸。却想起施恩送来的包裹里有双八搭麻鞋，取出来穿在脚上。听城里更点时，已打四更三点。武松道：“这口鸟气……今日方才出得松臊。”

杀了这么多人，犯下了弥天大罪，逃出城了，如果是一般人物，三十六着，走为上着，还不赶紧溜？可是武松，居然从容到在月光下看城濠里的水，只有一二尺深。看得这么细致，不愧当过公安局局长，寓从容于紧迫之中。在这样的危机中，心思不乱，动作有层次：脱鞋袜，解腿绊，扎脱衣服，蹚水走过对岸。还顾得上把湿鞋袜换了，还有闲心去想，干鞋是哪个朋友送的。写武松过河的从容，就是写武松的平静。更精彩的是：“听城里更点时，已打四更三点。”充分写出了听觉的放松，从听觉的放松，暗示了心情的放松：“这口鸟气”终于出了。说明，在这以前，是憋着一口鸟气。憋气憋得这样深，这样冷峻，这样清醒，这样有余暇。这种平静的叙

① 金圣叹批第五才子书《水浒传》(上)，天津古籍出版社 2006 年版，第 278 页。

述,功力之深,在中国小说史上,如果不算绝后,也可以说是空前的。为什么连金圣叹都说不出什么名堂来呢?因为这是叙述,而且以非陌生化语言见长。

要破译文本的深层密码,光凭简陋的陌生化是不可能有什么成效的。

最后应该说明的是,俄国形式主义文论的陌生化,并不限于词语的陌生化,而且还包含形式、手法的陌生化。到了晚年,他看到绝对强调陌生化,导致流派更迭过速,产生了先锋派文学中的各种文字游戏。他承认自己犯了语法错误。他说自己的остранение(陌生化),少写了一个н,这个多了一个н的词来自остранный(奇怪的),原意包含了童话中既奇怪又明朗的意味,而少了一个н的остранение,就有点神经过敏,一味摆脱、躲开。确切的陌生化应该是多一个н的остраннение,而在这个词里就没有少了一个н的остранение那样混乱了。①

不过,虽然,什克洛夫斯基对形式主义的反思这样无情,几乎已经宣布了它的死刑,但是,纯粹形式,纯粹从语言的,拒绝从人的心灵、人的情感,从审美价值对文学进行分析的理论,在中国鹦鹉学舌者仍然比比皆是。在西方不乏改头换面风行一时者,其中最有代表性的,则是美国的新批评。

---

① 原文出自斯氏《散文理论》(百花文艺出版社,1994年),此处的阐释参考了苍耳《陌生化理论新探》的解释,中国戏剧出版社2011年版,第34~35页。

第八章　文学感染力来自审美情志还是语言(下)

——美国新批评“反讽”批判

美国的新批评比俄国形式主义更加强调以文本为中心,一切都在文本之中,但是,他们的文本解读和形式主义一样,排除心理、情感,把理论囚禁于语言上,不过新批评比之形式主义更加狭隘,他们把文学感染力仅仅归结为修辞,在修辞中,又仅仅集中在“悖论”“反讽”“张力”等极其有限的范畴中。这个流派粗疏远远超过了形式主义,可是却在20世纪中叶在美国风行一时,至今在中国还为学人所称道,钱中文先生曾言:一些杂志,似乎成了“‘新批评’的分销店”。因此,不论从理论上还是从实践中,都有必要对之作一番清算。

反讽向抒情转化的条件

新批评核心范畴的“反讽”“悖论”,首先,他们把一切外延与内涵相异、与平常观感相异者都笼而统之地说成是反讽。反讽本来就是反语(to express something different from and often opposite to their literal meaning)，字面意义和实际内涵相反。但是，与平常观感相异的抒写，并不一定是相反的，有时是错位的，有时是从属的，有时是不同类别的。其次，新批评把一切反讽和悖论一概当作诗。不论在西方诗歌中，还是在中国古典诗歌中，外延与内涵相异，与平常观感相异者并不一定就有反讽意味，反讽的前提是直接对立而不和谐，而大量诗歌中，相反的意味在层次渐进中转化，则进入和谐境界，是为抒情。而抒情恰恰是拘泥于智性的新批评所要回避的。

新批评发轫于20世纪二三十年代，四五十年代一度风行美国学院，六十年代走向消亡。号称新批评，意在对旧批评反拨，针对旧批评有两个方面：一是作者中心论，把文学研究变成作家生平、传记的考订，作品成了作家传记的零件；二是把文学作品当作时代经济、宗教、政治状况的图解。此二者表面上看背道而驰，一个强调客观现实，一个强调主观心灵，但是在根本上是相同的，那就是把作品和作家心灵、现实完全混为一谈，无视其间的矛盾和差异，从而导致了对文学本体的麻木。新批评和形式主义者一样，不屑于到作品"外部"去寻找根源，他们坚持"内部研究"，坚信一切奥秘全在作品中，"作品就是文学的本源"，"文学作品就是本体"。

他们的研究聚焦在文本上。提出了所谓"close reading"（细读），这个词组原本的意思是精密的、封闭的、忠实于原作的解读。翻译成"细读"并不太准确，当然，翻译成"封闭性解读"也不太周全，但是，也不太离谱。

“细读”还有文雅一点的说法，叫作“peruse”，意思是彻底地、深入地精读（to read thoroughly）。限定在文本以内，又要深入，当然难度极大。文本，尤其是经典诗歌文本，是天衣无缝的，水乳交融的，有机圆融的，解读如果停留在表层，就只能重复读者一望而知的信息。他们追求的目标，在文本“内部”，其实是在文本以下。当然，文本以下，信息是多元的，他们又自己设定了一个禁区，那就是不能涉及情感（下文详述）。这样一来能够供他们施展工夫的就只有语言了。难得的是，他们看到了存在于语言背后的冲突。首先，就是诗歌的词语与科学词语不同，科学语言是严密的，有着字典语言的确定性，而诗歌语言的生命来自于诗人随机赋予的文本意涵。这样，显性的文本意涵就与潜在的心照不宣的字典语义有了反差。例如，新批评的干将布鲁克斯分析华兹华斯描写夜晚的十四行诗：

甜美的夜晚，安然，随意
这神圣的时刻静如处女
屏息膜拜……

他说：“甜美、安然、随意、神圣、静寂、屏息，这些词的并置并不奇特，但请注意，夜晚和处女，屏息而且膜拜。‘屏息’这个形容词暗示了巨大的激越。可是，夜不但寂静而且安详。”①他的意思是，激越（屏息）和静寂、安然，隐含着冲突，二者是不相容的，他们把它叫作“悖论”（paradox），并将此概括化为诗歌的核心的规律：“诗人表达真理只能依靠悖论。”②就是说，这不仅仅是词语的个别现象，而且是诗歌的普遍规律。布鲁克斯引用华兹华斯的话说，他总是把平常的现象，写得不平常，这是诗歌之所以成为诗歌的根本原因。悖论的修辞模式，他们叫作“反讽”（irony），新批评几乎一致拥护“反讽论”，甚至有人提出把新批评改名为反讽诗学

---

① 克林斯·布鲁克斯：《精致的瓮》，郭乙瑶等译，上海人民出版社2008年版，第11页。
② 同上。第5页。

(ironic poetics)。[1] 究竟什么样的结构才是反讽结构呢?新批评理论家退特1938年在《诗的张力》中提出诗歌语言中有两个经常起作用的因素:外延(extension)和内涵(intention)。在形式逻辑中,外延适合某一词的一切对象,而内涵则是指这一词的属性的总和。新批评把外延用来指称词的词典意义,内涵理解为文本的暗示意义或者感情色彩。[2] 二者之间构成了反差,诗歌艺术感人的奥妙尽在其中。如布鲁克斯喜爱的丁尼生的《无端的泪》中的头一节:

> 泪啊,无端的泪,我不知道它为了什么?(Tears,idle tears,I know not what they mean)
>
> 泪啊,它来自神圣的绝望的深渊。(Tears,from the depth of some divine despair)

这里的idle勉强译成"无端的"("没来由的"),这和眼泪不言而喻的痛苦隐含着冲突,接着说它来自"绝望的深渊":一方面说没来由的,另一方面又说因为绝望,这是不相容的,这里就有反讽。这还是第一层次。下面又说,这是"神圣的",和绝望的深渊的冲突就强化了,这是第二层次的反讽。接着是:

> 当我眺望秋日欢乐的田野(In looking on the happy Autumn-fields)
>
> 回想那再也不会重来的日子(And thinking of the days that no more)

---

① 许多被认为是新批评派的理论家,都不同意以新批评为自己冠名。但却乐于用"反讽批评""张力批评""本体批评"指称自己的批评方法。

② 转引自赵毅衡:《重访新批评》,百花文艺出版社2009年版,第48页。

这里的冲突就更明显了，秋日美景眺望的快慰，却成为流泪的缘由（好景不再）。美景引起欢欣，在文本中，却衍生出悲凉和无奈，常规意蕴和文本意涵之间冲突，就成为他们的反讽。诗意就在外延和内涵意蕴的反差之中，这就难怪他们要说“内涵越多越好”了。最具体的内涵多样应该是燕卜荪的“朦胧”。但是，燕卜荪不太自信，没有克鲁斯曼那样简单以词义的对立为纲。他承认无法给朦胧下一个准确的定义，他只是感到这是一个词“增添细微的歧义”的现象。朦胧“可以是一个词代表几种事物的意图，可以是一种这种东西或那种东西或两者同时被意指的可能性，或是一种陈述有几种含义”。[①] 不过，燕卜荪显然感到这样的定义，可能“过分含糊”“范围划得太宽，使其几乎没有什么意义”，因而，“究竟如何界定朦胧，我举的例子是否应称为朦胧，要整本书来作出解答”[②]。故按严格的学术理论来说，燕卜荪还不能说是新批评的代表。

但是，不管差别如何，他们表现出一种共同的追求，那就是把诗歌感染力归结为修辞结构的胜利。当然，他们还把这种内在的意蕴对立的分析扩展到整体“结构”中，去揭示其由暗喻构成的“整体关联性”[③]。“领会一首诗的真正含义，首先要学会识别诗中的反讽和悖论，然后对之进行分析。所谓分析，就是找出诗中不同成分之间的关系，比如词与词的关系，诗行与诗行之间的关系，诗节与诗节的关系，意象与意象的关系，观点与观点的关系。这些关系一起构成了诗歌的结构，诗歌的反讽和悖论都是通过这些关系或结构表达的。所以分析了这些关系之后，其反讽和悖论的意义也就昭然若揭了。”[④]

总的来说，作为他们的理论代表布鲁克斯对反讽和悖论的分析十分粗糙。

首先，把一切与平常观感相异的，都笼而统之地说成反讽是十分牵强

---

① 威廉·燕卜荪：《朦胧的七种类型》，周邦宪等译，中国美术学院出版社 1997 年版，第 7 页。

② 燕卜荪：《朦胧的七种类型》，中国美术出版社，1996 年第 1 页、第 7 页，第 1 页注解。

③ 兰色姆：《新批评》，王腊宝等译，江苏教育出版社 2006 年版，第 8 页。

④ 赵毅衡：《重访新批评》，百花文艺出版社 2009 年版，第 49 页。

的。其实诗中的反讽本来就是反语,字面意义和实际内涵相反。而与平常观感相异的抒写,并不一定是相反的,除了词义有时是交叉、从属和不同类别的以外,更多的是科学的、实用的和情感的价值的错位。

反讽(Irony)源自古希腊语 ερωνεα,用拉丁字母拼写就是 eirōneía,意思是装糊涂,是一种修辞策略和文学技巧,语言和行动超出了简明意图和情境,表现出尖锐的不和谐、不统一、不一致(incongruity)。典型的反讽语言或者动作,就是表面意思暗示内在相反的意味。反讽本来的意味是很丰富的,至少可能有喜剧性的(Comic irony)、幽默的(humourous irony)、戏剧性的(dramatic irony)观众或者读者眼睁睁看着作品中人物犯错误,悲剧性的(Tragic irony),人物的行为导致自己愿望反面的悲剧后果,或者苏格拉底式的(Socratic irony),人物装作无意把对方引入逻辑的陷阱等等。① 这里之所以不无繁冗地在词源上引证,不过是为了说明,irony 这个词,或者这个修辞范畴的多种内涵主要不在诗歌方面,更多地集中在戏剧性、讽刺方面。而美国新批评,却把一切反讽和悖论一起当作诗。

反讽和悖论,作为一种修辞手段,并不一定是诗。要转化为诗是有条件的。悖论是一种似是而非的自相矛盾的说法,看起来自相矛盾但可能正确的说法(A seemingly contradictory statement that may nonetheless be true),反讽则是用词语表达与它们的字面意思相反的用法,带着某种讽刺的意味。就以布鲁克斯在他号称为新批评的经典之作《精致的瓮》细读过的邓恩的《成圣》(canonization 或译《圣谥》),该诗写的是,为了平凡的爱,放弃世俗的荣誉和恩典,甘于如蜉蚁之渺小,不惜以死亡相酬,不管世俗怎么非议,坚持爱情就是生命:

鹰和鸽深藏在我俩心怀
我们使凤凰之谜更增奇妙

① 参阅 Wikipedia, encyclopedia, irony 条目以及 Liddell & Scott, A Greek-English Lexicon, v. sub ερωνεα.

我俩合一,就是凤凰的写照,
两性结合构成这中性的鸟
我们死而复生,又照旧起来
神秘之力全来自爱
如果不能为爱生,总可为爱而死

以新批评的思路试行分析,无疑充满了悖论和反讽,首先,诗人说双方的生命就是爱(we are made such by love),但是,又可以为爱而死(at our cost die)。这是第一层次的反讽;其次,诗人又说,爱又使他们死而复生(we dye and rise the same),甚至使得凤凰死而复活的典故更加智慧(The Phoenix riddle hath more wit)。这是第二层次的悖论和反讽。接下去,是第三层次:如果不可能为爱而生,那就为爱而死(We can die by it ,if not live by love)。可是,前面已经说过了,为爱而死是可以死而复活的,死不就是活吗?在这样颠颠倒倒的逻辑中,读者感到的是什么呢?全是反语吗?是对爱情的反讽吗?这里有自相矛盾,但是,读者没有感到讽刺,相反感到的是对爱的不朽的赞美。

明明是爱的颂歌,而不是讽刺,是因为其间矛盾变得统一和谐。

从形式上看,反讽和悖论,属于隽语(epigram),往往是一个简短的句子,矛盾因为直接对立而荒谬,讽喻和格言式的智慧并存。但是,《成圣》是诗歌。诗歌中的悖论和隽语中的悖论不同,隽语的悖论,是在逻辑上直接、绝对的对立,以子之矛攻子之盾,中间没有过渡和递进。而在诗歌中,矛盾并不直接对立,而是在多个层次中,间接地,向反面有序地、婉转地转化,尖锐的对立在多个层次的转换中变成和谐。这是兰色姆所说的“隐喻的整体关联性原则”在起作用。[①] 如情人之矛对情人之盾,情感使功能发生变异,或使矛变得柔软,或使盾变成不设防的暗示。荒谬感和讽刺性在矛盾层次转化中逐步递减,情感价值就超越了实用理性,审美价值就相应

① 兰色姆:《新批评》,王腊宝等译,江苏教育出版社2006年版,第8页。

递增。在《成圣》中,读者之所以不感到讽刺,反而是为赞歌的庄重所感动,就是因为从平凡到神圣之间,从生命到死亡又到永生之间,有着向抒情转换婉转的层次。对于讽刺转化为抒情,作者布鲁克斯是意识到的,不过只是轻描淡写:"第三节的开始表明这种反讽的倾向仍然会继续,诗人向朋友指出许许多多诸如此类的荒谬,都可以用在恋人们身上。'你可以把她和我唤做飞蛾,我们也是灯芯,不惜以自身灭亡为代价……'在这个问题上,恋人们可以为自己作出大量异想天开的比较:他们知道这个世道是怎么看他们的。但是第三节的这些比喻(figures)将恋人比作凤凰,十分认真,由于这个比喻,本节的调式从反讽的玩笑转变到一种反抗但有节制的温柔。"[①]用"有节制的温柔"来代替反讽向抒情的转化,是太过羞羞答答了。

我们可以模仿新批评的方式,对布鲁克斯作些必要的补正。

生命——死亡的对立如果不和谐,则是反讽,如果转化为和谐,就变成了抒情。凤凰并不是导致和谐的唯一环节,而是一系列精致的、微妙的联想过渡的一个层次而已。

把不和谐转化为和谐的,是暗喻的联想整体关联性,以其字面以下隐性的、渐进性的衍生为特点。在不惜以死相酬之后,如果直接说死就是生,那就有点反讽的意味了。但是,诗人以"鹰和鸽深藏在我俩心怀"(the Eagle and the Dove)作为过渡,Eagle 和 Dove 开头字母都是大写的,这就不仅仅是男性和女性生命的象征,而是带着某种生命神圣的契合。这里的隐喻,埋伏着两个系列的整体关联。一是,合二而一(we two being one),Eagle 象征强健,Dove 象征纤弱,蕴藏强弱两种生命的结合。老鹰与鸽子各为炼金术过程中两个阶段的名称。暗示二者如炼金之融合,不但躯体合一,而且连性别差异都消失了(So to one neutral thing both sexes fit)。二是,死亡即永生。"飞蛾""蜡烛"不但与死亡联想水乳交融,而且为下面凤凰在火中飞翔上作了铺垫。复活意念是由"凤凰"呈示的,但它

① 布鲁克斯:《精致的瓮》,郭乙瑶等译,上海人民出版社 2008 年版,第 15 页。

不突兀，因为是前承鹰和鸽子乃至飞蛾的升华。把 Phoenix（没有性别差异的）翻译为中国的凤凰是勉强的。它本是古埃及的不死鸟，在沙漠中生活五百年后自焚，然后从其焚灰中再生。凤凰的自焚和前面的为爱而死，不惜生命的代价相呼应（在意象上是“飞蛾”“蜡烛”），凤凰的再生又为下面的“死而复生”（We dye and rise the same ）作了自然的铺垫。这里的联想过渡十分严密，连 Phoenix 的无性别差异，也和前面两性合一的中性（neutral thing both sexes fit）相统一。有了这样密集的、错综的、递进的联想的交织，矛盾的对立就被淡化，和谐就逐步建构起来，讽刺的意味就被颂歌取代。没有这样精致的渐进层次，那就只剩下“如果不能为爱生，总可为爱而死”这样的格言式警句，或者隽语了。

新批评的理论偏执在于，把悖论反讽看死了，看僵了，忽略了它在不同语境，在不同形式中的分化和转化，无视于它既可能产生诗，也可能破坏诗；可以有利于他们所追求的智趣，也可能构成幽默的谐趣，更可能凝聚为审美的抒情。

新批评在这方面的概括力显然很有限，布鲁克斯推崇华兹华斯把“平常之事”写得不“不平凡”的主张，并以华氏的《威斯敏斯特大桥》为例，说他把污秽狂躁的伦敦写成“清纯美丽的晨装”，“在城市死亡之际”“看到城市其实蕴藏着生机”，断言这一定是悖论和反讽。从理论上来说，暴露了他对具体矛盾的具体分析力的薄弱。很简单，“二月春风似剪刀”因为有前面的一句“不知细叶谁裁出”的“裁”作铺垫，和前面的“裁”呼应，故和谐，不是反讽，而是抒情。而“二月春风似菜刀”，因为没有铺垫，直接矛盾，显得怪异，因而是反讽。从这个意义上说，新批评的反讽比俄国形式主义的“陌生化”偏颇更大。但这并不妨碍新批评理论家坚信，一切诗歌中的现象，只要不同于日常感知，或者只要文本语义不同于字典语义，就通通当作悖论反讽，这样就把悖论反讽（还有张力）的外延无限度地扩大。从逻辑学来说，外延的递增，只能导致内涵的递减，无限扩大的外延只能意味着内涵的无限贫困，从而造成了他们献身的“细读”的无限牵强。

苏轼的"反常合道"更全面

其实,丢开这种牵强,用中国古典诗话的"反常合道"(释惠洪《冷斋夜话》卷五,吴乔《围炉诗话》卷一)来阐释要全面得多,如果反讽可以说接近于反常,而光有反常并不能成为诗,还要合道才能转化为诗。苏东坡(1037—1101)的这个命题,是从对柳宗元的《渔翁》中提出来的,"渔翁夜傍西岩宿,晓汲清湘然楚竹"。为什么要突出渔翁夜间宿在山崖边上。他的生活所需,取之于山水。暗示的是和大自然融为一体。"燃楚竹"与"汲清湘"对仗,更加显示其环境的整体和人的统一依存的生存状态。接下去:

烟销日出不见人,欸乃一声山水绿。

这一句,很有名声,可以说是千古"绝唱"。苏东坡评这首诗说:"以奇趣为宗,以反常合道为趣。"这话很有道理,但是,并未细说究竟如何"反常",又如何"合道"?"烟销日出不见人",人就在烟雾之中,看不见了是正常,"烟销"了,本来应该看得出人,又加上"日出",更应该看得出,然而看不出。把读者带进一种刹那间两个层次的感知"反常"转换之中。第一层次的反常,点燃楚竹之火,烟雾是人和自然统一,烟雾散去了,人却不见了;第二层次的"反常":在面对视觉的空白之际,"欸乃一声山水绿",传来了听觉的"欸乃",突然从视觉转变成了听觉。这就带来视听转换的微妙感悟,声音是人造成的,应该是有人了吧,但是只有人造成的声音的效果,却还是"不见人",却可以听到人的活动造成的声音。第三层次的"反常"是循着声音看去,却仍然是"不见人",只有一片"山水绿"的开阔的空镜头。三个层次“不见人”，连续三个层次的“反常”，不是太不合逻辑了吗？然而，所有这一切，却又是“合道”的。“烟销日出不见人”和“欸乃一声山水绿”结合在一起，突出的首先是渔人的轻捷，悠然而逝，不着痕迹，转瞬之间就融入在青山绿水之中。其次，“山水绿”，留下的是一片单纯色彩的美景，同时也暗示是观察者面对空白镜头的遐想。不是没有人，而是人远去了，令人神往。正如“山回路转不见君，雪上空留马行处”“孤帆远影碧空尽，唯见长江天际流”一样，空白越大，画外视觉持续的时间越长。三个层次的“反常”，又是三个层次的“合道”。这个“道”不是一般的道理，而是视听交替和画外视角的效果，这种手法，在唐诗中运用得是很普遍而且是很熟练的（如钱起《省试湘灵鼓瑟》：曲终人不见，江上数峰青）。所以，这个“道”是渔人飘然而来，飘然而去，有“崖上无心云相逐”为之注解，这个“无心”之道，就是天人合一之“道”，前面的三个层次的反常，都合乎这个“无心”之道。

回到前述丁尼生的《无端的泪》而言，明明是眺望秋日美景，反而引来了眼泪，原因就在那和秋日美景联系在一起的美好不再重来。（thinking of the days that no more）这和李商隐的“夕阳无限好，只是近黄昏”是一样的命意。用反常合道、抒情言志来解释，迎刃而解，可他们偏执地回避抒情，就连分析华兹华斯的诗，也千方百计回避抒情，强行用悖论反讽来硬套，岂不知华兹华斯在抒情歌谣集（1880）的序言中，就直言“一切的好诗都是强烈的感情自然流泻”（spontaneous overflow of powerful feelings）。[①] 虽然华兹华斯也提醒要经过沉静和反思，但是，经过提炼的强烈感情，毕竟还是感情。事实上，平常的事物在诗人眼中变得不平常，原因并不是诗人用了悖论的反讽，而是诗人的感情冲击了感知，发生了变异。感觉和情感的这种关系是普遍规律。情人眼里出西施，月是故乡明，良言一句三冬暖，恶语伤人六月寒都是变异的表现。桑德堡的经典诗句

---

① William Wordsworth *Preface to Lyrical Ballads*（1800），*Famous Prefaces* The Harvard Classics. 1909-14.

"有一种低声道别的夕阳",夕阳是无声的,平常的,低声道别是有声的,不平常的。难道这里有什么反讽或者悖论吗?从理性来说,这可能是悖理,但是,这是情感对夕阳西下亲切化的变异。"大江东去,浪淘尽,千古风流人物"。苏轼把平常的长江写得不平常,用的是中国古典诗歌传统的办法,就是把不可感的时间变成可感的流水,把空间的辽阔转化为时间(千古)的无穷,是反讽和悖论所不能概括的,甚至可以说是风马牛不相及。周瑜在东吴大臣心目中本是一个"衔命出征,身当矢石,尽节用命,视死如归"的雄武勇毅的将军,①而苏轼用"风流"来概括,还把小乔初嫁的时间推后了十年,把属于诸葛亮的"羽扇纶巾"转给了周瑜,不是反讽,而是歌颂。寄托着苏轼豪杰智者化的梦想。

在情感冲击下的感知变异是无限丰富的,而新批评却将其硬性纳入到"悖论""反讽""张力"为核心的,包括"隐喻""结构""机理""含混"等范畴之中。狭隘的理论预设造成了大量盲点。把平常的现象写得不平常并不是诗的全部。中国的山水诗歌中有把平常景象写得平凡,甚至平淡的风格"明月松间照,清泉石上流","暧暧远人村,依依墟里烟","野老念牧童,倚杖候荆扉","秋风吹渭水,落叶满长安""柴门闻犬吠,风雪夜归人",都是在平淡景象中显示出结构性和谐意韵取胜。

当然,从表面上看,他们和形式主义者过分拘泥于词语有所不同,多多少少意识到诗歌结构的丰富性,瑞恰慈认为:诗歌中,包容种种的冲动,如平行,如包容,如冲突,但都不一定是伟大的,但是,只有"对立的冲动的平衡是最有价值的审美反应的基础"。其实他所说的对立冲动的平衡,就是反讽。② 所以李欧梵批评他们把"细读方法禁锢在文本语言的结构之中"。③ 殊不知,纯用修辞是阐释不了感情的特殊性的。"近乡情更怯,不敢问来人",表层形式是悖论,但是,这种悖论表现的是回乡的喜悦,变成紧张到有点恐惧的程度。"蝉噪林愈静,鸟鸣山更幽"是矛盾的,但这不

---

① 陈寿:《三国志》下,中华书局 2005 年版,第 937 页。

② 赵毅衡:《重访新批评》,百花文艺出版社 2008 年版,第 46 页。

③ 布鲁克斯:《精致的瓮》,中译本序,载《精致的瓮》上海人民出版社 2008 年版,第 9 页。

是悖论，而是一种特别宁静的感情，对喧闹的蝉声的“变异”之感。

笼统的反讽和多元的文体

所有这一切，都足以说明，新批评作为理论，在思维方法上存在重大的漏洞。

首先，在论证悖论反讽是诗歌的普遍规律时，采用了个案分析办法，但是极不系统，从论证结构来说，这在逻辑上属于简单枚举，充其量不过是起了举例说明的作用。显然，这是比较粗疏的。以波普尔为代表的现代科学学指出，要论证“一切天鹅是白的”的命题，举多少正面的例子，都是无效的，一旦发现一只天鹅是黑的，就被证伪了。相反，并不是一切天鹅都是白的，绝对是正确的。新批评颇为执着地追求文学批评的科学化，但是，他们对当代科学理论中证伪高于证明的原则一无所知。

其次，更大的漏洞是：他们通过文本细读不厌其烦地说明，从古典主义、玄学诗派、浪漫主义到现代诗歌中均不得不运用反讽和悖论，对于诗来说，二者须臾不可或缺，但却无视悖论和反讽不仅仅存在于诗歌中，在日常口语交流中同样存在。新批评理论家的差异感（对复杂现象的辨析力）是比较欠缺的，他们仅仅看到诗歌的语言有别于字典语言，以为就是诗的特点了。但是，赋予语词以新的内涵并不是诗歌的专利，每一个词语，在任何语境中都会发生内涵的变异，把富豪的精神贫困说成“穷得只剩下了钱了”，把秃顶叫作“绝顶聪明”，把问题提得多的儿童叫作“问题儿童”中，“穷”的内涵，“绝顶”的内涵，“问题”的内涵，都发生了变异，但是，都不是诗，而是日常交际中的幽默。

新批评对反讽、悖论在散文、小说、诗歌中显而易见的区别同样视而不见，从来也没有将之作为探索的课题。用他们的理论可以阐明“不能为爱而生,但可为爱而死”是诗中的悖论,却不能解释范仲淹的“先天下之忧而忧,后天下之乐而乐”为什么只是散文。他们对命题和逆命题、逆反命题之间的关系缺乏起码的思考。好比看到了水对于人体不可或缺,却拒绝面对水不等于人的事实,更不去思考在猪狗身体内也有着不亚于人体比例的水。把猪狗的血输入到人体内是要出人命的,这一切都在他们的想象以外。分析的任务本来是揭示其间不可混淆的特殊矛盾,新批评却满足于其间的抽象的统一。

“逻辑的非关联性”和中国古典诗话的“无理而妙”“痴而入妙”

如此众多不乏睿智的学者这样作茧自缚,在世界文学批评史上,实属咄咄怪事。缘由相当深邃,但是并不神秘。第一,他们对于不同形式之间的不同规范,其中间不容发的差异一无所知。这就不难理解,他们以诗歌中的悖论和反讽的理论起家,但对其不同于小说散文的特殊性,他们头脑中却是一片空白。

问题还出在他们想象中只有抽象的诗歌,对于诗歌千年发展过程中的流派漠然无感。他们最权威的理论代表艾略特说得很清楚:“诗不是放纵感情而是逃避感情,不是表现个性而是逃避个性。”①兰色姆则更是直率地宣称:“艺术是一种高度思想性或认知性的活动,说艺术如何有效地表现某种情感,根本就是张冠李戴。”②这种反抒情的主张和俄国形式主

① 艾略特这个说法是很极端的。其中包含着两层意思,一是反对浪漫主义的滥情主义,二是诗人的个性其实,并不是独异的,而是整个文化传统所塑造的。因而,个性和感情只是作品的形式:“我的意思是诗人没有什么个性可以表现,只有一个特殊的工具,那只是工具,不是个性”见 *T · S · Eliot Selected Essays*, p8,1933 第 8 页。London: Faber and Faber Ltd.,1932 年。美国 New York : Harcourt, Brace and company 同时出版。1933 年、1934 年没有再版过。赵毅衡的《重访新批评》,说是 1933 年,可能另有何据。

② 兰色姆:《新批评》,王腊宝等译,江苏教育出版社 2006 年版,第 11 页。

义者如出一辙，但是，显然与西方诗歌浪漫主义理论纲领，华兹华斯的“强烈感情的自然流泻”背道而驰。新批评把价值的焦点定位在智性上，在理论上坚持现代主义的特色，无可厚非，如果仅仅阐释现代派诗作，可以说是不太离谱。可他们偏偏把狭隘的贫乏的修辞格强加于一切诗歌流派。当他们不得不肯定抒情的浪漫主义诗歌时，就偷天换日，把抒情当作修辞，这就暴露了他们的狭隘：修辞（而且是狭义的修辞）是他们仅有的话语，离开了修辞就失语了。

他们已经看出诗歌的某些特点，理查兹甚至还提出了诗歌“逻辑的非关联性”①，布鲁克斯提出了“非逻辑性”②，只要向前迈出一步就不难发现情感逻辑与抒情逻辑的不同。但，由于他们对抒情的厌恶，始终不能直面情感逻辑和理性逻辑的矛盾。

理性逻辑，遵守逻辑的同一律，以下定义来保持内涵和外延的确定。情感逻辑则不遵守形式逻辑同一律（排中律、矛盾律，是为了保证同一律），以变异、含混、朦胧为上，苏东坡和他的朋友章质夫都以杨花为题材写了《水龙吟》进行唱和。章质夫的如下：

> 燕忙莺懒芳残，正堤上，柳花飘坠，轻飞乱舞，点画青林，全无才思。闲趁游丝，静临深院，日长门闭，傍珠帘散漫，垂垂欲下，依前被，风扶起。　　兰帐玉人睡觉，怪春衣雪沾琼缀，绣床渐满，香球无数，才圆却碎。时见蜂儿，仰粘轻粉，鱼吞池水。望章台路杳，金鞍游荡，有盈盈泪。

苏东坡的和作如下：

---

① 参见兰色姆《新批评》，王腊宝等译，江苏教育出版社2006年版，第8页。

② 布鲁克斯说：“邓恩在运用‘逻辑’的地方，常常是用来证明其不合逻辑的立场。他运用逻辑的目的是要推翻一种传统的立场，或者‘证实’一种基本上不合逻辑的立场。”《精致的瓮》，上海人民出版社2008年版，第196页。

似花还似非花，也无人惜从教坠。抛家傍路，思量却是，无情有思。萦损柔肠，困酣娇眼，欲开还闭。梦随风万里，寻郎去处。又还被，莺呼起。　　不恨此花飞尽，恨西园落红难缀。晓来雨过，遗踪何在？一池萍碎。春色三分，二分尘土，一分流水。细看来，不是扬花，点点是离人泪。

两首词都表现思念远离家乡丈夫的贵族妇女的伤感情绪，感叹青春像杨花一样地消逝。章质夫对杨花形态的描摹可谓曲尽其妙，其中还有些前人所未曾达到的那种精致之处。但是，他基本上用的是写实的手法，在他笔下，杨花始终是杨花，他不敢突破杨花的固有形态，不敢让它发生变异，完全符合逻辑的同一律。而在苏东坡笔下，杨花带上了更强烈的变异的形态，它不完全是现实中杨花那个本来的样子了。苏东坡一开始就是："似花还似非花。"又是杨花，又不是杨花。到最后，则干脆宣称："细看来不是杨花，点点是离人泪。"勇敢地超越了逻辑的同一律，杨花变异了，变成了眼泪，客观的对象变成了主观的感情，这种变异只有在诗的想象的逻辑。苏东坡作为一个大诗人，大就大在想象大大超过了章质夫。而这种勇敢地突破事物原始形态的变异逻辑，从形式逻辑来说，要让新批评来细读，肯定又是悖论，又是反讽了，可这里没有一点悖论的机智，也没有任何讽刺，这里是闺中仕女在思念丈夫的情感（闺怨）冲击下，感知使杨花发生了变异。变异是情感的效果，变异造成的错位幅度越大，感情越是强烈。

抒情还超越充足理由律，以"无端"为务。无端就是无理。前文所引《无端的泪》就是一例。对于诗来说，有理，完全合乎理性逻辑，可就是无情感，很干巴，而无理无端才可能有诗的感染力。在这方面，我国古典诗话有相当深厚的积累。贺裳《载酒园诗话》卷一，并《皱水轩词筌》，吴乔

《围炉诗话》提出“无理而妙”的重大理论命题。① 不但比艾略特的“扭断逻辑的脖子”早出了三个世纪，而且不像艾略特那样片面，把“无理”和“有理”的关系揭示得很辩证。

当然，古人的道理还有发挥余地。

无理就是违反充足理由律。李清照的《声声慢》“寻寻觅觅，冷冷清清，凄凄惨惨戚戚”，如果让新批评的理论家用反讽论来分析，可能要抓瞎，这里压根儿没有什么反讽、悖论，也没有他们所热爱的暗喻。可是从情感逻辑上来分析，可能迎刃而解。首先，“寻寻觅觅”是没来由的，寻什么呢？模模糊糊，不知道寻找什么。妙处就在某种失落感，不知道失去了什么。其次，从因果逻辑来说，结果怎样呢？寻到没有呢？也没有下文，可妙处就是不在意结果，不在乎寻到了没有。没有原因，也没有结果，其次，长期受到称赞的十四个叠词，互相不连贯，正好表现了失落感的隐隐约约，飘飘忽忽，断断续续，若有若无。

无理，就是可以自相矛盾。布鲁克斯说：“如果诗人忠于他的诗，他必须既非是二，亦非是一：悖论是他唯一的解决方式。”②但是，即使是悖论，也不仅仅是修辞的特点，而且是情感的特点，修辞不过是用来表达情感的手段。千百年来，众说纷纭的李商隐的《锦瑟》在神秘而晦涩的表层，掩藏着情感的痴迷。“此情可待成追忆，只是当时已惘然”，是很矛盾的。“此情可待”，说感情可以等待，未来有希望，只是眼下不行，但是又说“成追忆”，等来的只是对过去的追忆。长期以为可待，可等待越久，希望越空，没有未来。虽然如此，起初还有“当时”幸福的回忆，但是，就是“当时”也已明知是“惘然”的。矛盾是双重的，眼下、过去和当时都是绝望，

---

① 吴乔：《围炉诗话》卷一，郭绍虞编选《清诗话续编》（上），上海古籍出版社1999年版，第477~478页。清贺裳《载酒园诗话》卷一“诗又有以无理而妙者，如李益‘早知潮有信，嫁与弄潮儿’，此可以理求乎？然自是妙语。至如义山‘八骏日行三万里，穆王何事不重来’，（李商隐《瑶池》：瑶池阿母绮窗开，黄竹歌声动地哀。八骏日行三万里，穆王何事不重来？）则又无理之理，更进一层。总之诗不可执一而论”。子野《一丛花》末句云“沈恨细思，不如桃杏，犹解嫁东风”。此皆无理而妙，吾亦不敢定为所见略同，然较之“寒鸦数点”（宋秦观《满庭芳》词句：斜阳外，寒鸦万点，流水绕孤村。“万”，一作“数”），则略无痕迹矣。

② 布鲁克斯：《精致的瓮》，上海人民出版社2008年版，第21页。

明知不可待而待。自相矛盾的层次越是丰富,越是显得情感的痴迷。缠绵的绝望,绝望的缠绵,这一点用中国诗话中的“痴而入妙”来解释,可以迎刃而解。

无理不仅是形式逻辑的突破,而且是辩证逻辑的突破。辩证逻辑的要义是全面性,至少是正面反面,矛盾双方的互相联系、互相制约,最忌片面化、极端化、绝对化,而强烈的诗情逻辑恰恰是以片面性和极端化为上。就以邓恩的《宣而成圣》而言,诗中那种生生死死,为爱而死,为爱而生,为爱死而复生,从生的极端到死的极端,在辩证的理性逻辑来看,恰是大忌,但是这种极端,恰恰是情感强烈的效果,是爱的绝对造成这逻辑的极端。这和白居易《长恨歌》中的“在天愿作比翼鸟,在地愿为连理枝,天长地久有时尽,此恨绵绵无绝期”一样,不管空间如何,不管时间如何,爱情都是绝对的不可改变的,超越了生死不算,还要超越时间和空间。有了逻辑的极端才能充分表现感情的痴迷。对于这样的诗歌,中国古典诗话中的“痴”的范畴,非常深邃而丰富,可惜的是长久以来没有受文艺理论界的起码重视。①

---

① 最初,(明)邓云霄在《冷邸小言》中提出这个范畴时:“诗语有入痴境,方令人颐解而心醉。”如:“微雨夜来过,不知春草生。”“庭前时有东风入,杨柳千条尽向西。”(明)钟惺、谭元春《唐诗归》卷十三谭评唐万楚《题情人药栏》曰:“思深而奇,情苦而媚。此诗骂草,后诗托花,可谓有情痴矣,不痴不可为情。”(清)焦袁熹《此木轩论诗汇编》说:“如梦如痴,诗家三昧。”(清)黄生《一木堂诗麈》卷一说:“极世间痴绝之事,不妨形之于言,此之谓诗思。以无为有,以虚为实,以假为真。”(清)刘宏煦在《唐诗真趣编》说得更坚决:“写来绝痴、绝真。”(清)徐增《而庵说唐诗》卷十四同样把痴境当作诗歌的最高境界“妙绝,亦复痴绝。诗至此,直是游戏三昧矣”。这个情痴的观念,影响还超出了诗歌,甚至到达小说创作领域,至少可能启发了曹雪芹,使他在《红楼梦》中把贾宝玉的情感逻辑定性为“情痴”(“情种”);(清)吴修坞《唐诗续评》卷三曰:把痴作为诗的入门:“语不痴不足以为诗。”(清)贺裳《载酒园诗话》卷一评王諲《闺怨》“昨来频梦见,夫婿莫应知”说,“情痴语也。情不痴不深”,也就是只有达到痴的程度,感情才会深刻,甚至是“痴而入妙”。这个“痴而入妙”,和他的“无理而妙”相得益彰,应该是中国诗歌鉴赏史上的重大发明,在当时影响颇大,连袁枚都反复阐释,将之推向极端:“诗情愈痴愈妙”。与西方诗论相比,其睿智有过之而无不及。“痴”这个中国式的话语的构成,经历了上百年,显示了中国诗论家的天才,完全不亚于莎士比亚把诗人、情人和疯子相提并论。莎氏的意思不过就是说诗人时有疯语,疯语当然超越了理性,但近于狂,狂之极端可能失之于暴,而我国的“痴语”超越理性,不近于狂暴,更近于迷(痴迷),痴迷者,在逻辑上执于一端也,专注而且持久,近于迷醉。痴迷,迷醉,相比于狂暴,更有人性可爱处。怪不得清谭献在《谭评词辨》从“痴语”中看到了“温厚”。莎士比亚的话语天下流传,而我国的痴语却鲜为人知。这不但是弱势文化的悲哀,而且是我们对民族文化的不自信的后果。

把情志艺术化的密码还原出来

作为细读的对象,我们把它当作人的精神艺术化的结晶来看待,而新批评则仅仅把它当作客观的文本。把文本绝对客观化,其实也就是非人化。说得最为极端的是艾略特,他有一个著名的比方,说是诗人好像是在制造硫酸时,放在二氧化硫和氧气中的催化剂白金丝。硫酸是二氧化硫和氧气的化合,白金丝并未改变,它还是白金丝。"一个艺术家的前进是不断牺牲自己,不断地消灭自己的个性。"新批评诸公并非弱智,导致他们走向文本的非人化,原因盖出于他们对文本的科学化的追求。"要做到消灭个性这一点,艺术才可以说达到科学的地步了。"[①]从正面说,是致力为文本寻求唯一正确的解读;从反面说,是对解读过程中的人,特别是人的心理盲目否定。他们不但拒绝作者的心理,说那样可能产生"意图谬误",而且拒斥读者的心理,说那样可能产生"感受谬误"。在他们看来,心理的介入有碍于科学的、标准化的、一元化的解读,解读多元化和他们所信奉的科学主义不相容。更为奇怪的是,他们还拒绝对文本作心理分析。[②] 但是,既然涉及人,一些重要批评家如里查兹,难免涉及情感等方面,这引起了新批评的重镇兰色姆的不满。他在《新批评》的《前言》中说:新批评的两个具体错误之一就是运用"心理学上情感性的语汇,试图根据诗歌的情绪感觉和态度而不是根据其对象来评判文学"[③]。这种反心理主义的理论和中国古典诗歌理论和小说评点可以说是水火不相容。汉语古典诗论是以抒情言志为纲的,用陈伯海的话来说就是:"发端于情

---

① 艾略特:《传统与个人才能》,《艾略特诗学文集》,国际文化出版公司,1989 年,第 1~8 页。

② 赵毅衡:《重访新批评》,百花文艺出版社 2009 年版,第 69~71 页。

③ 兰色姆:《新批评》,王腊宝等译,江苏教育出版社 2006 年版,第 4 页。

志,成形于意象,而完成于意境。"[①]抒情言志,意象和意境都既离不开诗人的,也离不开作品中人物的心理。就是按照康德在《判断力批判》中的说法,美就是属于感知、情感范畴的。新批评对康德漫不经心,导致他们在学理上陷入致命的武断。

① 陈伯海:《中国诗学之现代观》,上海古籍出版社 2006 年版,第 17 页。

第九章　叙事学建构:打出常规和情感错位

苏联式的情节四要素教条的腐朽

至今,大学和中学课堂上,讲到小说或者叙事文学(包括叙事诗),大抵都要讲到情节。但是,关于情节的理论,几乎众口一词地都说情节就是开端、发展、高潮和结局。其实,到了19世纪下半叶,以契诃夫、莫泊桑和都德为代表的短篇小说家,就废弃了这种古典式的全过程式的情节,代之以"生活的横断面"的结构。不再追求一环扣一环的叙述模式,而是从生活中截取一个侧面。最明显的是,开端显得非常不重要,往往是从事件的当中讲起,发展退化为后来的某种不着痕迹的交代,更不在乎严格意义上的结尾。像《项链》就没有结尾,从完整的情节模式来说,明知道导致耗费了十年青春的项链是假的,结尾应该是把真项链拿回来以弥补青春的代价。但是,小说却戛然而止。这种横断面式的结构,早在"五四"时期,胡适就在《论短篇小说》中作了理论的总结。他说，所谓短篇小说，并不是篇幅短小的意思，而是有一种特别的性质："用最经济的文学手段，描写事实中的最精彩的一段或一方面，而能使人充分满意的文章。"对于这个带着定义性质的"横截面"原则，他这样阐释：

> 譬如把大树的树身锯断，懂植物学的人看了树身的"横截面"，数了树的"年轮"，便可知这树的年纪。一人的生活，一国的历史，一个社会，都有一个"纵剖面"和无数"横断面"。纵面看去须从头看到尾，才可看见全部。横面截开一段，若截在要紧的所在，便可知这个"横截面"代表这个人，或这一国，或这一个社会。这种可以代表全部的部分，便是我所谓"最精彩的"部分。①

胡适举了他翻译的都德的《最后一课》《柏林之围》和莫泊桑的《羊脂球》《二渔夫》为例，说明这种情节构成方法。针对的就是传统所谓有头有尾、环环紧扣的传统情节构成。这在五四时期新锐小说家那里，几乎已成共识。鲁迅有时走得更远，他的《狂人日记》几乎取消了情节，而《故乡》和《孔乙己》则几乎谈不上情节的高潮，《祝福》虽有情节，但是，几乎

① 胡适：《论短篇小说》，胡适编选《中国新文学大系·建设理论集》，上海良友图书印刷公司，1935年，第272页。

没有下面表现,而陷入事后的交代。

把情节划分为开端、发展(再发展)高潮和结局平行的四个要素,属于形式逻辑的划分,是极其落伍的。充其量只是素材的形式外部形态,正等于把人分为头部、躯干、四肢,并不能揭示其内部的机制。俄国形式主义者早就指出素材和情节的不同,果断地说,形式可以消灭素材,甚至创造内容。但是直到21世纪,这种把原生素材和文学创作混为一谈的四要素理论,在大学教材中和全部中学教参中,在见诸报刊的情节分析文章中,却屡见不鲜。

这种四要素的弱智理论,是20世纪50年代从苏联学者季莫菲耶夫的《文学原理》中搬来的。原文是这样的:“和生活过程中任何相当完整的片段一样,作为情节基础的冲突也包含开端、发展和结局。”在阐释“发展”时,又提出:“运动的‘发展’引到最高度的紧张,引到斗争实力的决定性冲突,直到所谓‘顶点’,即运动的最高峰”。这个补充性的“高峰”,后来就被我们国家没出息的理论家和英语的“高潮”(climax)结合起来。[①]半个多世纪过去了,季莫菲耶夫的理论,诸如“形象反映生活”“文学的人民性”“文学的党性”“社会主义现实主义”早已被历史所淘汰,而“开端、发展、高潮、结局”的教条仍然在大学、中学课堂上被奉为经典。其实这样的“理论”,就是从常识层面来说也是千疮百孔的。首先,这并不是文学作品所特有的,而是任何小道新闻、末流的花边故事所共有的,并没有显示文学情节的特殊性。其次,它给人一种印象,情节就是四个并列的要素,只有表面的时间顺序的联系。再次,四个要素似乎并没有内在的逻辑关系。

---

① 查良铮译,季莫菲耶夫《文学原理》,原版为苏联教育部核准之文学系教材,莫斯科教育教学出版局1948年出版,中文版,1955年,第203页。

西方结构主义模式和叙事学批判

比这种肤浅的“理论”更为深刻一些的论者,并不满足于这样的表面性,从而转向了情节结构的概括。俄国形式主义者的先驱弗拉基米尔·普洛普研究了100篇俄国民间故事,发现每一个故事中的主人公及其一系列行为,虽然各不相同,却是由一些基本要素构成的,这些要素(他叫做“功能”)不但是相同的,而且其后果也是一致的。基于此,他把俄国民间故事分成31种模式。例如1.沙皇赐给一名英雄一只雄鹰,雄鹰驮着他去到另一个王国;2.一位老人送给苏森林一匹骏马,这匹骏马驮着苏森林去到另一个王国;3.巫师给了伊凡一只船,小船载运伊凡到另一国度;4.公主给了伊凡一个指环,从指环中跳出一个年轻人背负伊凡至另一个国度。尽管身份不同,但是,主人公凭借特殊手段去往异地却是一样的,等等,普洛普得出的结论是:1.人物的功能在童话中是稳定的、不变的因素,它如何实现,由谁来实现,没有关系,功能构成童话的基本要素。2.童话已知的功能数量是有限的。3.功能的次序总是一致的。4.就结构而言,童话都属于一种类型。他从民间故事中分析出来的人物类型,至少有七种,可以适用于其他媒体。第一种是反派(villain 恶棍),和英雄人物(或者译“主人公”)对抗的;第二种是奉献者,给予英雄以神奇的物体的;第三种是协助者(helper),帮助英雄实现目标的。第四种是公主(princess),和英雄结婚,总是在追求探索之中。第五种,公主的父亲。第六种是协调者(dispatcher),帮助英雄出走。第七种是英雄或者牺牲者、追求者,对奉献者作出反应,最后和公主结婚。① 只要稍作变动,很多功能也适用于现代叙事——小说、戏剧、连环画、电影、电视节目。

---

① V.Prott, *Morphology of the Folk*, Austin University, of Taxes Press, 1968, pp.21-23.

这样的模式，明显没有任何生命力的肤浅的模式，却引来了不少的追随者，如格雷玛斯（Algirdas Julien Greimas 1917.3.9—1992）、科凯、热拉尔·热奈特等等。尽管西方文论享有高度的话语霸权，但是实践却是更严峻的裁判官。把这样的模式用之于小说或者其他叙事形式，显然是带着机械、空想的性质。第一，这完全是脱离了内容（人与人的心灵活动）的公式，与文学的审美价值脱节，把形象抽象化，是文学的大忌。第二，这样的归纳是不完全的，叙事模式是无限丰富的，就是把它弄到31种样式，也还是片面的，而且，文学创作并不是这样机械刻板，可以批量组装的。普洛普没有意识到就是同样的要素，由于情调、心境、个性、风格的不同，其艺术成就可能是相当悬殊的。很显然，要建构文学文本解读学，普洛普和格雷玛斯这种简陋而繁琐的公式，是应该废弃的。关于这一点，罗兰·巴特曾经清醒地这样说：

> 据说某些佛教徒依持苦修，最终乃在芥子内见须弥。这恰是初期叙事分析家的意图所在：在同一的结构中，见世间的全部故事（曾有的量一如恒河沙数）；他们盘算着，我们应从每个故事中，抽离出它特有的模型，然后经由众模型，导引出一个包纳万有的大叙事结构（为了检核），再反转来，把这大结构使用于随便哪个叙事。①

他批判结构主义寻求单纯统一模式，自然有道理，但是，他自己却陷入了烦琐。他把巴尔扎克的《萨拉辛》分成了561个阅读段。虽然得到许多慑于其权威的理论侏儒的喝彩，但是，却没有什么人追随，实践说明，理论越是繁琐越是自取灭亡。

就普洛普而言，他的不足还在于，作为学科理论，31种功能，太复杂，失去了科学必要的简明性。如果说文艺理论讲真善美的话，那么学科理论的要求就是真简美。从哲学上来说，一分为二，虽然不全面，但是，是可

① 罗兰·巴特《S/Z》，屠友祥译，上海人民出版社2000年版，第55页。

以操作的,因而,被普遍接受。一分为三,更全面,接受的范围就小一些。一分为四,一分为五,一分为六,全面性越是递增,可操作性越是递减。

格雷玛斯也许感到了这一点,试图另辟蹊径,以语义学建立起一套叙事结构法则。提出叙事是由显性的叙述层面(表层结构)与隐性的结构(深层结构)所组成,出于西方语言学在主谓宾、性数格、时态、语态等方面的变格、变位和丰富的文化传统,他把叙事的深层结构归结于类似于句法结构:把叙事结构的"行动元"(actant,或译行为体)叫作"主语",人物的"行为"叫作"谓语"。不言而喻,这样的模式比之普洛普的模式似乎是更简明了,但是,却更为浅陋了,丰富复杂的故事,按季莫菲耶夫的开端、发展、高潮、结局,还有四个要素,在格雷玛斯这里,只剩下主语和谓语两个要素。这两颗芥子,无论如何也是容纳不下大千世界恒河沙数的故事的。幸而,格雷玛斯按照"二元对立"的思想及其组织关系,又分别建立起"行动元模式"与"语义方阵"。二者被广泛运用于人类学、文化研究等相关领域。这对于文学文本解读学来说,不能否认有一定的参考价值,最主要的是,把叙事情节中的人物关系分成相辅相成的三组二元对立的成分,多少接近了文学作品的机制:

主体/客体

送信者/受信者

助手/敌手

在此基础上,格雷玛斯在《符号学约束规则之戏法》中提出了深层概念模式的"符号方阵"(一译矩阵 matrix):四个方位分别代表结构发展的四个不同阶段,这显然超越简单的二元对立,人物之间的关系有等值(全同)、全异(矛盾和反对)、交叉(全交叉和内交叉)、蕴含、反蕴含、独立、内交叉、全交叉等等。他把"四项结构"中两组"二元对立"的四个概念,放在"逻辑方阵"的四角,构成了"X 型语义方阵"(以"黑""白"为例,以 S

为符号)：

(黑)S1　　　　　　　　　S2(白)

(非白)非 S2　　　　　　　　非 S1(非黑)

在这个"方阵"中,S1 与非 S1、S2 与非 S2 为"矛盾关系";S1 与非 S2、S2 与非 S1 为"包含关系";S1 与 S2 为"反对关系";非 S1 与非 S2 为"内交叉关系"。① 用这样的模式来解读文学作品,比之把人物简单地分类正面反面、好人坏人要丰富得多。这对于文学解读来说,似乎是别开生面的,比之二元对立的分析方法要细致得多。但是,这样的成系统的划分,与文学作品人物的内心丰富变幻相去甚远。

在叙事和戏剧作品中,最根本的特点就是人物是在环境、条件作用下不断变化的。根本不存在一个固定的 X 人物,反 X,非反 X 人物。在小说和戏剧中,如果人物自身和人物之间的关系一成不变,一见钟情,心心相印,生死不渝,那就是诗,那就没有性格,没有戏可演。李隆基和杨玉环在诗歌《长恨歌》的爱情中可以是超越时间、空间,甚至是超越生死的,但是在小说《太真外传》和戏剧《长生殿》中则要闹矛盾,情感要发生错位。杨玉环会因为吃醋而被送回家两次,又两次被迎归。并不是矩阵模式设想的那样正 X 和反 X 是永恒不变的,而是在一种条件下对方是 X(爱),在另一种条件下,则是反 X(不爱),到后来,又变成了 X(更爱)。而李杨两角色的生命力就在于,二者的关系一直处于运动状态之中。格雷玛斯所说的二者蕴含、反蕴含,矛盾、交叉、等值(全同)并不是分别存在的,而是互相转化的。在叙事文学和戏剧文学中,人与人之间等值、全同,就是

① 这里参考了并运用了黄卫星《叙事理论中的"语义方阵"新探——兼论学术界对"语义方阵"的误用》的研究成果,《江西社会科学》,2008 年 11 月号。

人物的性格的灭亡。在《红楼梦》中，林黛玉和贾宝玉，每时每刻都在非X，反X和非反X之间运动，叙事艺术的感染力源出于此。而薛宝钗呢？按格雷玛斯的模式，无论将之归到反X，还是非反X中去，都可能扼杀其艺术生命。在《安娜·卡列尼娜》中，最初安娜不爱渥伦斯基，应该是X与非X的关系，后来爱上了，则转化为X1与X2的包含关系，再后来发生了矛盾，安娜用自杀来惩罚渥伦斯基，则转化为X与反X的关系。在这一点上，钱钟书在《围城》中说得最到位：恋爱时是一个人，等到结婚以后，才发现变成了另外一个人。叙事文学中人物的运动状态是永恒的，而所谓X、反X、非反X，则是僵化的符号，用在文本解读上，肯定是格格不入的。但是，我们一些学者却运用这种僵化模式去硬套文学文本，以之解读《项链》。按"格雷玛斯语义方阵"《项链》被表述为如下的方阵：

假项链	真项链
真实	理想

列出了这样的方阵，[①]不察于此种"方阵"并不能对文本的唯一性有任何的揭秘，有教授还据此证明《项链》之情节为"环形结构者"，就算"环形结构"没有错误，也只是将之归类为大量肉类结构之作品而已，对人物的艺术生命的唯一性，仍然没有丝毫触及。原因就在于论者满足于将无限丰富复杂的精神内涵纳入普遍的、机械的框架，其结果最多只是主观的生搬硬套。

事实上，女主人公玛蒂尔德原来是个追求虚荣的浅薄的女人，项链失落以后，不惜十年青春的代价，终于偿还了债务。变得异常艰苦朴素，表

① 黄卫星：《叙事理论中的"语义方阵"新探——兼论学术界对"语义方阵"的误用》，《江西社会科学》，2008年11月号。

现出非同小可的坚强。以至于莫泊桑用“英雄气概”（英译本上是horoism）来形容她。极端虚荣的女士，被逼迫到灾难性的境遇中，居然激发出如此坚强的意志，显出如此强烈的反差。她好像变成了另外一个人，可是这另外一个人，并不是别人，而是她自己。是她自己的心灵里所潜藏的自己冒了出来。这又不是人格分裂，而是有机统一的。统一的条件就是她什么都可以不顾，什么都可以付出，什么都可以忍受。破产的风险，“未来的苦恼”“残酷的贫困”“肉体的苦楚”“精神的折磨”，都不在乎，唯一不能放弃的是她的自尊，最不能忍受的是朋友把自己“当成一个贼”。一切的一切，都是为了把朋友的项链偿还，这就是她道德的底线。

正是这条底线把两个互相矛盾的方面有机地统一为一个人格的整体。一个人似乎变成了另外一个人，却更深刻地表现了这个人。

所有这一切，都是格雷玛斯的符号方阵所遮蔽了的。而遮蔽了这一切，就遮蔽了小说的艺术生命。

老托尔斯泰说过：

> 有一个流传得很普遍的迷信，说是每一个人有其独有的、确定的品性。说人是善良的、残忍的、聪明的、愚蠢的、勇猛的、冷淡的，等等。人并不是这个样子。我们讲到一个人的时候，可以说他是善良的时候多，残忍的时候少；聪明的时候多，愚蠢的时候少；勇猛的时候多，冷淡的时候少。或者刚好相反。至于说，这个人善良而聪明，那个人卑劣而愚蠢，那就不对了。不过，我们总是把人们照这样分门别类的。这是不合实际的。
>
> 人同河流一样，天下的河水都是一样的，每一条河都有窄的地方，有宽的地方。有的地方流得很急，有的地方流得很慢，河水有时澄清，有时混浊，冬天凉，夏天暖。人也是这样。人身上有各种品性的根苗，不过有时这种品性流露出来，有时那种品性流露出来罢了。

人往往变得不像他自己了,其实,他仍旧是原来那个人。①

有学者在《人与故事》一书中,对《蒋兴哥重会珍珠衫》作了这样的图解:

(道德)蒋兴哥	陈大郎(反道德)
(非反道德)平氏	三巧儿(非道德)

这充其量不过是显示了一种贴近文本的描述的努力,对于文本作为一种艺术品,其深邃的奥秘,仍然是隔靴搔痒。这样说明性的描述对于精神含量在结构中如何得到升值,却毫无揭示。对于文学文本解读学来说,X 和反 X、非 X、非反 X,只是没有生命的符号骨架而已。有教授据此分析《祝福》,X、反 X、非 X、非反 X 地套用了一番,竟然得出结论说柳妈才是封建礼教文化的代表,直接导致了祥林嫂的死亡。这真可谓种下的并非是龙种,收获的肯定是跳蚤。其实,《祝福》最深邃的特点乃是祥林嫂的死亡是没有凶手的,真正的凶手乃是一种对于寡妇的荒谬的、野蛮的成见,这种成见之所以能杀人,就是因为它存在于鲁镇每一个人头脑中,被当成天经地义的准则。

结构主义不管怎样改进,也只是概括某种共时性的公式,并没有把评价其优劣作为自己的任务。这一点连罗兰·巴特都意识到了。但是,罗兰·巴特的"评价"只是把文本分成两类:一是多义的、开放的、不断再生成的,意义不确定的"可写性文本";二是单义的、封闭的、供消费的、意义固定性的"可读性文本"。他认定所有的古典作品,都是封闭的"可读性文本"。但他的《S/Z》所选择的巴尔扎克的《萨拉辛》,却是最古典的,也

① 列夫·托尔斯泰:《复活》,人民文学出版社 1979 年版,第 262~263 页(汝龙译文略有不同)。

就是被他认为最封闭的，单义的，然而他的评价却用了几百页，事实上是无结论的、再生式的。[1] 罗兰·巴特的自相矛盾并不重要，重要的是，他的这种“评价”是没有标准的。

不管普罗普、格雷玛斯还是罗兰·巴特有多么大的区别，但是，从方法论来说，他们不约而同地采取了孤立地研究叙事文体的方法，而忽略了叙事文体和抒情、戏剧文体之间的关系，特别是它们之间的差异、矛盾和在一定条件下转化的关系。如果他们充分考虑到罗蒂的关系主义的精神，则不至于如此粗疏。

这就注定了文学解读的有效性不仅仅取决于文学形式的模式，而且取决于文学内在价值。这涉及文体、历史、流派、风格、语言，尽管这种规范和准则是开放的，解密是历史性的、不断深化的，有其继承的脉络，但是，格雷玛斯和罗兰·巴特，对此却不屑一顾。

要解读文本的唯一性，对于西方诸如此类的理论怀着期待，本身就是找错了对象。

文学的解读学的目的：第一，是文学感染力唯一性的奥秘，而不仅仅是对于文本的概括和描述；第二，是文学文本感染力的高下构成的原因，而不仅仅是结果；第三，是对具体的、特殊的、个别的文本的感染力的解密，不是一般原理的概括；第四，如果可能，还应该揭示文学创作的具体操作，而不是从理论到理论的演绎。从这个意义来说，到目前为止，正如李欧梵先生所说，当下西方前卫文论还没有一个流派能够胜任解读具体文学文本的任务。[2]

---

① 此观念得益于赵毅衡编选：《符号学文学论文集》，百花文艺出版社 2004 年版，第 551 页。

② 李欧梵：《世纪末的反思》，杭州：浙江人民出版社 2002 年版，第 274~275 页。

对情节因果律的补充:假定的情境和特殊情感

既然西方当代文论不能提供有效的资源,作为我们演绎的前提,唯一的出路,就是从文本的历史和现状中,重新进行逻辑的和历史的梳理,必要时,直接进行第一手的概括,在此基础上,建构文学文本解读学。当然,在此过程中,也不排除对西方某些富有启发的理论资源加以批判的吸收。

就情节而言,西方传统的理论,从古希腊以来,并不缺乏宝贵的遗产,这就提供了可靠的台阶。亚里士多德早在《诗学》中,对悲剧就分析出情节("动作""行动")就是一个"结"和一个"解",当中还有一个"突转"和"发现"。"结"就是结果,"解"就是"原因",而"突转"就是从结果的谜到原因的"发现"。[①]《诗学》第九章说:"如果一桩桩事情是意外发生而彼此间又有因果关系,那就最能产生这样的效果(按:引起恐惧与怜悯之情)。这样的事情比自然发生,即偶然发生的事件更为惊人。"[②]应该说明的是,这个说法,到了20世纪初,关于情节因果,俄国形式主义者另有一说,他们把这里所说的故事称之为"本事"(俄语:法布拉),情节叫作"休热特"。而要使本事、素材变成情节,就要进行"陌生化"。至于如何陌生化,似未见系统论述,只是在论述情节时有些值得重视的见解,本书将在第九章"打出常规的功能之二:人物情感错位"一节中详述。因而,在世界范围内并不流行。倒是一个英国作家福斯特(1879—1970)在《小说面面观》中把这个意思说得很通俗,他认为故事就是按时间顺序的陈述。他举例说,国王死,王后随之也死了,这是故事,还不能算是情节。情节则蕴含着因果关系,如国王死了,王后也死了。原因是,因为悲伤过度,这就是

---

① 亚里士多德:《诗学》,伍蠡甫主编《西方文论选》。上海译文出版社,1979年版,第60页。
② 亚里士多德:《诗学·诗艺》,北京,人民文学出版社1984年,第31页。

情节了。[1] 也许,这就等于回答了如何陌生化的问题,因而在世界理论界颇有影响。

当然,福斯特的理论,并未真正解决陌生化的问题,仍然有质疑的余地。从理论上来说,并非一切有因果关系的故事,都可能是具有文学性的陌生感。拘于理性的、实用因果,就很难有多少文学性。例如,国王死了,王后也死了,原因是得了癌症,这样的因果关系构成的情节,就不能说是及格的情节,需要明确的是,艺术的陌生化因果,不是一般的因果关系;而是:第一,情感的因果关系;第二,特殊的不可重复的情感因果关系;第三,更重要的是,这种因果关系,不是事实的,而是假定的。如在《武松打虎》中那样,只有假定武松不被老虎吃掉,才能把人物内心潜在的情感因果暴露出来。

《范进中举》,原始素材出自《广阳杂记》袁氏"神医"故事。主旨乃心理疾病非药石可治,当以心理方法(死期将近)治之,情节之因果性属于实用价值,而《范进中举》成为文学不朽经典之原因则不然。第一,胡屠户之一记耳光治愈范进之疯病,则为超越实用价值之情感审美因果。第二,进入了与素材不同的假定境界,才能突出特殊的情感因果。胡屠户平时对范进的物质优越感在中举以后的范进面前变成了精神自卑感和人身依附的自豪感。如果用格雷玛斯的模式则无从解读,胡屠户自己一下子,从 X 变成了反 X。胡屠户和范进的关系,又从反 X 变成反反 X。第三,这种自相矛盾聚焦在现场、转化之荒谬感,构成喜剧性,他的公然自我否定,坦然的自吹,自鸣得意,使得他并不显得十分可恶,反而有点如评点家所说"妩媚"可爱。最后,与范进之母由大悲到大喜而暴亡,形成双重喜剧性。乃是对中国小说大团圆结局之突破。

要解读出这样的个别性,不可重复性的情节因果,不但西方当代文论,甚至我国的古典文论,都没有现成的资源。唯一的出路就是从叙事作品历史和现状进行直接概括。这里最为震撼的是:胡屠户一反常态,变成

---

① 福斯特:《小说面面观》,广州,花城出版社 1984 年版,第 75~76 页。

了另外一个人;范进之母从大悲之痛,变成大喜之亡。如此这般的情节,有什么特殊规律在起作用呢?答案就在文本之中,在一望而知的情节之中有一望无知的艺术奥秘。这就需要我们对之进行第一手的概括。此时,就不能不把什么X,反X,非反X丢开,甚至把因果也暂时放在一边,从感情的直观进行原创的概括。

把人物打出常规的功能之一:深层心理的暴露

古典小说情节的最大的特点,就是命运的大起大落,从极端穷困卑微到极端富贵显赫,或者反之。如果极端穷困和卑微是常规状态,而极端富贵和显赫乃是超常规状态。情节的功能,就是把人物打出常规,或者说打入第二情境,使之显出非常规心态,或者第二心态,把人物隐藏在深层的,甚至是潜意识的心态揭示出来。

普罗普说了那么一大车子,格雷玛斯又说那么多名堂,罗兰·巴特对《萨拉辛》又分析出那么复杂得叫人头昏眼花的561个阅读段,都没有增加读者的文学解读智慧,相反把读者引入五里雾中。普罗普的所谓故事模式,沙皇赐给一名英雄一只雄鹰,雄鹰驮着他去到另一个王国;一位老人送给苏森林一匹骏马,这匹骏马驮着苏森林去到另一个王国;巫师给了伊凡一只船,小船载运伊凡到另一国度;公主给了伊凡一个指环,从指环中跳出一个年轻人背负伊凡至另一个国度。这里有个共同的成分,那就是"到另外一个国度",找"另外一个国王",从更高的抽象来说,都是使人物脱离一般的状态,也就是把人物打出常规,从而表现常规状态中,处于隐蔽状态的情志。至于他所谓人物的七种类型:反派(villain恶棍)、英雄、奉献者、协助者(helper)、公主(princess)、公主的父亲、协调者(dispatcher),在正常情境下,都是静止的,只有在打出常规的状态下,才能帮助英雄在出走和牺牲的过程中,显现出新的人物关系和异常心态。格雷玛斯把叙事情节中的人物关系分成相辅相成的三组二元对立的成分,多少接近了文学作品的机制:主体/客体、送信者/受信者、助手/敌手的“符号方阵”。其弊端都是静止、原生态,人物心理是平面的,而情节就是人物关系、人物情感的变动态。打常规以后,静止的 X,反 X,非反 X,发生了超越常规的变动,人物心态的深层就显现出来了。

为什么要打出正常的轨道呢?因为在正常情况下,人的知觉、感情、意志、欲望的层次结构是稳定的,不但他人,就人物自己也是意识不到的,人物在常规环境中,能意识到的,也只是表层。如荣格所言,人都是有角色面具的。即使情境有所变化,也能够在意识的作用下迅速调整。只有在动态、动荡的情况下,把人物打出正常的轨道之外,来不及调整,其内心深层才能暴露出来。小说艺术就在于冲击人物静态的感觉、知觉,使之发生动乱,使得他的意识,来不及调整。这样,他内心的情感、深层结构就不难解放出来,心灵的秘密就可能被发现。钱谷融先生曾经引用高尔基的话说“文学是人学”,虽然高氏的话是如何说的,还有争论,但是,高尔基的话还是不太完全,并没有触及到文学的特殊性,因为历史学也是人学。应该补充一句,文学是人的感情学;再补充一句,小说是人的感情动态学。严格地说,文学是人以感情为核心的包括感觉和智性的动态变幻艺术。所以说,文学是人的情感表层和人的智性的深层学问,小说中人与人的关系,就是让人的表层瓦解和深层暴露,人与人的感情发生错位的过程。

从文学解读的有效性来说,根本不用像普罗普,格雷玛斯那样麻烦,弄出那繁琐的名堂,只要把人物打出常规,就足以揭示人性隐秘的心态了。《水浒》中的英雄都是逼上梁山的。逼,就是打出常规。

有人说,川端康成的方法是把人放在试管中的方法,其实,这不是他的发明,而是左拉的。左拉早就提出“实验小说”理论,并以《贝姨》为例,说明巴尔扎克的方法是“通过情况和环境”加工修改,“好像用试剂法分析感情”一样，作出一份人物的“实验报告”。①

在小说里，实施“用试剂分析感情”的方法就是打出常规，不是一般的常规，而是常规的极端。

以巴尔扎克的《贝姨》为例，于洛男爵极端好色，可是他的夫人对他却非常忠贞。暴发户勾引她，被拒绝了。于洛不争气，引诱下属华莱里做情妇。这就非常极端了，妻子忠于丈夫，丈夫却非常花心。华莱里表面上跟他好，暗里又和自己的老公联合起来捉奸，强迫于洛提拔她老公为科长，而且要赔钱。于洛为了赔钱，只好派一个亲戚到非洲去做生意，结果亏了20万法郎。如果不补上亏空，作为一个贵族，于洛就要被逮捕，这是很丢脸面的事。他的妻子乃走向一个极端——为了要弄20万法郎救他，乃要委身于被她拒绝过的暴发户，没想到暴发户已有了新情人，拒绝了她。丈夫的荒淫无耻是一个极端，妻子以贵族身份委身平民暴发户又是一个极端。第三个极端是，本来是个好色之徒的暴发户，对于洛夫人垂涎三尺，现在却拒绝了她。于洛在渡过了难关后从家里溜走了，去和一个小女子同居，夫人把她找回来，原谅了他。于洛又穷又无所作为。第四个极端是，妻子发现于洛和厨房女工在睡觉，而且对女工说夫人身体不好，将来总有一天要女工当男爵夫人。这个夫人果然病体缠身，临终前和丈夫说了一句话：“你不久以后，就有了一位新男爵夫人了。”

这样的情节结构就是一层一层地推向极端，把人物推出了心理正常轨道，在常规之外，揭示表面难以发现的秘密。这种办法不仅在《贝姨》里运用，巴尔扎克的全部小说几乎脱离不了这种以极端情境层层逼迫、层层深挖的方法。严格地说，这也不是巴尔扎克的特殊嗜好，许多小说家都不自觉地遵循着这个规范。不管左拉还是梅里美，不管狄更斯还是马克·吐温，不管曹雪芹还是川端康成，都不约而同地在这样一个无形无声的磁力线诱导下展开天才的想象。

把人打出正常的生活轨道，让他到另外一种生活环境里去，他内心深

---

① 伍蠡甫编：《西方文论选》（下），上海译文出版社1979年版，第251页。

处那连自己都没有意识到的强烈的内在感情及意志品质全部都显示出来了。

都德的《最后一课》也是这样的。原来小孩佛朗西非常厌恶法语，但后来把他推到一个极端，也就是一种不可逆的情境——这是最后一课，从此以后不能再学法语了——他就突然觉得法语非常可爱，希望上课的时间越长越好。由于打出了常态，平常潜在的对母语的热爱就充分显现出来了。①

从这个意义上来说，项链的“功能”不过如左拉所说的用“试剂法分析感情”中的一个“试剂”。就是把人物内心潜在的另一面揭示出来。至于项链最后证明是假的，本身并不重要，所以情节到发现是假的就戛然而止了。因为再写下去，把真项链拿回来，弥补物质上的损失，就成为实用价值，而精神损失——十年的青春，属于审美价值，是无法弥补的。这一点可以用莫泊桑的另一篇小说《珠宝》来反证。作家运用了差不多同样的手法：一个女人喜爱假珠宝，丈夫原来也以为是假的，可在她死后却发现，是真的，和其他首饰一起，价值连城。是一个大款定做了，送给她的。就在这一假一真之间，读者发现，原来的女士变成了另外一个人。在这以前，作家说她：

> 仿佛是规矩女人的完美无缺的典型，每一个明智的年轻人都梦想把自己的一生托付给这种典型的女人。她的淳朴美里有一种天使般的贞洁的魅力。

---

① 关于《最后一课》有一个重要的事实需要澄清：文中描述的被德国侵占的法国领土最初属于德国而不是法国，当地居民本来就说德语而不是法语……普法战争结束，阿尔萨斯重新成为德国领土后，150 万居民中只有 5 万说法语的居民。但在《最后一课》中，写的似乎全阿尔萨斯的人都把法语当母语，显然和历史大相径庭。虽然如此，当年德国当局，强迫说法语的只能学德语，也是野蛮的。如今，阿尔萨斯地区的居民大都能讲三种语言：阿尔萨斯语、法语和德语。德法之争的那一页已经成为历史，今天的阿尔萨斯是一个语言多元化的地区，在学校里，孩子们不仅学法语和德语，也学英语和西班牙语。

在他人眼中则是:“娶她的人肯定会幸福。再也找不到比她更好的人。”在结婚以后,这种视觉渐渐过渡到丈夫的视觉中:“跟她在一起,他,幸福简直难以用笔墨形容。”在她突然死了以后,她丈夫的表现是:“差一点了跟她一起进了坟墓。”

所有这一切都在说明,丈夫对她的爱情之深厚。然而就在她死亡以后却发现,本以为不值钱的假首饰,原来是真的,价值超过他的年收入的五六十倍。为什么一个富豪要对这个女人这么慷慨,为一个女人支付如此昂贵的代价?个中缘由不言自明。此女人生前曾经与富豪有过金钱与情感交易,对丈夫不忠的勾当昭然若揭。让妻子死亡还有一个目的就是把丈夫的情感作为揭秘的对象。这一点和《项链》中的丈夫又很不同,在《项链》中丈夫在事前和事后,完全是和妻子一样,包括不顾一切地借钱,没有任何错位,是一个跑龙套的角色,没有任何艺术生命,而在《珠宝》中,丈夫并不像《项链》中那样成为一个跑龙套式的道具,而是一个具有独立价值的人物,他同样有着双重反差悬殊的心理层次。在他对自己妻子的不忠毫无所知的很长时间里,他似乎是个幸福的、痴情的丈夫。在妻子在世的时候,面对妻子的珠宝,他是一个心地单纯的被欺骗者。意识到自己的感情被欺骗以后,他的灵魂深处发生了剧烈的震荡:

> 可怕的疑窦掠过脑海。莫非她?这么说,其余的珠宝也都是礼物了!他觉得地在摇晃,觉得面前的一棵树倒下来;他伸出双臂,倒在地上,失去了知觉。

他的痛苦绝对是真实的。如果作家就满足于这样写,那这个人物就和当年二流小说家笔下的以纯洁的爱情为生命的浪漫男性没有什么两样了。然而,莫泊桑这篇小说的唯一性在于这个男人比之女人虚伪得多了。起初,他还为自己拥有妻子的珠宝的钱财,而感到羞耻。甚至作家还为他设置了,他第一次去支取金钱,完全是出于饥饿的逼迫。越过第一次,羞耻感就被讨价还价的斤斤计较所代替。大量的金钱进入他口袋以后，他的感觉是：自己"身轻如燕"。走在街上，"恨不得向行人嚷叫：'我也有钱，我有二十万法郎！'"到了小说最后，作家居然让他"和妓女混了一夜"。从这里可以看到莫泊桑，假借假珠宝向真珠宝的转化，发现了和通常情况下多情丈夫完全不同的另外一个人。而这个，恰恰是托尔斯泰所说的，他还是原来那个人。只是，变得更丰富，更立体了，更深刻了。

《水浒》的主题是逼上梁山，逼也就是反复打出常规。其中最有代表性的英雄要算林冲。

先是让顶头上司的儿子，调戏他老婆，再让他在野猪林差一点被公差暗害。但是，林冲的心态并未改变，直到林冲发现，仇家又来烧草料场，要他的命，他的心态才真正被打出常规，显出英雄本色，义无反顾，把来人杀了。从此他就变成另外一个人。甚至在柴进庄上，无端向人家要酒喝，人家不答应，这个高级军校的长官，居然就把人家通通打倒在地，喝个痛快。上了梁山，又是他主动火拼王伦，最后，在决定梁山命运时，又和李逵一样坚决反对接受招安。

卡夫卡在《变形记》中，为什么要把他的主人公萨姆沙变成一条虫？把主人公萨姆沙放进假定境界，然后看他与父亲、母亲、妹妹之间的关系的变异。父亲觉得非常恼火，因为房客被吓走了，没有钱了，原来和他感情挺好的妹妹也躲避他了，他受到了家庭的歧视。父亲把一个苹果扔过去打在他的背上，他非常痛苦。温情脉脉的家庭现在把他当成了累赘，仇恨他，讨厌他，他完全失去了亲情起码的关怀。他感到痛苦，感到厌恶。这就是把人物打入假定性的熔炉，进入假定性状态，以此看出人世、人生、家庭、亲情的变态，暴露平时不能暴露的奥秘。不打出常规，他家庭中父子、母子、兄妹亲情外面温情脉脉的面纱，就不会被揭露，就不会暴露出严酷无情。

所以，英国作家罗斯金宣称，你如果写不下去了，就杀死一个孩子。

逆境、倒霉或灾难是打出常规最起码的办法。美国好莱坞的所谓灾难片，常用这种套路，人死了，楼倒了，感情的深层显露出来了。连张爱玲的《倾城之恋》也不出此种套路。

把人物打出常规，还有一种办法，就是反过来，把人物安置在极端顺境中，同样可以破坏人物感情结构的稳定性，使表层心理结构瓦解，暴露出人的内心隐秘来。例如，马克·吐温的《百万英镑》，平白无故给一个一文不名、衣衫褴褛的青年一张一百万英镑的钞票。百万英镑的大钞，不好用，找不开，有了这张不好用的大钞，这个贫穷的美国青年就到处受欢迎，爱情的天使就降临了。这就像炸弹一样，把人生中最卑俗、最势利和最纯洁的爱情，都从灵魂深处爆炸到生活的表层。

情节：现代派——荒谬性因果

当然，这里说的文学审美的因果关系并不是绝对的，通常仅限于现实主义、浪漫主义小说、戏剧，现代派的小说，艺术上来说，探索性很强的小说，其因果也具有某种荒诞属性，其最特别者，表现为某种反因果的因果。这在戏剧中还形成了一种荒诞主义的流派，如《等待戈多》《秃头歌女》之类。而在小说中，有黑色幽默，其代表作是美国作家海勒的长篇小说《第22条军规》。主要的情节是：在第二次世界大战期间，一支美国空军驻扎在一个虚构的小岛上。上尉轰炸手索林怕死，觉得人人都想陷害他，千方百计地保全自己的生命，逃避去轰炸德国的基地。根据第22条军规，只有精神错乱的疯子才能获准停止飞行，然而这条军规又规定停止飞行必须由本人提出申请，可一旦本人提出申请，又恰恰证明他不是疯子，而是头脑清醒，那就得继续飞行。他最后终于醒悟，这条可笑的第22条军规是自己恐怖的根源。

"第22条军规"后来就成了人类生存状态中既无望解脱又可笑挣扎

的象征。在黑色幽默作家看来,人类的生活就像第22条军规那样荒唐可笑而又阴森恐怖,无端地被置于绝望境地。所有真理的追求都被第22条军规式的悖论变成一场残酷的玩笑。20世纪60年代以来,西方新一代作家力图以他们绝对自由的意志论打破一切偶像和一切现成的礼法、传统的规范,但这又是不可能的,因而他们就有点绝望。这就使他们感到人类生活不是由人自己所左右,而是被一种悖谬的成见所控制。从这个角度来看,人的一切奋斗都是可笑而又可悲的西西弗斯式的徒劳。这就是西方文学中黑色幽默的本来意义。

在中国也有类似黑色幽默的小说,影响比较大的则是余华的《十八岁出门远行》,其情节进展,恰恰是遵循着反因果的逻辑。

在这篇小说中,“我”以敬烟对司机表现出善意,司机接受了我的善意,却引出粗暴地拒绝乘车的结果;我对他凶狠呵斥,他却十分友好起来。整个小说情节的原因和结果都是颠倒的,似乎是无理的。半路上,司机车子发动不起来了,本来应该是焦虑的,但他却无所谓。车上的苹果让人家给抢了,本该引发愤怒和保卫的冲动的,他却无动于衷。“我”本能地去和抢夺者作搏斗,被打得头破血流,“鼻子软塌塌地挂在脸上”,本该是非常痛苦的,却一点痛苦的感觉也没有。一车苹果被抢光了,司机的表情却“越来越高兴”。抢劫又一次发生,“我”本能地奋不顾身地反抗抢劫,被打得“跌坐在地上,再也爬不起来”,司机不但不对我同情和加以慰问,相反却“站在远处朝我哈哈大笑”,这就够荒谬的了。可是作者显然觉得这样的荒诞,还不够过瘾,对荒诞性再度加码。抢劫者开来了拖拉机,把汽车上的零件等等的,能卸走的都拿走了。司机怎么反应呢?作者这样写道:

> 这时我看到那个司机也跳到拖拉机上去了,他在车斗里坐下来后,还在朝我哈哈大笑。我看到他手里抱着的是我那个红色的背包。他把我的背包抢走了。背包里有我的衣服和我的钱,还有食品和书。

如此荒诞,是不是绝对荒唐,绝对无理呢?如果真是这样,那么小说就不成其为小说,而是一堆呓语了。仔细研读,你会发现,在表面上绝对无理的情节中,包含着一种深邃的道理。这个道理,至今还没有一个广泛认可的归纳。有人认为,小说的立意,就是让孩子来感受成人世界,成人世界的残酷暴力的确使孩子震动。使他“无限悲伤”“像汽车一样冰凉”。这种震惊感,就是青春心理的一个阶段性的总结。

但,我觉得,这个解读还可以继续深化下去。小说展示成人世界的暴力,特别强调其荒谬性的,荒谬焦点不在抢劫者的快乐,而在被劫者的快乐。如果只有抢劫者的快乐,就没有荒谬感了,没有现代派小说的艺术探索了。小说的荒谬感虽然是双重的,但是,施暴者的快乐与受虐者的快乐,在小说里,并不是平行的,半斤八两的,而是有侧重的。首先,被损害者对于强加于己的暴力侵犯,毫无受虐的感觉,相反却感到快乐;其次,被损害者对为之反抗抢劫付出代价的人,不但没有感恩,相反对之加以侵害,并为之感到快乐。再次,除了施虐和受虐,还有更多的荒谬,渗透在文本的众多细节之中。这篇小说,有时很写实,有时,又好像超越现实。妙就妙在这种漫不经心地、自由地、突然地滑向极端荒诞的感觉,比如说,“我”被抢苹果的人群打得很惨:“被打出几米远。爬起来用手一摸,鼻子软塌塌地,不是贴着而是挂在脸上了。”在写着这样的血腥事件时,居然连一点疼痛的感觉都没有。如果用传统现实主义的“细节的真实性”原则去追究,肯定是要作出否定的判决的。

文学解读不能用一个尺度,特别不能光从读者熟悉的尺度去评判作家的创造。

余华之所以不写鼻子打歪了的痛苦,那是因为他要表现人生有一种特殊状态,是感觉不到痛苦的痛苦:在鸡毛蒜皮的小事上痛苦不已,呼天抢地,而在性命交关的大事上麻木不仁。这是人生的荒谬,但人们对之习以为常,不但没有痛感,相反乐在其中。

不明白这一点,就看不明白余华为什么要从一个孩子的眼睛来看这个现象。

孩子如果第一次看到，就不可能习以为常，人生的怪异、人生的荒谬就凸现出来了。

余华的这个作品不是现实主义的，而是有意向传统情节的因果性挑战，将之解构。在小说结尾，他并没有承担给读者揭示谜底的责任，相反，他好像无缘无故地让这个司机跳到了拖拉机上，把自己的背包抢走。在车子里还朝“我”哈哈大笑。这是现实的悲剧，然而在艺术上却是喜剧。这让我们想到了阿Q死到临头还想要出风头，鲁迅也是把人生的悲剧当作喜剧来写的。

喜剧的超现实的荒诞，是一种扭曲的逻辑。然而这样的歪曲逻辑，启发读者想起许多深刻的悖谬现象，甚至可以说是哲学命题：为什么本来属于你自己的东西被抢了你却感觉不到痛苦？为什么自己的一大车子东西被抢了而无动于衷，却把别人的一个小背包抢走还沾沾自喜呢？缺乏自我保卫的自觉，未经启蒙的麻木、愚昧，从现实的功利来说，是悲剧；从艺术哲学的高度来看，则是深刻的喜剧。

从这个意义上来说，在这最为荒谬的现象背后潜藏着深邃的睿智：没有痛苦的痛苦是最大的痛苦。整个行文，极端怪诞，然而又不完全是怪诞，在怪诞中有某种深沉的启示。

为什么追不到车，起初没有懊丧，反而哈哈大笑？这里的原因，比较复杂。首先，主人公还年轻，还是第一次出远门，对于人生的险恶还没有体验，对于自己生命和前途还没有多少痛苦的思索，因而把人与人之间的冷漠只当作好玩。其次，在觉得好玩之后，或者在更深的意识深处，就产生了仇恨。在这样纯洁的心灵上居然冒出了悔不该抓起一把石子去砸司机的邪恶念头。而这种邪恶的可怕在于，主人公并不觉得邪恶，相反觉得好玩。在余华看来，对于是非善恶的麻木，并不仅仅是成人世界的特点，在未成年世界，也是同样的存在，同样也有暴力（丢石子）的潜在动机。只是和成人世界相比有程度上的不同。这实在是人生的荒谬。但，这种荒谬,有余华的特点,他与许多作家肯定人的善良不同,他刻意突出人性恶。从这个意义上来说,这是严峻的现实,并不完全是作家艺术想象中的荒谬。作家以无理的外部形式揭示了内在的邪恶,既是思想的也是艺术上的创新。

我看到那个司机高高翘起的屁股,屁股上有晚霞。

晚霞应该是很诗意的,为什么要让这和屁股联系在一起?而且这样的用语,在后面还重复了。这说明作家刻意追求的恰恰不是诗意,不是美化,而是一种反诗意,"丑化",造成一种煞风景的趣味。因为,作家要表现的不是人们美好的、善良的方面,而是丑恶的、麻木的愚昧的方面。不但如此,而且还故意夸张地显示出自己对于这类的人性的一种厌恶。这一切在余华的作品中,并不是孤立的、偶然的现象,而是有其普遍性的(例如,在《细雨中呼喊》)。

当然,余华这篇小说的唯一性,不仅表现在煞风景的反讽,还有相反的一面,那就是颇有诗意的象征。小说中有许多词都是重复使用的(如哈哈大笑、屁股),重复率最高的"旅店"这个词,重复了15次之多。为什么作家要这样不厌其烦地提醒读者呢?

原来,这个"旅店",是他原本追寻的目标,他在路上走了整整一天,已经"看了很多山和很多云",他反复提示读者,他"为旅店操心"这一句是带有象征意义的,也就是说,人生已经有了一定经历,需要一个歇脚的地方,一个人生的阶段性休整,当然这不是体力的休整,而是精神上的休整。因为一时还没有"旅店",才有"搭车"的念头,在某种意义上,"搭车"和"旅店"是对立的。这个词有着丰富的深邃的哲理的内涵。人生是个旅程,旅程的象征是汽车,汽车是不断运动,但人生又要有驿站,也就是旅店来休整身心。汽车、旅程是如此残暴,如此野蛮,如此荒谬,看来和休整身心的要求是不相容的。但是,小说写到最后,作者对汽车的感觉却发生

了转折:这是小说的思想的另一个焦点:

> 天色完全黑了,四周什么都没有,只有遍体鳞伤的汽车和我。我无限悲哀地看着汽车,汽车也无限悲哀地看着我。我伸出手去抚摸了它。它浑身冰凉。那时起风了,风很大,山上树叶摇动时的声音像海涛的声音,这声音使我恐惧,使我也像汽车一样浑身冰凉。我打开汽车门钻了进去,座椅没被他们撬去,这让我心里稍稍有了安慰。我就在驾驶室里躺了下来。我闻到了一股漏出来的汽油味,那气味像是我身内流出的血液的气味。外面风越来越大,但我躺在座椅上开始感到暖和一点了。我感到汽车虽然遍体鳞伤,可它心窝还是健全的,还是暖和的。我知道自己的心窝也是暖和的。我一直在寻找旅店,没想到旅店竟然在这里。

整篇小说似乎都在通过旅店和汽车的对立,强调汽车象征着人生的险恶,人生的荒谬,精神无处归宿。可突然到了这里,不但没有荒谬感,没有邪恶,相反有了诗意的、温暖的归宿。而这个归宿恰恰就是象征心灵没有归宿的汽车。作家显然向读者显示,虽然人性是邪恶的,世界是荒谬的,但是即使被剥夺得如汽车那样,如同被损害的伤口,也还有一点值得注意:残存的座椅,漏汽油的气味,都使他的心灵稍有安慰。因为,"那气味像是我身内流出的血液的气味",这就是说,被损害者、被剥夺者,即使是遍体鳞伤,但是,心灵并没有被剥夺,心灵并没有遍体鳞伤,作者唯恐读者不明白,又从正面提示说,"汽车……心窝还是健全的,暖和的",而"自己的心窝也是暖和的"。正是在这个意义上,在"心窝"未曾受到摧毁这一点上,这部受尽伤害的汽车,成了"我"的心灵的旅店,成了我精神健全、心窝温暖的确证。

正是因为这样,小说的笔调从最初的反讽,到最后变成了象征的抒情。

这里还有一个关键词,就是,红背包。它和旅店、汽车一样是有象征意义的。

在小说的结尾,这个被司机抢去了的红背包,又出现了。作者把背景选择在"我"十八岁,父亲让"我"出门,为"我"准备好这个红背包,对"我"说:"你已经十八岁了,你应该去认识一下外面的世界了。"

"我"就这样,背着红背包,"像一匹兴高采烈的马一样欢快地奔跑了起来"。整个故事本来是很灰暗的,为什么作者要让背包是红的,而不是其他颜色,红色的象征意味,虽然不一定是革命的,但肯定不是邪恶的,而是带着光明和希望的色调的。

这就是说,作者显然有意在结尾不让读者太悲观,太阴暗,这个光明的尾巴,是作品主题的一个重要组成部分,显然,这一笔是很重要的,但是,为什么会被绝大多数的读者和评论家忽略呢?无非有两种可能,一是读者和评论家太粗心,或者缺乏修养。二是作者的这一笔,这一转化,表现得不够充分,不够饱和。我想,后者应该是主要的原因。因为作者表现人性的邪恶,用了独创的荒诞手法,真是别出心裁,让读者惊异,让读者沉思。但是,结尾处,主要用诗意的象征手法,这个方法,就其形象的感染力和手法的独创性来说,可能是略逊一筹。

当然,就现代派而言,余华的荒诞因果,还是带有中国式的温情,和西方的黑色幽默的冷酷有着很大的不同。在西方黑色幽默作家看来,整个世界和全人类都已经糟到了不能再糟、荒谬得不能再荒谬的境地。美国学者莫里斯·迪克斯坦这样说:"黑色幽默把调子定在破裂点上,一旦达到这一点,精神上的痛苦便迸发成一种喜剧和恐惧的混合物,因为事情已经糟到你尽可放声大笑的地步。"[①]黑色幽默所表现的内容大致可以概括如下:第一,是对人类和世界的绝望。第二,这种绝望与一般的绝望不同,一般的绝望是悲剧,而这种绝望是喜剧。奥尔德曼说:"它要求同它认识

---

① 参阅孙绍振《幽默基本原理·附录》,广州:广东旅游出版社2002年版,第228页。

到的绝望保持一定的距离，它似乎能以丑角的冷漠对待意外、倒退和暴行。”[①]面对绝望，不是感情泛滥而是冷峻以对，从悲剧中看出可笑，甚至毫无忌惮地放声大笑。

打出常规的功能之二：人物情感错位

如果说，就单个人物而言，打出常规暴露出潜在的心态，这是纵向的探索。如《项链》等等。但小说中的人物并不是单个的，而是多个的，打出常规的人物内心变异如果是同样的，如《长恨歌》中遭遇杀戮的杨玉环和无能为力的李隆基，感情变异是同值的，统一的，故其为浪漫的抒情诗，但是，在小说《杨太真外传》和戏曲《长生殿》中，打出常规的人物之间的感情，发生了错位。错位就是在同一情感结构之中的人物，拉开了情与感的距离，但是，又没有分裂。如李隆基和杨玉环，两个人吵架了，分开了，但是又很想念，又和好了。这就是显示出了打出常规的第二种功能。

这种错位可以分为两种，一种是人物本身的情感错位。

在长篇叙事作品中，人物的个性是统一的，在黑格尔的美学中，这叫作“整体性”：“这种整体就是具有具体的心灵性的及其主体性的人，就是人的完整的个性，也就是性格。”[②]但是，这种个性/性格，又不是单调的、抽象的（“任某一种情欲去支配的”），而是丰富的，“充满生气的总和”。这种丰富性并不是在常态下就能表现出来的。黑格尔以希腊史诗为例说：“阿喀琉斯是个最年轻的英雄，但是他一方面有年轻人的力量，另一方面也有人的一些其他品质。”这种其他的品质如何才能得以表现呢？黑格尔认为：

---

① 参阅孙绍振《幽默基本原理·附录》，广州：广东旅游出版社 2002 年版，第 228 页。

② 黑格尔：《美学》第 1 卷，朱光潜译。商务印书馆 1981 年版，第 300 页。

> 荷马借助各种不同的情境把他的这种多方面的性格都提示出来了。[1]

人物的多方面性格是,要通过“不同的情境”才能显示出来的。为什么要通过“不同的情境”?因为同一的情境,是常规情境,而“不同的情境”乃是超越常规的情境。把人物打出了常规,多方面的性格才能显示出来。黑格尔强调,这种多方面的性格是统一的完整的,“凝聚于一个主体”,但是,打出常规的多方面的个性,除了统一性,凝聚于一个主体以外,不可忽略的是,它们还是充满差异的。黑格尔这样说到《伊里亚特》中的阿喀琉斯战胜了他的劲敌赫克托,把他的尸体绑在车后,绕着特洛伊城拖了三个圈子。这无疑是肆无忌惮地表现他作为英雄对敌人的仇恨。但是,荷马把他打出了常规:让赫克托的父亲来到他的军营,要求领回他儿子的尸体,他答应了。黑格尔说:

> 他的心肠就软下来了,他暗地里想到自己的老父亲,就伸出手来给哭泣的老国王去握,尽管这老国王的儿子是他亲手杀了的。[2]

这就是一个军人,在战场上和在军营里,在战胜之初和战胜之后,在敌人的尸体面前和在敌人的父亲面前的不同表现。这里显然有巨大的差异,这种差异很动人,甚至比他战胜敌人更动人。这显然不是绝对统一的,很难将之简单归为统一,但是,又不能简单将之归结为矛盾,这两个方面既是势不两立的,又是同情的。最恰当的概括应该是“错位”的。

人物的情感“错位”往往比黑格尔所强调的丰富的整体性的统一,更为动人。

---

① 黑格尔:《美学》第1卷,朱光潜译。商务印书馆1981年版,第302页。
② 黑格尔:《美学》第1卷,朱光潜译。商务印书馆1981年版,第303页。

对于单个人物如此,对于多个人物来说,则更是如此。

人物心理的距离保持扩大的趋势,但是又没有脱离,是叙事和戏剧艺术的根本特点。

传统理论认为小说的特点是情节、性格、环境等等,其实都没有说到点子上。情节产生于人物心理距离的扩大,性格也依赖于人物心理拉开距离的趋势,而环境则是把人物心理打出常规,构成拉开距离的条件。在一定限度内,人物心理(感知、情感、语言、动机、行为等等)拉开的距离越大,其艺术感染力越强;人物心理的距离越小,其感染力越弱;当人物之间的心理距离等于零时,小说不是变成诗,就是走向结束或者宣告失败了。因而,同样是李隆基与杨玉环的恋爱故事,在诗人白居易看来,两个人要心心相印才有诗意,尤其是七月七日长生殿里那一段生死不渝的誓言,可谓淋漓尽致。可是在小说家鲁迅看来恰恰相反,经过一场冲突以后,二人的真正感情已经完结,才需要赌咒发誓以取得对方信任。郁达夫在《历史小说论》中回忆说:

> L先生(按:指鲁迅)从前老和我谈及,说他想把唐玄宗和杨贵妃的事情来做一篇小说。他的意思是:以玄宗之明,哪里看不破安禄山和她的关系?所以七月七日长生殿上,玄宗只以来生为约,实在是心里已经有点厌了,仿佛是在说"我和你今生的爱情是已经完了"。到了马嵬坡下,军士们虽说要杀她,玄宗若对她还有爱情,哪里会不能保全她的性命呢?所以这时候,也许是玄宗授意军士们的。后来到了玄宗老日,重想起当时行乐的情形,心里才后悔起来了,所以梧桐秋雨,就生出一场大大的神经病来。一位道士就用了催眠术来替他医病。终于使他和贵妃相见,便是小说的收场。①

这条材料所说的事实,在冯雪峰的《鲁迅先生计划而未完成的著作》

---

① 郁达夫:《历史小说论》,《创造月刊》第二期。

中提到过，鲁迅在给山本初枝的信中也有过类似的意思。1924 年鲁迅因为想写关于唐朝的小说，到西安去了一次。可见，鲁迅这个念头动了很久，创作的冲动很强烈，很可惜，这篇小说并没有写出来。鲁迅对李隆基和杨贵妃的恋爱关系的看法和《长恨歌》大相径庭。在诗人白居易看来那最富诗意的是七月七日长生殿爱情誓言，生生死死、超越了时间和空间、永恒不变；可是在小说家鲁迅的眼中恰恰是爱情已经不可挽回了，而且在关键时刻被背叛了，已经错位到最大限度了。至于后来的天上人间的寻觅，只不过是神经病和催眠术（骗术）而已。很显然，在诗人白居易眼中，以情感的永恒来强调诗意的地方，在小说家鲁迅看来恰恰是情感走向反面、绝对煞风景、毫无诗意可言的地方。

白居易和鲁迅对同一题材的不同理解，恰恰是诗意和反诗意，抒情文学和叙事文学的差异。在诗人看来感情的永恒，是令人震撼的，叫人感动的；可是在小说家看来，一见钟情，心心相印，不但毫无性格可言，就是连情节也无从发展。小说艺术最忌心心相印，个性全在心心相错之中。错位，不是对立，而部分心理重合，部分拉开距离。如果是单纯对立，就简单化了，人物变成劝善惩恶的概念的符号。错位就是闹别扭、摩擦，但是，还是相爱，就是“恨”也是爱得深的结果，虽然这种爱也许是潜在的，甚至连主人公自己都不一定意识到的。俄国形式主义者什克洛夫斯基在《故事和小说的构成》中说“美满的互相倾慕的爱情并不形成故事”：

> 故事需要的是不顺利的爱情。例如需当 A 爱上 Б，Б 觉得她并不爱 A；而 Б 爱上 A 时，A 却觉得不爱 Б 了。……可见故事不仅需要有作用，而且需要有反作用，有某种不一致。[1]

要构成叙事性、戏剧性，从而让人物有个性，就不能让主人翁心心相

[1] 什克洛夫斯基：《故事和小说的构成》，乔治·艾略特等著《小说的艺术》，社会科学文献出版社 1999 年版，第 86 页。

印，心心相印，只能构成诗，而要构成小说或者戏剧，只能让人物心心相错。相爱之人不能心心相印，这恰恰是小说的艺术生命所在。这不但可在成熟的古典小说中，而且可在现代、当代的小说中得到广泛的印证。它不但可以解释《欧也妮·葛朗台》和《安娜·卡列尼娜》中男女主人公之间的关系，而且可以解释《红与黑》和美国小说《飘》中男女主人公的关系。说起来有点奇怪，那些越是写得好的爱情小说，男女主人公往往越是陷于互相折磨的恶性循环中。相反，如果男女主人公一点矛盾也没有，没有互相折磨，没有心口不一，也没有猜忌和变态，小说就没有什么看头了。

在俄国形式主义理论中，这一点可能是最有价值的，如果可以替之作出范畴的概括的话，可以用二元错位来表述。但是，严格用西方和中国的经典文本来比照，俄国形式主义的概括还不够周延。至少存在着以下几个方面的缺失。这个错位公式，只是二元错位。而在爱情小说中，往往并不是只有男性和女性两个角色，而且还有第三个角色，其错位乃有三元的性质。这第三个角色，情况比较复杂，第一种就是曹雪芹在《红楼梦》开头所批判的"假拟出男女二人名姓，又必旁出一小人其间拨乱"[①]。由于小人拨乱造成男女双方的情感错位，可以称之为"外恶性"错位。在这种错位模式中，也产生了莎士比亚的经典《奥赛罗》，由于小人亚戈的挑拨，奥赛罗的误会，和黛斯特蒙娜心理错位达到极限，导致奥赛罗掐死了自己心爱的妻子。第二种情况则并非"外恶性"的，不是出于小人的挑拨，而是好人，如《西厢记》中的红娘。一片好心传递诗简，成全崔张好事，奈何莺莺女孩儿家，明明写诗约了张生赴约，自己已经来到花园，临时害羞反悔，此时的红娘，并不是小人，一面看穿他们的"一个怒发，一个无言，一个变了卦，一个悄悄冥冥，一个絮絮答答"。暗地里调侃张生"背地里硬嘴哪里去了"。但是，当莺莺口头上要把张生"扯去老夫人那里去！"红娘表面帮着莺莺要张生下跪。责备张生"读孔孟之书""达周公之礼""不去跳龙门，却来学骗马"。一面又替张生说情，莺莺遂顺水推舟。放走了张生。

---

① 曹雪芹著，无名氏续《红楼梦》，人民文学出版社 2008 年版，第 5 页。

在这一场戏中，红娘这个丫鬟，变成了审判官，把少爷小姐耍弄于股掌之间。金圣叹在评点中，对这一场戏中角色的错位，给予了极高的评价：

> 看他双文唤红娘，红娘唤小姐，张生唤红娘，三个人各自胸前一片心事，各自中一样声唤，真是好看煞人……写红娘既不失轻，又不失重，分明一位极滑脱问官。红娘此时一边出豁张生，正是一边出豁双文也。[①]

金圣叹三言两语，道破了这场心理和语言错位的喜剧性：表现上站在莺莺立场，义正词严，责备张生，其实是既让张生开溜，又让莺莺下台。

俄国形式主义者概括力所不及的地方，不仅于此，而且更为普遍的是，爱情的叙事和戏剧性，出现了第三者。这第三者并不一定是小人，但是却导致了双方情感的错位更为深邃。这本来是极其常见的现象，俄国最为经典的爱情小说《安娜·卡列尼娜》就是这样，吉蒂和渥伦斯基的感情已经达到相当程度，吉蒂已经在即将举行的舞会上期待渥伦斯基向她求婚。由于来了个安娜，托尔斯泰让吉蒂看到了渥伦斯基的目光中对安娜流露出“狗一样的驯顺”，但是，安娜并不是坏人。故爱情小说往往是三角的。这在古今中外几乎成了最为普及的公式，如果光是 A 与 B 二元，双方情感错位不但可能比较平面，而且可能是比较单调的。有了第三者 C，A 与 B 的情感结构就变成了三元错位。由于 C 的介入，其结果，就不单纯是 A 与 B 的错位，而且是 A 与 B 分别与 C 的错位。错位结构就因为要素的增加不但错综了，而且幅度也加大了。三元错位的功能就等于将二元错位乘以三次方。

从这个意义上说，俄国形式主义的爱情模式概括力不足是很严重的。

第一，表述上，抽象度不够，A—B 的不同步，更加全面的情况是 A 爱

---

① 《金圣叹评点才子全集·第六才子书〈西厢记〉评点》，第 2 卷，光明日报出版社，第 177～178 页。

上 B,B 也可能爱上了 A,但此时可能出现了 C,A 有可能爱上了 C,也可能动摇于 A 与 C 之间。在这样的错位结构中,人物的心理无疑更加复杂丰富。

更准确的学术表述应该是二元错位或者多元错位。

在巴金的《家》中,写了那么多的爱情,其中最动人的是觉慧和觉新的悲剧,最不动人的是觉民的爱情。这是因为觉民和琴不但在感情上水乳交融,而且在行为上互相支持。在任何事变中,他们的动机都没有任何错位,因而其感知也完全统一,没有拉开任何距离。而觉慧与觉新在各自的爱情中,与对方在动机上都发生了微妙的错位。高老太爷要把鸣凤送给六十多岁的冯乐山为妾,鸣凤去找觉慧,如果顺利地告诉了觉慧,没有发生任何错位,事情就不至于严重化。然而由于觉慧忙于办刊物,很少在家,拖延了时间。到了期限的最后一天,五内俱焚的鸣凤不顾一切地冲进觉慧的房间。鸣凤的动机是把危机告诉觉慧,而觉慧忙得不可开交,请鸣凤等一两天,他会主动去找她。仅仅因为这一点小小的时间上的错位,便导致鸣凤产生了后续动机——自杀殉情。这是因为,在关键时刻,两个人处在不同的感知世界中。他们之间不但拉开了心理错位,还拉开了行为上的距离,而且是永远不可能缩短的距离,因而产生了悲剧的震撼力。如果巴金在此时心慈手软,把两个人暂时的动机错位取消,使之重合,二人的感觉、知觉、动机、行为逻辑很快合二而一,觉慧就可以带走鸣凤,发出比翼齐飞的豪言,这就成了郭沫若式的诗情了,与小说形式的审美规范背道而驰。

觉新的爱情悲剧更动人,这是由于他处在爱的三角关系中,每一方的动机都有相当大的错位,都不像觉慧那样单纯,都不是由一个因子,或者正反两个因子构成的,而是由一系列因子交错而成的。因而在他的情感结构中饱和着错位的潜在量。觉新和梅相爱甚深,然而不能结合。觉新和瑞珏结婚后,二人也甚相爱。但觉新由于梅的存在,与瑞珏有错位;梅与觉新之间则由于瑞珏的存在也有错位。梅与瑞珏在爱情上虽有矛盾,但在相处之间却互有好感,这也是一种错位。觉新沉溺于瑞珏的温存抚爱之中,又不能忘情于梅,他对梅的追寻和询问,得到的只是梅的回避,这更是一种错位。觉新的形象被有些评论家称为“世界性的典型”,其特点是当他内心的动机与对外部环境矛盾屈从的时候,他总是在行为上扼杀自己内心的动机,然而在许多场合又杀而不死,还在行为上表现出来,结果是他的动机经过多层次的变异,变得畸形而扭曲。这种扭曲了的动机就注定他总是与他喜爱的,应该保护的人之间拉开心理错位的幅度。

第二,俄国形式主义的这个公式的局限还在于把处于恋爱关系中的人物关系仅仅定位于爱的先后错位,没有看到在经典作品中,造成爱的错位,并不完全由主人公的情感决定,同时还要由婚姻关系决定。最典型的是《红楼梦》,林黛玉、贾宝玉和薛宝钗的关系,并不是 A—B—C 的三角关系。林黛玉把薛宝钗当作假想敌是一时的误会,到了四十五回,林黛玉向薛宝钗有过前剖白:“你素日待人,固然是极好的,然我最是个多心的人,只当你心里藏奸。往日竟是我错了。”[①]误会已经消解。林与贾的悲剧并不是薛的积极介入造成的,薛得知有金玉良缘之说,并没有表现出爱情,而是“越发没意思起来”,对宝玉是主动回避的。[②] 林贾相爱的悲剧是由于与家长制婚姻(父母之命、媒妁之言)不能相容,爱情的错位的深层原因,乃是婚姻的错位。她眼见贾宝玉为林黛玉发疯,对自己并没有感情,还是服从家长的安排成为他的妻子。《红楼梦》的悲剧:是有爱情的没有婚姻。没有爱情的却有婚姻,如此这般的双重错位构成了《红楼梦》深邃的艺术感染力。

第三,俄国形式主义者的这个情节模式的不足还在于其狭隘地将其局限于爱情,其实,类似的感情错位并不是恋爱小说独有的,而是一切情节性小说的普遍规律。在叙事和戏剧结构中,处于亲密情感结构之中的人物要有个性,盟友、同志、亲人一定要在一定条件下分化,在情节中拉开

① 冯其庸:《脂砚斋重评石头记汇校》,北京图书馆出版社 2008 年版,第 45 回。
② 冯其庸:《脂砚斋重评石头记汇校》,北京图书馆出版社 2008 年版,第 28 回。

了情感错位的幅度决定其艺术感染力的强度。

在整个《西游记》九九八十一难中，那些师徒四人同心协力的情节，读者印象不深，因为不管多大的危机，唐僧、孙悟空、猪八戒心理都没有任何错位。为什么《西游记》中最富于艺术感染力的人物不是沙僧，而是猪八戒呢？这是因为猪八戒和孙悟空、唐僧之间的心理错位幅度很大，而沙僧则一贯随大流，没有与别人迥然不同的动机和行为，没有和任何人物拉开心理错位的距离，也就没有多少艺术生命。"三打白骨精"为什么成为经典呢？就是因为，由于女性的出现，本来相当统一的心理关系失去平衡，师徒们对同一对象的感知、情绪、思维发生分化。白骨精在孙悟空的眼中是一个邪恶的妖精，在唐僧眼中是一个善良的妇女，而在猪八戒眼中则是一个颇具魅力的女性，他的内心长期遭到抑制的性意识萌动了。由于感知错位，就产生了不同的情感、动机和行为。孙悟空一棒子把白骨精打死，如果唐僧竖起大拇指大加赞赏：好得很！那就没有心理错位可言，也就没有性格可言，没有戏了。正是由于感知的错位，造成了情感、动机、语言、行为的分化，而且发生了连锁反应，使错位幅度层层递增。猪八戒出于对女性的爱好，挑拨孙悟空和唐僧的关系，以致孙悟空被唐僧开除了。这时，猪八戒、孙悟空和唐僧的个性才有足够的反差，性格才有了深度。

传统的小说理论强调人物要有个性，强调个性与共性的统一，并没有涉及文学形象，第一，从观念上说，共性与个性，共相与殊相的矛盾统一，并不是小说人物的特点，而是一切事物的特点，从一本书到一个水果，都是共性与个性的统一，因而分析来分析去，总是隔靴搔痒。第二，从方法上说，孤立地分析单个的人物，不得要领，而小说的情节是人与人之间关系的动态过程，离开了人物与人物心理错位关系的具体分析，只能是缘木求鱼。

人物生活在共同的世界里，但是由于情感的冲击，感知变异的分化，每一个人又生活在各自感觉的世界里，各有其不同的色彩和音响，此一人物感到的，彼一人物可能完全麻木不仁。同样一阵风吹来，一万个人物有一万种不同的感觉，在错位的感觉基础上产生了错位的动机。如果猪八戒完全同情孙悟空，或者与唐僧的感觉完全一致，那样只可能有诗意，对于小说来说，猪八戒之所以有艺术生命，就是因为他的感知和情感既不同于孙悟空，也不同于唐僧。在对待白骨精的问题上，猪八戒有他自己的潜在动机。一是他的性意识，二是他感到平时老受孙悟空欺压，此时正好乘机刁难他一下。这种刁难并不纯系恶意报复，其中还包含着猪八戒意识不到的愚蠢。他与孙悟空为难，并非出于对唐僧取经事业的忠诚。他那猪耳朵中藏着二分银子，随时随地都准备在取经队伍散伙时，当作路费回到高老庄去当女婿。这种潜在的深层动机，在常规状态下，是朦胧的，由于性意识的刺激，猪八戒就和孙悟空、唐僧的想象、梦幻、判断，乃至思维和行为逻辑发生了错位。而且这种与唐僧、孙悟空错位的感知和情感还相当饱和，相当强烈。在《西游记》中有那么多妖魔鬼怪，艺术生命力普遍不强，原因就在于他们只有共同的动机：千方百计吃唐僧肉，以求得长生不老，却没有任何在感知上、情感上互相拉开距离的错位。

拉开人物的感知距离，同时得拉开动机的距离。这里的动机主要不是意识层的动机，而是潜意识中的动机。感官对于情感、动机，包括潜在动机以内的信息最为灵敏，而对于在此以外的信息则相当迟钝，有时甚至视而不见、听而不闻、嗅而不觉。

对文本分析来说，关键在于辨析人物潜在的初始动机的微妙差异，洞察其经过反复打出常规，后续动机的差异就可能递增性地扩大，从而引起整个心理错位的距离扩大。如果不善于作这样细致的辨析，则可能离开人物自身的心理深层运动，而求诸外部的表面的动作。

在关系越是亲密的人物之间洞察潜在的动机，反差就越是深邃。

鲁迅和胡适对《三国演义》在很大程度上持否定态度，而二人对《三国演义》的主角诸葛亮的否定却是不约而同，鲁迅说得比较幽默：《三国演义》把他写得“多智而近妖”[①]。胡适则认为“作者们极力描写诸葛亮，但他们理想中只晓得‘足智多谋’是诸葛亮的大本领，所以诸葛亮竟成一个祭风祭星、神机妙算的道士。”就是对于他认为不乏精彩的舌战群儒，读了“只觉得平凡浅薄，令人欲呕。至于‘三气周瑜，仍是很浅薄的描写，把一个风流儒雅的周郎写了一个妒忌屈服的小人，并且把诸葛亮也写成了奸刁险诈的小人”[②]。

就“多智而近妖”，或者“祭风祭星、神机妙算的道士”而言，首先就缺乏历史观念。《三国演义》所据之资源之一话本《三国志评话》，其中描写诸葛亮，恰恰是这样的：

> 诸葛本是一神仙，自小学业，时至中年，无书不览，达天地之机，神鬼难度之志，呼风唤雨，撒豆成兵，挥剑成河。司马仲达曾道：“来不可袭，坐不可守，困不可围，未知是人也，神也，仙也？”[③]

恰似是《三国演义》把诸葛亮从神仙转化为人，在三顾茅庐写出他与刘备的关系；在华容道中，写出他对关公的驾驭；在草船借箭和三气周瑜中，写出他和盟友在智慧上争胜的成功；在六出祁山中，写他与曹操阵营鞠躬尽瘁、死而后已的精神；在失街亭写出他误用马谡，又不得不斩之的痛苦；在空城计中，突出了他对司马懿的心理战度过了危机。总体上说，虽然不免留下诸多超人的痕迹，但总体还是被刻画成一个足智多谋的人的。诸葛亮的形象，六百多年来，在中国、日本、朝鲜、韩国家喻户晓。

诸葛亮的形象不朽的艺术奥秘在于：第一，作者和他的盟友打出常规，以揭示其心理深层的奥秘；第二，揭示盟友心理错位。

“草船借箭”情节的形成，并不是历史文献的照搬，而是几百年的艺

---

① 《鲁迅全集》，人民文学出版社2002年版，第135页。

② 《胡适文存》卷一，第52~53页。

③ 《三国志平话》，上海：古典文学出版社1955年版，第67页。

术想象的积累。从历史上看,这事原来是孙权的[1],在《三国志平话》中转到了周瑜名下。[2] 都是孤立的现象,其中能表现孙权的英雄气概和周瑜的机智,与诸葛亮八竿子打不着。而到了《三国演义》中则变成了诸葛亮的。关键是使情节发生根本功能的转变,由与曹操的斗争变成了诸葛亮与周瑜的斗智和斗气。作者在借箭的情节中,增加了一个自然气象"大雾",让诸葛亮超人地预料到三天以后有大雾。其艺术匠心不在显示诸葛亮的神机妙算,近妖的多智,而是:第一,把它放在诸葛亮与周瑜的精神错位之中,让周瑜看到诸葛亮的神机妙算,激化了他对诸葛亮的杀机。第二把它放在与曹操的矛盾冲突之中,使得他的妙算不但在气象上,而且在把握曹操的心理上。诸葛亮的多智如果孤立地看,的确可谓近妖的道士,但是,让他有超人的智慧,目的并不像水浒传的公孙胜那样仅限于以超人的法术惊人,而是显示他的"多智",是由他的盟友周瑜的"多妒"逼出来的。从表面上看,周瑜每与诸葛亮谋划军情,堂而皇之的目的都是为了打败曹操,但实际上是要把诸葛亮往死里整。周瑜是个"好人",诸葛亮也是个"好人",但是周瑜这个好人却有个心理毛病,那就是多妒,他的多妒是近距离的,有现成可比性的,容不得身边有人在智慧上超越他。作者让处于劣势的诸葛亮智慧超越周瑜,并且取得绝对胜利,仅仅靠自已"多智"到可以准确地预报天气,还是难以稳操胜券的。料定三天之后有大雾或有某种机率,取胜还是缺乏充分的必然性的,也就是有点冒险主义的。此时作者的天才表现在设计了敌手曹操的心理特点:"多疑。"这样军事三角就变成心理三角的错位。多妒逼出了多智,多智又碰上了多疑。于是多智的冒险主义取得了重大的胜利,于是多妒的就更加多妒,多智的就更加

---

① 《四库全书》史部别史类,萧氏续后汉书,卷24。原文是:"权复乘船从濡须口入,操使弓弩乱发箭着其船,船偏重,乃回船复以一面受箭,箭均船平,乃作鼓吹还。"操望其舟船、器杖、军伍整肃,叹曰:"生子当如孙仲谋。"

② 原文为:"周瑜一只大船,十只小船出,每只船一千军,射住曹军,蒯越、蔡瑁令人数千放箭相射。却说周瑜用帐幕船只,曹操一发箭,周瑜船射了左面,令扮棹人回船,却射右边。移时,箭满于船。周瑜回,约得数百万支箭。周瑜喜道:丞相,谢箭了。曹公听得大怒。传令:'明日再战。依周瑜船只,却索将箭来!'"

多智(多智到不但是预报天气,而可以向老天借东风的程度),多妒的屡计屡失。《三国演义》中这个盟友的"多妒"的设计实在是很伟大的,他不是在军事完全失败而死,而是自己把自己气死的。这个好人,这个英雄,是为着自己的智谋优越感而活的,一旦确信自己不如盟友多智,就活不成了。临死之时,留下了名言"既生瑜,何生亮",揭示了人类妒忌心理的特点:近距离,有现成的可比性。周瑜死了许多年,但是,周瑜的多妒仍然活着,活在我们心里,武大郎开店的谚语就是证明。

草船借箭和借东风,这两个超现实的假定,把军事三角的斗争变成了敌我友三方的心理三角错位,也就把斗智变成斗气,把战争的实用理性升华为审美价值。

由此可知,人物的个性,不是从哲学的范畴共性与个性的矛盾统一中演绎出来的。哲学的普遍大前提中,没有文学的特殊性。仅仅从哲学范畴中演绎,只能弄出公式化概念化的作品和解读,文学文本的特殊性,离不开文学形式的特殊性,体现在小说与诗的不同中,及关系紧密的人物之间的情感错位中。

小说人物的艺术形象,不能简单地以科学的真为唯一的标准而加以否定。小说是人物与人物之间情感结构的艺术,个性存在于人物与人物的情感互相依存,互相触发,互相纽结,互相错位的结构中。结构功能大于要素之和,人物的艺术性不能由孤立的要素决定,而由其结构动态调节决定,正如水的灭火性质,不能由助燃的氧和自燃氢决定一样。鲁迅和胡适之误乃在于把人物从人物的情感结构中分离出来,孤立地加以分析。

这一点不但体现在情节的设计上,而且渗透在小说的一切细部之中,例如,许多第一人称小说中的"我"往往成为多余人物,原因是他们常常与某一主人公的心理完全重合。而在鲁迅《祝福》中的那个"我"因为与祥林嫂拉开了心理错位幅度才有了生命。如果祥林嫂问"我",人死了以后有没有灵魂,"我"回答说:"没有。"祥林嫂的心灵痛苦自然会减轻些,可是《祝福》的悲剧性却被大大削弱了。

非情节性的错位

说到这里,我们涉及还只限于情节性小说,对那些非情节性,或者回避情节的小说,该如何阐释呢?非情节性,最极端的要算意识流小说了,然而,经典的意识流仍然是以心理的深层突破和错位为生命的。有兴趣的读者可参阅我对伍尔芙《墙上的斑点》的阐释。[①] 例如《孔乙己》,在《呐喊》中,它是鲁迅最喜欢的。孙伏园,在《关于鲁迅先生》,其中有这样一段话:

> 我曾问过鲁迅先生,其(按:指《呐喊》)中,哪一篇最好。他说他最喜欢《孔乙己》,所以已译了外国文。我问他的好处,他说能于寥寥数页之中将社会对于苦人的冷淡,不慌不忙地描写出来,讽刺又不很显露,有大家的作风。[②]

鲁迅写《孔乙己》,并不像范进中举那样正面展开情节,孔乙己几十年的坎坷经历,特别是偷书、挨打、残废等,都没有作正面表现,而是把情节当作某种背景,间接地交代。情节在这里只是当作对出场人物的心理的一种刺激,以便展示人物间神奇的错位。

鲁迅安排了一个叙述者——小店员,此人表面看来是多余的。他本来与孔乙己的命运八竿子打不着,不管是孔乙己考试还是挨打,都和他没有关系,他只是在孔乙己喝酒的时候,能够看到他而已。和孔乙己命运有关的人物很多,如那个打他致残的丁举人老爷,还有请抄书的人家,一定

① 孙绍振:《以无序的自由联想揭示思想的不自由》,《语文建设》,2014年,第10期。后收入《孙绍振解读经典小说》,上海教育出版社,2016年版。

② 孙伏园:《关于鲁迅先生》,《晨报·副刊》,1924年1月12日。

和孔乙己有更多的接触，而且有更多的冲突，相比起来，这个小店员就所知甚少了。然而，鲁迅却偏偏选中了这个小店员作为叙述者。这是为什么呢？

鲁迅的立意是让孔乙己的命运，只在小店员有限的视角里展开。孔乙己的落第，他的偷书，甚至挨打致残，都发生在幕后，只让小店员从别人的口中听到，如果作全能全智的叙述，对事变作在场的观看，只能是对受虐者的痛苦和屈辱的感同身受而已。而事后的追叙，作为局外人，则可能作有趣的谈资。受辱者与叙述者的情感就拉开了错位的距离，其间的情致就丰富复杂得多了。遵循小店员的视角，小说只选取了三个场面，而孔乙己本人在咸亨酒店只出场了两次。从某种意义来说，这两个场面，和孔乙己的命运关系并不大。第一个场面，是他偷书以后，已经被打过了，来买酒，被嘲笑了；第二个场面，是他被打残了，又来买酒，又被嘲笑。一些评论说，《孔乙己》的主题是揭示孔乙己潦倒的根源，批判科举制度把人弄成废物。这三个场面的描述显然不可能有这样的功能。

三个正面描写的场面，写作的焦点，是看待孔乙己的目光的错位。最不可忽略的是小店员的特殊的眼光。动人之处在于，小店员对孔乙己的善良和潦倒，以不以为意的观感，对于孔乙己的命运，对于他的遭遇，小店员就是“无聊”“单调”，所看的都是“凶面孔”“教人活泼不得”。在这样的沉闷的氛围中，“只有孔乙己到店，才可以笑几声”。这里的笑声，不是一般的描述，而是整篇小说错位的起点。

在他观感以内的，就大加描述；在他观感以外的，通通省略。从这个意义上来说，小说写的并不仅仅是孔乙己。其实，这正是鲁迅的匠心，也就是创作的原则，或者是鲁迅小说美学原则，重要的不是人物遭遇，而是这种人物在他人眼光中错位的观感。鲁迅之所以弃医从文，就是因为他看到日俄战争时期，中国人为俄国人当间谍，在被执行枪决之前示众，中国同胞却麻木地当看客。在鲁迅看来，为他国做间谍送死固然是悲剧，但是，对同胞之悲剧漠然地观看，更是悲剧。《孔乙己》中的笑蕴含着多重的错位,因而从某种意义上说,笑是这篇小说的主角。

第一次出现时,孔乙己这个时常被抓住的小偷,命运是很悲惨的,为整个沉闷的酒店带来了欢乐的氛围,"店内店外,充满了快活的空气"。

鲁迅不无深意地点出孔乙己是唯一穿着长衫来喝酒的,长衫是读书人的穿着,说明他有着最后的自尊,但是,他否认偷书的论据却是十分薄弱"窃书不能算偷",就显得荒谬。文言文的用语"污人清白""君子固穷",一般酒客所听不懂,并无助于遮掩亲眼目睹的事实。因而,孔乙己这种最后的自尊的维护显然是无效的(这一点与阿Q有相近之处),甚至是理屈词穷的表现,只能引得"众人都哄笑起来"。

这种可笑,构成了小说的幽默基调,正是小说的第二重错位。

但是,这种笑的错位,还在于大家都笑,而被取笑的孔乙己自己没有笑,不但没有和大家一起笑,相反是越来越尴尬了。这就使笑中有一点沉郁感。对弱者连续性的无情嘲弄和不放松的调侃,使得弱者狼狈,越是狼狈,越是笑得欢乐,但弱者却笑不出来,而且避免流露出难以忍受的表情。

这是小说的第三重错位。

更为深刻的错位是,发出残酷的笑声的人,并无敌意,也没有太明显的恶意,其中还有知其理屈,予以原谅的意味。号称冷峻的鲁迅,没有让他在大庭广众之间,承认自己是小偷,没有让他自尊心公开地、彻底崩溃,没有让他由于蒙羞而不要脸,丧失善良之心。相反,鲁迅特别写到孔乙己在酒店里的"品行"比别人好,酒钱不大拖欠。主动教导小店员茴香豆的"茴"字有四种写法。对围过来要吃他的茴香豆的孩子,软弱地说着"多乎哉不多也",这些都在提示,在他自己的感觉中,他活得还是残留着一点"读书人"的身份和自尊的。

小说对孔乙己并没有明显厌恶的成分,只是调侃而已,在调侃中有隐含着忧郁的同情。小说的幽默虽然沉郁,但并不是讽刺,并没有揭露孔乙己的品质恶劣,即使是偷书,明明是屡屡提及,但是又隐含着为之辩护的成分。

这是小说的第四重错位。

在鲁迅看来，孔乙己不过是科举制度的牺牲品。作为制度是可恶的，但是作为人，却是值得同情的。他要揭示的不是孔乙己的偷书的恶，而是周围人对他缺乏同情的丑。在他的第一次出场，读者感觉不到严酷的讽刺的因素，其间的调侃的笑，是带着温情的。

孔乙己最后一次出场，已被打折了腿，不能走路。只能盘着两腿，臀下垫着一个蒲包，他是用手撑着地面"走"。躯体残废到这种程度，在与平常这么不同的情况下，掌柜的"仍然同平常一样，笑着对他说"：

> 孔乙己，你又偷了东西了！

发现一个熟人只能用手"走"路，是很悲惨的事，本该有惊讶，有同情，至少是礼貌性的沉默，可是，掌柜的却不但当面揭短，而且还"笑着"。可怕的是，笑着的人并没有感到严酷的伤害性，相反，倒是感觉到并无恶意，很亲切地开玩笑似的。

这是小说的第五重错位。

> 但他这回却不十分分辩，单说了一句："不要取笑！""取笑？要是不偷，怎么会打断腿？"孔乙己低声说道，"跌断，跌，跌……"他的眼色，很像恳求掌柜，不要再提。此时已经聚集了几个人，便和掌柜都笑了。

鲁迅在这里揭示的是，所有的人，似乎都没有敌意，都没有恶意，甚至在说话中，还多多少少包含着某种玩笑的、友好的性质。但是，这对孔乙己却是对残余自尊的最后摧残。因为，从一开始，他的全部努力就是讳言偷，就是为了维护最后的自尊，哪怕是无效，也要挣扎的。这是他最后的精神的底线。但是，众人，无恶意的人们，却偏偏反复打击他最后的残余的自尊。这是很恶毒的,但又是没有明确的主观恶意的。鲁迅所揭示的,就是这种含着笑意的恶毒。鲁迅的深刻在于,这种貌似友好的笑中,包含着冷酷,对人的自尊的麻木不仁,对人的反人道的无形的摧残。

孔乙己已经被逼到找不到文言词语来维护自己自尊的程度,连“跌断”这样的掩饰性的口语,都没有信心说下去了,可是酒店里的人,却都“笑了”。这种“笑”的内涵太丰富了。一方面当然有不予追究的意味,另一方面,又有心照不宣地识破孔乙己的理屈词穷,获得胜利的意思。

这是小说的第六重错位。

这一切明明是鲁迅式的深邃的洞察,但是在文字上,鲁迅却没有任何形容和渲染,只是很平淡地叙述,“仍然同平常一样,笑着对他说”,连一点描写都没有,更不要说抒情了。但是,唯其平静、平常、平淡,才显得诸如此类的残酷无情,由于司空见惯,而没有感觉,没有痛苦,而鲁迅的笔墨,就是要揭示这种无形的精神虐杀的可怕。

> 不一会,他喝完酒,便又在旁人的说笑声中,坐着用这手慢慢走去了。

孔乙己如此痛苦,如此狼狈地用手撑着地面离去,酒店里众人,居然一个个都沉浸在自己的欢乐的“说笑声”中。人性麻木已至于此,这是何等的惨烈。更有甚者,孔乙己在粉板上,留下了欠十九个铜钱的记录,年关没有再来,第二年端午也没有来。人们记得的只是“孔乙己还欠十九个铜钱呢!”过了中秋,又到年关,仍然没有再来。小说的最后一句是:

> 我到现在终于没有见——大约孔乙己的确死了。

一个人死了,留在人们心里的,就只是十九个铜钱的欠账,这笔账,是写在水粉板上的,是一抹就消失的。一个人的生命,在众人心目中,竟然是这样的无所谓。在世的时候,人们拿他作为笑料;去世了,人们既没有同情,也没有悲哀,甚至连一点感觉也没有。这里不但有鲁迅对于人生的严峻讽喻,而且有鲁迅在艺术上的创造性的探索。

错位:内在深度的强化和外部动作的淡化

对于上述方法有人指出属于结构主义和叙事学的方法。但是,有根本的不同。对叙事文学进行结构分析的经典,早就有了普洛普,他把俄国民间故事分成31种模式。① 他所发现的31种功能,只要稍作变动,很多功能也适用于现代叙事——小说、戏剧、连环画、电影、电视节目。追随者有格雷马斯、科凯、热拉尔·热奈特等等。不管西方叙事学取得了多大的成就,但是,其描述性多于艺术感染力生成机制的揭示。格雷马斯把普洛普的31种模式简化为六个功能,即相辅相成的三组二元对立的成分:主体/客体、送信者/受信者、助手/敌手,发明了深层概念模式的"符号方阵"(一译"矩阵"):四个方位分别代表结构发展的四个不同阶段,它们之间的关系可按照形式逻辑的对立、矛盾、包涵等关系来解释。按照这种模式,有位教授在分析《祝福》,把人物设为X、非X、反X、非反X。

1.X与反X,如祥林嫂与鲁四老爷的关系;

2.X与非X,如祥林嫂与柳妈的关系;

---

① 普洛普研究了100多个俄罗斯民间故事,发现许多故事具有某种一致性,如:1.沙皇赐给一名英雄一只雄鹰,雄鹰驮着他去到另一个王国;2.一位老人送给苏森林一匹骏马,这匹骏马驮着苏森林去到另一个王国;3.巫师给了伊凡一只船,小船载运伊凡到另一国度;4.公主给了伊凡一个指环,从指环中跳出一个年轻人背负伊凡至另一个国度。普洛普得出的结论是:1.人物的功能在童话中稳定的、不变的因素,它如何实现,由谁来实现,与它毫无关系,功能构成童话的基本要素。2.童话已知的功能数量是有限的。3.功能的次序总是一致的。4.就结构而言,所有的童话都属于一种类型。

3.X 与非反 X,如祥林嫂与“我”的关系;

4.反 X 与非 X,如鲁四与柳妈的关系;

5.反 X 与非 X,如鲁四与“我”的关系;

6.非 X 与非反 X,如柳妈与“我”的关系。①

分析的结果居然把柳妈简单地当成反 X 的代表,定性为“超个人的社会礼仪体系的直接代理人”,说她是“由她出手把祥林嫂推向死亡的深渊。”②这样的论断在根本上违背了祥林嫂的死亡是没有凶手的悲剧特征。

这个模式的最大漏洞在于对小说人物的定位是固定不变的。殊不知小说人物的特点,乃是处于被打出常规的动态之中的。把柳妈定位于非X,但又论断“由她出手把祥林嫂推向死亡的深渊”,就可以说明,非 X 变成了反 X。这样的情况比比皆是。在武松打虎中,原本声言,怕老虎的不是好汉,真见了老虎,却把刚刚喝的酒都吓做冷汗出了。在《最后一课》中,本来最讨厌法语的,变得无限热爱法语。《项链》中,爱虚荣的女人,变成了艰苦朴素的女人。高级军官林冲,一直逆来顺受,但是,再三被逼,走投无路,杀了人以后,就变得义无反顾,主动出击了。托尔斯泰在《复活》中说:

人同河流一样,天下的河水都是一样的,每一条河都有窄的地方,有宽的地方。有的地方流得很急,有的地方流得很慢,河水有时澄清,有时混浊,冬天凉,夏天暖。人也是这样。人身上有各种品性的根苗,不过有时这种品性流露出来,有时那种品性流露出来罢了。人往往变得不像他自己了,其实,他仍旧是原来那个人。③

---

① 王一川:《文学理论讲演录》,广西师大出版社 2004 年版,第 38 页。

② 原文是“非压迫者柳妈就成了超个人的社会礼仪体系的直接代理人,由她出手把祥林嫂推向死亡的深渊。柳妈才是封建礼教文化的代表直接导致了祥林嫂的死亡。”

③ 《复活》,人民文学出版社 1979 年版,第 262~263 页。(汝龙译文略有不同)

严格地说，人变成了另外一个人，他就更是这个人了。柳妈这个形象的第一元错位就是，她完全是出于同情才向祥林嫂建议捐门槛的；第二元错位，正是因为一派好心导致了严重的后果。这正是人物心理“错位”是处于同一心理结构中的特征。

鲁迅的深邃之处在于，杀死祥林嫂的不是某一个反 X 的个人，其最大的凶手，是一种对再嫁寡妇的成见，而这种观念则是所有的人都视为天经地义的。这简而言之，也就是封建礼教。鲁迅揭示了其中的错位，一是夫权，丈夫死了要求妻子守节；二是族权，妻子出逃，婆婆可以侵犯人身，强迫改嫁；三是神权，阎王不追究抢亲者，却不问青红皂白，以酷刑惩罚寡妇。冠冕堂皇的礼教，竟是一种如此自相矛盾的荒谬而残酷的成见。这一点，不仅在思想上重要，在艺术上也重要。这里有一个很重要的问题，那就是祥林嫂自己的观念与自己根本利益的“错位”。X 不是只和非 X 或者反 X，或者非反 X 发生关系，而且也和 X 自己发生关系。格雷玛斯的模式之所以不深刻，就是因为：第一，他忽略了 X 不仅仅是二元对立的；其次，X 的“错位”，不仅仅是外部的，而且是自我内心的。凶手不仅来自他人，而且来自自我。礼教明明这么荒谬，她完全可以不在乎，而她却非常在乎，以至于精神受到打击，丧失了劳动能力。她的悲剧中有她自己不觉悟的因素。这就是鲁迅的“哀其不幸”中的“怒其不争”。这样，“错位”范畴就多元化了，就深化了，不仅仅存在于多种人物与人物之间的被感知，而且深入到人物内心的自我感知、自我折磨。

正是由于他把小说的魅力聚焦在人物的相互感知和自我感知错位上，因而情节，也就是外部的动作性，就不是他全部的注意所在。因而，他把人物的多元“错位”范畴延伸到“氛围”中去。在他看来，比之情节，错位的“氛围”在艺术上有相同的重要性。他指出祥林嫂被这种成见摧残致死以后，鲁迅用了很长的篇幅来营造《祝福》的悲剧“氛围”。在这个“氛围”中，用二元对立来分析，显然是不够的，几乎所有人物反应都对死亡的悲剧感发生了“错位”，这种错位特点是多元的：

1.茶房:反应很冷淡,死得很自然,“还不是穷死的”。

2.鲁四老爷:死在年关,不是时候,可见是个“谬种”。

3.鲁镇所有的人,毫无悲哀之感,都忙着过年、祝福,祈求来年的幸福。而这些人都曾经是怀着礼教成见,歧视过、嘲弄过祥林嫂的。

4.连神灵都在享受香烟中懒散而舒适。

5.唯一的例外,是一个外来的“我”,感到内疚,承受着沉重的压力,却又深感孤独,不得不自我排解。

正是这种多元的情感“错位”,构成了《祝福》的沉重的悲剧“氛围”,这种隐含着无奈甚至无望的悲剧感,是用抒情的笔法加以突出的。

“错位”范畴,把西方文论所遗漏了的“氛围”,也涵盖了进去。而这一点不但是非情节小说的特点,恰恰也是西方现代小说最常用的手法,西方人的盲点本该是我们加以照亮(澄明)的,但是盲目的权威崇拜心态却导致了艺术感觉的麻木。用“氛围”的多元情感“错位”结构来分析小说无疑有利于澄明被矩阵模式的遮蔽了的,经典作品那些长期的着的死角,无疑有望得到有效、深邃的阐释。例如,对于《阿Q正传》的结尾的分析,就有了新的契机。鲁迅善于在人物死亡之时用“错位”的情感“氛围”来加以渲染。同样是悲剧,阿Q的死亡,不是抒情的悲剧,而是喜剧性的。他的全部感知都和自己的生存发生内在的“错位”:为圆圈画得不圆而遗憾,而画圆圈恰恰是他被判死刑的手续。在围观的人群中找吴妈,而吴妈又是给他带来“破产”的灾难的。他是被冤枉的,但他没有悲痛和冤屈之感,却像英雄义士一样说出“过了二十年又是一个……”这一切都是因为与严峻悲剧现场不和谐,不统一、错位,而构成喜剧性。和《祝福》的抒情“氛围”相比,是别出心裁的。写阿Q的死亡,躯体“像微尘一样迸散了”,表面上没有祥林嫂的死亡那样大笔浓墨,是轻描淡写的。但鲁迅这样强调了“氛围”的“错位”结构:

人物的反应：

举人老爷没有追到赃，赵府损失了辫子和赏钱，故皆号啕。

舆论：

A.未庄：阿Q坏，被枪毙就是证据。

B.城里：枪毙不如杀头好看，又没有唱一句好戏。

对于人命关天的大事，居然这样麻木，这样自私，这样就构成了喜剧感。[①] 明确提出，情节对于小说毕竟只是文本的骨架，而没有情节起伏的地方，其动人之处，往往在于某种情感“错位”的“氛围”。凡是权威理论不能解释的地方，他就越是感到理论有了发展的机遇。因而，比之情节模式，他更为关注的是“氛围”。

在西方文论的盲点中进行原创性的概括

这就需要我们在西方人视野之外，进行第一手的原创性的概括，值得提起的是，不能指望西方人直接提供现成的法宝，相反，最重要的是，在西方文论遗漏的空白中，用第一手的抽象，进行原创性的范畴建构。

研究固然不能毫无理论，凭空作第一手的原创概括，是空想。但是，仅仅凭理论，注定要被遮蔽，对那些西方（还有东方）理论遗漏了大量的盲点，视而不见。只要不迷信，许多盲点，直接概括，比之追踪西方文论，并不一定会消耗更多的生命。仅仅凭演绎却可能使西方的空白变成世界的盲点。对于盲点的自觉搜索意识应该成为文本分析理论衍生的支点。小说艺术的质量并不完全在所谓人物刻画，比之人物更为重要的是场景

① 以上分析见《孙绍振如是解读作品》，福建教育出版社2007年版，第274页，又见《名作细读》，广西师大出版社2006年版，第486页。

和“氛围”的浓度的饱和(如《孔乙己》所有的人,几乎谈不上性格)①。这种“氛围”,不仅在相关人物之间,而且可能在不相关人物之间。例如,海明威的《老人与海》经过作者删节从十几万字剩下几万字,但似乎却留下了一个多余的尾声:老人在海上历经千辛万苦,得到的是一副鱼骨头,横在海滩上,老人睡着了,只有那个对他有信心的孩子守护着他。这副鱼骨头的尾巴被潮水冲得晃来晃去。这时来了一群旅游者,其中一个漂亮女士向侍者问明白了这是鲨鱼骨头。

> 这个女人说:“我还不知道鲨鱼有这么漂亮的,样子这么好看的尾巴呢。”
>
> “我也不知道。”她的男朋友说。
>
> 在路那边,老头儿又睡着了。他依旧脸朝下睡着,孩子在一旁守护他。老头儿正在梦见非洲的狮子。

用“错位”的范畴来阐释则不难解密:这样的场景就蕴含着三重的错位情感,一是失败的硬汉,并没有挫折感,他正在梦见非洲的狮子。而那个守护着他的孩子,虽然守护着他,但只是出于对他的同情和信任,并没有失败的硬汉的感觉。而那个漂亮的女游客明明对这一场失败的英雄硬汉的精神之美没有任何理解,却在赞叹鱼的骨架之美。这个场景,是在情节结束之后出现的,对于人物似乎并没有直接的作用,但,如果没有这个与故事情节毫无关系的女士的赞叹,光是梦见狮子,只是单纯的象征而已,由于女士的赞叹的肤浅和老头儿的精神拉开的幅度很大的错位,使得整个场景“氛围”,变得深厚浓郁,审美价值以相应的幅度提升。

同样值得重视的,还有安娜·卡列尼娜观看渥伦斯基赛马的场面。这个场面,卢卡契在《叙述与描写》中特别欣赏,以之与左拉的《娜娜》中

① 见《文学创作论》,海峡文艺出版社2004年版,第468页。又见春风文艺出版社,《文学创作论》,1987年,相关章节。

赛马的场面相比。左拉对赛马作了全面的准确的刻画,从马鞍到骑手都精细地、生动地描写到了。卢卡契称赞这种描写"可以说是现代赛马业的一篇小小的专论","观众席像第二帝国时代的巴黎时装表演一样五光十色。连幕后的世界也描写得十分精细,并按照它的一般关系加以表现"①而托尔斯泰在《安娜·卡列尼娜》中则不像左拉那样,采取全能全知的角度来写赛马。但是,卢卡契只看出左拉的自然主义的写实,并没有充分阐释托尔斯泰的优越。如果我们从情节参与者的"错位"范畴来分析则可以别开生面。首先,从安娜的角度加以展开。在赛马之前,安娜知道自己怀孕了,她把这告诉了渥伦斯基,让安娜完全沉浸在自己的感情世界中,去看渥伦斯基赛马。其次,又让她的丈夫在旁边以另一种错位的情感去看、去担忧,去掩饰安娜的"不成体统"的反应。渥伦斯基的领先、堕马都在场外。托尔斯泰安排了夫妇二人之间的心理情感的"错位":

> 托尔斯泰为什么要让安娜的丈夫卡列宁也一起去看赛马呢?这就是为了多一重(错位)效果,从卡列宁的角度看安娜的效果。渥伦斯基领先了,渥伦斯基摔下来了,渥伦斯基只是受了一点轻伤等,都在幕外,这与左拉完全相反。事情并不重要,它对人物心灵的(错位)效果才重要。更重要的是,心灵对心灵的刺激的(错位)效果,这就是效果的效果。心灵互动的("错位")情境过程更有艺术的独创性。安娜为渥伦斯基提心吊胆已经是很痛苦了,但是更使她痛苦的是丈夫抑扬顿挫的尖厉声音,好像永无休止似的。这说明她的厌恶情绪,因为她不愿听,每一个字在她听来都是虚伪的,刺痛着她的耳朵。这种("错位")效果,表明她内在的情绪高度集中在情人身上,丈夫的声音是一种干扰,令她恼火。这就使情节的进展带上了安娜厌烦的感情色彩。后来,一个骑手坠马了,又一个骑手坠马了,事情紧张起来了。因为不知道是谁掉下来了,托尔斯泰就不完全限于从

① 《卢卡契文学论文集》一,中国社会科学出版社 1980 年版,第 38 页。

安娜的感情效果去表现事件，而是从卡列宁关照安娜的感情（“错位”）效果加以表现。他从安娜的脸上看到了异常的效果，看出了他所不愿意看到的东西，他知道安娜的心全在渥伦斯基身上。一个大臣的妻子与别人发生这样的感情，陷得这么深，在正常情况下他的心理是很恼火的，但是他不，他把面子看得更重要，把他的名声看得更重要，因而竭力地掩饰自己，同时掩饰安娜，以免太暴露了，有损尊严。

卡列宁的心理（错位）效果有两个层次：一是担心安娜不顾体统；二是感到非常不愉快，但为维护自己的尊严，不但要克制自己，而且要掩饰安娜不被人看到。赛马的紧张，安娜情感的紧张，加上卡列宁表面平静而内心紧张的感情色彩，三重错位使艺术的感染效果增加了三倍。

后来，消息证实了，渥伦斯基摔是摔了，但是没有受伤。这时，安娜控制不住感情，她连忙坐下来，用扇子遮住自己的脸。卡列宁看到她在哭泣。她控制不住她的眼泪和使她胸膛起伏的呜咽。卡列宁站着遮住了她，给她时间来恢复镇静。然后跟她讲：我第三次把我的手伸给你。可是安娜的心理错位是如此之强烈，居然没有听明白，只是望着他，不知说什么好。

她的内心世界是多么执着，完全忘掉了外部世界，完全忘了自己在丈夫身边。这就是内心（“错位”）效果的内外交织。[①]

这里的关键是安娜的眼泪和呜咽是由卡列宁的眼睛看到的，这是卡列宁自己不想看到，但是更怕别人看到的。他平静的外在动作和内在的紧张，安娜从无意识地流露到有意识也控制不住自己，构成了多层次多元的情感“错位”，恰似涂上了多层感光剂的彩色胶片一样，使形象的感情“氛围”达到十分饱和的程度。和托尔斯泰比起来，左拉在外表特征的刻

---

① 见孙绍振《文学性讲演录》，广西师大出版社 2006 年版，第 161 页。

画也许并不逊色，但在内心色彩的调配和组合上，就显得逊色多了。

所有这一切的错位效果，都是西方小说理论、叙事学所遗漏了的。正是在这里，有我们大有作为的天地。

审智：既不抒情，亦不幽默

中国现当代散文艺术积累最为丰厚的是抒情和幽默，作家进入散文的艺术天地最为方便的入门就是抒情和幽默。但不管抒情的审美还是幽默的“亚审丑”，在逻辑上，都存在着无可否认的局限。钱钟书把某些文学评论家讽刺为后宫的太监——多有机会，而无能力，是很片面、偏激的；王小波对中国传统的消极平均意识的批评，以诸葛亮砍椰子树作类此，从严格理性的角度来看，也还失之粗浅。从逻辑上来说，类比推理是不能论证任何命题的。这就促使一些把思想、文化深度看得特别重要的散文作家，在抒情和幽默的逻辑之外寻求反抒情、反幽默的天地。

从美学上说，我们把情感和感觉的文本理解为“审美”，而且简单地宣称这是康德的学说，而且把这与黑格尔对立起来，是不够严谨的。比较深刻的文学作品，除了情感和感觉，都是有着自己独特的理念的。不论是屈原还是陶渊明，不论是古希腊悲剧还是安徒生的童话，都渗透着作家生命的甚至是政治的理念。大作家都是思想家。应该把与情感联系在一起的理念结合起来。智慧哲理的追求，在20世纪50年代以后西方现代派文学中形成潮流，加谬甚至宣称，他的小说就是他的哲学的图解。乔纳森·卡勒对此是这样解释的：

> 指出下面一点是极其重要的，即对某一哲学作品的最真实的哲学读解，应是把该作品当作文学，当作一种虚构的修辞学构造物，其

> 成分和秩序是由种种文本的强制要求所决定的。反之,对文学作品的最有力的和适宜的解读,或许是把作品看成各种哲学姿态,从作品对待支持着它们的各种哲学对立的方式中抽取出含意来。①

这样说,可能是走向了另一个极端,但是值得我们反思纯粹审美的不足的。

对这种矛盾,在笔者之一孙绍振的《西方文论的独白和中西议论的对话》中,它叫作"审智"。②

20世纪80年代以来,国人片面理解了康德,把审美仅仅归结于情感,过分强调他情感的美独立于实用理性的善和真,而忽略了康德同时也强调三者的互相渗透,特别是美向理性的善的提升这一点,是康德审美价值观念的一个重要支点。康德的"美"和理念,实际上是一种"美的理想",存在于心灵中,比之现实中的具体事物,它具有一种"范型"的意味,"圆满"的意蕴,催促祈向的主体向着最高目标不断逼近,又令祈向着的主体"时时处于不进则退的自我警策之中",美的超越性,超越感官,使美向善的理念提升。③ 康德虽然把美与善当作不同的价值观念,但他强调在更高的层次上,美与善可以达到统一,甚至最后归结到"美是道德的象征"。康德的审美价值论兼具"审善"和"审智"的双重取向。自然会产生一种"零缺陷的,最具审美效果的极致状态下的事物",有一种"祈向至善之美"的"最高范本"。而这种范本,在康德看来,"只是一个观念","观念本来就意味着一个理性概念,而理想本来就意味着符合观念的个体的表象"。康德的审美价值论在表面上是强调感性的审美,但其深层,兼具

---

① 乔纳森·卡勒尔:《论解构:结构主义以后的文学理论和批评》,见理查·罗蒂:《自然与哲学之镜》,商务印书馆1987年版,第376页。

② 孙绍振:《从西方文论的独白到中西文论的对话》文学评论,2001年第1期。

③ 陈峰蓉在《祈向至善之美》(《东南学术》第三期,第147页)这样说,由于经验世界的不完美,人们心目中,自然会产生一种"零缺陷的,最具审美效果的极致状态下的事物",有一种"祈向至善之美"的"最高范本"。而这种范本,在康德看来,"只是一个观念","观念本来就意味着一个理性概念,而理想本来就意味着符合观念的个体的表象"(康德《判断力批判》[上卷],宗白华译,商务印书馆1995年版,第70页)。

"审善"和"审智"的双重取向。从这个意义上讲,这和黑格尔的"美是理念的感性显现"可谓息息相通:

> 当真在它的这种外在的存在中是直接存在于意识,而且它的概念是直接和它的外在现象处于统一体时,理念就不仅是真的,而是美的了。美因此可以下定义:美就是理念的感性显现。①

黑格尔的意思就是"艺术的任务在于用感性形象来表现理念",理念和形象达到相互融合而成为统一的程度,就是艺术价值的高度。

然而,恰恰是这一点被我们长期忽略了。对于大量的智性文章往往以审美的"真情实感"论去演绎,其结果是窒息了审智流派,既不抒情又不幽默的散文大量存在,除了直接抽象为"审智"散文以外,别无出路。

20世纪八九十年代,在中国,学者散文成了气候。产生了一种以智取胜的倾向。这是历史的必然,也是逻辑的自然。抒情太滥,幽默太油,走向极端,走向反面,必然要逼出反审美、反抒情、反幽默的审智散文来。余秋雨之所以重要,就是因为他成了这个历史关键的过渡桥梁,他在抒情散文水乳交融地渗入了文化人格的思考和批判,达到了情智交融的境界,但他并没有完成从审美向审智美学的过渡,他只是突破了审美抒情,并没有到达完全审智的彼岸。更为鲜明的智性倾向,可以周国平作为代表之一。他在《自我二重奏·有与无》中这样写道:

> 庄周梦蝶,醒来自问:"不知周之梦为蝴蝶与,蝴蝶之梦为周与?"这一问成为千古之谜。问题在于,你如何知道你现在是不是在做梦?……这是个哲学命题,现实世界是不是虚幻的?就像我在这里教了几十年的书,是不是另外一个人做了几十年的梦,"我的存在不是一个自明的事实,而是需要加以证明的,于是有笛卡尔的命题:

---

① 黑格尔:《美学》第1卷,朱光潜译,商务印书馆1981年版,第142页。

‘我思故我在’”。……但我听见佛教教导说:“诸法无我,一切众生都只是随缘而起的幻相。”……从佛教的角度来讲,周国平也是一种虚幻,当他在为他的存在苦苦思索的时候,电话铃响了,电话里叫着他的名字,他不假思索地应道:“是我。”

从抽象的意义上来讲,我的存在与否,是个大问题;但从感性世界来说,我的一声回答就把这个问题解决了。周国平的自我二重奏、我的苦恼,从哲学上来说,是很深刻的智者的散文。但读周国平的散文,有时觉得它不像散文,也不像审智的散文。这有两个原因。首先,审智散文,虽然排斥抒情,但并不排斥感性,感性太薄弱,就显得很抽象,与艺术无缘。在这里,感知是感性的关键。现代派诗歌也排斥感情,但紧紧抓住了感觉和知觉,从感知直接通往理念。而周国平几乎完全忽略了感觉。因而,从理性到理性,是纯粹的哲学思考,而不是完全审智的散文。其次,智性形成观念直截了当,尽情直遂,缺乏审视心灵变幻的层次,不足以把读者带到观念和话语的形成和衍生的过程中去。只有在过程中,智性就由于“审”而延长了,“视”的感觉也强化了,向审美作某种程度的接近,也就有了可能。关键在于,把智性观念、话语形成、产生、变异、转化、倒错乃至颠覆的过程,在读者的想象中展示出来。一般作家没有意识到这一点,也缺乏这样的才力,因而造成了有智而不审的现象。这就失去了从抽象到具象,从智性到感性,从审智到审美渗透的机遇。李庆西引宋周密《齐东野语》曰:

一道人于山间结庵修炼。一日,坐密室入静。道人叮嘱童子:“我去后十日即归返,千万别动我屋子。”数日后,忽有叩门者,童子告知师父出门未还。其人诈称:“我知道,你师父已死数日,早被阎王请去,不会回来了。尸身不日即腐臭,你当及早处理。童子愚憨,不辨其诈,见师父果真毫无气息,便将其投入炉火中焚化。旋即,道人游魂归来，已无肉身寄附。”其魂环绕道庵呼号：“我在何处？”喊声凄厉，月余不绝，村邻为之不安。一老僧游经此地，闻空中泣喊，大声诘道：“你说寻‘我’，你却是谁？”一问之下，其声乃绝。①

这是个悖论，既然“我”没有了，那么谁来问“我在哪里”。这就提出了一个相当深奥的问题：“我是不是我”？“那么真我究竟在哪儿？”李庆西引用的文章显然比周国平的文章更富有感性，更具有审视的过程性。他把“我”这个抽象的观念，与老和尚的尸体联系在一起，这就有了感性（当然，没有抒情），把思索过程用故事的形式展开，智性的观念就有了一个从容审视的过程，也就有了审智散文的特点。而周国平的文章，除了最后电话来了，他不由自主地答“是我”以外，其余都是抽象的演绎，哲学家式的阐释。智性散文不同于纯粹的智性抽象。它必须有感性，即使是讲思想活动，也要有感觉、感受的过程，要有智性被审视的过程。它往往要从纷纭的感觉世界作原创性的命名，衍生出多层次的纷纭的内涵，作感觉的颠覆，在逻辑上作无理而有理的转化，激活读者为习惯所钝化了感受和思绪；在几近遗忘了的感觉的深层，揭示出人类文化历史的和精神流程。

在中国，当代最早集中出现的审智散文，是南帆的《文明七巧板》，它既不幽默也不抒情，既不审美也不“审丑”，他所追求的是智性和感知的深化，还有话语内涵的“颠覆”。

在他最好的散文中，他层层演化、派生出的观念，超越了现成理性话语的无形的钳制，对智性话语的内涵加以重构，使得智性话带上审美感性逻辑；在此基础上，他创造了一种“南帆式”的话语。在审智向审美的转化中，使本来熟悉到丧失感觉的词语发出陌生的光彩。光是描述“枪”这样一个普通的器械，他就让许多被用得像磨光了的铜币一样的词语焕发出新异的感觉：“一支枪的扳机在食指轻轻勾动之中击发，一个取缔生命的简洁形式宣告完成”，“拉动枪栓的咔哒声如同一个漂亮的句号”，“躯

① 李庆西：《禅外禅》，人民文学出版社，2005年版，第126页。

体与机器(指枪)的较量分出了胜负,这是工业时代的真理”,“枪就是如今的神话”。他还非常严肃地将枪和男性的生殖器相类比:“两者都隐藏着强烈的侵略性、进攻性;射击的快感与射精的快感十分类似”,“男性的性器官制造了生命……枪的唯一目的是毁灭生命……是对于男性器官的嘲弄”。他的关键词语基本上是普通的书面语,如句号、取缔、真理、神话、快感、嘲弄等,他并没有像余光中那样广博地采用从古代书面雅言到日常口语,乃至现代诗歌和复杂修辞手段,但这些普普通通的词语不但获得了新异的感觉,而且有新异的智性深度。

他在论述了躯体是自我的载体和个人私有的界限以后,接着说,传统文化总是贬低肉体而抬高灵魂。在审智话语的逻辑自然演绎中,他做着翻案文章:肉体比灵魂是更加个人化的。肉体只能个人独享,不能忍受他人的目光的和手指的触摸;而精神可以敞开在文字中,坦然承受异己的目光的入侵。从这个意义上说,“躯体比精神更为神圣”。只有爱人的躯体才互相分享,互相进入肉体。他得出结论说,“爱情确属无私之举”。“私有”“神圣”“无私”,原本的智性意义大部分被颠覆、解构的同时,新的智性就带着新的感性渗透进来了,这是一种智性和感性的解构和建构的同步过程。

学者散文、智性散文、审智散文、审丑、审美散文,这是一个多层次转化的过程,在中国当代学者散文中,这样的转化才刚刚开始。就是在世界散文史上,一系列的理论问题(如由罗兰·巴尔特提出的“文体突围”)也还有待研究。

中国现代散文的历史到此走完了一个周期,这个周期,既是逻辑的,又是历史的。二者的起点和终点在某种程度上是同一的,这也许可以说是逻辑和历史的统一。

后记——文学的坚守和中国文学解读学的建构

从20世纪80年代起，中国文学理论界冲破了封闭性的蒙昧，在享受了放眼全球的兴奋和强烈的落伍感的驱迫下，文学理论界把最大的热情献给了西方理论，一波又一波的新理论被当作普罗米修斯的火种引进，国人强烈地表现出饥不择食的贪婪，新潮理论更新速度之快，可能是创造了吉尼斯纪录，这可以从急于改变弱势文化处境的心态得到解释。80年代的"新名词大轰炸"的实质乃是抢占话语的制高点，在话语解放中体验节日的狂欢，由之而产生的最乐观的预期乃是"发出自己的声音"，在最短期间与世界文论最高水平接轨，在学术前沿平等对话中，展示中国文学理论的更新和建构。然而，近30年的实践，证明这种乐观主义多少带着空想的性质。严酷的实践摆在面前，即使能够在国际会议上或者在国外号称"权威刊物"上发表几篇论文，即使中国文学理论完全按着西方"学术规范"呈现，也并不意味着中国的文论获得了和西方文论平等对话的地位。原因并不一定是中国人在智商上绝对处于劣势，而是在心理上自甘被动，一味俯首帖耳，洗耳恭听，以代西方权威立言为荣。平等对话的起码要求,乃是有话可对,也就是具有自己的、不同于对方的话,如果所说和对方一样,那就是废话。问题在于许多热闹非凡的话语,都不是自家的,问题是人家的,大前提是人家的,方法是人家的。将西方文论奉为放之四海而皆准的真理,充其量不过是为之举出中国的例子而已,按波普尔的《猜想与反驳》,举符合论点的例子,不管多少也不能起证明作用,最多只是说明而已。一味采取这样顺从而不是挑战的姿态,这就不成其为对话,而是仆从对主人的"喳"。

西方文论不管什么流派均以对权威的质疑挑战为荣,故天马行空,以原创性和亚原创性为鹄的,我国学人则鲜有把西方权威当作对手(rival)进行质疑和挑战,故只能爬行,疲惫地追踪。在这一点上,倒是美国人比我们清醒,他们从欧洲引进大量思想资源以后是有所反思的。刘亚猛教授在一篇文章中说起,被中国理论界奉为圭臬的美国理论家 J. 希利斯·米勒对 1960 年代以来从欧洲大陆的大规模引进的理论进行了反思,得出了一系列发人深省的结论:

> 理论并不如一般人想象的那么"超脱大度"(impersonal and universal),而是跟它萌发生长的那个语境所具有的"独特时、地、文化和语言"盘根错节、难解难分。又如,在将理论从其"原址"迁移到一个陌生语境时,人们不管费多大的劲总还是无法将它从固有的"语言和

文化根基”完全剥离。那些试图吸收外异理论，使之在本土发挥新功用的人引进的其实可能是一匹特洛伊木马，或者是一种计算机病毒，反过来控制了机内原有的程序，使之服务于某些异己利益，产生破坏性效果。①

我们引进的那些西方理论，我们热情追随的“大师”，是不是“一匹特洛伊木马，或者是一种计算机病毒”呢？是不是“反过来控制了机内原有的程序”，对我们的理论建构“产生破坏性效果”呢？这是值得深长思之的。乔纳森·卡勒说过，作为理论，其本身的准则就是反思。难道我们接受乔纳森·卡勒就不该反思吗？而反思的起码条件就不是俯首帖耳，而是站起来，理直气壮地冲着西方文论进行反质，提出西方人没有提出的问题，迫使其接招、就范，此乃改变一代人被动状况的唯一道路。

西方文论所表现出来的智商被认为可以列入当代最高层次。这一点，是否毋庸置疑，姑且不论，和他们对话必须有相应档次的智商，则可以肯定。但是，“最高层次”是多方面的组成，不是铁板一块，不可能每个方面都是绝对平衡的，其不平衡正是我们应该分析的重点。最明显的乃是在文化价值和意识形态方面，他们发挥到极致，这是他们的强项。这一点，可能是世界的共识。要和他们的强项对话，对之发出质疑和挑战，难度是比较大的。在这方面，国人做了许多工作，我们怀着最大的耐心期待着震撼性的成果。问题是，他们有没有弱项呢？我们相信，没有一种学术文化群体是没有弱项的。最为明显的就是他们在文学审美价值方面表现得极其软弱。第一，号称“文学理论”却宣称文学实体并不存在，伊格尔顿在《二十世纪文学》，乔纳森·卡勒在《文学理论导论》中坦然如此宣称。美国一位文学理论刊物的编辑 W.J.T.米彻尔更是坦言：

现在美国有一种流行的说法，理论死了，已经终结了。关于理论

① 刘亚猛：《理论引进的修辞视角》《外国语言文学》2007 年第 2 期。

再也没有什么可说的了。

当然,他作为一个文学理论刊物编辑,他反对这种说法,但是他反对的理由却是:

文学理论自身并没有消亡,只是发生了某种形式上的变化,它已经转而研究新的对象,如电影、电视、广告、大众文化、日常生活等。①

这样的辩解在逻辑上是不通的,文学理论存在的理由,不是因为研究文学有什么新成就,而是转而研究了其他的文化现象,那还有什么理由叫它文学理论呢?从另一个角度看,这正给人以文学理论本身已经走进死胡同的感觉。中国俗话说,不管它白猫黑猫,能抓住老鼠的就是好猫。这位美国人却说,我的猫虽然不能抓住老鼠,它代替了狗看门,也是好样的。可是,这样的猫还能算是好猫吗?不会打仗的部队可以去屯田,庄稼种得很出色,但上了战场就望风披靡,能算是精锐之师吗?对于文学理论的这种现状,除了用“危机”,很难用任何其他话语来概括,这样的危机对2000多年来西方文学理论来说,如果不敢说绝后的,至少可以说是空前的。无视于西方文学理论如此之危局,就看不到我们的机遇。第二,他们几乎不约而同地宣称,对于具体文学作品的解读“一筹莫展”②是宿命的,因为,文学理论只在乎概念的严密和自洽,并不提供审美趣味的评判。第三,他们绝对执着于从定义出发的学术方法,当文学不断变动的内涵一时难以全面概括出定义,便宣称作为外延的文学不存在。事实上,由于语言作为声音符号的局限性,一切事物和概念的内涵都有定义所不可穷尽丰富性,并不能因此而否决外延的存在。第四,他们的理论预设涵盖世界文学,可是他们对东方,尤其是中国古典文学和理论却一无所知,他们的知识结构

① 米彻尔:《理论死了之后》,李平译,载文化研究网站,2004年7月26日。
② 韦勒克、沃伦:《文学理论》刘象愚等译,南京:江苏教育出版社2005年版,第155~156页。

和他们的理论雄心是不相称的。最后，西方前卫文论往往隐含着悖论，用西方辩论术中的“自我关涉”法来反诘，就不难发现其致命的硬伤。例如，前卫理论在哲学上是相对主义的，世界上没有绝对的东西，一切都是相对的，这就露出了矛盾：一方面他们的相对主义是毫无例外的，也就是绝对的；另一方面这种相对主义却是以不包含他们的相对主义在内才能成立的。那就是有例外的，不可能是绝对的。这种蜻蜓吃尾巴的现象比比皆是。解构主义认为解构是普遍的原则，但是，解构主义却享有豁免权，超越于解构原则之外。现象学论断一切观念都不是客观的，而是有主观意识渗透的，因而都要“悬搁”起来，从而“去蔽”。然而，“悬搁”既然是普遍性的方法，就应该包括“悬搁”在内，其结果只能是“悬搁”本身就应该被“悬搁”。同样，德里达宣言“作者已死”，作为普遍规律，则应该包括德里达本身，但是，德里达宣言“作者已死”的前提就是他自己作为作者是吃了不死药的。诸如此类，不一而足。西方文论失足的地方，正是我们的出发点，从这里对他们的理论（从俄国形式主义到美国新批评，从文学虚无主义的解构主义到结构主义，从读者中心论到叙述学）进行系统的梳理和批判，在他们徒叹奈何的空白中，建构起文学文本解读学，提出他们想象以外的问题，概括出他们不能概括的范畴，驾驭着他们所没有的理论和资源，建构我们的理论体系，和他们对话，在文学文本的解读方面和他们一较高下，迫使他们对我们的声音不能不洗耳恭听一番，也许这正是历史摆在我们面前的大好机遇。

本书的写作缘起，始于赖瑞云教授的提议，写作过程中，运用了孙彦君博士论文中的一些观点和具体分析。特别从陈一琴先生所辑《聚讼诗话词话》中获得大量学术资料。在查找核对文献方面，郜积意教授、汤化副教授、冀爱莲博士热情地做了许多繁杂的工作，毛翰教授和他的研究生对定稿做了极其细致的校阅，在此一并致谢。

2013 年 10 月 3 日初校，2016 年 2 月 26 修订